Coming into the Country

John McPhee

走入荒野

〔美〕约翰·麦克菲 著　余双全 译

人民文学出版社

PEOPLE'S LITERATURE PUBLISHING HOUSE

著作权合同登记号　图字 01-2018-4277

图书在版编目(CIP)数据

走入荒野/(美)约翰·麦克菲著；余双全译. —北京：人民文学出版社，2021
(远行译丛)
ISBN 978－7－02－014637－6

Ⅰ.①走…　Ⅱ.①约…　②余…　Ⅲ.①游记-作品集-美国-现代　Ⅳ.①I712.65

中国版本图书馆 CIP 数据核字(2018)第 228005 号

出 品 人　黄育海
责任编辑　甘　慧　邰莉莉
封面设计　汪佳诗

出版发行　人民文学出版社
社　　址　北京市朝内大街 166 号
邮政编码　100705
网　　址　http://www.rw-cn.com
印　　刷　上海盛通时代印刷有限公司
经　　销　全国新华书店等
字　　数　249 千字
开　　本　890 毫米×1240 毫米　1/32
印　　张　13.75
插　　页　5
版　　次　2021 年 3 月北京第 1 版
印　　次　2021 年 3 月第 1 次印刷
书　　号　978-7-02-014637-6
定　　价　79.00 元

如有印装质量问题，请与本社图书销售中心调换。电话：010－65233595

译者序

约翰·麦克菲，一九三一年三月生于美国普林斯顿，当代美国著名作家，被公认为创造性非小说的开创者。他四次入围普利策奖非虚构类，并最终于一九九九年获奖。他的写作生涯始于为《时代》周刊撰稿。自一九六三年以来，他一直是《纽约客》杂志的专栏作家，已出版了二十九本著作。此外，他还是普林斯顿大学的新闻学教授。

《走入荒野》出版于一九七七年，是公认的描写阿拉斯加和阿拉斯加人的经典。作品出版后好评如潮，引起了人们对阿拉斯加这片陌生而神奇的土地的浓厚兴趣。《纽约时报》称麦克菲为美国最才华横溢的记者。麦克菲在本书中对阿拉斯加和阿拉斯加人做了令人难忘的描述。对独特的人迹罕至的原始风景和地貌的描写、栩栩如生的人物刻画、清澈自然的语言风格、中立客观的叙述，所有这些使得《走入荒野》成为了一部经得起时间检验的杰作。

作者分三个部分描绘了阿拉斯加：荒野的阿拉斯加、城市的阿拉斯加和遥远丛林生活的阿拉斯加。第一部分《被包围的河》讲述了作者和来自阿拉斯加州联邦调研队的其余四个人进入阿拉斯加荒野对一条河流的探索，他们的任务是评估河的原生态性。他们乘一条独木舟和两艘单人皮划艇漂流。从千年来不曾有过几个人下钩的河水中，他们钓鱼、在河边野炊、宿营。第二部分《他们在寻找的》围绕阿拉斯加州首府选址问题，不同群体所持有的不同立场及看法。州长任命了一个选址委员会，乘双引擎飞机对一些可能的地址进行了考察。该部分也是对阿拉斯加城市生活的观察和体验。第三部分，作者描绘了阿拉斯加靠近加拿大边界上育空地区人们的生活。各种不同背景的人来到这个在当地人的领地意识中被称为“国家”的地方：有的为拒绝或逃离某种生活而来此尝试另一种生活，有的只想寻找一块属于自己的不受约束的土地，有的留在这儿纯属偶然，他们成了以设陷阱捕兽、探矿等各种方式践行自己生活理想的人。他们的故事时而会让你发笑。

《走入荒野》细致地描绘了二十世纪七十年代中期的阿拉斯加。无论是在河上漂流旅行，还是作者在几个月的时间里遇到的各种各样的人和他们的奇闻轶事，都妙趣横生，让你身临其境。他敏锐地察觉和捕捉到了阿拉斯加人身上相互矛盾的东西：既渴望清静无忧地独处，又希望时而有社交聚会；厌恶政府而依旧在公共土地上生活和设陷阱捕兽；阿拉斯加地广人稀，却没剩下什么地方可以让他们自由地生活。作者也捕捉到了阿拉斯加州历史上重要的转折时刻：纵贯阿拉斯加的输油管线的铺设，以及《阿拉斯加原住民土地权利处理法案》的出台和实施。毫不夸张地说，约翰·麦克菲的这本书生动而真实地反映了阿拉斯加文化的重要历史片段。《走入荒野》不只是一本有关自然的书，它的吸引人之处还在于对阿拉斯加人的生动刻画。它谈了政治、州的建立、淘金史、石油工业的发展、建立新首府的决定，记录了一群凡人的历史。它还引起人们对经济发展和环境保护的平衡这一问题的思考。尽管这本书已经出版四十多年了，但它依旧充满现代气息。阿拉斯加可能有所变化，但作者所描绘的阿拉斯加精神依然在遥远的广袤大地上飘荡。

余双全

2019年7月于浙江工商大学

杭州商学院外国语学院

献给玛莎

目　录

第一卷　北方的树线

被包围的河

我把我的印花大手帕沿对角线卷起来，这样能很好地兜住水分。我把它绕在头上系紧，并不时地用它蘸蘸河水。水温为八度①，用手帕贴着太阳穴，能降温醒脑。几天来烈日引起的头痛被消除了。北极地带的太阳往往强烈而有穿透力，此时似乎不那么耀眼袭人，连沿着T恤衫淌下的细流都让我觉得挺舒坦。此时此刻，这条河——我见过的最清冽、最纯净的水从石头上流过，把阳光劈得星花四溅，直袭我的眼帘。头痛让我想起有时因高海拔引起的那种难受，但实际上，尽管我们翻山越岭，也只不过身处海平面几百米之上。此刻，我们正乘着一艘皮艇②和两艘划艇③漂流。谢天谢地，我没轮到乘皮艇！我从驯鹿角的分叉（被绑在皮艇中的旅行袋上）上拿起钓竿，把渔线飞抛向溪流边的一道基岩。只见一条河鳟浮上来，它犹豫了一下之后，咬住鱼饵，追逐了一会儿。我拿掉鱼饵，放了这条河鳟，谨记不用衬衫擦手。穿了几天后，我的衬衫已几近

---

① 本书中温度均以摄氏度计。

② 皮艇（kayak）：座舱前后都有甲板，桨手握一只两端都有桨叶的桨，在艇两侧左右轮流划桨。皮艇有尾舵，由桨手两脚操纵。

③ 划艇（canoe）：桨手前腿成弓步，后腿跪着，两手握一支单面桨在艇的一侧划水，分左桨和右桨。划艇无舵。

肮脏，但是，置身于大灰熊当中，我宁愿发出人的气味，也不愿发出鱼腥味。

尔后我们接着划，沿着白色的矮坡隔出的长长的潭，查看在低矮的山丘间、在杨木林中、在白云杉和黑云杉中和河中可能出现的任何东西。河床清晰得仿佛水不存在。到处是成群的、椭圆形的鲑鱼。它们移动砾石做窝，做产卵的坑，直径有一英尺那么宽。它们对船只视而不见，但时而，它们会莫名其妙地急转身，如箭一般射向下游，仿佛感到惊慌，丧失了和它们所爱和濒死的伴侣相处的决心。有一些已经死了的，它们躺在那儿变白、变形，落在水底，躯体在水流中分解。用不了多久，除了颌骨就没多少东西留下了。与此同时，活着的鲑鱼突然横转，穿行于水面，精神抖擞地做出海豚式的、长长的凌空飞跃，然后啪地击水而落，在河中恢复队形，头朝北顺流而下。从划艇的一侧看去，就好像凝望满是齐柏林飞艇的天空。

一片乌黑的云，边缘银光闪闪，它正在穿过太阳。我穿上了羊毛衬衫。在阿拉斯加这个水到处流淌、看不出给溪流起名有什么好处的地方，有十九条叫“鲑鱼”的水流——十三条鲑鱼溪，六条鲑鱼河，其中，我们所在的布鲁克斯山脉的这条鲑鱼河是最靠北的，它的流域都在北极圈以内。鲑鱼河起自无树的冻土带苔原，向南进入北方针叶林（泰加林）的边缘，也就是北部大森林的最北端。森林线在此呈手指状，伸进被防护的山谷。动植物生活在边缘，以一种不宜改变的循环生存着。现在是下午五点钟。云飘移过去，太阳又露出来了。我脱掉了羊毛衬衣。太阳已经升起十四个小时了，还有几小时才会落山，它看起来像是沿一个稍微倾斜的平面慢慢地往下滚。一条名叫凯特里克河的支流从西北流过来。它与鲑鱼河一起造就了一个隆起的、平整的沙砾铺就的“两河流域”——一个出色的宿营地，而且，一眼就看得出，这是一个远远超出晚餐所需的捕鱼之地。

我们一行五人，四个是州、联邦联合调研队的，研究的对象就是这条河。我们并排搭起两个高山帐篷，捡了一些柴火锯好：香脂白杨（多被称为杨木）；柳枝和桤木枝；有一整棵小云杉，从梢到根，春季在河上游被破裂的冰劈开，现在已经干了。有五花八门的足迹，来的、去的，东南西北各个方向都有。哪里有沙子，哪里就有足印，还有砾石上的足印，只要砾石小到能在上面留下印记。还有狼的足印、驼鹿那尖的蹄印、不毛之地的灰熊脚印，一些驼鹿的脚印被狼爪打断，灰熊的大脚趾在最外边。

凯特里克河窄窄的、清清的，像鲑鱼河一样，翻着白浪冲入更大的河。在汇合处是一个深度能以米计的潭，有三四米深。因这样的深度，水呈苹果绿色，且依然透明。鲑鱼和河鳟那深色轮廓清晰可辨，它们或游进游出，或绕潭游弋。许多河鳟停歇在潭底。有一对亲密的鲑鱼，雄性环绕着雌性，划出一个又一个引人注目的圈。我们弓身凑过去看，差点掉下去。河边缘的砾石松散，那里最近被挖过，靠近河水有一个新的坑。那个坑显然是在一阵匆忙中挖成的。我想象是一只熊在看鱼，然后被激起想抓一条的念头，无奈水太深。兴奋，猛扑，熊掉进潭中，在松软的砾石处拼命扑腾，就是它在竭力脱身的过程中弄出这么个坑来。谁知道呢？无论是哪种情况，这个坑是故事的符号。

现在轮到我们在深潭中捕鱼了。我们晚饭要吃河鳟，北极地区的河鳟厚实鲜美的肉。河鳟身上是一片银光闪耀的彩虹色，点缀着黑色的斑点。它们的背鳍高得像是一条缩小版的旗鱼。在年复一年的循环中，在几千年的循环中，没多少人在这条河里捕过鱼。森林因纽特人在这个河口用围网捕鱼，但只到上游的第三个河湾。因纽特猎人和伐木人穿越鲑鱼河峡谷的时候，他们食物的一部分就是河鳟。总之，就目前所知，总共可能有一打外来者曾像我们一样乘船沿该河段旅行。因此，这儿的河鳟，以钓鱼的行话来说，就没钓出来过。几百年来，它们几乎没被钓过。火烧得很旺，正很快形成木炭。在北阿拉斯加，河鳟能长到大约十九英寸长，所以我们约定把比这小的统统放回河里。像平常一样，我们算了一下需要的数量——谁要和别人分，谁能自己对付两三磅重的整鱼。我们装备中的晚餐将被装在热的塑料水袋里准备好，那类似某种邮购的脱水炖菜——“山庄牌”冰冻干驯鹿块，接着是“山庄牌”冷冻干果。每个人都要一条整鱼。

那么就是五条鱼。鲍勃·费德勒、斯太尔·纽曼和我三个人拿起钓竿，专注于河上。联邦户外娱乐局的帕特·普尔绍此行还不曾抛出过渔线。如他自己所说，他正在退出钓鱼活动。在自己的工作中，他有过许多河上之旅。他是这样想的：同行者中总有想钓鱼的，自己退出就可以少钓些鱼。他已经厌倦了抓鱼、放鱼，厌倦了骚扰鱼，厌倦了惊吓那些莫名其妙又游回来的鱼。他想知道，一条鱼在被钩子钩住一段时间后的那一天是什么感觉。约翰·考夫曼在很大程度上已没兴趣钓鱼了。作为在阿拉斯加极北区[①]工作了五

---

① 从地理上，阿拉斯加可划分为西南区、极北区、内陆区、中南区和东南区。极北区通常指北冰洋或其附近的北部地区。

年的国家公园管理局规划师，他是个新英格兰假蝇钓鱼高手。在这里，他的“竹竿芭蕾”被看成是女人气的。其他人取笑他，他不起身，但是河鳟也不会咬他的黑色小咬假蝇、卡希尔假蝇和奎尔假蝇。所以，高而瘦削的他坐在那儿静静地看着，他的灰色短髭掩盖了他的厌恶。他确实同意到时间就结束这项活动。他看了下自己的表。看不见渔线，闪光的鱼饵旋转着奔向河面，沉入水中。钓竿弯曲。河鳟不生闷气，这一点像鳟鱼。它们撞上就跑，九分钟后，我们已经钓了五条，有十七八英寸长。我们在凯特里克河里把内脏收拾干净，小心谨慎地让河水把所有废物冲走。我们带了一个烤架。我们处理河鳟的方法就是直接把它们放在火上烤，不刮鳞，不去鳍，像烤牛排一样。没几分钟，鱼就烤好了。鱼皮下露出带褐色条纹的白色鱼肉，它比起鲑鱼的肉毫不逊色。它的背鳍是治牙痛的古老方子。咀嚼背鳍，疼痛就会消退。因为没人牙痛，背鳍就被扔进了火里。

鱼饵被抛入水中时，有可能在水底被卡住，你拽拉渔线，在弧线内走，抽动钓竿，咒骂着它坏了你的好事和装备。再用力拽一拽，可能是一块小砾石或沉底的圆木卡住了鱼饵，也可能不是。你可能碰到了一条爱想事的鳟鱼，它在沉思，还没来得及作出反应。在这次河上之行前不久，我在安克雷奇西北遍布湖泊和溪流的旷野钓鱼，渔线被钩住，那样子暗示有大家伙在底下。当我拽的时候，另一头有稍微的移动，是个朝着我的动作，显然是一条被搅扰的鳟鱼准备爆发的信号。我拉紧渔线，它朝我的方向又稍微移动了一点。几分钟后，我得到了一只满是泥沙的橘子苏打水罐头。

火燃烧的当儿，我讲了这个故事。鲍勃·费德勒回应说，在安克雷奇附近的乡间，许多人有夏季木屋。那里的鱼实际上早已被钓光，目前靠来自州孵化场储备的彩虹鳟来供应。“这就是阿拉斯加的神话，”他说，“在阿拉斯加，钓线甩出去必有鱼，每棵树后面都有一只驼鹿。但是鱼呢？驼鹿呢？人们总是满怀期望地出去，但最终失望而归。要到达一条这样的河源头，需要花很多钱。阿拉斯加州需要看看预算，考虑下那些负担不起前往这样一个地方的人的强烈愿望。”

约翰·考夫曼席地而坐，斜靠着他的圆筒旅行袋，不自在地挪动着身体的重心。“夏季木屋和温纳贝戈露营车的花费都可以包租很久的飞机了。”说着，他在岩石上梆地敲了下烟嘴。

费德勒耸了耸肩。他挠了挠自己黄褐色胡子下的脸颊。他强壮结实，不是特别高，有着宽阔的前额和一双睿智的棕色眼睛。假如西格蒙德·弗洛伊德是个探矿人的话，费德勒会很像弗洛伊德。他说他和妻子林恩在他们到达阿拉斯加的第一年差点离开。因为他们看不到什么东西，也负担不起户外的活动。一九七二年，他在南达科他州获得了一个高于本科的学位，而后径直前往阿拉斯加。为维持生活，他和林恩在安克雷奇找了工作。他在麦玛翰家具公司工作。他可是个野生动物生物学家。他所寻找的州政府里的工作都优先给了至少在阿拉斯加住了一年的人。与此同时，在安克雷奇，一个被山水隔离开的城市，一个在乔治华盛顿大桥西头就到了家的城市，他不得不到电影院去见识野生的东西。他没有包租飞机所需要的一小时几百美元。他没有一百美元。他知道原野就在那儿，数亿英亩的土地。但是他缺乏方法进入那里。他的灵魂开始发馊。幸运的是，他坚持等待，继续到处搬麦玛翰家具。最后，他得到了他想要的工作。他目前的工作是阿拉斯加渔猎局的野生动物学家，住在费尔班克斯。

来自安克雷奇的帕特·普尔绍插话说，他家附近有很多事可做。他攀登悬崖，在水流湍急、白浪翻滚的河里玩皮艇。

像费德勒一样，其他人的故事也传出来，比如一个我认识的来自阿肯色州的年轻人一年半前专为钓鱼和打猎来到阿拉斯加。经济能力允许他去的地方都找不到鱼，无猎可打。他在安克雷奇开出租车，直到再也受不了了。他回到芒廷霍姆的家休息了两个月，然后又回到阿拉斯加开他的出租车。“那是我见过的最美的春天，”他说，“山茱萸和紫荆盛开不谢，我在阿肯色州钓到了所有想钓的东西。在这里，要想好好地狩猎和捕鱼，你需要钞票。大家认为，捕鱼在这儿真的太贵了。我真的还没有赚到钱。”

外面来的人写信告诉阿拉斯加的朋友，他们想与他们待在一起捕鱼。“好啊，”朋友回信说，“但你必须包机。”“不，”下一封信说，“我们只想待在你家附近捕鱼。”阿拉斯加城里的人对这种愚蠢的想法直摇头，他们总是说：“这些下四十八州的人，他们不懂。”

流动的水中似有什么东西引得约翰·考夫曼抬脚走到河边。他安装好自己的鳟鱼钓竿，穿好渔线。他六点三英尺的个子，瘦瘦的，走起路来很坚定，身子前倾十度，下颌紧闭。他似乎是在河里寻找自信，并不那么想抓一条有可能是阿拉斯加极北区最后的河鳟来证明它的存在。用他的竹钓竿和高高抛出的渔线，他在河面上方的半空中划出长长的垂直的折线。他的红衬衫旧旧的；呢帽有洞，帽冠上绕着生皮条。他摇了摇那一动不动的假蝇，什么也没有。他再一次挥出渔线，让假蝇落在水潭远远的一边。接着河面发出一种真空内爆的声音，能感觉到一股威力。我们都欢呼起来。有两分钟，考夫曼斗着鱼，而我们等着这一切结束。他灵巧地、轻手轻脚地把鱼拉过来。他小心地把鱼捡起后，看着我们，似乎要把他的警徽扔到我们脚边的土里。我们三个人有三钩鱼饵、尼龙缆索，还总说着溪里的鱼都被钓光的故事，这真丢人！他看着河鳟，一条二十五盎司重的小家伙，但还会长。他似乎感到放心了。他从鱼嘴里拿出假蝇，差点割伤鱼唇，把河鳟放回了溪里。

河鳟是快游高手。在阿拉斯加极北区，这样的小河大部分都结冰了，而河鳟能快速跨越长距离找到安全的深洞过冬。活命求生，它们是经验丰富的老手，也是溪水质量的指标。它们追寻流速快和寒冷清澈的水。鳟鱼当然也是如此，但河鳟要求的标准更高。鳟鱼会栖息在不完美的水中，而河鳟拒绝将就。

太阳两小时前还在凯特立克河对面云杉尖的后面，现在已远远地偏到了它的右面，有点更接近地面。一整天，当太阳绕着天空的边缘划出一个马蹄形的时候，那光线是浓艳的那种，如傍晚在更靠南部的地方出现的，光耀墙壁，阴影蔽檐，凸显出一种浮雕之美。现在是十点半，该是睡觉的时间了。凡是可以烧的东西和更多的别的东西早已被扔进了火。我们烧我们的塑料冷冻干燥袋，烧瑞士小姐牌可可的包装袋。如果我们有罐头——辣味火腿、午餐肉，我们就烧它们，直到罐内一切痕迹都被烧得一干二净。这是清洁工作的一部分。凡是火没有烧掉的东西后来都进了袋子，而这些袋子将一路跟着我们穿越数万平方英里的原野。不掩埋任何东西。而且，烧罐头是考虑到熊，食物的香味可以烧灼掉。我们没有必要把肉串起来高挂在空中。我们带的肉不是干的就是罐装的，想来是无味的。

凡在我能想到的地方，这些内衬锡箔的罐子和塑料容器对森林都是一种冒犯，但在阿拉斯加，它们的用处巨大——能帮助你穿越熊出没的野地而不招来熊。更确切地说，“毫无招来熊的可能性”。未开的沙丁鱼罐头曾在灰熊的粪便里被发现。

熊的故事一度成为篝火旁的谈资。约翰·考夫曼记得，北极国家野生动物区的保护区管理员阿韦·塞耶有一天惊到了一头灰熊，而灰熊冲过来时他站在原地不动。塞耶压低嗓门说：“咻！”灰熊顿时停下。两张脸相距十英尺，谁都没动一步。塞耶小心翼翼地往后挪步，灰熊慢慢前行。塞耶说：“咻！”灰熊停下了。塞耶往后走，没有突然起跑，灰熊跟着他。就这样，塞耶往后走了大概两百码。然后灰熊和他拉开距离，一直和他平行走了一英里左右，到了他的营地。在那儿，灰熊没了兴趣，转身走了。

费德勒表示，灰熊一般会避开人，人们也应该避开它们，不要愚蠢地挡它们的道。比如，不要在熊的路径上搭帐篷。不久前曾有一个探访阿拉斯加的作家把帐篷搭在了熊的路上。熊把作家从帐篷里拎出来，吃得只剩下一支铅笔。

“好了，讲够了！”本次调研的正式队长帕特·普尔绍说，“熊的故事到此为止。晚上讲熊的故事可不是个好主意。我知道有人在睡袋里尖叫着醒来。”

碰巧，帐篷的后面有一条干涸的沟。河水泛滥时，它就成了网状河道的一部分，目前像是穿过森林而来、经过帐篷抵达河边的通道。上面的足迹显示那是条动物路径。我对此略微有些紧张，但是接着我对很多事情都有些紧张。我们进帐篷后就把帐篷门封好。蚊子虽然不是黑压压一片，但也很多。我们在帐篷里用手拍死一些，准备睡觉。不一会儿，其余的人几乎都打起了鼾。我透过帐篷窗户的网眼仰望，看到了云杉树枝，看到了天空。暮光苍穹，太阳西下。每天，日落要比前一天晚九分钟。过三个月太阳将停止升起。但是现在，在深夜时分，天空亮得看不见星星。我无法借两点钟的光线阅读。

早上七点，水温七度，气温十三度，天空湛蓝清亮，这是一九七五年八月十八日，一个晚秋小阳春的早晨。早饭后，普尔绍出去测量营地附近最大的一棵云杉。他发现了一棵及胸高度的直径有二十二英寸的树。这个地区大多数的云杉很细，看起来像烟斗通条，好一些的像洗瓶刷。它们尽管很强悍，但是处于自己的森林世界的边缘。它们能长五十年而树围只有一英寸。然而，这里有一片一英尺高的树，另一个品种那片有两英尺高。普尔绍说他要在自己的报告中写上只有一棵树围这么粗的树。“否则，林务局会认为这里有木材。”

我们的船中有两条是德国造的皮艇，可拆卸和拼装。这种船很久以前由德国罗森海姆市一个叫作“疯裁缝”的人发明。这位“疯裁缝”在世纪之交以他的登山裤和洛登呢①披肩知名。那是在一九〇七年，他在造船上小试牛刀。巴伐利亚每一个主要谷地都有一条铁路穿过。森林周边小河环绕。把船运到小河几乎不可能，因为船太大，无法在火车上与旅客同行。裁缝想，要是船能被放进手

① 洛登呢（loden）：一种起源于德国的面料，由羊毛制成，具有厚实、防水的特点，通常用来制作外套。

提包里，要是一只手提箱就能变成一条皮艇，那该多好呀！他的名字叫约翰·克莱珀。他用帆布做壳、可拆卸的硬木部件做骨架设计了一条可折叠的皮艇。在随后投入生产后，这种船在国际上获得了成功。克莱珀本可以就此止步。第一次世界大战后不久，他设计了一条更大号的，船的甲板上开了两个孔。原来那条是为单个桨手设计的，而这条是为一个团队设计的。我们带了一条单人皮艇、一条双人皮艇。小一点的迅捷、灵敏，在溪上轻盈如羽毛；双人的比一根三吨重的圆木的机动性还差。国家公园管理局的斯太尔·纽曼把它叫作“蛇眼”，于是大家都这么叫。“蛇眼”是我们的“黑船”①，我们的卡戎渡船②，我们的“地狱”号。一整天，我们把羞辱都甩给“蛇眼”。

普尔绍和我今天早上用双人克莱珀皮艇，消耗的能量和产生的动能之比是七十五比一。这部分是因为“蛇眼”的底部时常切到河床，许多浅滩水很浅。船底多处磨损得厉害，产生了漏洞。格鲁曼划艇更宽，更长，更能载重，它至少携带了我们所有装备的一半。不过它行驶时吃水浅，水阻力比“蛇眼”小。幸运的是，河的下游很开阔，而且一般要比桨划到的深度深一点。河床的坑坑洼洼要比那深得多。划过数英里，一条鲑鱼觉察到“蛇眼”的差劲，在它的旁边凌空掠过，一连串的跳跃，十磅重的鱼以高出它自己五倍的高度跃入空中。这是一次虚张声势的示威，也是对其领地的宣示。毕

---

① “黑船”（bateau noir）：一种轻型平底的河船，在整个北美广泛使用，特别是在殖民时期和毛皮贸易盛行时期。该船的浅吃水在河流中表现良好，平坦的底部则可以稳定装载大量货物。

② 希腊神话中把亡灵送往冥府的渡船。

竟，这是条因鲑鱼而得名的河。这条跳跃的鲑鱼在它的种群中往前游，无视那些濒死的鱼。完成了产卵后，这些鱼慵懒地、睡意蒙眬地随波逐流，它们的动作缓慢安静，平静地漂走。

我们已经完全出了山。在云杉和三叶杨的尽头是沼泽平原和融冻湖。我们看见被豪猪咬过的云杉和被海狸咬过的三叶杨。驼鹿往往在冻原这个地方聚集。晚秋时节，一些穿过鲑鱼峡谷迁徙的驯鹿会在此停下，把这里当作冬季草场。我们看到一对潜鸟、小加拿大鹅，还有小秋沙鸭和它们的妈妈。水貂、貂鼠、麝鼠、獭，这些这里有的生物栖息在横跨北美直抵缅因州的北方大森林中。我们经过一个小瀑布，它在满是片岩的折叠条纹的悬崖下。在河湾处我们碰到了被洪水侵蚀的堤岸——泥岸。这说明往上游去有一定深度的地表覆盖物，不知离河道有多远。那泥是棕色的，闪着光，它们实际上与美国东部乡间溪流的堤岸一样，不同之处是流经这里的水是清的。在十六世纪，美国东部的溪流是清的，除非发洪水。但是自打人们开始从覆盖的土层上去掉植被、不种庄稼让田地休耕之后，雨便把土壤带入了溪流。这一过程仍旧持续着。如今，当人们看着溪流季节性的不同巧克力色的变化时，溪流遥远的过去全然消失了，甚至难以想象。但是就这条阿拉斯加的河而言，它的十六世纪尚未结束，十五世纪也没结束，连五世纪都没结束。这条河流淌着，一如亘古，自主平衡。这条河和哺育它的每一条小溪都处于未经改变的自然状态中——泛滥时浑浊，平时清澈，在一年又一年封闭的周期中变化。河流的周期只是数以百计的周期之一，有生物的，也有气候的，这些周期在没有外来谋划的情况下恰巧相逢、融合。过去行进至现在，现在反映过去，这些周期造就了地球的这一区域。它不是静止的，所以不能被称为“原始状态的”，除了在这一特殊意义上——那就是，虽然人类在这一河谷以小群落的方式狩猎、捕鱼、采集野生食物数百年，但他们尚未开始改变它。这样的一种描述适用于阿拉斯加的许多河流。但是这条河，因为它无与伦比的美，因为它的地理位置——部分河段位于北方针叶林带（泰加林）内，部分超出了泰加林的最边缘，所以被认为足够壮美，成为一条“国家原生河”，与它邻接的流域一起被保留为不可改变的原生地貌。考夫曼、纽曼、费德勒还有普尔绍都在以他们各自的多种方式探讨这种可能性。原生河的提案是一个大计划中的小计划，因为它已被完整地纳入一项“国家级名胜”的提案当中，国会计划在一九七八年底之前实施该提案。这处国家级名胜不仅包括整个鲑鱼河流域，而且包括科伯克河谷的一大部分，鲑鱼河是其中的一条支流。（在内政部[①]术语的云山雾绕中，“国家级名胜”常常用以描述各个方面都称得上是国家公园的某些辽阔的保护地，两者的区别仅仅是名称不一样。）“科伯克谷国家级名胜”这项提案，覆盖近两百万英亩的土地，与阿拉斯加其他十个同样待国会确认的新国家公园和新国家级名胜相比，在面积上相对不算大的。这些土地加起来有三千两百万英亩，比整个约塞米蒂国家公园、整个黄石公园、整个大峡谷国家公园和红杉国家公园加起来还大，将把目前国家公园所覆盖的面积扩大一倍还多。形象地说，三千两百万英亩稍稍超过纽约州的面积。

尽管听起来已经很庞大了，但这还不到阿拉斯加面积的十分之

① 国家公园管理局隶属于美国内政部。

一，阿拉斯加有三点七五亿英亩。从1867年阿拉斯加易手到1958年《阿拉斯加州地位法案》生效前，阿拉斯加的土地几乎都属于联邦。土地对宅地和其他形式的私人收购开放，但是，即使把所有的社区都算进去，实际上也只有不到百分之零点五的土地转到私人手中。在《阿拉斯加州地位法案》中，联邦政府承诺把一亿零三百万英亩土地转为由州所有，也就是阿拉斯加的四分之一多一点。这和加州一样大的面积，被认为足够当时的人口所需，也可能足够可预测的将来的人口所需。这一土地分配之慷慨，比照以下事实就显而易见了：阿拉斯加一九五八年的人口（所有土著包括在内）实际上和萨克拉门托市的人口一样。即使现在，在州地位确立后，参加建设阿拉斯加输油管线和石油热所吸引的新人口输入后，整个阿拉斯加的人口还是少于圣荷塞的。阿拉斯加的中心悖论是它既大又小：广袤的土地上人口如此之少，以致人们在提及时都称之为边远地区，而不是一个州。阿拉斯加有四十万人，大约一半生活在安克雷奇市及其周围。该州的道路系统非常有限，几乎到了无足轻重的程度。对阿拉斯加当代样貌的认识实际上需要反思，因为已被文明局限住了的想象力无法涵盖如此巨量的荒野之地。不管怎样，想象一下，在一五〇〇年，从纽约去芝加哥，或者更确切地说，从纽约所在的位置到芝加哥所在的位置。如今的阿拉斯加虽和那时一样荒凉，这样的旅行是可能实现的；那时候，一些旅程要翻山越岭，穿越森林，沿着阿拉斯加的溪流走。阿拉斯加有连成整体的下四十八州的五分之一那么大。现在的问题是，这片土地将来的命运如何？它绝不是“冰冻的废物”。这里几乎半年时间都是绿色的。前所未有地，它吸引了利益互相冲突的群体的注意力（开发者、保护者、其他人），而二十世纪七十年代发生的事件加速了对这一问题的答案的揭晓。

在二十世纪六十年代，阿拉斯加土著一度成功地让所有事情陷入瘫痪。因纽特人、印第安人和阿留申人协调一致，提出了在《阿拉斯加州地位法案》通过时总体上忽略的土地所有权。目睹一亿零三百万英亩土地在立法完成了所有权转让的准备，眼看地质勘探学家进来在北极冻原地下发现了阿拉伯宝藏，土著提出，他们自古以来就占据该地，这赋予了他们对阿拉斯加土地的特别所有权。他们雇请律师，在联邦法院和内政部最高层寻求同情和理解。其结果就是政府开出了可观的赔偿。阿拉斯加仅有大约六万土著，他们最终以十亿美元和四千万英亩的土地与政府达成和解。

成就此事（还有大量更多的）的立法就是一九七一年的《阿拉斯加原住民土地权利处理法案》的通过。在阿拉斯加历史上的重要事件中，这一件也许比《阿拉斯加州地位法案》和易手协议还重要。因为它不仅永远改变了土著社会的地位，大大改变了其社会结构，还为纵贯阿拉斯加的输油管线开辟了道路。这条管线只是主张开发的阿拉斯加人构想的许多大工程中的第一个。像宝石切割工的凿子劈开钻石毛坯，该法案影响了整片土地的划分、再划分、所有权认定、地块分割，这些地契将这部分土地从阿拉斯加的自然地貌中划了出去。

因为环境保护主义者对将要铺设的输油管线感到愤怒，国会试图通过在《原住民土地权利处理法案》中纳入更广泛的保护条款予以平衡。其中最重要的是这样一个段落：它指示内政部部长选出对国家的主人——美国公民来说利益重大的、值得保护的土地，它们不仅将被设为国家公园和国家原生河、也被设为国家野生动物保护区和国家森林来保护——总共约有八百万英亩。选择将是困难的，因为阿拉斯加很高比例的土地都符合这一要求。内政部成立了一个“阿拉斯加规划小组”，各个部门开始提出他们想拥有的土地、湖泊、河流——这些地点覆盖阿拉斯加的各个地方，从马拉斯皮纳冰川到克鲁森施特恩角，从波丘派恩流域到阿尼亚查克火山口。

国会给了这些部门（给了内政部部长）多达七年的时间去研究，并让他们为在这些关乎国家利益的土地中作出的每一个选择提出理由。人员开始向北转移。比如帕特·普尔绍，大学刚毕业，已参加了公务员考试，然后在丹佛的联邦中心找工作。他脑子里没什么明确的目标，准备接受任何可能的工作。他偶然进了联邦户外娱乐局，不久就下到阿拉斯加去考察那里的河。他对皮艇、划艇、背包徒步、野外宿营几乎毫无经验，但学得很快。约翰·考夫曼，我的一个多年的朋友，一直在规划国家公园系统新的组成部分，诸如 C.&O. 运河国家历史公园和科德角国家海岸。他的工作转到了阿拉斯加，他在安克雷奇市建了一所房子，不久就划定了布鲁克斯山脉中央八百三十三万英亩的土地作为他的特别区域。一旦国会通过，这一地区就会变成北极之门国家公园。它有数百英里宽，在鲑鱼河的东面。五年里，他走过它的土地，飞越过它的上空，乘独木舟漂过它的河流，在各种天气里露营在它斧削一般高耸的山峰下。来这里之前，他多在野外跑（他是个四处游荡的人，写过一本关于美国东部河流的书），尽管如此他是那种穿着蓝色的西装外套，能够融入大都会俱乐部这种社交场合的人。看着他现在的样子，你无法想象。如果他脱掉衬衫抖抖，死了好久的蚊子的碎尸就会掉落到地上。当初修长的他现在瘦巴巴的。在这么长时间凝视布鲁克斯山脉中央高耸的锐利坚硬的山峰后，他变得很像它们了。日晒风吹中，他的相貌或多或少已接近灰熊的样子。任何咬一口约翰·考夫曼的熊都不大可能把他吃完。

此刻，待在离鲑鱼河和科伯克河交汇处不远的砾石小岛上，他说他当然希望国会不会忘了他们对涉及国家利益的土地的承诺。一些环境保护主义者对输油管线充满敌意，把设立公园和动物保护区的提案看成是为安抚他们而写进《原住民土地权利处理法案》的，目的是压低令人不愉快的生态主义者的吵闹声。那些为经济效益想要发展本州的人凭着八百英里管线得到了他们渴望的东西。作为回报，环境保护主义者得到了纸上的一百三十个单词。但是，整个段落规定的是八百万英亩土地可以被暂时放在一边研究研究，没有随后保护的承诺。原野协会、地球之友、塞拉俱乐部、全国奥杜邦协会，还有其他保护主义组织已组成了“阿拉斯加联盟”来提醒国会记住它的承诺、它的道德责任，以防提案中公园和保护区的边界线慢慢地从地图上消失。

气温是二十一度多一点，午餐摊在地上。我们吃了常吃的“水手男孩领航员”面包（在华盛顿州的塔科马烘焙的多油的点心）、花生酱、果酱、装在管子里的加工奶酪，这些都是在北极圈上空长途跋涉而来的大社会的人工制品。别的更大的人工制品可能马上到来。在阿拉斯加输油管线旁开辟的公路最终将向公众开放。届时，将有可能实现人类历史上首次开着一辆温纳贝戈露营车，或是一辆凯迪拉克·弗利特伍德，从迈阿密海滩到北冰洋。不可避免地，这新的北进的路将分出支路。一条规划中的支路将从输油管线往西通往楚科奇海沿岸的科策布和基瓦利纳。道路恰巧穿过鲑鱼河，就在我们吃饭的地方，而国会本可以以牵涉国家利益的土地的名义令其改道。我们离输油管线两百五十英里，离最近的公路三百五十英里。但是在冻原这儿，也许不久将矗立起一个相当大的桥墩，嵌入这透明的河流。我挤出最后一点奶酪，它像有凹槽的糖衣一样从管子里出来。

剩下的河段不多了，我们划得很快。皮艇和单人划艇上下轻盈摆动，“蛇眼”吃水很深，甲板几乎与水位线齐平。迂回曲折的溪流扩展开来，原野开阔起来。在鲑鱼河开阔的河口，砾石河床十分浅，我们出水时拖着“蛇眼”。我们已经穿过了群山，我们最近被困在低地平原的溪岸之间，现在我们走到了一条大河边缘开阔的卵石滩上。宽阔的河湾伸向远山。远眺东北方向，更高的、更靠近中心位置的布鲁克斯山脉，在一堆堆平底的白云下面朦朦胧胧，呈现出蓝色和浅棕色。我们的南面有山，北面也有山。这条河跑了整整两英里，来到了最近的上游河湾处，这里看上去像个湖。秋沙鸭在其中游弋。科伯克河的有些河段像育空河一样宽，但它的水流要慢一些，全然没有育空河强劲的水流。育空河像许多阿拉斯加的河流一样不透明，夹杂着碎石、冰川的冰碴。在这样一条河里乘皮艇，你能听到山川的小颗粒像砂纸一样擦着船壳。冰川都在降雨量足够孕育它们的地方。在阿拉斯加南部的一些地方，年降雨量达到两百英寸，那里是大型阿拉斯加冰川的所在地。在北部的这里，年降雨量低至十五英寸，许多沙漠的降雨量都不止这一点。然而，北极圈内地面保存了降雨，但让它封冻半年。所以，这里不是沙漠。鲍勃·费德勒在阿拉斯加渔猎局工作，这让他去过阿拉斯加州很多地方的河，科伯克河的情形让他吃惊。“看到这么多清澈的水令人惊讶，”他说，“在这么大的水系中，通常有一两条冰川支流，它们会把河水弄脏。”

站在岸上，费德勒抖动手腕送出一个大的珐琅勺子型鱼饵，它像理发店旋转的标志那样飞过河面。落入水中不一会儿，他与某种不是河鳟的东西较上了劲。那鱼有一点怒了，但大部分时间里它还是游动的。它往上游，往下窜，突然地朝渔线拉紧的方向猛冲。费德勒的胳膊在摇摆，此刻又稳住了。费德勒拉紧线，让自己和鱼保持一种均势，直到鱼最终猛地落在他脚边干燥砾石上。这是一条九磅重的鲑鱼，晚餐的第一步。斯太尔·纽曼也抓到了一条鲑鱼，差不多大小。我抓了一条七磅的，未成年，就放了。帕特·普尔绍此前始终冷静地戒绝钓鱼，此刻突然也受到了诱惑。夏季大约有十万条鲑鱼会在科伯克河出现（这是通过空中勘测技术得出的）。科伯克河长三百英里，至少有五十条相当大的支流——五十条鲑鱼能够洄游产卵的溪流，然而，当它们沿科伯克河游到这里、也就是鲑鱼河的河口时，三万条鲑鱼会游向左边的鲑鱼河。一群又一群的鱼到达这里，稍作停留、徘徊、侦查，为游向老家的溪流作准备。我们看到的岸边的涟漪不是湍流，而是鲑鱼群。普尔绍再也忍不住了。他虽已把自己从钓鱼的队伍中排除，但准备回归。返祖性的本能控制了他。他崇高的决心在奔涌的鱼群面前崩塌了。

他借了费德勒的钓竿，装好鱼饵。收渔线，什么也没有。他再抛出、收线，还是空空如也。在河里，也许水比鲑鱼还少，但那并不能保证你能撞到一条。鲑鱼在洄游产卵的途中不吃东西，如果有什么东西划过，它们显然只是因本能的反射作用而用嘴去咬。普尔绍再次抛出渔线，没东西。再抛，这次鱼饵卡在了河中，仿佛嵌进了水泥。可能是块大圆石，也可能是淹没于水中的圆木。鱼饵似乎被挂住无法取回，直到河水泛滥。普尔绍是一个红须飘飘的高大男人。他身高超过六英尺，金发披肩，胳膊上的肌肉因长距离的划桨而结结实实的。然而这条鲑鱼把他拽到了河岸上。鱼跃到空中，扭动着拍向河面，这猛冲的力量太大，普尔绍别无选择，只能随着线走，否则线就断了。他跟着这条鱼往下游跑了五十码，然后是七十五码。鱼现在改变了计划，开始往上游游。普尔绍跟着。缠斗持续了三十分钟，耗费了普尔绍几乎一半的力气，但是他赢了，因为他比鱼大。这条鱼不比他的腿粗，最后，当鱼出水落到砾石上时，它嘴里已经没有鱼钩了。鱼钩凑巧钩在背鳍上。阿拉斯加的法律禁止保留以此种方式垂钓到的鱼。鲑鱼必须嘴里含鱼饵。普尔绍取出鱼钩，轻轻地用双臂抱起这条大鱼，走进河里。他把鱼的右侧身体朝上放在水中平托着，直到确信它受到的冲击已经过去并已恢复能力。否则，它可能会肚子朝天并淹死。

如果那是我的鱼，我可能倾向于保留。但这样的想法不会掠过普尔绍的脑海。而且，借了阿拉斯加渔猎局一个官员的钓竿，你很难在他看着的时候抢过一条鲑鱼，塞到袋子里。对于费德勒来说，他猜想以这样的方式抓的百分之九十五的鲑鱼都被保留了。而普尔绍腾空了手，这条鲑鱼游走了。

住在科伯克河畔五个小村子里的森林因纽特人往往不会用地形地貌的大概念来想问题。他们不把河看成一个实体，而是看成由各种角色汇成的盛装游行，每处河湾和漩涡都有一个名字。比如我们所在的这个两条河的交汇处叫克鲁古奇盘戈，直译的意思就是“鲑鱼口”。数千年来，森林因纽特人随丰饶周期的变化在这里捕鱼。下游一英里左右，显然是个因纽特人营地，帐篷眼下是空的。我们发现点三〇步枪的弹壳到处散落在河滩上，还有一个随 C 口粮[①]配送的 G. I. 开罐器。除了一些老树桩外（我们想象是一群狩猎者砍柴留下的），沿鲑鱼河我们看不到什么人类生存的证据。现在我们已经进入文明的最边缘，由一个帐篷、一些弹壳、一个开罐器所提示。在五个科伯克河沿岸的村庄里：诺尔维克、凯厄纳、安布勒、申纳克、科伯克，总共居住着刚刚到一千人。凯厄纳是离我们最近的村庄，在下游四十公里外。近些年来，驯鹿和鲑鱼在离家更近的地方也很多，凯厄纳的人已不必要跑这么远捕鱼。否则我们会发现，这儿宽阔的砾石滩上摆满了晾晒架——鲑鱼被劈开，平铺开，挂在架子上——用围网捕鱼的人们从旁边走过。

我们回到船上，用桨撑开，顺科伯克河而下。在这儿划皮划艇和在大湖上划船差不多。你盯着两英里之外的某一点看，直到它令你昏昏欲睡。河底几乎像鲑鱼河底部一样清晰可见，一样吸引人。河床上布满砾石，稍有点泥沙覆盖其上。在浅的地方，鲑鱼在泥沙上留下踪迹，像是手指在尘土上划出的线。因纽特人知道，一群鲑鱼会跟随另一群的踪迹。在水浅的河湾处，捕鱼营地就搭建在鱼的路径旁边。“我们必须有鱼才能生活。”这些人说。并且，鲑鱼的每个部分他们都利用了。他们就着熊果吃鱼卵，烤、熏、煎、煮或风干鱼肉。他们把鱼头埋在垫了树叶的坑里，放上数星期，结果就

① 一种灌装预制的湿口粮，由美国陆军配发供单兵随身携带，在口粮短缺时使用。

是一种令人想起奶酪的美味。把发酵的鲑鱼敷在脖子和鼻子的皮肤上，可以用来治疗发烧和感冒。一个家庭每年可消耗多达一千条鲑鱼。喂狗需要很多鲑鱼。狗吃整条鱼，它们还吃下鱼鳍、鱼肠，以及人吃剩下的鱼骨头。狗群基本上已经被摩托雪橇取代（或叫作雪机，在阿拉斯加几乎都这么叫）。结果鲑鱼的收获量开始下降。在没有路的地面上，尽管雪机的时速达到惊人的五十英里，但它时不时抛锚，由此令人面临险境。陷入困境的旅行者总不能吃雪机。于是，该地区的狗群数量又增加了，鲑鱼的捕获量也增加了。

此刻，在河上行进数天以来，我们首次听到引擎的声音。一条船从西面绕河湾进入我们的视野。一艘胶合板小艇。两女一男，毫无疑问是行进在从凯厄纳到安布勒的路上。三十五马力的埃文鲁德发动机把他们推向浪尖，他们挥挥手过去了。村里有一些皮艇，小的用于在溪里和湖上捕猎，但是现在我们只能看到单人克莱珀皮艇和“蛇眼”。

离克鲁古奇盘戈四英里，现在五点，是该休息的时候了。毕竟我们还是一个官僚机构的延伸。从河边走出老远，考夫曼在一处莎草地上挑选搭帐篷的地点。一根大的杨树圆木半埋在沙子中，放在火边就是长凳。蚊子成群，但还不是特别糟糕。阿拉斯加的这一地区靠近海岸，蚊子飞起来有时浓密得像旋转的烟柱，黑得像树干。但我们没见过这样的密集度。考夫曼说起，在北极之门国家公园那边，他一巴掌就打死了四十只蚊子，但此时季节已晚，蚊子的数量减少了，我拍了下胳膊，打死七只。

科伯克河的水温为十四度，与山里的河相比显得温暖。我们脱掉衣服，带着肥皂冲进水中。然而，你无法假想这是非洲的林波波河，我们对着冷水喊着、叫着，短距离猛游几下，然后在明亮的夕阳下颤抖着身子。此时此刻毕竟科伯克河的水温与缅因州海边的水温差不多，而那里常听到的说法就是“冰冷”。穿羊毛衬衫感觉很好；往火里添加漂木，火焰熊熊，感觉更好；一副北极蛇伤药比这还要好。在数周前写给我们的备忘录中，普尔绍在“选择性个人装备”下列了“北极蛇伤药”阿拉斯加没有蛇，但要是万一蛇出现呢？我包里的乳液产自田纳西州的林奇堡。

鲑鱼切片，在面粉里滚一下，放到平底煎锅上嫩煎，是鱼中佳肴，鲑鱼中美味。很少有例外，在北极圈河流中游走的太平洋鲑鱼是被称作“秋鲑”的品种，它的肉缺乏银鲑、红鲑、帝王鲑的那种深粉红色。若在这些品种当中选择的话，带鱼饵的人不会去钓秋鲑，这些鱼很少是为娱乐而钓。不过在红鲑和驼背鲑之后，秋鲑在商业鲑鱼捕捞业中位居第三，每年产值数千万美元。阿塔巴斯卡[①]印第安人在育空河里捕鱼，他们把帝王鲑放在自己的餐桌上，给狗喂秋鲑。因此，他们把秋鲑叫作“狗鲑”。对于居住在极北区西北部因纽特人，他们几乎没见过别的种类的鱼，所以当他们听到印第安人的这个叫法时感到很好奇。

我们远望两百码以外科伯克河对岸倒映在平静河面的云杉。周边展开的景观依然引人入胜。昨天夜里，我们在森林里与激流的水

① 阿塔巴斯卡人：亦称“提纳人”，北美西北部说印第安语系提纳语族诸语言的印第安人。依语言和生活特点，现分三部分：北方部分在阿拉斯加和加拿大西部，历史上主要以猎鹿为生；中间部分居美国西北部和加拿大的太平洋沿岸，包括特林基特人、海达人等；南方部分包括纳瓦霍人、阿帕契人等，分散在美国西南诸州的保留地内。另有少数人在墨西哥北部。

声相伴。现在完全相反，因为我们坐在巨大的几乎完全无声的寂静之中。我们听见篝火发出的噼啪声，时而听见虫吟鸟鸣。飞机的声音从耳畔划过又消失，这是我们听到的第一架飞机的声音。

考夫曼说，从公园规划的角度，他担心可能为鲑鱼河开辟的空中航道。“上游那里不是一个大的世界，我不确信它能派多大用场。”

这使费德勒想起进入荒野的旅行成本，并使他再次考虑谁承受得起去那儿的费用。“鲑鱼河是一条十分美丽的河，”他说，“但是对百分之九十九点九的人来说，它无法企及。回到费尔班克斯后我不会告诉每个人，他们绝对得来看看鲑鱼河。”

“这是一次很棒的经历。”

“如果你恰好有额外的六百美元的话。国家公园管理局会允许搭乘直升机或者超级幼兽单翼机进入水源地附近的某处砾石滩吗？”

“为什么必须能够进入？”普尔绍插进来说。

“为什么必须有原生的风景河？”费德勒想知道，“为什么选这条这么靠北的河？因为抵达成本巨大，‘原生鲑鱼河’对大多数人来说只是地图上的记号——是公园管理局、户外娱乐局、阿拉斯加渔猎局的工作人员偶尔为之的旅行目的地。由于承受着遥远的南部所施加的压力，阿拉斯加的户外运动爱好者正在经历艰难时刻。”

“户外运动爱好者的数量在增加。”

“户外运动爱好者的机会在减少，这些联邦的提案把只有富人承受得起的土地和河流暂存起来。”

“有关北方的这里的提案是面向将来的，”考夫曼说，过会儿又补充道，“像黄石公园那样。翻开这个国家的历史，去一个从未有人野营过的地方一直是可能的，而现在这种机会正在枯竭。我们必须保护这种机会，不惜刻意为之。总有一天人们想要看看这样的原野，无论付出什么代价，为了看到它而积攒一切。我说的是半个世纪以后，那时一个原生态的、未被探索过的地方可能不复存在。”

我头顶上有张网，无法集中精神在这场讨论上。因为有种比蚊子更坏、更小的东西——一团一团的飞舞的扎人的带刺小虫，此刻在我们周围绕来绕去，并穿过防蚊头罩的网眼。它们跟着我们进入帐篷，无视帐篷的网纱。它们彻夜在我们的脸上叮咬。

一连两天，我们盯着科伯克河迷人的景观，而其开阔带给我们的新鲜感渐渐消退。不可思议地，科伯克河几乎是精确地每两英里分成一个个河段，一个河湾接一个河湾。我们第一天顺流而下二十英里多一点，次日仅十六英里，部分原因是强劲的迎面而来的西风。在和虫子度过糟糕的一夜后，第二夜我们选择把帐篷搭在远离草丛的沙砾滩，那里的河床干燥，离最近的植被两百码。相信水不会涨。宁愿一下淹死也不愿一点一点地被虫子吃掉。船头一触岸，蚊子便蜂拥而至。我们搭好帐篷时，开始下小雨。天空的东面是蓝灰色，我们在一个岛上扎营，在岛后面的沼泽里钓鱼，什么也没有，只有六英寸长的河鳟。考夫曼和我试着绕岛走一圈，但岛比我们想象的要大。而且，河滩沿着沼泽延伸一段距离。我们费力穿过密密的柳树和桤木，浑身湿了个透，只得放弃绕行，横穿小岛返回营地。我们看到狼的足迹，足足七英寸长，大得惊人！我的口袋里有卷尺，量出来就是这么长。旁边不到一码的距离有另外一串跑得慢的动物的足印。早些时候，在凯特里克河汇入科伯克河的河口钓鱼时，我们发现狼的足印与一只奔跑的驼鹿的足印杂乱地交织在一起。有方向的变化，重叠的圈子，没其他印记。这些行迹似乎告诉我们发生了某种难解难分的遭遇，否则就是两只非常奇怪的动物在不同的时间通过了那里。此刻，饭后，在微雨中我们朝河的上游看，看到一只母驼鹿走出柳树林。它在河里喝水。它一动不动地站了一会儿，凝视着水的那边；尔后慢慢地退回树丛。驼鹿在阿拉斯加西北这儿多得数不清，你很难想象没有它们，可它们出现在这里不过五十年。其他生物（熊、鱼、驯鹿）的生存模式历经漫长的循环周期，历经盛衰，但它们已经在这个地区生活了上万年，即便离开本地一段时间也总会回来。然而就驼鹿而言，没有证据表明它们在二十世纪早期就在这儿，而现在它们已融入当地的环境和经济。

一天中有八条舷外驱动的船朝着上游从我们旁边驶过，上面都至少有三个人，有些带着孩子。晚上，四条船回来了，又经过了我们。这似乎是科伯克河的节奏：每过一个小时就有因纽特人经过，至少在河的这一段如此——距最近的村庄还有好多英里。我记得鲍勃·沃德罗普说过在快要结束某些行程时，他如何依靠偶然经过的印第安人带路。沃德罗普是布鲁克斯山脉的导游，在分水岭①两侧带队长途旅行，主要靠双脚徒步。很多时间里，他不知道自己确切在哪里。地图缺乏细节，他解释说，许多山也没有被命名。在八英里左右的范围内，他对自己的位置比较清楚。但他发现很难做比这更精确的筹划，那些想知道自己到底在哪里、想按确切计划走的人，用他的话来说就是“循规蹈矩”的人，可能对这种旅行不满意，也不会成为好的旅伴。和考夫曼一样，沃德罗普不希望他的布

① 布鲁克斯山脉为育空河流域和北冰洋流域的分水岭。

鲁克斯山脉是别的样子。他想要的就是不确定，他想保留惊奇。当爬上无名的山，在山顶发现某样容器、证明某人或其他什么生物为第一个征服者时，他就把这些容器放在包里带出去。如果你对他说“你在改变历史”，他就会说，“是那些留下记号的人改变了历史”。当沃德罗普从山里出来，比如萨得勒洛奇山脉，穿过潮湿的苔原向北冰洋方向走时，他不知道何时能到达水边的何地。但是他依靠“在最近的因纽特村庄招呼”，搭车去巴特岛，在那儿有邮政飞机起降。一小时在这儿，一天在那儿，他耐心地等待一个人经过。

科伯克河上的因纽特人碰到我们时似乎从不吃惊，仿佛没什么比格鲁曼划艇、蓝色的小型单人皮艇和“蛇眼”更稀松平常的东西——这些东西都在五个白人的面孔下漂浮着。此时，从我们的营地看去，另一条小艇顺流而下驶近。小艇经过了驼鹿站着的沙坑。在离我们几百码的地方，船尾一个身材魁梧的人关掉了发动机。有三个人，两男一女。他们漂着，观察着我们。女的穿着一件长长的印花布衣服，流苏下摆，脚蹬橡胶靴子。男的穿着圆毛领短皮外套。互相挥手致意。最后，船尾的男子拿起桨，把船往河边划去。船是胶合板船，十八英尺长，显然是自制的，平底方尾，配三十五马力的埃文鲁德牌马达。女人跳出船，跳入几英尺深的水中，在那儿她把船固定紧，抵挡着水流。她把自己当成了锚，而那个魁梧的男人——她的丈夫，在和我们说话。他叫克拉伦斯·杰克逊，从诺尔维克来，另一个人是他的叔叔。他的船里有一条满的子弹带和点四五口径的手枪。这是他们一年一度的去河上游的旅行，去看看顾他曾祖母的坟墓。我们问他有关鱼的事，他说这个季节鱼不多。他说，靠近凯厄纳的地方驯鹿很多。他和蔼地笑着，说话时有点腼腆。他问我们是否恰巧知道在科伯克河下游很远的一伙白人。那些人没船，招呼一个因纽特人到岸边，当因纽特人从船里出来时那伙人对他非常粗鲁。我们很吃惊，像克拉伦斯·杰克逊一样惊恐。他露出牙齿笑着说，假如他没看清我们的船，他就不会靠过来这么近。在我们所在的这么上游的地方，夏天没什么人会来，但是科伯克河沿岸村子里的人有时冬天来打猎，他说，口气依然友好。他妻子回到船上。他们露齿微笑着说再见，然后继续沿河而下。

科伯克河沿岸村子里的人是阿拉斯加为数不多的村庄完全在森林线以内的因纽特人。他们的文化反映了他们与沿海因纽特人的亲缘关系，也汲取了阿拉斯加内陆印第安人的文化。这种文化上的结合独一无二。胶合板船、埃文鲁德牌马达，乍一看，他们更像外部世界的一部分，而不只是这极北区河谷的一部分。他们的衣服许多都是成衣。他们用步枪，驾驶雪机，用价格高达四百美元的尼龙围网捕白鱼和鲑鱼。他们也时不时离开河谷出去找工作。他们在输油管线上工作。管如此，没有了河流和河岸边的土地，他们就失去了大多数维持生活的东西。和我们类似的邮购商品的习惯还没有那么根深蒂固。他们可能会用来自丹佛莱特麦吉尔公司的鹰爪鱼钩，但是仍知道如何用狼牙做鱼钩。他们或许会给孩子有发条的玩具，但也会用沙丘鹤的中空腿骨做吹箭筒。捕捉松鸡，他们虽不再用云杉根而用挂画用的金属线，但他们依然抓松鸡。他们吃他们所谓的“白人食物”，主要来自罐头，也吃猫头鹰汤、酸模、大黄和块茎山岩黄芪——因纽特土豆。他们中的一些人相信，因纽特人的食物使他们保持健康和肤色黑红，太多的白人食品会把他们变白。他们大约一半的碳水化合物、五分之四的蛋白质来自野生食物。他们吃（更准确地说是依赖）森林里的小动物：兔子、河狸、麝鼠。数以千计的冰冻白鱼堆在一间房子旁。在零下一度，白鱼像玻璃一样破裂。人们把冰冻的鱼块在海豹油里蘸一下，嚼着吃。他们从新鲜的白鱼身上直接挤鱼子吸着吃。他们用泥鲨肝交换来自海边的海豹油。泥鲨是淡水鱼，是河鱼。对海边因纽特人来说，泥鲨的肝是一种具有异国情调的进口美味。森林因纽特人对海豹油有一种渴望。当科伯克女人为了海豹油捕鱼时，泥鲨就是她们所要的。潜鸟油有时用来代替海豹油，因为潜鸟有很多油。白鲑在全世界都稀少，它们看起来像十五磅的大海鲢，一年一度游入科伯克河，被人们珍视。

但是没什么东西因纽特人会依赖到像依赖驯鹿那种程度。它们全身都有用。肉，他们生着吃，烤着吃，炖着吃。他们吃它们胃里的绿色东西，吃下颌的肌肉，吃眼睛背后的脂肪。毛皮，成了冬天的某种衣服，任何成衣都无法与之相比。到十九世纪末，科伯克河谷驯鹿的数量渐渐下降，驯鹿群避开这一地区也许和气候周期有关，和气候对植被的影响有关，但谁知道呢。从十九世纪和二十世纪之交直到一九四〇年，科伯克河流域的人们不得不进入布鲁克斯山脉寻找驯鹿。他们在冬季长途跋涉，把大部分的猎物都喂了狗。因为他们要靠狗才能带必需的皮和腱子肉回家。二十世纪四十年代，驯鹿群开始回归，数量年年增加。驯鹿的数量，从稀有到多再变少，似乎以六十年到一百年这样一个周期循环。北极圈内驯鹿几年前有二十四万，现数量已急速下降，大约有五万头到了山这里。

从最早的时候起，科伯克河谷的人口规模就随着这种循环扩大和缩小。每当驯鹿数量多的时候，人们冬天就能够在相对比较大的村庄聚集。在驯鹿少的地方，人们不得不往四下散开，以小的家庭为群组，往河的上游和下游走，打小的猎物或凿冰捕鱼。为交易的目的寻找毛皮也使人们分散开来。七八十年前，白人传教士、学校、交易站的到来迫使因纽特人聚集在像诺尔维克和凯厄纳这样的地方。但是科伯克河流域的人们传统上从未把家看成永久不变的地点。在大部分年月中，他们每年秋天都在迁移适合的地址建新房。凭着埃文鲁德牌马达和北极猫牌摩托雪橇，他们的活动范围扩大了——可以从一个固定的基地延伸出更远的距离。但是气候的周期变化、鲑鱼的周期变化、驯鹿的周期变化都不能通过汽油达到平衡。为了继续能够用他们熟悉的方式生存，森林因纽特人必须跟着周期的变化而变化。所以他们担心了。很难看出，他们历史的那种至关重要的灵活性将如何被《阿拉斯加原住民土地权利处理法案》和所谓关乎国家利益的土地所促进。用法律术语来说，因纽特人必须选择特定的土地——依照法案把土地变成自己的，且这土地必须大体上与村子毗连。当围绕着土著生活的地盘被画出了边界时，驯鹿去了别的地方怎么办？设想驯鹿在一段时间里集中于科伯谷河国家级名胜的范围内。在国家公园里，打猎是不允许的。哦，阿拉斯加将制定例外规则。在那儿，人们可以在他们传统的地盘上打猎。一九二〇年的传统可能现在不再是个传统，但十有八九，在未来的几十年，会再一次成为传统。政府明白这一点。政府今天可能明白这一点，但是官员在更换，法规在更改。一九九〇年的政府会理解吗？[①] 因纽特人不容否认地在《阿拉斯加原住民土地权利处理法案》

① 本书初版于 1976 年。

中获利很多，但只是在他们同意改变自己生活理念的前提下有好处——重视金钱、接受私有财产的观念（几百年来他们闻所未闻）。这里的村子周围开始出现“不准入内”的标识，他们曾经无法理解这句话。在从来不存在边界的地方，他们必须调整、划定边界。科伯克河附近的社会以前像苏格兰宗族那样运作，地是共有的，亲缘关系决定了很多事情，所有权不起作用。谁用算谁的。如果你一直在用某个地方，比如钓鱼的地点，那么你用的时候就是你的。如今，强制性的土地界线在科伯克河沿岸的村庄间造成紧张局势，而界线以前根本不存在。在因纽特人迎合的表象之下，是一种深受困扰的感觉。

还有一件事使事情更复杂。一九〇六年，《土著分配法案》规定，任何阿拉斯加土著都可申请一百六十英亩的阿拉斯加土地的所有权。这对科伯克谷的人来说几乎没有意义，因为他们对私有权毫无兴趣。而且无论如何，这么点土地都没什么用处。很少有人提出申请。但是，当《原住民土地权利处理法案》出台时，为土地分配设定了截止日期。许多人因此被逼着决定注册申请所有权。他们违反了自己的风俗习惯，接受了被分派给的小块土地。不好的感觉不可避免地来了，且在某种程度上破坏了他们的社会状况。

硬塞给他们的私有财产意识令他们不适，这与他们维持生活的捕获及其变化周期不相容。具有反讽意味的是，当该法案付诸实施时，相对出产丰富的土地就在村子近旁。而在一九〇〇年，他们本可以很容易地表明自己需要广大的土地来维持生计。近来他们需要的土地少了，但他们终将需要更多土地。在这样的情形下画出界线是做不到的，而眼下却正在画。

对国家公园管理局的人而言，他们对自己的努力可能产生的后果非常敏感。他们打算调整自己的传统，这样阿拉斯加国家公园的土地不仅不会剥夺、而实际上会保留当地的风俗习惯。在布朗大学人类学系道格拉斯·安德森的指导下，一个由国家公园管理局委派的人类学团队最近对居住在科伯克河沿岸的土著几乎每一个习惯、每一个面部表情和行为举止、每个传说和禁忌（更不要说风俗）都进行了描述和详尽的记载。人类学家为帮助人们保护他们的生活方式提供了有说服力的范例，但其中最生动的文字是引用的因纽特人所表达的自己的观点时候：

因纽特人应该为外面的人制定法律。这和他们试图对我们做的事情是一样的。我们对他们如何生活一无所知，他们对我们如何生活也一无所知。应该由我们自己来作决定。你们看到外面那些土地了吗？我们从未破坏过它们。

太多的事发生在人们身上，太多外面的压力进来强加在我们身上。变化来得太快，我们正在被来自外面某个地方的力量推向各个不同的方向。人们以为，土地所有权的解决是我们的问题的结束，以为这意味着将来是可期的，但实际上它只是问题的开始。甚至在所有土地被挑选之前，政府就想要管线通行权，并想让公路穿过我们的领地。这将拿走一条条数英里宽的地，切开我们的土地。因纽特人将被属于所有人的国有资源——巨大的一块一块的荒野所包围，而不能自由进出。一直属于土著的土地正在被打包并被掠夺者瓜分。

和白人密切的关系已使森林因纽特人依赖上了必须掏钱买的商品：尼龙网、做船的材料、步枪、弹药、马达、汽油。因此，一年中的部分时间，因纽特男人离开河去找工作。这些对工资经济的“朝圣之旅”并不是对他们生存方式的一种抛弃。他们挣钱，是为了可以回到更喜欢待的家中，过他们喜欢过的生活——凭着汽油和子弹在旷野上寻找猎物。如果这种生存方式因管束而被放弃，可能的结果将是政府不得不比现在更多地资助他们——给抚养的孩子更多的资助，更多的食品券——因为他们找不到足够的工作来维持家庭所需，无论是在家还是季节性地往外跑。

只要我有土地，没人想阻止我使用它，那么我就是个富人。我总是可以在那地上谋生，无论发生什么。我所需要的一切——食物、衣服、房子、燃料都在那儿。

还有一件事。如果我们没有因纽特人的食物，只吃白人的食物，我们没法活。我们吃呀吃呀吃，但总是吃不饱，就像饿肚子。

早饭在煎锅里——冻干蛋。如果我们是科伯克人，其中一人可能会去湿漉漉的苔原寻找新鲜的蛋，另一个人可能会从柳树上剥树皮。树皮将被浸湿，形成一根管子，里面放着蛋，管子会放在火中。但这不是一群森林因纽特人，他们是来自另一个世界的军团，谈论“景观价值”和“理解”。这些人是视察山南高卢的罗马人。没有谁的皮肤会因为这些蛋——或因肉桂苹果味的速食桂格燕麦、菓珍、瑞士小姐可可粉或是裹着粉色冰霜的红桑子冷馅饼而变成棕色。对那些不相信刚读到的文字的人，允许我确认一下：普尔绍的早餐袋里是裹着粉色冰霜的红桑子馅饼。没有面包烘烤器，也不讲究，我们冷着吃。它们引出了一个问题。对没有偏见的味觉而言——思想开放的柏柏尔人①的味觉，一个旅行的火星人的味觉——裹着粉色冰霜的红桑子冷馅饼，驯鹿眼睛后的肥凝脂，哪一个更能接受呢？

正在下雨。风起来了，把晨雾给挡了回去。空气（七度）比科伯克村凉。我们要走二十英里，去往下游的凯厄纳。我们都在不同类型的船上耗了同样的时间，所以现在抓阄看谁乘哪艘船。费德勒和我输了，我们抓到了"蛇眼"。就在我们开船之前，河面上开始翻白浪，浪高两英尺。浪从西边来，那是我们要去的方向。打包时，费德勒和我受到无缘无故的嘲笑，因为我们摊上了"蛇眼"。确实，在一根半没入水的圆木上待上冷冰冰、湿漉漉的一天就是我们所能预期的一切。我们劈波西行，风大得让眼泪都流出来了。泪、雨、浪花混作一团。一英里的长度不一样，这是三里格长的英里②。水流往西，风和浪往东，它们把河水的力量都抵消了，停止划桨就会往后退。浪大得冲过格鲁曼划艇的船头。在鲑鱼河顺流而下时的轻舟一叶此时完全被风肆虐。约翰·考夫曼和斯太尔·纽曼不得不每一桨都奋力拼搏。单人克莱珀皮艇是普尔绍在里边，稍微好些，但也好不到哪里去，它太轻了，他不得不竭尽全力才能驱动它。但是"蛇眼"有百分之三十多因自身的渗漏而下沉，另有三分

① 柏柏尔人是西北非洲的土著民族。

② 里格（League）：欧洲和拉丁美洲一个古老的长度单位。在英语世界，通常定义为 3 英里（约 4.828 公里，仅适用于陆地上），即大约等同一个步行一小时的距离，或定义为 3 海里（约 5.556 公里，仅用于海上）。

之一是因为自身的吃水。“蛇眼”在河里，几乎与河水合为一体。风吹不到“蛇眼”，因为风不能在水里游。冲刷我们的一波波浪滚过甲板，形成一个逆流而上的推力。“蛇眼”，美国政府的资产，来康涅狄格州的格罗顿的核动力潜水艇。费德勒和我是这艘船的组织核心，开始以一种以前难以想象的方式遭罪。我们冷得要命，有点僵硬，等待着其他人，在河湾处停下来，透过飞舞的浪花扫视灰蒙蒙的河面，看看其他人在哪儿。过了六英里或八英里后，因为太冷了，我们停了下来。我们用漂浮的棉白杨燃起篝火，站在火苗下风处的边缘。

下午，风渐渐开始减弱，低垂的灰蒙蒙的天开始打开。这儿的天气像苏格兰，可以变化得如此猝不及防，时而阴云笼罩，时而天光顿开，而后又是乌云低垂，一切都发生在一个小时之内，更不要说一天了。风吹雨打之后可能就是宁静和薄雾笼罩的阳光，而后阳光会在浓雾中消失，随后又消失在开阔的天空。我们从一处高高的断崖下经过，绕过最后一个河湾，宽阔的水面在我们面前展开，流淌三英里后抵达凯厄纳。从这个角度看村庄非常可爱，它坐落于松鼠河和科伯克河交汇处上方高高的崖地上，以一种欧式建筑的紧凑感突出了原野的广阔，而在这广阔原野中，它就像一个小点，与周围的环境构成了颇具反讽意味的图景。我们在三英里外停下了，在平坦的砾石滩上搭起帐篷。吃晚饭的时候，天空喷射着霞光，一抹抹鲑鱼红的光映射在聚集的云层上。云的边缘从灰到黑，变得越来越浓重。在北边，我们听到雷鸣，看到电闪。这样的暴风雨在阿拉斯加很多地方都是罕见的，在这儿却很平常。这片云滚向布鲁克斯山脉，给我们留下晴朗和干爽。围着篝火的聊天都是关于阿拉斯加的。现在，旅行即将结束，从旅行开始的那一刻起，没人提过一次与阿拉斯加无关的事。

早晨，凉爽，四度左右，河面平静。我们拆了帐篷，打包好装备，继续往下游的凯厄纳去。渐渐地，村庄在我们的视野中展现开来。最显眼的建筑是镇子边上铁皮房子的中学，泥土混合砾石铺成的街道爬上断崖上方的山。房屋低矮，就是个架子，一些是用圆木建成的。村子后边，导航用的灯塔闪烁着。走近看，我们可以看到门口的驯鹿角，表明需要和尊重。有篮球架。我们这次的线路是个环形。之前直升机从凯厄纳起飞，带我们到了鲑鱼河上游我们顺水而下一百英里，回到了出发的地点。在断崖下面，我们上了岸，凯厄纳现在高高地在我们上边，大部分看不见。驳船在这儿停下，把从科策布运来的给养运上去。河边此刻满满当当的就是没有人，岸边上上下下的鱼架子上摆满了劈开晾晒的鱼——粉红、润泽。我们拆卸了克莱珀，去掉了预制骨件，折叠好船壳，把它们藏在帆布包里。我上山去取纸板箱，而后回到岸边。我把从山里带出来的驯鹿角尖端裹上硬纸板，用胶带封好。保护驯鹿角要比拆卸和打包皮艇费时，但是在中午登上飞往科策布的航班之前，我们有足够的时间。在天上，到现在为止，还没有飞机的声音——一架“双水獭”，维恩阿拉斯加航空公司把我们带到这儿转直升机的飞机。斯太尔·纽曼沿岸往上走了一段，在鱼架子周围找到些正在干活的人。此刻他手里拿着一片厚的干鲑鱼，我们像分糖一样分享了。

我们上次在这儿时，孩子们在钓鱼。他们猛地从河中拽出白鱼，然后互相用活鱼拍打，仿佛它们是雪球。盆子边的女人们正在给鲑鱼剖肚去肠。那是个暖和的日子，太阳强烈得不能直视，你要向北看。村后面的简易飞机跑道上有格鲁曼划艇，跑道是一条砾石带，我们带着装备往那儿去。这条划艇很久以前被飞机运进来藏在这儿。直升机由政府包租，不知从哪儿来的，是架崭新的五座双引擎、带气泡前罩的梅塞施密特。从发亮的机身上黄和黑的纹饰中可辨认出是石油直升机有限公司的财产。飞行员拿走了几个玻璃纤维的货舱门，拿走了一个座位，我们把划艇塞进客舱后面的空当。它一半进去了。格鲁曼对梅塞施密特来说太大了。划艇有悬臂，伸到船的后部，我们把它绑好。船的右侧船身朝上，装备都被塞到里面。让我们其余的人等第二趟，普尔绍随飞行员起飞飞往鲑鱼河。划艇有那么一段露在飞机外面，在飞行时直升机甚至看起来像临产的大肚子。它越过山向东北飞去。

简易跑道的旁边有一个木牌，上面写着："欢迎来到凯厄纳市。二级城市，人口三百……建于一九〇二年……主要资源：熊、驯鹿、驼鹿、野鹅、鲑鱼、北鲑、白鲑、鳟鱼。"烈日令人不舒服。我走到木牌后面。在它的阴影中，空气冰冷。我把直升机的座椅从烈日下拖到一间小仓库木屋的阴影中，坐下，斜靠着，睡觉。当醒来时，我在发抖。几英尺之外的太阳底下，温度在二十一度以上。

吵醒我的是孩子们的声音。三个小姑娘从科伯克河边尾随我们而来。在科伯克河边，我们看过她们钓鱼。她们穿过跑道摘蓝莓，此刻正用手捧着给我们。蓝莓极甜，因为生长于北部长久的日照下。小姑娘还拿出几颗硬糖。你们想不想来几颗？她们什么也不要。她们不害羞，一点也不腼腆。我给她们表演了一个模仿游戏，先清一下嗓子——嘀，嘀，嘀，然后在地上用棍子画了一个图形。

“这儿，你们试一下！”她们画出了图形但没有清嗓子。“那样不对，嗬，嗬。现在，再试一次。”她们再试了两次。她们没成功。我又坐回直升机座椅上。斯太尔·纽曼让她们用他的照相机照相。当发现我挂在脖子上的单筒望远镜时，她们都围到我身边，从我的胸前把它摘下，朝镇上瞭望。她们斜靠过来，一次一人，鼻子贴到我的鼻子，她们柔软的黑发披在我的头上。她们盯着看我的眼睛。她们的眼睛黑黑的，北方味儿，漂亮的杏仁色脸上荡漾着微笑。艾米，凯瑟琳，罗斯·安妮。年龄，九岁和十一岁，因纽特女孩。她们仰面看，之前听到了直升机的声音，不久之后它就出现了。

我坐在副驾驶座上，其余人坐在我曾经打盹的那种座位上。我们起飞了，去和普尔绍会合。他正在鲑鱼河上游的砾石滩上等着我们呢。螺旋桨的噪声高过说话声，飞行员递给我一副耳机和麦克风。他在我们之间的一块面板上演示通讯的机械装置。我想不出什么要说的。面对一个丛林飞行员（留着八字胡，两手叉腰），面对丛林本身——土地和扑入眼帘的群山，我想我是被镇住了。我不想分散他的或我的注意力。可是他不断地催促我说话，似乎想要人陪。他名叫吉恩·帕里什，吃得好，个子高高大大的。他抽着雪茄，在对讲机上说个不停，很友好。

现在我们前面是第一条山脊线。靠近地面飞，靠近山边飞，我们很快爬上山顶，然后飞越了它，好像一头扎入真空地带。前面的大地本来那么近，突然间远远地到了下方。我们很快到达了另一个山边，又一次紧挨着山坡爬行，掠过山顶嶙峋的岩石，然后跳入天空的裂缝之中。

帕里什说：“你们大家以前见过这些山吗？”

我说其他人有些见过，但是我没有。

“我也没见过，”他说，“是不是美极了？阿拉斯加真是太迷人了！无论你去哪里，一切都是不同的，这些山确实太美了。”

确实是这样。迷人的、向上隆起的苔原高地，它们不像布鲁克斯山脉中央的那些山峰那样如刀锋般锐利。不那么有戏剧性，但更吸引人。它们看起来可以翻越，的确如此。它们实际上是布鲁克斯山脉最后的几座山，是一连串山脉的末端，是科迪勒拉山系的尽头。它们是落基山脉绵延四千英里之后，在消失于楚科奇海之前最后的宣示。

帕里什飞上一座更高的山，越过山脊，一个水系突然展现在远远的下方。

“那是鲑鱼河吗？”我问。

“哦，不是，”他说，“那是一条河。你们都是从哪儿来的？”

“我来自新泽西州，你呢？”

“路易斯安那州。”

他说他之前出差来过阿拉斯加。在家乡，他的工作是在路易斯安那大陆和墨西哥湾的石油平台之间飞来飞去。他很少飞得比海浪更高。因为梅塞施密特有两个发动机，如果一个失灵了，它不会翻转着掉下去。实际上他甚至能靠一个发动机攀升。所以飞得这样低且贴近地面是很安全的，而且更有趣。

我们贴着山飞行，一座又一座。搜寻山脊，高飞过峡谷。每一个新的峡谷中都有一条溪流，或大或小。因为距离远，它们看起来很类似。帕里什检查了一下他的飞行速度、时间、航向。最后，他做了一个向南的急转，开始沿着一条溪流朝它的源头飞，寻找一片砾石滩、一个男子、一条划艇。他非常自信地降低了高度，搜寻着蜿蜒的河。他发现了大片的砾石滩，有三四十英里。他不停地搜寻，直到河周围的山开始减少，这预示着湿苔原科伯克平原就在前方，正如我们所看到的。如果这条河是鲑鱼河，那普尔绍不在这儿。如果普尔绍在鲑鱼河，帕里什就在别的某个地方。

鲑鱼河应该更往东。他猜想着，吃惊而又疑惑地摇着头。我们如坐过山车般飞过一些山，来到了另一个重要的水系。在帕里什看来就是这条。这次，我们向北飞，贴着河面溯河而上，期待划艇闪现在我们眼前。我们拥有像以前一样多的运气。我们越往前，河面越窄，直到变成一条小溪，然后是条小沟，两边的山陡峭耸立。“我不相信。我简直不能不相信！”帕里什说。我们的下面现在没什么东西了，只有一缕像眼泪滑过飞行员脸庞所留下的痕迹。“这不对！”他说，“这不成。我确信航向没错。我确信就是这条河。但是没什么可以保证。没什么，没什么他妈的能够保证。”

他掉头向下游飞去。展开在他膝盖上的是一张《诺姆地区航空地图》，他疑惑地看了一会儿，然后把它递给了我。兴许我能够帮助弄清楚我们在哪儿。此图在距离遥远的简易机场之间画了直线，非常好；但是山画得就像骨瓷器皿上小牛的头部；而且图的比例令整条鲑鱼河只有六英寸长。直升机继续向南行。我把地图拿得更靠近眼睛，仔细看山之间蓝色的纹理线。我突然感到这情形非常荒唐。我回头看看考夫曼和其他人，他们似乎有点疑惑，而且有点想搞清情况。一张地图在一个来自新泽西的人和一个来自路易斯安那的飞行员之间递来递去。飞行员在地图上的一些地方——布鲁克斯山脉这里出了一些差错。从某种意义上讲，我们迷路了；从技术角度讲，我们近乎不知道自己在哪里。

在美国，对飞行员没有地理上的限制。任何取得飞行员资格证的人在哪儿都能飞，这当然包括阿拉斯加的任何地方。新飞行员从下四十八州源源不断到来他们之中的一些人被阿拉斯加的浪漫所吸引，还有些被输油管线周围的钱所吸引。阿莱斯卡管线服务公司在管线动工后不久就确立了能够驾机送员工的持照飞行员的内部标准。这个标准比联邦航空管理局的要严格些。另外，阿莱斯卡公司坚持，无阿拉斯加飞行经验的人必须在此地有五十个小时记录的训练，训练包括对阿拉斯加航空线路的查看。

管线包机的一个结果就是吸引了那些在阿拉斯加的其他地方的丛林飞行员。而这些飞行员留下的空缺常常被没有阿拉斯加经验的飞行员代替。比如，一名邮政飞行员辞了职去飞管线，他的替代者可能是刚从新泽西泰特伯勒机场①的来了三天的飞行员。邮路必须通。邮政飞机上的乘客（与运往丛林的邮件同乘）直觉上知道，他们和飞行员各自以新奇的方式看风景。比如说有一次，在阿拉斯加内陆地区的东部，我乘一架邮政飞机从费尔班克斯起飞，飞几百英里越过山脉去伊格尔——育空河上游的一个村镇。那是一个风大潮湿的早晨，云层比山顶低很多。当雨抽打着挡风玻璃时，前方的能见度是零。飞行员从侧窗往下看，观察下面的地面，试图辨认出是哪条水系，在群山间选定向。他不停地看地图。飞机是一架单引擎的“赛斯纳 207 天栈”，它在风中颠簸得很厉害。我们飞过一条小的支流，过了一个山口，在那儿我们选了另一条河，顺河而下。过

① 新泽西泰特伯勒机场是一个为私人飞机和企业航班提供服务的区域机场。

了一会儿，飞行员掉转头，朝着我们来的方向飞回好多英里。他在探索另外一条支流。然后，突然地，他又转身了。天气没变好。不久他完全失去了看地形的信心。他问，下面的溪流是朝哪个方向流的。他无法根据激流的样子判断。他把地图递给一个显然以前来过这个地区一两次的乘客。乘客看了一会儿地图，然后建议飞行员一直沿着视线中的干流飞。他指给飞行员的哪个方向是下游。最后，育空河进入我们的视线。我，一个爱河的人，从未对河有如此深情。你不必是马可·波罗才能想出该走哪条路。我一直在使劲地嚼口香糖，以致腮帮子疼了两天。我们朝育空河的上游，朝伊格尔飞去。着陆时，一个开皮卡的女人在等着收邮件。飞行员走出来时，她走上前去说："哈啰，你是新来的吧？我叫安娜。"

那是美国国内航线上的一个定期航班。公司是北方航空，为许多丛林社区服务，它的广告宣传口号是："经验很重要。"另一个北方航空的飞行员曾告诉我，他几个月前从纽约到这里，喜欢做一名阿拉斯加的丛林飞行员，但靠自己的工资过得很艰难。他说在管线上开推土机比给北方航空开飞机挣得多。结果，有经验的、能干的飞行员不仅被吸引去开管线包机，也在苔原上驾驶推土机。

我认识几个国家公园管理局的人，他们正在研究育空河上游附近某一地区。他们包了一架直升机，期望找到某条支流的源头。他们飞了一段时间，没看到任何哪怕类似他们要寻找的地形后，变得不安起来。当他们往前看，望见闪亮雪白、巍峨耸立的兰格尔峰时，他们意识到自己迷路了。这离他们要去的地方两百英里远。飞行员来自阿拉巴马州，刚来阿拉斯加。"这是个不一样的、独一无二而又艰难的地方。"有一次，一位来自锡特卡的飞行员告诉我，"一个人必须知道他在做什么，在阿拉斯加，飞行是一种生活方式，你必须习惯。你不能开车，不能走路，不能游泳。”

之前在安克雷奇时，约翰·考夫曼把我介绍给他的朋友查理·艾伦，一个自雇的丛林飞行员，因飞行技术无人可比而声名远扬。从阿拉斯加东南的群岛到极北区，艾伦已经飞了二十五年。他对他这个行当有些人的不称职感到吃惊，而且不客气地说出来。“阿拉斯加是丛林飞行员的天下。”他说，“你必须佩服这个丛林飞行员，因为他脏，他有一架破烂飞机，而且他活了下来。这是个神话，是丛林飞行员的神话。我说的是‘微笑的杰克’[①]。”这个神话影响了飞行员。在这神话般的艾迪·瑞肯巴克[②]兄弟会，一些飞行员怕尴尬胜过怕死。假设他们燃料不足。他们害怕遭遇尴尬，以致会一直飞，直到除了坠毁别无办法。他们开着他们的飞机，直到咳嗽、退出。神风敢死队飞行员，这就是在这里的我们——来自新泽西州的神风敢死队飞行员。你觉得他们中任何一个会认为天气太恶劣吗？他王牌飞行员的男子气概会被质疑。与此同时，如果挺过去了，他就是个英雄。不久前，有个家伙在夜间耗尽了燃油，降落在浮冰上。他的飞机被包租去猎北极熊。他用斧子砍下飞机的油箱当船用，他和猎人就这样划了出来。然后他被视为英雄，被看成是艾迪·瑞肯巴克和“微笑的杰克”一般的人物。但他犯了不能容忍的技术错误。他首先是那个令他们陷入险境的傻瓜。

① “微笑的杰克”（Smilin’ Jack）：《芝加哥论坛报》刊载的连载漫画中的主人公，这个漫画故事从1933年一直持续到1973年。在三十九年半的时间里，杰克和他的朋友们从新手飞行员变成了王牌飞行员。

② 美国王牌飞行员。

“飞机打捞经营者在阿拉斯加有大量积压的飞机有待打捞。直升机出去捞它们。在过去的一年半中，我帮助打捞了六架由同一个飞行员坠毁的飞机。不暴露他的身份了，就叫他‘某政府雇员’吧。为什么乘客跟这样的飞行员走？他们会跟一个没有返程燃料的宇航员去月球吗？如果你在旧金山，有艘去夏威夷毛伊岛的船漏水了，船上的老鼠都逃了，哪怕你有票，也不会登上那艘船。空中安全有赖于你的寻找。正确的导航很有用，但合理的判断得考虑到所有情况。你对自己说：‘今天我不去了。情况太糟糕！’然后你就得承受所有相反的压力。”

艾伦停顿了一下，然后说：“你不必跑着进山，只需要一个飞行员就可以让飞机坠毁。”

说到有报道的事故，最近在阿拉斯加大概是每年两百起。每年产生的致命伤害在二十五件以上，使不同数量的人丧生。另有十五起左右的坠毁造成评级为“严重”的伤害。这个数字似乎是在表扬一个州乘飞机次数多、比例高，比美国其他州飞得更频繁。迈瑞尔机场，安克雷奇的一个轻型飞机机场，每年要接待比纽瓦克国际机场多五万四千多次的航班。另一方面，如果你在阿拉斯加坐进飞机，有去无回的概率要比美国其他任何地方都大得多。只有得克萨斯州和加利福尼亚州，因其庞大的人口基数，在飞机事故的数量上一直超过阿拉斯加。阿拉斯加的政府雇员说起在执行公务的航线丧生的同事。在过去两年的空难中，土地管理局丧生四人，阿拉斯加渔猎局丧生一人，美国鱼类与野生动物管理局丧生三人，美国森林管理局丧生五人，国家公园管理局丧生七人（在同一次坠毁中）。不久以前，阿拉斯加的报纸上展示了阿拉斯加史上十三位伟大的从林飞行员的图片。在这十三人中，其中十人死于飞行，其中有卡尔·埃尔森、罗斯·迈瑞尔、哈肯·克里斯滕森、“大钱”孟森。有天在一个阿拉斯加小镇，我偶然走进了一家酒吧，在酒吧里一个从林飞行员把一根塑料调酒棒用牙齿咬住，尝试拽另一头把它拉长。他显然在酒吧已经待了一阵子了，他走向各个角落发出挑战，看看谁能把棒拉得更长。杰·哈蒙德，阿拉斯加州州长，他自己就是一个有二十八年飞龄的丛林飞行员，而且是很出色的一位。在与他的会面中，我提到使查理·艾伦那样的飞行员感到厌恶的种种事情。哈蒙德说：“你无法通过设立法规来确保飞行员的能力。”我不知道这是否完全正确，如果不在整个州实施相关规定的话（类似阿莱斯卡管线服务公司对外来飞行员的规定）。

当然，所有这些只适用于丛林飞行员，而不适用于大的喷气式商业飞机。这些飞机的事故极其罕见，在全国统计当中不突出。当我们从费尔班克斯飞往科策布、开始此次的鲑鱼河之旅时，我们乘坐的是维恩阿拉斯加航空的波音737客机。机长克莱顿在广播上说：“吃完牛顿无花果卷，他很乐意为大家吹口琴。”过了一会儿，他说他的嘴现在空下来了。在云层之上，他开始演奏。他吹得很好听。飞机里的扩音系统似乎专为他的才艺而备。他吹了三首曲子，接着他发现到了科策布。

“不对！这不对！”吉恩·帕里什再次说。他又放弃了一条河，开始移动位置，这次往西。显然，他飞过的其中一条溪流就是鲑鱼河。“我尽力，”他说，“我尽力。我航向正确，我敢肯定。我尽力，但真他妈无法保证。”下一条河，他飞着找了可能有二十英里，没找到。然后他开始提到燃料。他认为我们应该回到凯厄纳，加一桶油。所以他继续西行，越过另一座山脉。现在他在一条有个支流汇入的溪流上飞，溪流连续两次突然向右拐，形成订书针的形状。在《诺姆地区航空图》上，鲑鱼河的某条支流就有订书针的形状。地图上的溪流和地上的溪流看起来似乎是一样的，但真他妈无法保证。暂且忘了凯厄纳，帕里什朝这条河的上游飞去。直升机下降靠近云杉林，沿着河湾飞，我们寻找砾石滩，寻找金属的光泽。有很多砾石，但没有铝。他再此转向凯厄纳。我们的左边有一座山，根据地图，应该有另一条支流在山的那一边汇入。如果有更小的溪流在那儿，那这儿肯定是鲑鱼河，至少看起来是这样。帕里什禁不住想察看一下。他又掉过头，往山的北面飞，山坡下来就是支流的右岸。我们继续沿河而上。“这按理是鲑鱼河，但看起来肯定不对。”帕里什说。与此同时，普尔绍和格鲁曼划艇进入我们的眼帘。直升机靠近普尔绍降落，几乎把他吹翻。我们拿出我们的装备，祝帕里什后面的阿拉斯加之旅一路顺风。在一阵旋风尘暴之中，梅塞施密特起飞了。沙子和干的碎石在我们身边飞溅。灰尘落定需要的时间比物理学定律说的时间要长些。现在我们在一条清澈的小溪隔开的云杉林的边缘，苔原在山边隆起。这几乎是我见过的最隔绝的荒野。我们就是这样到那儿的。

河的水位浅，帕特·普尔绍在尽可能靠上游的位置选了一个仍可乘船的地方。我们在一个岛上，透明的鲑鱼河就在旁边匆匆流淌，几乎不到一英尺深。另一边是一条小泥沟。上游和下游的河床基岩上有更深一些的坑。我们在柠檬大小的砾石上生火，水位高的时候这里就是河床。我们在一片柳林间稍高的空地上搭起帐篷，在留有鲍勃·费德勒所谓“年轻灰熊的旧脚印”的沙地上。按计划，我们要待两夜，然后往下一段长长的路到科伯克河。其间，我们先得把皮艇安装好，再分散开去探索这片地形。

有第六个人和我们在一起，一开始就在。他的名字叫杰克·赫申。他是塞拉俱乐部在阿拉斯加唯一领工资的全职代表。普尔绍邀请了他做观察员。他即将缺席此次旅程结尾段的消息马上使希望在阿拉斯加升起。因为在阿拉斯加，塞拉俱乐部长期以来被看成是阴暗的力量，而赫申就是寓居其中的魔鬼。但是，赫申不会从鲑鱼河上消失。来自安克雷奇的压力跟着他，不久就会压垮他，他会以漫不经心的方式，在这北极荒野与我们告别，早早启程回家。同时，在早上的阳光中，我们把可拆卸的皮艇拼装好——两艘单人的克莱珀皮艇和双人的“蛇眼”。赫申自己的单人皮艇是三艘皮艇里面最老的，它有三十六个部件，机械装备不算在内。它有花楸木做的榫和芬兰桦木做的肋骨，木条用钩子和夹子衔接，直到它们组成一对几乎相同的骨架——船的两半的内部结构。船壳由蓝色帆布做成的软塌塌的袋子（甲板）和强化麻纤维硫化橡胶（船体）构成。其构想就是把骨架部分塞入船壳，然后考虑如何将它们固定在一起。在这点上我们遇到了麻烦。在与浪花打交道的过程中赫申一般用玻璃纤维的硬船，他不记得如何组装皮艇。他的皮艇尾部硬，中部弯曲，外观像条用夹子夹住的领带，在河里动起来也和领带差不多。我们蹲成了一圈，向船的中部细看。六个人要沿溪流上去一百英里，在纬度六十七度以北，就凭这么个松塌塌的皮艇可不行。大家都大胆提出建议，这些建议充满奇思妙想，但都没用。通过试错，我们终于想出了办法。装配的最后一步涉及中心的肋骨，我们把它倾斜着装进船体，然后用石头敲，迫使它垂直。当敲进的肋骨与船更长的轴心形成九十度时，肋骨猛地卡到位，这样，整个船一下就变得紧凑灵巧。聪明人呀，约翰·克莱珀。他按照北美印第安人制作独木舟的方法，设计出了他的折叠船。多年来，克莱珀公司简化了这一工艺。我们另一艘划艇是最新的型号，骨构件更少、更大，更容易装到一块，但是流线型不如最初的那个。“蛇眼”（价值八百美元）是新的，内部是宽厚的木板，用铰链方便地钩住。蛇眼的部件最少（仅十五个），装配高效简单。但它设计的先进是以损失某种优雅而获得的，当它停在砾石上时看起来非常明显。船笨重、臃肿——一条有肘部的皮艇。

临近中午，我们早早地吃了午饭，步行在周围看了一下。普尔绍一个人径直上了西面的山。斯太尔·纽曼和约翰·考夫曼打算少冒风险，靠近营地一些。我决定跟鲍勃·费德勒走，他和杰克·赫申有最雄心勃勃的计划。他们计划沿河北上数英里，然后登上东面的山脊。我希望我的腿撑得住。我不想让自己在山里某个地方因为意外而遭遇窘境。但是，我禁不住要跟费德勒去。毕竟，他是一个为州政府工作的栖息地生物学家，如果这附近不是栖息地，我就永远不会在此处荒野。气温已达到二十一度，天是蓝的，云在移动，太阳时有时无。我们都把雨具放在双肩包里，开始向河上游走去。

总的来说，如果可以在徒步和削土豆皮之间选择，我宁愿削土豆皮。我总是对在河上划皮艇有一种偏爱，能不走路就不走路。因此我的经验有限，但不能说没有。我的工作让我去了内华达山脉，穿越了北瀑布，并在不同的时期徒步过“长道”、“阿巴拉契亚道”、“新罕布什尔道”、阿迪朗达克山脉。当然，在布鲁克斯山脉这里，没有人开过路。一英里，无论陡峭还是平坦，都需要花很多时间。你仅仅按一个大致的计划向前走，完全自由，猜测往哪儿走困难最小，一路上都在作选择。情况就是这样，过十分钟，故事就呈现了。这个地方是“荒野”这个词的极致演绎。称它为哥伦布发现新大陆之前的世界还远远不够。它要比那老二十倍，一万年前，随着威斯康星冰期冰川的融化，它已经形成了现在的地貌。

上游数英里，柳树和桤木挤进河面，后面是云杉和棉白杨，所以最容易走的道就是河本身。砾石滩一会儿在这边，一会儿在那边，我们穿来穿去，脱掉靴子，蹚过又急又冷的河水。我穿着橡胶底的皮靴（宾恩牌，整个阿拉斯加都用得很多）。费德勒穿着徒步靴，赫申穿着低帮帆布运动鞋，还戴着一顶松塌塌的太阳帽。他似乎看不出有什么必要穿得像探险家登山家艾德蒙德·希拉里爵士一样，或在狼的路径上留下华夫饼的印记。他是个干净利落的人，行动轻盈，见过很多这样的地形。他停下来，打开折叠刀，把它竖立在河边动物路径旁的泥沙里。其他的动物路径也不远。两匹狼肩并肩地在跑。他拍了一张河边动物路径的照片。我们经过一个深潭，泉水从这儿进入河流，水藻因此地的温暖长了出来。河鳟可能在这儿过冬，现在已经有一些在潭里了——在清澈、翠绿如玉的深水中，它们身体一动不动，鱼鳍摆动着。四只秋沙鸭往河上面游去，我们在潭那边的沙子里看到驼鹿粪。我不愿成为一只待在那儿的驼鹿，在狭窄的V字形山谷里，缺乏树的保护。实际上，我们不久后就抵达了树线。树木就那样止步了。我们往北边多走了几步，就出了北方针叶林带（泰加林）。再往北，大地在延伸，不再有树木。我并不是想要暗示我们已经走出了壮观的红杉国家公园，来到了无植被的平原。我们背后的树木无论从哪一方面讲都是稀少的，它们沿着河谷向上面延伸，直到它们所能抵达的尽头。此前在树林后的苔原现在已延伸到了河岸边。我们受够了鞋带，赤脚弄得水下的石头咔哧咔哧响。所以我们爬上了西岸，在苔原上走——之前从河上看，苔原看起来平缓得如高尔夫球场。可能没有什么像苔原覆盖的山坡那样具有诱人的欺骗性：苔原上的距离，甚至在它陡然隆起时，也像是水上的距离，看上去比实际要短，让你觉得走过去不费劲。但是苔原表面由许多种植物组成，这些植物的大多数根茎长得错综缠绕，像是要让你的脚陷入圈套。多年来，我对苔原的概念（想必是来自那些加拿大北部以及阿拉斯加北极坡地区平原的照片）是一片广袤的北方平地，带着水印条纹，水平延伸至地平线。然而，苔原不是一种地形，它是植被甸子。它穿过广阔的平原，也爬上巨大的坡地。有三种不同类型的苔原：湿苔原，在有许多水的地势低的平地上；潮苔原，在稍微高点的地方；高山苔原，像层石楠树地毯，爬上高山和山丘。我们前行，向北，越过潮苔原，这儿的植物经常有一英尺高。从它们中间走过更像是蹚水而不是走路，除非我们跟着猎物的路径走。幸运的是，这些小径数量众多，通行无碍。它们印着一切在那里生活的生物的痕迹。它们是大路，为驯鹿、驼鹿、熊、狼公平共享。它们的足印、角、粪便散落在小径上，像啤酒罐被丢在路边。虽然这些野兽路径是方圆几百英里之中最好的，也是唯一的，但有显著的缺陷，那就是易消失。这些路径往前延伸，边缘清晰地在各种东西上踏出：无茎麦瓶草、驯鹿苔、莎草草丛、岩高兰、匍匐柳、矮桦、笃斯越橘、白色山杨、低灌木蔓越橘、地衣、拉布拉多茶树。然后，突然间，这些路无缘无故地消失了。它们陈旧的“车辙”表明数以百计的动物曾浩浩荡荡“驶过”。路径消失时，它们去哪儿了？费德勒不知道。我想不出什么解释。也许诺亚先我们一步到了那儿。

在河远远的那一边有一棵孤零零的树，它大胆北进，扩大了它繁殖力强大的森林的范围。布鲁克斯山脉是北美最遥远的隆起。五十年前，通过林务官员罗伯特·马歇尔的笔端，变得稍微近点了。他在一本名为《阿拉斯加原野》的书里描写了去这些山的几次远征。马歇尔对树线有一个说法，称它为“环北方世界的边界”。他认为白云杉及其他种类的树木可以活在更北的地方，通过在它们前面坠落种子，它们正在一点一点向北移，一种最低限度的极其缓慢的前进。不管这意味着什么，河那边的那棵树死了，从那儿出来一只食雀鹰朝我们飞来，它“嘎嘎嘎”地叫着，急速拍打着翅膀盘旋着，盯着路径上的生物。它对我们没什么办法，于是飞回了树上。

拉布拉多茶树的叶子在手里揉碎后，闻起来像松节油。蔓越橘还没熟，比它们最终的果实要酸些。随着寒冷的到来，它们冻在藤蔓上。六个月后解冻时，不知怎么地，它们会更甜，包含更多的果汁。熊喜欢越冬的浆果。蓝莓也是在枝上冻过以后变得更甜。炒过的蔓越橘可以缓解喉咙痛。煮过的蔓越橘混着海豹油可缓解胆囊疼痛。莎草草丛低矮，不像高而密的草丛那么危险。它们是一束一束，底部比顶部更密实，形状如蘑菇，可以绊倒脚、扭伤脚踝，非常烦人。不久，我们准备往上走，离开潮苔原，离开河。前方，三溪交汇的小峡谷呈现在我们的眼前，在那儿形成鲑鱼河主要的源头。靠东面，三溪交汇处的上面，光秃的苔原覆盖的山丘隆起一千多英尺，我们决定过河、上山。环顾四周，我们选择从哪儿去那边。

水现在非常浅，没必要脱靴子。我们走过去，开始攀爬。坡度很陡，我问杰克·赫申在阿拉斯加待了多长时间，他说七年。他比阿拉斯加三分之二的人都待得长。他来自加利福尼亚，再后来生活在华盛顿州西部，在那儿他学了一些激流中船上的技能。像费德勒，他身体不错，在这一点上也像我。但是赫申看起来像是飘着上斜坡的，而我却发现很吃力。从河对面看，山看起来容易爬，像一段短短的楼梯。我一步一步吃力地爬，在驯鹿苔上、在石楠上、在羽扁豆上。太阳突然不见了，一阵冷雨下起来。在山顶，我们坐在一块凸出的岩石上，回望一千二百英尺下的河。我们周围到处都是山，陡峭，不见树，还在阳光下的地方泛着橘黄色。有一座山是闪亮的银色。雨给人感觉很好，我们啃着玛氏巧克力豆，它们比雨更好。山脚下的溪流小而急，开始扭打在一起，形成河。它们流经的土地看起来是裸露的。四下都是苔原，它向北隆起至一个分水岭的山口。看着这么多山地——这巨大的阿拉斯加原野的小碎片，你会纳闷那些形容它“脆弱”的措辞。对成千上万平方英里、根本无人进入的这片崎岖土地而言，“脆弱”看起来不是一个合适的词汇。一个如此广袤、荒无人烟的地方，假如有人有办法偷意大利，阿拉斯加就是一个藏它的地方。与此同时，真情的田园诗描写和谈论“脆弱”的苔原，“纤弱”的不毛之地的海洋。这些话听起来女人气，但这片土地的确容易受伤。苔原下有冰，与土壤混合成为永冻土，在一些地方有两千英尺深。苔原植被，无论死的还是活的，提供了一个隔热层，防止夏季的太阳融化永冻土。如果有什么东西拖走了这隔热层，融化开始发生，土壤会下沉，水会流失。在这样的情况下，地球不能自我修复。在二十世纪六十年代，一台为地球物理服务公司（一家石油勘探公司）工作的推土机，在阿拉斯加极北区的冻原上写下了公司名称的缩写“G.S.I.”，这些字母从头到脚有两百英尺。靠近字母，推土机还挖出了一个箭头，那是给飞行员的指示符号。热卡斯特（热溶蚀）随之发生，然后是轰然沉降。这些字母和箭头现在成了形状怪异的水塘，大约八英尺深。几百年里，这一片的苔原都将念叨着“G.S.I.”。苔原甚至对雪机也非常敏感，它们压缩了雪，切断了本来能抵达植被的空气。证据在夏季出现了。雪机在它们从未接触到的地面上留下了褐色的小径。

阳光和雨此刻都落在我们身上。我们有张地形图，是能得到的最大的比例尺的图，但是细节匮乏，半个拇指长相当于五英里。在我们下面交汇的三条溪流中，最近的那条叫绵羊溪。一条彩虹横跨陡峭的峡谷，弧形的顶端就在我们下面。绵羊溪的名字是早期遗留下来的。“历史上，这些山里有道尔羊。”费德勒说。

“那它们哪里去了？”

“谁知道呢，”他耸耸肩，“事物呈周期变化。它们会回来的。”

桤木爬进鲑鱼河谷山边的皱褶里。面对这片人迹罕至的美丽土地上随处可见的植物分界的证据，我不由得惊叹：“看那边的桤木！它们顽强地求生。”

费德勒说：“这是片干旱之地，确定无疑。排水和暴晒造成了这种差别。”

我们吃花生和葡萄干，还有更多的玛氏巧克力豆——感到休息好了，我们又雄心勃勃了。我们要往南绕一大圈回到营地，其间要绕过一座山以延长我们的步行线路。看起来一个陡峭的斜坡上的支流将那座山与我们隔开。这个坡向西南延伸到支流河口。我们要往下走一阵子，先穿过支流，再往回走绕过这座山。

我们先是穿过一片野草，然后走过熊果叶子覆盖的、葡萄酒红色的地面。还有鹬莓，它们会在手上留下深紫色印记。我们踢到一些狼粪，像冬天的一样硬。粪是白色的，毛茸茸的，里面满是雪兔的毛。附近是一大堆驯鹿粪球。我们越往山下走，蓝莓的数量越多——漫山遍野的蓝莓。费德勒停下了脚步，碰碰我的胳膊，顷刻间变得比平时更警觉，明显有点担心。他凝视的目光继续扫视着我们计划中的路线。他看到的东西我现在也看到了。在我眼里那是个长着皮毛的小丘。"大公灰熊。"费德勒以一种近乎悄悄话的嗓音说。熊大约在一百步以外，在蓝莓丛中吃草。它的头低着，肩背隆起，大块肌肉看起来慢慢地震动，随进食一张一缩。不只是浆果，连树丛都被塞进了熊的肚子。就荒凉之地的灰熊来说，它是个大家伙。极北区的棕熊（也叫灰熊，它们不再被认为是不同的）不会长到在别的地方多吃就能达到的个头。荒凉之地的灰熊很少长到超过六百磅。

"如果它太靠近怎么办？"我问。

"那我们就真的麻烦了。"费德勒说。

赫申说："你跑不过它们。"

灰熊并不比奔驰的马跑得慢，速度差不多是跑得最快的人的一半。看着蓝莓丛中这一庞然大物，它有着五十五英寸的腰围和超过三十英寸的脖围，我难以想象它能跑得那么快。但是我相信了，毫无验证这一命题的冲动。幸运的是，一阵轻轻的南风向鲑鱼河谷吹来，风在吹向我们的途中经过了熊。这风挺帮忙，轻抚着我们的脸，因为如果风从另一头吹来，熊就不会这么平静地吃草了。有谚云：松针落地，鹰看见，鹿听见，熊闻见。如果公熊闻到了我们的气味，可能会后腿立起，尽可能地看。虽然它听觉很好，有超凡的嗅觉，但它的视觉不比看清几英寸外的蓝莓所需的视力好多少。由于这个原因，灰熊会站起来，眯着眼看，尝试聚焦在中等距离外的事物之上。这个姿势常被误解为公熊发怒和准备攻击的征兆。如果熊准备攻击，他会四脚着地，低下头，耳朵竖起，背部肌肉上的毛发会竖起。仿佛觉得这些信号不够清楚，熊的牙齿还会上下咬合，发出一种像斧头碰撞的声音。

你可以预测灰熊将做什么，但不能肯定。十有八九，一丝人的气味就会使它停止活动，在专注而警觉的好奇中暂停一会儿，然后，以一种不无尊严的步伐，朝与气味所来之处不同的方向走。几乎每一次都是这样，但当然不能完全保证。森林因纽特人害怕并敬畏灰熊。他们知道，有些熊不仅不会避开进入它们领地的人，反而会走近甚至追踪闯入者。以多数熊的行为模式来推断任何一只熊的行为可能会不准确，因为它们既聪明又独立，会因情绪、经验、一时之念做它们想做的事情。被一颗子弹打伤过的灰熊是不会忘记的，而且它可能知道是人类射出的子弹。看到人，这样的熊可能会进攻。灰熊有时也会藏起食物，比如，把一只驯鹿崽放在一堆刮起来的苔藓下。一个本可能被熊忽略的人会突然不被忽略，如果他漫不经心地闯入了食物藏匿点与熊之间的界线。当然，与幼崽在一起的母熊会攻击任何对幼崽有危险意味的东西，即使幼崽的体型几乎和母熊一样大。它们要和母亲在一起待两年半。

我们没有一个人有枪（我们六人没人在这次旅行中带枪）。在进入灰熊地界的非猎人当中，对枪的看法有好几派。受推崇的一种是：没带管用的武器千万别去——那指的是一杆威力大的步枪或霰弹枪，以及大量子弹。这种选择不是没有它固有的危险。几年前，一个专业的猎人与一个恰巧是安克雷奇理发师的客户在一起，他们从空中看到了一只灰熊，于是着陆在一个离灰熊约一英里远的湖上。随后的潜近追踪显然不仅猎人做了，而且动物也做了。专业猎手被发现死于脖颈断裂，而且显然是当场死亡，没意识到危险，因为死因就是从后面被咬了一口。那个理发师用枪笨手笨脚，把弹仓都打空了，除一枪打到灰熊脚上，没有一枪打中。熊对理发师发的狠足以让他死好多次。在两人的尸体被找到后，熊被追踪并猎杀了。开枪但只打伤熊要比不开枪糟糕得多。一只本来会转身走掉的熊，如果受伤的话可能会转而攻击。

与灰熊的致命邂逅少之又少，少得令人难忘。有些人反对带步枪，因为步枪是个笨重的额外的包袱，考虑到风险很小，不值得带。最后，有些人觉得带枪是不对的，部分原因是风险低，值得冒，但最重要的原因是他们把枪看成是对原野的一种冒犯，而熊是原野的符号和象征。这一点，虽然能强烈地感受到，还是种有点新颖的态度。当罗伯特·马歇尔在半个世纪前探索布鲁克斯山脉的时候，他和他的同伴见熊就打，从没停下来做一下哲学的反思。那种反应是不假思索的。他们在表达人类对这种野兽的远古的恐惧——人和响尾蛇，人和熊。在现在的环保主义者当中，像马歇尔这样一个人物是另外一种英雄，他们对熊的敬畏超过了恐惧。一个著名的例子就是安迪·罗素，《灰熊地界》的作者。罗素曾经是个专业猎手，但他放弃了，成了一名摄影师，专拍灰熊。他说他不仅放弃了打熊，而且甚至放弃了带枪。在罕有的熊朝他冲来的情况下，他朝它们大喊，站着不动。他说最糟糕的做法就是跑。因为任何在空旷的苔原上跑的东西对熊来说都是猎物。猎物在灰熊面前往往不是站着的。因此，当熊向你袭击，你就站在那儿。理论上熊会停下来重新考虑是否要扑向某个不动的东西（罗素说）。更重要的是，罗素相信，如果你有枪，熊会知道，即使你的枪藏了起来。

回顾我们的经历，我们越来越相信，在大多数灰熊地带带枪不仅是不必要的，而且不利于为好的胶片记录创造理想的气氛和恰当的礼仪。如果我们要获得这样的影片，并成功地与大熊亲近，在大多数地方，不带枪更好。带把枪放在包里或藏在枪套中会使一个人行动时带着无意识的傲慢，散发出不一样的气味，或传递某种让熊反感的信号。带枪的人在与野生动物的交往中没有扮演适当的角色，这一点熊在一定的距离似乎马上就能意识到。人比熊更野，无论他是否承认；带枪，他会马上受到更多的怀疑。

一个人应该按不速之客的角色行事——一名闯入者，而非攻击性猎手的角色。应该不带枪来确保这种态度。

在正在进食的熊上面的山坡上，所有这些像用拇指迅速翻动的书页的画面，掠过我的脑海。我承认，当时一瞬间我问过自己，“我他妈在这儿干什么呀？”但是，这个问题除了制造一丝恐慌外别无用处。我知道我为什么来了，因此也知道我在那儿做什么。我的害怕是偶然的。我只希望这种害怕不超过体面的水平。我意识到费德勒和赫申也有一点害怕。若他们不害怕，我倒觉得麻烦了。与此同时，这个地方没有什么能像看见熊那样让我激动。重要的不是熊本身，而是熊暗示的意义。熊是在那荒野占主导地位的东西，它们在那儿意味着四面八方应该有更多这样的荒野。熊的存在意味着一个世界的存在。熊向地球其余地方确认，它们这个物种待的地方仍然存在。曾经有一段时间，它的同族遍及北美。但它们被追捕、驱逐，因为人们想要别的东西。比如，灰熊是加利福尼亚的州动物，那地界以前是熊的领地。而在现在的加利福尼亚，灰熊已经绝迹了。

我在荒野游历时遇到的动物都不情愿暴露我很想知道的有关它们的事情。给我印象最深的，也是我越来越喜欢的动物就是灰熊。在野外，没有什么比碰到那些巨大的、嵌入泥土或雪地的爪印更让人激动。没有什么比看到巨大的熊印象更深刻。它走过山坡，银色长袍的皮毛在结实的肌肉上波动。它的威严和力量在北美原野无与伦比。与它分享一会儿山是一种特权和独一无二的冒险。

我跟着它的脚印走进了桤木林，看看它在那儿做什么。当足印的主人在三十英尺外站起来，突然哼了下鼻子面对我时，一切都戛然而止。

看到一只母灰熊和它的幼崽在宽阔的缀满鲜花的山间草地中漫步游荡，就是看到了在真正的原野中生命的最佳状态。

如果一匹狼杀死了一只驯鹿，灰熊在狼吃它的猎物的时候过来，狼就夹着尾巴匆匆离开。黑熊见灰熊也跑。灰熊有时猎杀并且吃黑熊。灰熊碰上什么就吃什么，它是个机会主义食客。灰熊在它的领地的主导地位只受到人和渡鸦的挑战。为了让渡鸦死了偷它食物的贼心，熊干脆躺下睡在猎物上，时不时猛拍那些鸟儿，仿佛它们是大黑苍蝇。它更喜欢素食。它一掌就能把驼鹿的头打得脑浆迸裂，但是它并不总是嗜血，当它在自己的领地走动时，它可以是某种慷慨的家伙。它进入柳林，那些未逃跑的驼鹿和幼崽在其中，它不动它们，让它们照旧呼吸。但是，它可能也会把一只母驼鹿的头夹在它的腿之间，用它突出的五英寸利爪耙驼鹿的两胁。它有什么吃什么。它取出并吃掉驼鹿的内脏。它也喜欢豪猪。当豪猪的棘刺面向它时，它会跃向空中，落在另一边，对着嘴下烦躁不安的豪猪呜呜叫，把它翻过来，从腹部迅疾地切入，齐刷刷地把身体和皮剥离开，在它身后的地上留下一摊海胆样的东西。若不是体格健壮，它不算什么。在它进窝冬眠之前，或就在它冬眠后露面时，如果它所在的山上积雪覆盖，它会爬到某个能高速滑雪的坡道的边缘，屁股坐下，开拔！每秒三十二、六十四、九十六英尺，它沿山坡滑下，雪浪飞向两边。在它快要撞到石头和树时，只差一点点万劫不复，依然以粉身碎骨的速度滑行。它敏捷地站起身来，镇定自若地向前走，好像这一切都不曾发生。

熊的密度在北极荒原上很低。为了口粮，一只熊至少需要独享五十五平方英里，也许一百平方英里的地盘，相当于六万四千英亩是它家的范围。在这个范围内，它会走动，夏季一天一般八英里，在深夜的朦胧光线中行走。为挠挠肚子上的痒，它走向森林中的一棵树（如果有森林的话）。它经过的时候，树在它底下折腰。它一般在早上觅食；经常休息，特别是在吃过后。它一天休息十四个小时。如果在太阳下热了，它会在河潭里躺下。它在苔原上睡觉，不停地翻来覆去，永远在变换位置。我想象不出它有什么好忧虑的。

它的皮毛的颜色很好地融入苔原，以致你很难看见它。幸运的是，面前的这只我们看得很清楚，否则我们会径直走向它。它让我们不得不对旅行计划大改一番。我没有完全准备好按照安迪·罗素的建议去做，我问费德勒如果一只熊向我们冲来，我们应该怎么做。他说："拿下你的背包，把它扔在熊的道上，然后爬着离开，希望包能分散熊的注意力。但是没什么好办法，真的。这不是个该遇到的情况。"

我们从原来的路径做了一个一百四十度的转弯，穿过越来越厚的灌木丛，走上山肩，使我们后面的路程和风向保持良好的位置。有一会儿，我们走过齐腰高的柳枝，一直向山上走。这过程可能挺吃力的，但是我没注意。我的血液里还有肾上腺素可用。我觉得我在飘，像赫申一样爬得很轻松。我此刻希望还有一只熊，在密密的灌木丛中，可能会从任何角落冒出来。不久，我们突然走进了一块蓝莓洼地。赫申和费德勒一改他们的无动于衷，坐下来吃，停下来嚼。这儿的蓝莓又大又甜。

"我明白为什么熊在这里了。"赫申说。

"这些蓝莓可真大。"

"因为朝南啊。"

"它可能不是唯一的一只。"

"它们可能到处都有。"

"对我来说，这太有意思了，"费德勒说，"这么大的动物，生活在这片荒野上。吃什么让这么大的家伙活下来，这太有意思了。”费德勒继续吃着蓝莓，没明显地表现出怕发胖的意思。荒凉之地的熊挖了很多植物的根，他说，比如紫云英的根和因纽特土豆。这头熊从它的窝里出来进入五月的雪，走到河谷的底部，那儿越冬的蓝莓是最先露出来的。杀狼也是在那儿。到六月中旬，它的食物几乎全是植物。它吃柳牙、莎草、羊胡子草。在它一年的饮食中，根茎和植物占食物的百分之八十。甚至当鲑鱼来的时候，它也不满足于只吃鲑鱼，而是大部分时间吃蓝莓。秋天，它不仅挖植物根，也挖地下的松鼠和旅鼠。确实了不起，它靠每年一轮的干饲料长这么大！因为在北极地区这块贫瘠的土地上，它必须比阿拉斯加南部的棕熊更勤劳，那些棕熊沿着白沫滚滚的河排着队——屁股挨着屁股，像新泽西州的渔民，把四十磅的帝王鲑咬在嘴里，好像在食槽里吃饲料。当驯鹿秋天迁徙时，它们沿鲑鱼河谷移到科伯克河谷，熊就在那里吃掉其中的一只作为这一年的收官。接着大约在十一月一日，它可能会发现一个洞穴，或者更可能在山边挖一个大坑。如果它发现了一个自然洞穴，那里面可能挤满了豪猪。它把它们都撵走，用它们数以千计的粪便做它冬天的床垫——这延续了它与这种动物的奇怪关系。另一方面，如果它挖自己的窝，它把土抛在身后，并挖一个竖井往上进入山坡。在竖井顶端，它挖一个架子一样的坑，当外面的进口塞满碎石，这竖井就变成了一柱空气，使得上面的室隔离，留住熊身体散发的温度。在干植被铺成的床上，它仰面躺下，像个金字塔里死去的法老。但它并没有真的冬眠，它只是躺在那儿。它夏天的伴侣会在冬天某处的窝里生一两个熊崽——几乎无毛，眼睛看不见，重约一磅。但是公熊无事可做。它的心率下降，低至每分钟八次。它睡睡醒醒。它或许决定起来出去，但很罕见。它甚至会待在外面，那更稀罕——放弃冬天的穴居，游荡于它冰冻的领地上。如果这样做，它迟早会在本已结冰的河上发现一小片水面，无疑会弄湿毛皮提提神。然后它在雪地里打滚，身上结了一层厚厚的冰。这对它并无大碍，却令森林因纽特人担惊受怕，长久以来他们最害怕"冬熊"。箭会在这层冰甲上折断，而且它可能结实得足以挡住子弹。

我们现在继续往前走，持续后撤，走近之前避开的支流峡谷陡峭的斜坡。我们打算让此处峡谷居于我们和熊之间，重新制定计划，去峡谷的另外一边。这里与其说是一个峡谷，不如说是一条巨大的深沟，可能有八百英尺深；在另一侧耸起一个更陡的约一千五百英尺高的斜坡，在其顶部灌木植被已停止生长。在那儿的山脊，走路看起来是有希望的。

我曾希望能看到一个熊窝，这里可能就有。除一点以外这里满足了所有的条件。这是一个朝南的陡峭的山坡，长满了桤木和柳树。而且我们在布鲁克斯山脉分水岭的南面，那里是大多数熊窝的所在地。但是我们位置还不够高。我们大概在两千英尺之下，而阿拉斯加这一区域的熊喜欢在比这高得多的位置筑穴。它们想要最好的排水系统。成为"冬熊"的一个途径就是在一个遭水淹的穴中醒来。

柳树和桤木长得浓密参天，我们下山的时候前面连几码之外都看不见。因为最近的一场雨，这儿很湿。我们借助地心引力向前开路，发出很大的声音，但还没被灌木丛困住。这是一片丛林，许多英亩的丛林，树木的根部隔开一英尺，像我们的胳膊一样粗，树冠高过十二英尺。这是熊的栖息地，是熊更喜欢而不是人更喜欢的地方。我们原来的选择是明智的——避开这深沟峡谷，但是现在我们在峡谷里了，且别无选择。

“这是那种会意外碰到熊的地方。”赫申说。

“没有回去的路，”费德勒说，“你不能穿着这玩意儿走上山。”

“没错。”赫申说。

这比在厚厚的山间云雾中乘着没有仪器的飞机更令人郁闷。我们跌跌撞撞走了十五分钟，最终在支流处走出来。我们的到来惊起了一只松鸡，是柳林松鸡。河鳟一看到我们，就在不大的冰冷的潭中窜来窜去。这条溪很窄，桤木从两边压下来。我们喝水、休息。抬头望我们前面的斜坡，那准有五十度的坡度。顶峰看起来极其远。歇息时，我开始觉得腿相当疼，一个脚跟上还长了个水泡。在上山的途中，我们分开了。赫申拐向右边，费德勒和我往左边。我们在片岩间伸出来的灌木丛中摸索着可抓的地方。从一个岩架到另一个岩架，把自己拽上去。肾上腺素耗尽，我的腿僵硬如石头。我愿意挖个穴钻到地下去。我的眼睛不停地投向山脊线，它高高地在我们上面。如果眼睛是手的话，它们可能已经把我拉到了那上面。然后，突然间，我看到杰克·赫申轻盈地在上方远远的山脊上漫步，穿着网球鞋，戴着软塌塌的布帽。他在四下张望，消磨时间，等着我们。

山脊那边的情况看起来不错。过去这一段后会是平坦的。我们坐下，往回看，向北越过幽深的支流峡谷，用我的单筒望远镜试图找那只正在吃东西的熊。看不到，也没有任何熊的迹象。我们上方是宽阔的锥形峰顶，环绕它的西侧至少 ·英里长的开阔的高山苔原延伸开去。在等高线上，我们往南穿越这片高高的苔原，它位于河以东两英里。在南面的下一个山峰上，我们看到像是一个堆石界标的东西。我们决定走过去，站在上面，根据与我们营地的关系猜猜看我们在哪儿。此刻走起来感觉又好了。我们经过一大堆黑乎乎的灰熊粪。“如果它在冒热气，那就是你该开始四下找树的时候。”赫申说。这堆粪的水汽很多天前就蒸发掉了。但是设想一下粪在冒热气时我到了这儿，我悠闲地四下张望找一棵树。我们来的路上最近的一棵不算是灌木或矮树丛的树是在拉普兰的某个地方。但是我们的前面，广阔的苔原小丘那边，是一片郁郁的白云杉——北美森林的边缘正在朝我们延展过来。这些树在八百码以外。黑熊若受惊吓，有时会爬树。灰熊几乎从不爬树。

晚上七点，爬过一个长满中等至浓密程度灌木丛的山坡后，我们来到了一处更平坦的苔原，抵达显然是个堆石界标的山顶。那是一块露头的岩石，我们在明媚的阳光下坐在上面，看着四周的群山。许多山都有这样从山脊伸出的露头岩石，它们非常像牧人在苏格兰光秃秃的山顶垒起来的堆石界标。就此而言，它们分明是堆石界标（靠近科伯克河），森林因纽特人曾有条不紊地用它们来猎杀驯鹿。堆石界标被建在高高的苔原上，它们连起来形成一个大大的“V”字形。“V”字形的开口朝向北方，往南去的兽群就像走进了一个漏斗。对驯鹿而言，堆石界标意味着因纽特人就在附近，为强化这种印象，因纽特人站在一个又一个的堆石界标中间。在“V”字形的尖端处，所需数量的驯鹿要被杀掉，其余的让它们通过。

此时在我们面前，在向河边延伸过去的苔原上，我们看见许许多多数不清的驯鹿角。极北区的兽群周期性地选择不同的山口和峡谷穿越山脉往南去，最近它们青睐的是鲑鱼河和亨特河流域。这些驯鹿角的颜色褪得发白，它们从苔原上凸起，像被埋葬了的树那已经死去的枝干。以前，当森林因纽特人去追踪灰熊时，手里拿着一支矛，矛尖是用熊骨做的，或更常见的是用驯鹿角做的。熊皮是因纽特人家里的门面，如果主人杀死过熊的话；因为这象征着猎人内心非凡的勇气。当人靠近熊，熊用后腿站立，猎人跑到这座肉塔下，把矛杆子牢牢地插在地上，然后从暴躁乱舞的熊爪下躲开。熊向前猛扑，扑到矛上，就这样毙命。

因纽特人的刀柄也是用驯鹿角做的。凿穿河面的冰镐、柳树皮做的围网底的坠子、劈柴用的楔子，还有弓箭的头，用的都是驯鹿角。所有的驯鹿，无论雌雄都长角。驯鹿角是碳酸钙质的，是硬骨，具有熟铁的强度。我们下山，往南穿过苔原，经过了树丛般的驯鹿角。仿佛出于某种原因，春季迁徙的长长的队伍在这里暂停，让鹿角脱落。驯鹿角，像熊一样，意味着荒野。大多数驯鹿角是白的、干巴巴的、像粉笔的材质。我拿起一个新一点的，那是最近脱落的、深色的，像抛光了的褐色大理石。它的主干约四英尺长，形状完美。赫申发现了一个和它相似的。我们把它们扛在肩上下山，打算带回家。

我们前往下一座河边的山。我们准备在那儿下山（如果计算），抵达营地旁的河。那条河远远地在我们下面，当我们并肩走过空旷的苔原，它时而进入我们的眼帘。费德勒比平时还机警，此时他停住了。像以前一样，他碰了下我的胳膊，指向河。如果一根云杉针叶在水上漂，费德勒就已看见。我们马上明白，计算出错了，我们正前往偏离营地数英里的地方，最终会回到河边，不知道营地在上游还是下游，该往哪里走。费德勒指向一个砾石滩，一柱薄烟袅袅，烟旁边是微小的人影，以及豆荚形状的金属划艇的白光。

往下再走两英里，我们在河中赤着脚，粉红的热乎乎的脚变冷、变麻木。我们走得很慢，其他三个人已经在篝火旁了。烤架上是河鳟和切片的北极红点鲑。现在空气是凉的，接近十度。我们吃鱼、炖牛肉和草莓，喝热巧克力。过了一会儿，赫申说："那是次不错的徒步，是在阿拉斯加能找到的最容易的徒步路线。"

我们在地图上画出我们走过的路线，估算有十四英里。约翰·考夫曼在石头上敲了敲烟嘴说："在阿拉斯加算很长了。"

我们围在篝火旁又坐了至少一个小时。我们说到雨、红隼、石油和驯鹿角，说到河的高度和源头。赫申和费德勒没有一次提到熊。

但是，当我钻进睡袋，闭上眼睛，它就在那儿，彩色的，在山边。这种幻景挥之不去，不是恐惧让它出现的，更多的是因为意识到这纯粹是一种运气：首先选择跟着费德勒和赫申沿河而上，走进山里——这是一种纪念品，但不像整个下午漫长的路线那样只是一时一刻的纪念品。这是整片土地的图景，里面有一只动物。这是它的荒野，明明白白的。想在那里就得融入其中，融入它存在的环境，它的荒野。如果你想造访此地，最好先敲门。

它与其他动物的关系是敢想敢做、大度接受和"懒得理你"态度的混合。灰熊的性格当中有巨大的力量、自豪感和强烈的好奇心。当人深入它的领地时，这种好奇心就会造成麻烦，因为他们不为熊所知。灰熊可以很勇敢，有时就是彻头彻尾的傲慢。它会遮遮掩掩，非常害羞；也会极其狡猾，有强大的攻击性。无论它做什么，它的行为都与它所处的环境和当时的情况相符合。难怪在它的山上遇见它是一件难忘的大事，终身印在一个人的记忆里。

夜里，空气和河水温度达到了平衡，早上七点都是八度。在水里走肯定冷，考虑到浅滩处水不深，那显然就是我们该做的事。我们花了很长时间打包，任何人都会这样，因为东西比船的容量多出百分之二十还不止。砾石滩上全是旅行袋。我的装备都是装在杜鲁斯袋子里带过来的，那是一个特大号的无骨架的帆布包，它有一个收口带和双肩背带，全皮的。如果塞到塞不进为止，背着它令人觉得圣诞老人正在往南的路上。那天，我的船是其中一只单人皮艇。我把装备摊在砾石滩上，摊在船的旁边，然后把空的杜鲁斯袋子内侧朝外卷起来捆上，这样它就相当于一条两磅面包的大小。我把它放进单人皮艇的船头，用棍子把它往前撑。有五英尺长胳膊的人很容易往一个克莱珀皮艇里装东西。船的骨架之间的空当不到两个展开的手掌宽。在船头船尾装东西，就好比往几个笔筒里塞东西，但是装进了惊人多的东西。所有的余下的物品都由一条划艇所承担，它上面东西堆得高高的——我们的铝制骡子。我把驯鹿角拴在皮艇的尾板上，我们划进了河。水流大约一小时四英里，但是我们行进的速度得比水慢得多，因为我们走的距离和漂的距离差不多。如果我们有一英尺深的水，就会舒服得多。水深经常只有一英寸到两英寸。从潭到滩，从潭到滩，我们乘了一点点船，然后就得下来走，将缆绳放在我们手中。我们边上的船像被牵着的狗，它们时不时停下来，得用力拖。上一次皮艇就已经够尴尬的了，别说一天好多次了。把手放在你背后舱口栏板上，低身坐到位，同时把腿从河中抬起，抖掉水。一开始赫申向我演示该怎么做，然后他轻轻地坐到自己的皮艇中，漂走了。我一个后仰跌坐在自己的皮艇里，几乎把它弄翻；但是如果那天没其他事，我还是继续练习上下皮艇。当在浅滩船底剐蹭到河床的顶部时，我们出船，寻找最深的水道，将船移过去，然后在水流加快和加深的地方回到船上。在激流中间，上船的问题也因为要这样做而变得复杂了。第一次出现这样的情况时，我协调性全无，摇晃着往后跌坐在船上，差一点坐进河里，一个大脚趾发出啪的一声，第二关节韧带撕裂。但是，到了中午，我或多或少会了，似乎不大可能再受伤了。

我并不为鲑鱼河的水浅而失望。在一生的沿河而下的经验中，这是最清澈、最原生态的一条河。在河的某些水浅的地方走使行程变慢，而这本身又带来了好处。看一眼砾石滩、岩架、河边峭壁，它们揭示了河时不时地会处于怎样的状况之中：水位高，波涛滚滚，充满泥沙，一泻而下。我宁愿在这么清的河水里走，也不愿沿着泛滥的溪流像乘火箭一样沿河而下。话虽如此，水再深两英寸对这一天会大有好处。

以任何人的标准看，那水都算冷的，因为再冷就不是水了。普尔绍和赫申穿着运动鞋，我不羡慕他们。费德勒和纽曼穿着高筒防水靴，考夫曼和我有潜水靴子——泡沫橡胶袜子，它们或多或少使得湿脚很暖和。锁在泡沫橡胶袜子里的水有血的温度。我也穿厚的羊毛袜，因此我的脚从来不冷。太阳走过无云的天空，银针般的光芒在河面上闪烁。气温超过二十一度，我们穿着 T 恤衫一起走。脚暖，腿在湿透的裤子里凉凉的，肩膀在北极圈太阳的照射下热乎乎的。

几条支流汇入了河。第一条从东边来，第二条从西边来，它们加深了潭，抬高了水位。普尔绍说，在那条从东边汇入的溪流的上游某处在一九六八年提出了十九项沙金开采权的申请。但是，这些开采权并没有被每年的评估工作所同意确认。开矿还没开始，现在也不会开始，只要这些开采权涉及与国家利益相关的土地。这不是重要的金矿地区。在森林因纽特人的经验中，也许最不同寻常的事件就是一八九八年超过一千名探矿者的到来，他们听说了有关科伯克谷发光的传闻。他们四处寻找，没发现多少金子，这热潮大体持续了一个冬天。大约十年以后，适量的、足够的金子在凯厄纳附近的一条小溪里被发现。砂金开采者行使了开采权——漂洗砾石，冲洗出金子。目前在阿拉斯加，多半是由推土机推砾石采金。从上面溪流边进来的清澈的水在流过砂金开采点的路途中变成褐色，变浑浊，带着大量新的碎石。费德勒早些在阿拉斯加渔猎局栖息地管理处负责监管输油管线，后被调去监管金矿，一个点一个点地跑，检查砂金开采中的排放废砾石的标准。费德勒说，与其走近一些开矿者，还不如与灰熊跳华尔兹舞。因为他们让他收起许可申请表，从他们拥有开采权的地盘上滚开！那么，要是一些鱼吃了一肚子淤泥怎么办？费德勒从他艾奥瓦的家庭农场来阿拉斯加不过短短几年，他的硕士论文写的是关于雉鸡的生命循环，但是他很快明白了阿拉斯加的民俗。“滚！”开矿的人说，“我们做事，想什么时候做就什么时候做，想在哪里做就在哪里做，想怎么做就怎么做，这就是我们现在要做的。”

我们周围的森林——就规模而言可以叫森林，由一片片云杉和棉白杨组成。偶尔它也突围，爬上山坡来到受保护的坡地或进入干燥的深谷，但大体上，它的形状像一支箭头指向北方的箭；而且随着我们向下游移动，箭身逐渐变宽。靠近河边，多是一片又一片的柳树和桤木。它们的背后是更高的树，更高的树后面又是一片片桤木，之后，树林让位于开阔隆起的地，让位于高高的苔原上的地衣、莎草、苔藓。桤木叶嚼出的汁可以缓解蚊子叮咬后的痒痒。森林因纽特人从桤木的树皮中提取红色染料——美国绿桤木，唯一如此靠北的品种。柳属的植物耐寒。西加云杉是阿拉斯加的州树，这是对其商业价值的认可，因为它是阿拉斯加土地上生长的最容易转让的东西。但是，它只生长在南部。西加云杉去了锯木厂，而柳树给阿拉斯加提供了植被。阿拉斯加只有一百三十三种树和灌木，其中三十三种是柳树。在尼龙进口之前，渔网是用柳树做的——用长长的柔韧的柳树树皮与劈开的云杉的根茎编织在一起。绳子、狗项圈、猎人的弓、捉小猎物和鸟的罗网都是用柳树做成的。柳树也成了雪靴的框子、捕鱼篓、柳条筐。它的嫩叶、嫩芽、新枝都是可以吃的，有营养。树皮的里层嚼起来像甘蔗，富含糖。柳树汁用刀刮到一起，又甜又香。至少有十二种柳树生长在鲑鱼河沿岸，其中有：小树柳、戟柳、朴树、骨架叶柳、钻石叶柳、北极柳、荒地柳、阿拉斯加沼泽柳。橘色枝条的柳树容易区分些。我们把所有的柳树都叫柳树。这种木头用来烧火非常好，像桤木的木炭一样热。

在一片宽阔的砾石滩上，我们停下来吃午饭，用柳树和桤木点了一堆火。太阳热得令人头痛，但是空气中有一丝寒意。渐渐地，皮艇里存下了水，我们走进走出时身上往下滴水。在冷冷的皮艇底部坐了几小时后，屁股开始感觉像解冻的肉。不管头和肩膀多么暖和，依然寒冷彻骨。火用木柴堆得很高，都是砾石滩上晒干的木头。一阵微风吹偏了火苗。站在下风口的热气里就像站在夏天的大峡谷里。几分钟后，我们的衣服都干了。

又有三条支流汇入河，整个下午，可航行的时间长了。但是，我们依然走了很多路。秋沙鸭（妈妈和六个孩子）在我们前面逃了，像潜鸟一样在水上跑。时而，大的基岩岩架伸入河中和河底，它们挡住了水，形成水潭。在一块岩架下，水从潭里翻着白浪流出，我们停下来抓鱼。纽曼抓住了一条红点鲑，鲍勃·费德勒也抓到了一条。它们是壮观的样本，比鲑鱼河的鲑鱼还大。它们是橘色的，身上有斑点，两侧宽阔，龙虾爪状的嘴。海里游来的北极红点鲑。它们可能被称为巨大的溪红点鲑，因为溪红点鲑实际上就是红点鲑。它们有带着白边的深红色的鳍，腹部有深红色的边际线。它们的名字可能源自盖尔语。在阿拉斯加北极红点鲑的最长身长纪录是三十六英寸，我们的这条有点小于这个尺寸。我将一个小的麦普思诱饵抛向溪流，零号的诱饵，往回拉的时候感觉有大家伙。这一拽对河鳟而言太猛了——力气太大，动静太小。此时我这六磅的线上大概有十磅的鱼。所以我跟着鱼转，溪上溪下来回走，河里河外走进走出。我拉皮艇走了一整天，这点活儿也没什么大的不同。十五分钟左右之后，鱼累了，从水里噼啪摆动着上来。我掏出卷尺在它身上量，从它带钩的嘴到尾尖，三十一点五英寸。橘黄色斑点，深红色的光泽，这华丽的生物就长度而言是我在淡水中抓到的最大的鱼。它的肚子里放得下十条我平常留下吃的鱼。今天的晚饭，我们本会烤红点鲑，但其他人抓的已经足够了。所以，我一只手放在腹鳍下面，另一只手接近嘴下面，在河边弯下腰来，在水里托住鱼直到它稳住。它在我的手上歇了一会儿，甚至当我放低松开手时还待在那儿。然后，像海军的大炮一样，它射向溪流。决定放它走的那一刻既是最快乐的时刻，也是感觉最糟糕的时候。

漂了一会儿，我们继续朝溪流下游进发。从漫长的夏季狩猎之旅返回的因纽特人沿鲑鱼河顺流而下时，他们用的是筏子。六月份，当他们沿科伯克河搭起他们的围网捕鱼营地的时候，男人离开女人，分成小队去山里，在夏季猎取冬季需要的毛皮——旱獭、单独无伴的驯鹿、驯鹿仔（做内衣）。猎手们有长时间的闲暇。像我们一样，他们围坐在篝火边，讲故事。他们一夜又一夜地重复讲自己的故事，但是，没有人讲过别人的故事；天生的版权意识，抄袭在他们中间似乎不存在。儿子从他们的父亲那儿继承了故事。不用说，许多故事和狩猎有关——猎狼，猎驯鹿，秋天和冬天猎熊。他们穿着雪靴上山，搜寻筑穴的迹象——在本应该是一样的雪中查找一抹冰，那是呼吸的水汽的产物。找到这样的证据后，他们会小心地去掉这层冰，悄悄地，小心翼翼地揭开一个透气孔，将一支探测的矛塞进去，移动，直到碰到什么软的东西。留在原处，把矛慢慢上下移动，然后，猎人猛地戳下去，把身体所有的重量都压上去。熊此时在痛苦中起伏，把猎人从地上掀起。现代的方法是，用一根长长的杆子探熊，一旦碰到熊，就顺着杆子用步枪开火。当熊没有了动静，猎人才进熊窝。有时候，活着的熊也在里面——刚生的幼崽或已长成的幼熊，或者是活的母熊和死的幼崽。没必要害怕，猎人们说，因为熊不会在自己的窝里战斗。熊是这样一种动物：它的智慧令猎人尊敬，这种尊敬超过对其他所有动物的尊敬。围绕着熊，猎人们已编织了数百年的仪式和禁忌。在过去，一只被杀死的熊的头颅会被仪式性地碰一下熊的心脏，然后头颅会被放在一棵活着的云杉顶上，它被留在森林里，眼眶朝北。

秋天即将到来时，猎人们从山上下来，来到河的上游。他们砍伐死了的云杉，扎筏子，筏子上高高地堆着毛皮。在上游浅水区，筏子只需几根圆木，用熊皮条捆绑在一块。圆木窄的一端都正对下游，宽的一端形成船尾。这样，筏子就是个楔子，指向下游。漂在河上，它由船头的一根云杉引导方向。当船碰到河床，人们就像拖克莱珀皮艇一样通过浅的水浪。当河水变深时，两个或多个筏子并到一块。河越大，筏子就越大——这样，任何时候它都是一艘稳定的船，哪怕在极大的洪水中。

造筏子一些木头是冬天的柴火，但大多数圆木被用于造房子，这在科伯克流域已经成为一种越来越少的需求。现在的房子都来自政府，有三种选择（A、B 和 C），一个月要很多钱，交二十年。它们是框架结构，有山墙，无明显特色。它们可以是带窗子的车库。冬天，墙会出汗，出现一道四英尺高的霜线。它们外面的棚子不够大，用来储肉和设备不够用。凯厄纳如今有一种新的用河上漂来的圆木造的房子。

我们在一个基岩水潭的下游停下过夜，在朦胧的山下的沙岸上搭起帐篷，那山的山脊线高出河面几千英尺。现在，大部分峡谷地面被森林所覆盖，并且森林往山坡上延伸了大概三百英尺。河边沙地上熊的脚印有十一英寸长，六英寸宽。我们钓鱼，就是拿出和放进——抓和放了半打河鳟和几条红点鲑。旅途中的因纽特人，现在正在用铝箔包着烤红点鲑，而我们也正在这样做。粉红色的肉在鱼自身含有的水分中冒着蒸汽，我们每个人都至少吃了两磅。吃着饭，一抬头，我们看到一只黑熊，身长腿长，不紧不慢地迈着大步，穿过陡峭的山腰。它停下来吃了一会儿草，然后，没来由地突然跑起来，猛地跃入一片柳树和桤木林，一路闯过，从树林另一头出来，上了一片长着淡绿色驯鹿苔藓的高地。

早晨，刮风了。像牡蛎一样湿漉漉的前锋云系正掠过东部山脉。雨即将到来——不是个跳进河里划皮划艇的天气。我们吃了燕麦粥、喝了咖啡以后，杰克·赫申说，他觉得自己该走了。他有任务要赶着完成，必须回办公室。办公室在六百英里以外的安克雷奇。如果美国有一片荒野，那我们就在其中；而赫申要自己出发，赶时间。非常抱歉，他说。他乐意和我们待在一起，但有来自公司里的压力。他曾决定或多或少与我们一道旅行到最后，而现在他决定提前离开。他要在凯厄纳乘邮政飞机，凯厄纳在下游大概九十英里。他带着一两包冻干食品和六片飞行员面包，钻进自己的单人克莱珀皮艇中，快速摆动着向下划去，两片桨叶舞动得像打信号标，他不见了。他没有帐篷挡雨棚，雨基本上整天下着，一夜未停。

许多天后，赫申给我们讲了他独自漂流的故事。在离开我们之后不久，他只顾着想心事，在一个湍流中错过一个水道。靠近潭远远的尽头时（那儿散乱的石头像坝一样沉积下来），河水很典型地变得急而浅，翻腾着越过砾石边缘，白浪滚滚地冲向更低的潭。航行的诀窍在于湍流，你得觉察到其中最强的那股水流，并抢在宽阔的水流把船带得过远使之搁浅之前进入湍流。因为虽然有许多水随湍流而下，但更多的水径直消失在地下，进入干燥、多孔、一层叠一层的砾石滩。经常地，河道只有一道窄窄的槽，它一会儿斜向左边，一会儿斜向右边，皮艇可以通过其中。现在，赫申已经错过了这样一个地方，所以不得不倒回去——移动，船尾在前，穿过溪流，重新安排他的线路，进入那条狭窄的水道。他靠近了一处河岸。意识到了自己的错误，他把桨往后一伸，此时恰巧往上看了一眼。在他的上方岸边，有一只母灰熊和一只巨大的两岁的熊崽。相距不到十五英尺，赫申和母灰熊互相眼对眼地看着。他不动声色地看着它，开始慢慢地划桨，朝着水流的方向后撤。他感到无助，因为如果熊袭击自己的话，他想不出能做些什么。他想到，可以把船弄翻藏在底下，但在不到一英尺深的水里无处可藏。所以，所有的决定都将由熊作出。赫申继续死死地盯着它的眼睛，没有做出害怕或逃跑的姿态。熊自己先退了。但是走了几步之后，它们又回来了，用后腿站起来，眯着眼细看。赫申想，在这第二次查看之后，它们会袭击他。但是它们落下前腿，掉转身，走了。他原原本本地讲了这个故事，没有一点叙述者的激动。以同样平淡的口气，他讲述他后来看到了一对沙丘鹤；那之后一段时间，他又看见了一只金雕。对他来说，这些都是野生动物。如果你是阿拉斯加塞拉俱乐部的一员，你所面临的问题之中最微不足道的就是遇到熊了。

那天晚上，当他觉得该睡觉时，雨还是不停地下，凄凄惨惨的，所以他四下寻找避雨的地方。他要找一根大的浮木。最终他找到了一棵连根拔出的云杉，也许是在六月份被冲下河的。它靠根部支撑着，部分离开地面。他将皮艇斜靠在树上，并把睡袋放在两者之间的空间里。（有另一种选择，他可以砍倒许多小云杉树，将树尖朝上堆成一个圆——一种圆锥形帐篷，森林因纽特人称之为“穷人的营地”。）赫申钻进去，雨落在船上和树上。“我睡死过去了，”他说，“接着就到早晨了。”当他到达鲑鱼河和科伯克河交汇处时，两个因纽特人在那儿钓鱼。他们和他一起分享了煮的鲑鱼，蘸着海豹油吃。他们的埃文鲁德发动机把他带到了凯厄纳。

约翰·考夫曼和我在赫申离开的那天划着“蛇眼”。在河里，我们在它很多时间都在船旁拖着它走耗了很多时间，在砾石上留下克莱珀皮艇印迹。我们不得不不停地往外舀水，因为水在船壳里积起来，不仅因为雨和我们靴子上的滴水，还因为热补橡胶的漏洞。这浅浅的河水折磨着“蛇眼”。船的广告语是“坚固如重型传送带”，却正失去“传送”我们的能力。现在，我们进入了许多深潭和一片又一片有不错深度的水域。但是漂着的“蛇眼”的动力和反应并不比搁浅时好。所以其余的人只好经常等待，他们划着灵活的、吃水浅的划艇和轻盈的皮艇。在左岸上面的山坡上，我们看到一只孤零零的灰熊在雨中向北走。由于河很窄又弯弯曲曲，船有时候相互看不见。费德勒在单人克莱珀皮艇里看到一只灰熊，等我们其余的人来时它已经不见了。我们无法确定错过了多少熊，或就此而言，有多少熊我们可能看到了两次。一条支流尼考克河从西边汇入鲑鱼河，我们在河边停下吃了午饭。鱼饵从光滑的岩架那儿抛出，落入深邃青绿的洞里。

过了尼考克河之后，有更多的河段能让我们漂流。雨变成了薄雾，使山笼罩着柔和的淡灰色。考夫曼说，不管是什么天气，对他自己来说布鲁克斯山脉都是阿拉斯加最棒的——光线迷人，流水纯净，地形多种多样。他不太喜欢阿拉斯加南部的冰川地区。“那里太原始了，”他继续说，“在北方这边，你能看到冰川成的所有结果而看不见冰川本身。你看到的是清澈的溪流。”把鲑鱼河作为一条国家原生河来研究是考夫曼的想法。如果考夫曼的愿望能够成真，至少四分之一的阿拉斯加会被永久保留为荒野。经过他对北极之门国家公园（夏威夷州的两倍，黄石公园的四倍）五年的研究和规划，它很有可能被国会认可。考夫曼为公园开发的全盘计划加起来等于零——他原本规划了飞机跑道、道路、看守小屋、披屋、点心摊、垃圾桶、长凳；但依他看，应做的最具创造性的事就是什么都不做。让这片地荒着，没有太多人造的痕迹。

就对待这片土地的态度而言，考夫曼在阿拉斯加人当中只代表着一小部分。首先，他是一个联邦政府雇员，因此是个“外人”。在一些人看来，他是想“攫取”和“封存”这片宝地。然而，他也是一个阿拉斯加人。在一个主要由野心勃勃的过客居住的州里，至少他更像阿拉斯加人。他建立了自己的家，成了一个真诚的阿拉斯加公民。以此身份，不仅仅作为联邦政府雇员，他确实赞成“封存”土地，如果那意味着把它留给未来之未来。

考夫曼生活在阿拉斯加的时候，理解他的观点的选民数量从非常低上升到少部分。然而少数派（受到外来的支持）的存在形成了一种紧张态势，这种对峙贯穿于该州发生的所有事件里。这让人回忆起分裂早期开拓者的事务（用水的权利、放牧的权利）所引起的紧张态势。这类事务的现代的形式就是保护与发展的冲突，停滞与经济效益的冲突，荒野与钻头和推土机的冲突。而且，它部分地导致了现在对土地的凶多吉少的重新安排，在目前的二十世纪七十年代，这安排正在改变或即将改变该州每个人的生活。

很久以前，联邦政府往往用一只眼看阿拉斯加，兴趣小得几乎连眼睛都快闭上了。在整块如此荒蛮和遥远的疆域里，来自其他州的移民很容易建立他们的边疆准则：自由呼吸，随心所欲，掌控你自己的命运。但是，如果你脑子里盘算的超过剥野兔子皮，那就很难掌控自己大部分的命运。比如，规划任何大规模的发展很难，因为联邦政府拥有这里百分之九十九的土地。州地位的推进被视为一种得到更多控制权的方式，但是，使阿拉斯加人沮丧和失望的是，他们发现重大的决定依旧由华盛顿做出（或推迟，视情况而定）。几年后，在寻找新能源的压力下，联邦政府才意识到阿拉斯加的潜力。随着普拉德霍湾油田的开发，州的利益和联邦政府的利益最终似乎统一了。发现石油感觉像发现了金子，未来看起来好像从身后点亮。无论如何，凭着输油管线，阿拉斯加突然间有了更多的发展，但超过了它的吸收能力。它突然有了各个方面的膨胀和到处可见的活动木屋。有了交通阻塞。你可以拿起电话“约个会”。在还算方便抵达的丛林中，钓鱼和打猎已变得拥挤和差劲，而这些活动是长期以来许多人在阿拉斯加所寻求的。快速发展在上演，到处都是钱，建筑拔地而起，但是梦可能变得过于真实了。大部分的钱都到了长期定居阿拉斯加的人的头上。许多人感到困惑、幻想破灭，被迫思考是否大规模的发展意味着财富。

人们对发展是否明智这一命题的新的犹豫在一九七四年的选举中表现出来，杰·哈蒙德以微小的优势当选州长。哈蒙德在阿拉斯加有自己的宅地。他的妻子是阿拉斯加本地人。他对阿拉斯加未来的考虑是慢点走，谨慎地建设，努力找到中间道路——不仅是保护和经济发展“之间”、也是这两者“之中”的道路。他任命阿拉斯加大学野生动物生物学家罗伯特·威登担任州政策发展和规划部主任，派给他的任务，是为与国家利益相关的指定土地的未来起草一份州政府的提案。不出意外，州政府很快通知国会，它想参与这些土地的管理，因此情愿把属于州的部分土地放到与国家利益相关土地的总盘子里。阿拉斯加州希望各种选择为未来敞开，不要在立法中写好。“我们有兴趣在关于联邦土地的决策中永久分享决策权，”威登有一天在朱诺的议会大厦告诉我，“联邦的提案反映了机构对土地的需求，而不是与国家相关联的州的长期利益。州已经从发展的冲动变为发展加保护的意愿，而联邦的思路（总体说来）从忽视和保护到利用资源。我们角色几乎互换了。与此同时，联邦机构自己之间还在吵吵嚷嚷。国家公园管理局想让土地保持原貌，国家森林局和土地管理局想要看到它被利用，渔猎局更接近中间立场。他们是为了‘相互协调的使用’而提供对土地的使用意见的。比如，他们的基奈国家驼鹿保护区里有油井。这是阿拉斯加的第一个油田。国家公园管理局、渔猎局是环境保护主义者的最爱的机构。而开发商青睐土地管理局。我们需要另外一条道路。假如你有好的公园土地，而这土地上有矿藏，你就会说不应该作出一个坚定的决定，现在不是时候。在有些事情上，理智的人是不想作什么决定的。我们的立场被有些人描述成中间路线。也许如此，但是在这条路上，所有的车辆都开到那两条沟里去了。如今，人们应该对他们作出永久决定的能力谦虚一点。”在威登办公室的墙上，有一个标牌上写道：“地球，我是上帝。我想让你们所有人月底前搬出去。我有个客户对此房产感兴趣。”

有一天，在安克雷奇，我与一个铁杆的阿拉斯加发展派人士罗伯特·阿特伍德吃午饭。他是安克雷奇《时报》的编辑和出版商。

如果州政府和它的罗伯特·威登们与考夫曼所代表的态度相差九十度，阿特伍德与考夫曼就相差一百八十度。“我们应该只在没有资源的地区保护原野，”他说，“美国需要我们的石油，我们不会阻止这事。见鬼！他们应该开采它，他们需要。阿拉斯加最终的命运就是帮助国家自给自足。我们应该尽力帮忙，而不是把土地包起来，在上面打个结，去拯救一棵树、一只熊或一个美梦。一个州通过开发它的资源而发展。普拉德霍湾是这个‘小’州的巨大开始。然后，发生了什么？输油管线被环保主义者阻挡了几年，那是历史上首次一个州被告知它不能把自己的资源拿到市场上卖。有些人认为，任何想用锹做点什么的都是坏人。他们应该去看看普拉德霍湾，那么干净、整洁、一尘不染——用冷冻打桩技术，那样苔原不会融化。输油管线将是阿拉斯加最大的旅游景点。驯鹿会靠近它取暖。同时，这些荒野的爱好者，像你的朋友考夫曼，对荒野有着难以满足的胃口。他们已经按照自己认为最好的和最美的，在地图上画出线。他们所努力争取的是抢夺土地，却把这看成保护某种东西的最后机会。按照他们的观点，这是最后的机会。但是，把土地封存起来对未来的几代人不公平，没人完全知道下面有什么，煤、石油，或矿产。”

阿拉斯加土著，就他们而言，处在回归考夫曼的态度的路途中。他们把设立联邦公园和保护区的提案视为可能（并非必然）导致的变化中麻烦最少的，比如说对鲑鱼河和科伯克谷设立保护区。威利·亨斯雷，一个因纽特人首领，曾为我这样描述：“只要我们能打猎、钓鱼、下套捕兽，我们就不关心什么。然而我们并没有得到这样的保证。如果我们不能把船开到河的上游，我们就会有问题。如果我们不能带着我们的狗群或雪机追驯鹿，我们就会有问题。现在对土著来说是个转型期。我们长久使用这片土地，好像我们拥有它。我们认为我们确实拥有它。我们已经在这里住了一万年，我们认为它是我们的。但在过去，我们从未有政治或经济的影响力，从未在阿拉斯加发挥一丁点作用。《阿拉斯加原住民土地权利处理法案》给了我们以前从未有过的发言权。它也给我们提出了与国家利益相关的土地的问题。如果这些土地能被用于维持生活所需的打猎、钓鱼、诱捕，我们就不会有许多不安。”住在丛林里的白人对土地即将被划为公园的担心也不比土著少。他们也已在这儿下套狩猎捕鱼好几代了（有好些例子），现在他们面临着和土著一样的忧虑，却没有随之而来的十亿美元加四千万英亩土地的好事。

在微雨中划行，考夫曼开始爆发。他说他曾经草拟了阿拉斯加的徽标，它的盾分成四部分，红色和金色相间，每一部分都写着一句话，表达了他认为的阿拉斯加人对这“伟大的土地”（阿留申语“阿拉斯加”的意思）的核心态度。其中四分之一部分的座右铭是“把它挖出来”，第二部分是“把它砍倒”，第三部分是“把它钓出来”，第四部分是“朝它射击”。他说，《阿拉斯加原住民土地权利处理法案》确认的四千万英亩土地相当于每个土著六百英亩。他说《阿拉斯加州地位法案》中确认的属于州的土地为每个阿拉斯加人提供了两百五十英亩的土地。剩下的联邦的土地属于全体美国公民的仅大约一英亩——他认为微不足道的数量。“那些来到阿拉斯加勤奋工作、讨一份生活的人对他们称之为‘下四十八州搅局者’感到怨恨，”他继续说，“这里的人持一种主人的架势。他们说‘别捆住我们的手脚’。他们忘了我们大家都拥有阿拉斯加。他们把它称作他们的土地，但这是每一个人的土地。为了各种各样的保护的目的而保留大块的自然景观，阿拉斯加是这个国家最后的机会。这片土地依然是开放的。它是不受约束的。想想看如果梭罗听从他人的劝告，东河会是什么样子。想想新罕布什尔州、缅因州的河与湖——温尼珀索基湖、穆斯黑德湖。机会在阿拉斯加大量存在，多得对没见过阿拉斯加的人来说难以理解。本地的利益应该被满足，当然如此；州的利益也应该被满足；但是国家的利益也应该被满足。这条河，这片我们周围的土地，与全国的利益相关，它属于美国的每一个人。”

问（部分是因为想让他划皮艇划得更使劲）：“没错。但是为什么你们这些穿着运动鞋的人，你们这群生态主义者需要这么多土地？为什么你们需要八千万英亩？”

“阿拉斯加的一切都是大尺码的，”他说，“我们需要一个能让你自己迷路的地方，需要一个超过你能覆盖的空间。光留点风景看是不够的，我们需要整个生态系统、整座山脉、整个流域。”

“整座山脉？”

“我们要和地球亲密地和谐共处。还有很多东西我们不懂。我们需要有地方能够学习是怎么回事。这里植物和动物的承载力是有限的，它们需要大量的空间和时间。想想一条河鳟生长所需要的年份。如果我们只顾自己，如果我们目光短浅地开发，就会把这片最大的景观变成贫瘠之地。没有过剩这回事，我认为许多人已经开始认识到这一点。空间感已经塑造了这片荒野的性格，我们不想让那种意识整个消失。然而那些开拓者觉得，到这里就是为了利用和开发土地——种植、建设、驯化、提炼，在这儿实现财富的增长。他们不喜规则，不喜欢别人告诉他们不能做什么。他们想做什么就做什么，爱在哪儿做就在哪儿做，想何时做就何时做。在他们的利益和国家的整体利益之间，《阿拉斯加原住民土地权利处理法案》试图达成一种平衡。”

“某种平衡。”我说，“阿拉斯加的地图被提案中的公园覆盖了。”

“这些公园占整个州的百分之十。见鬼。为未来交了什一税。这些被提议设为国家公园的地方不是重复的，是不同的。它们互相补充。这条河和提案中的北极之门国家公园是整个大陆最末端的荒野。那是我们留下的最后一大块雄伟的山野。首先被人们开发的是东部的阿巴拉契亚山脉，接着是落基山脉，再是内华达山脉，然后是阿拉斯加山脉，而这里是阿拉斯加的最后一块未被开发的地方①。这是美国最后的荒野，它不再向前延伸。这是我们最后的为探险提供可能性的机会——在原始得连峡谷和山都没有名字的荒野，虽然得承认是刻意为之。”

“但是为什么把它永久封存呢？”

“它不会被封存。资源不会跑掉。在某种困境下，它们就先在那儿待着。‘先研究。’人们说。这是那些想以后开发它的人的缓兵

① 阿拉斯加州有三个主要山脉群——布鲁克斯山脉、阿拉斯加山脉和阿留申山脉。从结构上讲，这些山脉是科迪勒拉山系的西北向延伸。科迪勒拉山系的地貌结构自成一体，在北美洲，大致可分为东、中、西三个纵列带。东部以落基山脉为主体，布鲁克斯山脉即是落基山脉的延伸；中部为山间高原盆地带，育空高原就位于这条纵列带上；西部为太平洋边缘山地，由东西两侧山地与中间的陷落谷地组成，阿拉斯加山脉位于东侧山地（向南有内华达山等），阿留申山脉则位于西侧山地。

之计。总会有人想再看一眼。与此同时，保护阿拉斯加主要土地的历史时刻已经到来。让鲜活的阿拉斯加——那大块的景观、栖息地——成为永恒，在人类以他骇人的力量前进时不被玷污和糟蹋。石油保留地的地点大部分都确定了。关乎国家利益的土地蕴藏的石油非常少，争论的焦点在于开矿。十九世纪的法律允许矿工们在大多数国家的土地上开采，但是现在的矿工已经不是那种牵着驴、带着镐的古怪老人了。”

刺激了他一番之后，我觉得该奖赏他。我说：“在阿拉斯加，我们似乎总是在总结自己。这可能是我们最后的机会了，来表明自己学了些东西。”我感觉“蛇眼”的动力明显增加了。

我们来到一个池塘一样的潭的尾端，“蛇眼”在此搁浅。鲑鱼在湍流中猛烈摆动，背部露出，击打着水和石头。在水沟的底部，水积起来，变多、变白，有两英尺深。河然后右拐，呈弯曲的斜槽，一边是斧削一样的岸，一边是平整的砾石滩。一块石头最近从陡峭的岸上落下来，一棵云杉树干已经栽进河里，绿色的树枝在白水上摊开。最湍急的水流从树枝下流走，所以摆在考夫曼和我面前的问题就是在激流中进入皮划艇，而后马上定下神来绕过树。飞石往往会挡住船，使船舷面向激流，而河水的重量会把它掀翻。考夫曼和我以我们多年来在几次类似场合展现的从容自信处理了这种情况。第一次是在一九五五年，我们俩差点被淹死。我们在雨中站在激流中，坐进“蛇眼”，飞快地漂向那块飞石。按理，我们要从右侧绕过它，而实际上我们和它撞了个正着。考夫曼依然在提醒我，这是我们拯救美国最后的荒野的最后机会，突然“蛇眼”就翻了。当我的头先栽到激流中时，脑海里闪过这样的念头：在河上旅行时，我不常翻船，在所有情形当中，我沉向河底时最不宜看到的就是考夫曼。经验告诉我不要提这件事，直到他从河中出来。与此同时，我一跃而起。水齐腰深，冷得像葡萄酒桶。我取回考夫曼的帽子，在杜松子酒般清澈的水中，他的头看起来像洋葱，因为他的头发极其稀少。“蛇眼”底朝天倒扣过来。我把右边往上翻过来，然后抓住缆绳，从河中逃出。从我们翻船到站在干燥的砾石上，时间不过十五秒钟。考夫曼湿透了，而我没有。我的雨衣有弹性的收口，在脖子处拉得紧紧的。我半湿，衣服像丑角的补丁，但前胸和背部没湿多少。一次一件，我们让我们的旅行袋漂出蛇眼——睡袋，装衣服的袋子。然后我们把水倒掉，重新打包旅行袋，回到河面上。

我们冷得要死，那是个漫长冰冷的下午。“蛇眼”继续像海锚一样顺流而下。在阴雨中我们决定不停下生火。几小时后，我们围着火，结束了那一天。

在夜晚明亮的光线中吃完饭后，普尔绍开始修克莱珀皮艇。船壳磨损得很厉害，受伤面积太大，以致他只能先停下来睡觉，等早饭后再修。我该插一句，漂在水上的克莱珀是艘坚固皮实的船。有人指出，一条与“蛇眼”几乎一模一样的克莱珀皮艇在一九五六年穿越了大西洋。“我的天！”考夫曼在听到这一消息时惊叹道。但是，水浅时的鲑鱼河（河底有石灰岩、白云石，还有五花八门的锋利的片岩），对包着橡胶的皮艇来说也太危险了。两艘克莱珀都漏水严重，当我看着普尔绍用胶带补船壳，我禁不住想，如果没有它们，我们哪儿也去不了。他干得很慢，用玻璃纤维胶带补，试图通过施加的摩擦力增强黏合的牢度。

“我们要去某条小溪的上游，”我说，“不用坐那些船。”

普尔绍说：“我总是多打包一天的食物以备不时之需。”

因为他建议带应急的口粮，我带了一条培根、一罐什锦坚果、一袋干果和六盒玛氏巧克力豆。如果要走到凯厄纳，他们的粮草似乎不足。我把防水火柴塞在袋里各处。我问普尔绍他带无线对讲机没有，他说没有。他说有两种无线对讲机可选，但两种都不好。一种是很像对讲机的调频发射器，但是它只在与发射源形成直线时有用，即使从山脊上发，最多也只能传送二十英里。二十英里在阿拉斯加不能算长的半径。不管怎样没人监测那个频率。另一方面，如果有一个单边带调制通话器，天线摆得合适，你可以呼叫阿拉斯加任何地方。但是单边带调制通话器像面包盒一样大，笨重，重三十磅，而且非常贵。所以普尔绍也不会带。我们没带斧子，至少减少了受伤的几率。普尔绍说，他带了一个十美元的急救箱，但是没缝线，没处方药，“医生会笑话它”。

他截了短短一段胶带，贴在“蛇眼”船壳上的开裂处，然后贴了更长的一段在上面。“这些旅行可没有保证，”他继续说，“你可能会受伤，几天都得不到治疗。你没办法，除非一直待在家里。”

“你来到这里，得按这里的规矩办，”考夫曼插话说，“你预想会有风险。”

“当人们来到阿拉斯加，随后就有一个筛选和辨别的过程，”普尔绍说，“有些人从安克雷奇到丛林做当天往返的旅行。其他人出来超过一天，钓鱼什么的，但他们待在一个地方，在一个固定的营地或小木屋。接下来就是徒步旅行者和划皮艇的人，从他们那儿你可以听到很多故事，比如，船破了，那人在砾石滩上坐了两个星期，然后用五天凄惨地走出去。但他毕竟成功了。饿死或流血至死是罕见的。没有那种完全安全、但是依然能得到你想要东西的那种旅行。这里没有假设分析式的旅行。跑这么远到这里的人都理解那个问题。”

普尔绍显然没意识到，他正在对一个假设分析型的人说话——一个十足的胆小鬼。如果我想，我总是能看到灾难与河同行，它们像阴影一样舞动，在森林里从一棵树移动到另一棵树。然而，理解那个问题对我来说比其他人更容易些，因为他们都生活在阿拉斯加。危险无处不在，只是一些地方比其他地方更多些，而这是我全年所待的最安全的地方。我生活在新泽西州，在那儿生活的危险从统计数字上要比在北极地区的河上高。

费德勒指出，在阿拉斯加的钓鱼执照背面，有为身陷麻烦但有幸被飞机看到的人画的信号系统图。我看了看我的执照，上面有一个人双手举过头顶，如裁判示意触地得分的图形，那意思是“请带上我”。在地上画一个双人字形是要求武器和弹药；“I”的意思是严重受伤；“F”是要求食物和水；“X”是无法行进。

“要让一架飞机看到你，一堆冒烟的火会有用。”费德勒说。

在这荒野的隔绝中，最打动我的是一种挥之不去的矛盾感。在以不加掩饰令人信服的方式强调访客的无足轻重的过程中，它坚定地、傲慢地表达了自己对他们的排斥。它一点也不缺乏强烈的魅力，以一种别处没有的美，循环变化着。如果荒野时而是冷漠的，那么它给人一种与众不同的感觉。如果它时而令人恐惧，需要努力扑灭熊熊烈火般的想象，那么它更彰显了生命的笔触。这不是对自然的挑战，这就是自然。

克莱珀皮艇底部现在被胶带贴成了格子状，普尔绍正在把最后一端弄平整。直到最近，他都是业余跳伞爱好者，下落时与其他人在空中排成星的图案。他已经经历了五十一次跳伞，都在科罗拉多。但是他开始夜间醒来冒冷汗，而且因为有了两个尚小的儿子，所以他卖掉了自己的跳伞装备。用这些钱，他买了一艘白水皮艇和攀登绳。“你全靠自己。你承担风险，”他说，“比如，我从未遭遇过任何熊的事件。我从未有过熊的问题。我从不带枪。如果你和十个人交谈，你会得到十种对付熊的说法。有些人带信号枪。渔猎局的爱德·贝雷在走近熊之前会把铅笔信号弹射到地上。熊走了。熊的袭击一般发生在有道路的区域，每年死两个、也许四个人。有些年份比其他年份多。在这样纯粹的荒野，很少会发生熊的袭击事件。”

考夫曼说：“如果给熊一半机会，它就会躲开你。”

费德勒摘了几杯蓝莓，把它们掺入我们的早餐煎饼。吃完了，我们准备走。太阳照下来，雨停了。早晨变得明亮而暖和。普尔绍和我进了皮艇，尽管装了很多东西，但它感觉很轻。往下游行进二十分钟，我们不得不停下来对那两艘克莱珀皮艇做更多的修理。但后来，这些修修补补让船挺了过来。随着岸越来越高，潭越来越长，河也越来越深。阳光开始闪耀。

拐过河湾，我们看到杜父鱼、一对长着大角的猫头鹰、秋沙鸭和加拿大鹅。我们看到渡鸦和一只灰色的松鹤。沿着长长的、深深的绿潭往下游走，我们朝潭低的那头的湍流望去，看到一只灰熊走近。它很年轻，可能四岁，不大会超过四百磅。它穿过河，仔细看湍流中的鲑鱼，不光没看到和听到我们，也没闻到我们。我们三条船靠在一起，沿着平静的水流漂近抓鱼的熊。

它捡起一条鲑鱼，大概有十磅重，一只爪子抓着它，开始绕着自己的头转鲑鱼。很显然它不饿，这是一种嬉戏的方式。它在玩甩鲑鱼。它把爪子嵌入鱼尾，转鲑鱼，然后把它高高抛起，不停地抛。它抓住鲑鱼，再一次抛得高高的，鱼猛然落在地上，熊转身走了，厌倦了。他开始贴着河的边缘往上游走。它大头后面的背隆起。它棕色的毛皮像风中的田野般起伏。它继续走过来，微风拂面，还没看见我们。它在轻松漫步。当它走得更靠近我们时，我们慢慢地向它那边漂过去，约翰·考夫曼乘的单人克莱珀皮艇碰到了一根树枝并把它折断了。这咔嚓声挺轻，但足以让熊停下来。马上它一动不动，警惕起来，立身站着，睁大眼睛看。我们继续往它的方向漂。最后，我们进入了它的视野。如果说我们在看的是我们以前难得看到的东西，上帝保佑，它也是。如果它有哪怕十分之一我所感到的敬畏，它就会一动不动，而现在它动了，以一种不明显但在此情况下与它的身份不符的匆忙走了。它穿过低地，上了河岸，走向一片柳林。它停下来，又朝向我们。然后，它一边踏碎树枝，一边走进了柳林。

我们漂向狭窄的水道，漂过身体残缺不全的鲑鱼。然后我们来到又一片长长的平缓水域，阳光四射。我扎在头上的印花大手帕几乎干了。我把它取下，在水里拖曳着。

第二卷　在阿拉斯加市区

他们在寻找的

阿拉斯加秋天的一个早晨，一架尖鼻子的小直升机从费尔班克斯带着三名乘客向南飞，前往某处集结地。他们飞越含有淤泥的、激流奔涌的塔纳纳河，掠过遍布众多无名小溪的黑云杉低地。底下的地开始隆起，他们也随之上升，飞过开阔的河滩，随着阿拉斯加山脉爬高，山势也越来越犬牙交错。

大约在同时，另一个更大一点的小组从安克雷奇乘德·哈维兰"双水獭"飞机起飞了。这架坚固的飞机在空中结实如铁，沿"大苏"河谷往北飞。"大苏"即苏西特纳河，是一条大河之地中的大河。接着，飞机往北飞越高山苔原，此时在晚秋这里像葡萄酒一样红。在飞过越来越高的山后，飞机插入群山，巨大的往上延伸的山峰岩面呈灰色；过了五千英尺的等高线再往上（太高了，高得不贴近窗口就看不到），上面覆盖的新鲜的雪。

"过那座山了吗？"坐在飞机右边的某个人想知道。在这么多山中，有一座山。"过那座山了吗？"

"当然喽。"

"它看起来从来都不一样。"

这座山是个巨型多面体，其高高的白色切面在空中凸起呈穹状。长长的雪旗[①]向东延伸，它从海拔两千英尺，山脊像发端，羽毛一样飘着。

“你管那座山叫什么？威利。”

“迪纳利。我要和印第安人一起走那么远。”

除了威利。机上都是白人，威利（全名威廉·伊格拉格鲁克·亨斯雷）。他又说了一遍：“迪纳利。麦金利到底做了什么？”[②]

“双水獭”此时已深入阿拉斯加山脉，深得什么都看不到，只有某处山口四周墙壁一样的山峰。尔后，山口向北渐渐变宽。侧飞过台地和尼纳纳河边的峭壁之后，飞机降落在一小群建筑附近的砾石上，这里是个矿山小镇。从费尔班克斯飞来的飞机已经在那儿了。到处都在握手。忙碌的、寒冷的清晨，对吧？从现在开始算，不会花很长时间了。然后三五成群地，这伙人换乘小型直升机继续飞行，沿着从宽阔的河滩上流过的尼纳纳河右岸，随意地飞来飞去。四只灰熊，有大有小，加起来大概有一吨重，正在下面的草地上吃草，吃长满果实的蓝莓丛。直升机没理会熊。飞机飞过河，循着某个航向往北飞，好像在寻找什么东西。一个小湖，然后是个大点的湖。这确确实实是一次“打猎”，飞机上的人在寻找的“猎物”是阿拉斯加的新首府。

当各州搬迁首府（正如多数州曾一次或多次做过的那样），通

---

① 雪旗，从山顶吹向空中的一旗帜状散雪。

② 居住在该山周围地区的原住民几个世纪以来都称这座山为“迪纳利山”，意为“至高无上”。1896 年，一位金矿勘探者命名其为“麦金利山”，作为对当时的总统候选人威廉·麦金利的支持，他于次年就任总统。2015 年，美国政府宣布恢复“迪纳利山”（Denali）的名称。

常的目的是要选一个靠近该州地理中心及人口中心的政府所在地。这标准显然不能用来描述朱诺。朱诺自一九〇〇年成为阿拉斯加的首府，它位于阿拉斯加人称作“东南区”的一个奇怪的地区：东南区的形状像一个长长的、由群岛组成的悬吊向西雅图的爪子，并由一个罗得岛大小的冰川铰接阿拉斯加本土。阿拉斯加东南区那么地靠东面，以致它的北边都是加拿大的领土——不列颠哥伦比亚省、育空地区。朱诺离安克雷奇、离费尔班克斯、离州的中心有两个时区，离阿拉斯加的另一头有两百五十英里。许多阿拉斯加人并不把东南区看成阿拉斯加的一部分，而视之为一个不方便的附属地，因为朱诺在那儿。朱诺是个外港，无法通过陆路到达，甚至无法通过陆路接近。朱诺是因淘金潮吸引了足够的人而兴起的一个镇，当北边沿克朗代克河和育空河上游的其他支流发现大量富矿脉时，这个镇变得更重要了。朱诺已经是个采矿镇，也是往克朗代克河那边去的一站，在采金业繁荣期，它变成了阿拉斯加的商业中心。

现在，阿拉斯加的商业中心是安克雷奇，它也是阿拉斯加政治上的一半。由于一万六千人的签名请愿，一个动议出现在一九七四年的第一轮投票表决中，如果通过，选民可以表达迁首府的愿望。类似的动议在一九六〇年和一九六二年被否决，也许部分原因是该州其他地方的阿拉斯加人不愿意看到更多的权力集中在安克雷奇。就自身而言安克雷奇不想将任何东西让给费尔班克斯这两个城市之间的竞争激烈到了不合适的程度。所以一九七四年的动议中书面上排除了这两个城市——新首府不应该在安克雷奇或费尔班克斯三十英里以内。这项动议以多数票（57%）通过。

这个州或多或少破产了，如果这个词能被用来描述预算常常大幅超过其收入实际的话。因此，建什么看起来都像冒险的行为，更别说一个新的首府城市。另一方面，冒险是“阿拉斯加”的同义词。很高比例的到阿拉斯加打天下的白人经历了一次又一次的繁荣。第一次繁荣是因为毛皮，然后是金子，接着是战争，现在是石油。当阿莱斯卡管线服务公司即将完成这条能从州北部抽取这么多石油的管线、仅州政府每天就能收到多达三百五十万美元的特许使用费的时候，这又有什么关系？一些阿拉斯加人已经在花这笔钱，其他人则梦想着花它的方法。其中一个梦想就是一个新的首府，以荒野为背景，最好能看到北美最高峰麦金利山的顶峰。

按照该动议的条款，阿拉斯加州州长任命了一个“首府地点选择委员会”，其九个成员中大多数是像州长本人一样的反对派。你可能会认为，只有吉尔伯特和萨利文[①]才能想出解决办法，但是，这个委员会（有地理上的代表性，包括东南区）已经以阿拉斯加人特有的严肃态度带着荣耀感开始它的工作，愿意花费一百多万美元缩小它选择的范围。

搬迁首府所引起的反响正如一位阿拉斯加参议员所说，“搞得社区沸沸扬扬”，大家议论纷纷。这里汇集的包括来自苏厄德、锡特卡、育空堡、科策布、费尔班克斯、朱诺、安克雷奇的声音。

“不管这个动议里面怎么说，安克雷奇是最符合逻辑的首府之选。这项搬迁花钱最少，安克雷奇会做得最好。它应该成为首府。”

“现在安克雷奇的州政府雇员比朱诺的还多。”

---

① 指维多利亚时代幽默剧作家威廉·S. 吉尔伯特和作曲家阿瑟·萨利文。

“每个人都害怕安克雷奇，都嫉妒安克雷奇。”

“安克雷奇得到的已够多的了。”

“人们不想让安克雷奇遭的罪加深。”

“这项动议就是家族世仇的表现。”

“安克雷奇那些自认为被朱诺的立法机构逼急了的人想出了迁首府这个主意。”

“没错，安克雷奇想要首府设在安克雷奇，而且将想办法做到。”

“安克雷奇拼命从其他的城镇那里获得东西。从一开始就是这样。当安克雷奇还只是帐篷里的几个人时，他们就努力把铁路总部从苏厄德弄过来，把美国地区法院从瓦尔迪兹弄过来。这前两次，他们都成功了。最近，他们作出巨大努力要把大学从费尔班克斯争取过来，而他们已经手握一部分了。他们把联邦土地局的办公室从朱诺拉了过来。阿拉斯加依然在使用“为某人感到骄傲”这个词，但它不能用来说安克雷奇。”

在阿拉斯加，即便一个人的声音也能被听到，因为人是这么少。人们知道阿拉斯加的巨大面积，但是也应该记住阿拉斯加有多小——不多的人坚守着这片次大陆。哥伦比亚特区的人口是阿拉斯加州人口的两倍。在我住的东部州，十平方英里土地上的人口都要比五十八点六万平方英里的阿拉斯加的多。

“首府必须是个新城。”

“无论有没有输油管道，州政府在安克雷奇买地都要破产。而且最重要的是，阿拉斯加每个人都恨安克雷奇，把首府放在一个新的、未开发的地方是政治上的权宜之计。”

“那儿的地没什么大的价值，只是伫立在那儿的荒野。”

就像其他事情一样，那天早上委员会乘飞机在山间的飞行，看起来像对费尔班克斯的一种礼节性的表示。费尔班克斯是被称作“内陆区”的这片地事实上的首府，是旅客向北方辐射的枢纽——是到阿拉斯加极北区通常的出发地，也是服务于内陆村子的邮政飞机和丛林飞机的出发地。只消看一眼地图，就会想到费尔班克斯附近的某个地点显然应作为整个州的首府，因为费尔班克斯的位置靠近阿拉斯加大陆的中心。但是，这儿气候上有缺点。之所以被称为“内陆区”，是因为它位于布鲁克斯山脉和阿拉斯加山脉之间，前者向北延伸，后者是太平洋边缘山地最精彩的部分，而后太平洋边缘山地逶迤跨越阿拉斯加中南部，贯穿阿留申群岛。内陆区是阿拉斯加最热的地区，同时也是最冷的。那儿的气温夏季可达三十二度左右，冬季超过零下五十六度。在极冷的时候，内陆区的广大区域将笼罩着冰雾。费尔班克斯人均拥有的机动车比洛杉矶的还多，当车排着长蛇阵，鸣着喇叭、磕碰着保险杠穿过冰雾时，温暖的尾气似乎粘在他们周围的空气里。这是一种极其有害的、致癌的亚北极区的雾霾。这种经验表明（要帮费尔班克斯已太晚），有计划地把大量的车吸引到内陆区的某个地点可能是不审慎的。

委员会成员坐进了“双水獭”，调头穿过山向南飞。“灰熊的乐园啊。”威利·亨斯雷回过头来说。

在梳理各种可能性的几个月里，委员会发现阿拉斯加很少有地方能满足标准。根据法律（源自动议中的条款），他们必须找个靠近公路和铁路的一百平方英里的土地，且该地的地形适合建新机场，能够一直有经受得过去的天气。这块地必须属于州，或者不管怎样州里不花钱就可利用。另外，委员会和它的顾问还列出了他们自己的标准。因为天气和严寒程度随海拔的增高而变糟，他们要找一个海拔两千英尺以下的地方。除此以外，它应该有良好的土壤、充足的水源，地貌既实用又看起来美，年降雪量相对少一些。它不应该造成栖息于此的野生动物的不便，不应该侵入熊筑穴的地方和鲑鱼产卵的地区，不应该在地震和火山喷发易发的区域。

在印第安纳州，这是个简单的事情。科里登曾是印第安纳的首府，直到一个新首府选址委员会在州地图上画了一个大大的“X”并标出两线交汇处。该地点是浓密的森林，印第安人拥有那块土地。签订一个条约解决了这个问题。这个新首府叫印第安纳波利斯。

但这是阿拉斯加，人比植物还边缘化，选址真的十分复杂。约三分之一阿拉斯加土地的海拔在两千英尺以上，约三分之二的面积被划给了土著和联邦政府。在永冻土层上建设是不明智的。三分之二的阿拉斯加位于永冻土层之下。阿拉斯加有两条铁路，一条二十六英里长，另一条四百七十英里。四百七十英里长的那条从苏厄德（阿拉斯加湾的一个港口）穿过安克雷奇一直到费尔班克斯。阿拉斯加公路从加拿大育空地区进入内陆区。该州公路网的其余部分主要由两条路组成。一条从费尔班克斯到安克雷奇，另一条更新、更靠西的路线从安克雷奇到费尔班克斯。总体来讲，阿拉斯加已经被建设、铺管或者设了限制的土地（所有已被镇、村庄、城市、机场、猎人小屋、汽车旅馆、道路占用的土地）加起来不到十万英亩。这样，未被占用的土地就有三点七五亿英亩。按照北温带的任何标准，人类在阿拉斯加定居依然是件接近不可能的事情。

朱诺，一个人口一万八千的小镇，是阿拉斯加的第三大“城市”。著名的阿拉斯加输油管线，在规模上好比是斯塔滕岛上的一根线。因为它，有些阿拉斯加人说，“阿拉斯加的毁灭”可能已经开始。但是，桀骜不驯的荒野——不屈服的、不适合人居的荒野，几乎就是现在整个的阿拉斯加。所以，如果一群人必须在一条公路和一条铁路附近选一个地址，这个地址避开永冻土带，位于地势低但排水好的地方，不过分远离现在的居住人口的财源，那么几乎整个阿拉斯加都将退出这次讨论，并且，基于以上标准，人们会被引至苏西特纳谷地。

“双水獭”飞出了阿拉斯加山脉，在苏西特纳河上空向南飞。这条河的水流湍急，携有大量冰川碎岩，以致河水灰暗浑浊，且看起来要沉淀。苏西特纳河的上游已冲出一个峡谷——魔鬼峡谷，那里激流汹涌，达到科罗拉多河的规模；接着水流在数不清的岛之间穿梭。苏西特纳峡谷在安克雷奇北面一百多英里，它包含了阿拉斯加非永冻土带最靠北的地方。阿拉斯加铁路沿峡谷北上，它和安克雷奇至费尔班克斯的公路一样，都在一九七四年贯通。它们是人类前进的了不起的标志，但是从低飞的飞机上看，它们在森林里看起来像条细细的带子和一系列的缝合线。公路边偶尔有餐馆、小木屋和空地，从铁路延伸开去的溪边还有小木屋。一列火车——在黑色的低地云杉当中看起来像是莱昂内尔火车——在这无处可藏的荒野的溪流边停着。有人在取东西，或下车回家。铁路为许多已经放弃了文明的人服务，而铁路却代表着文明。火车通常在溪流边把他们放下，他们再乘划艇或小艇到几英里以外的小木屋。他们选择了木屋地点，立桩标为“开放进入”的土地。这些地在一九七三年以前可以用不多的钱买到，但从那年起，该项目至少暂停了，等待那些细分阿拉斯加土地的所有重要和相关联的决议被作出，其中包括：阿拉斯加州对一九五八年《州地位法案》分配给它的一点三亿英亩土地的最后选择；对计划用作公园、保护区、国家原生河流的大块联邦土地的最后选定；土著对他们即将拥有地契的大片土地的选择。当年“开放进入”项目设立时，创立者的初衷是娱乐。但是一些立桩划片的人去了之后整年住在那里——熬过冬天，生活在荒野，猎杀和吃猎物，下套获取毛皮，简化他们的生活并相对地自给自足，虽然这种生活方式在某种程度上依赖阿拉斯加铁路。他们强调挣钱不是他们的目的。他们所寻求的仅仅是与社会长久的脱离，把一个城市置于他们中间就是要把他们从地球上弹掉。威利·亨斯雷和委员会的成员们在空中往下看着云杉和硬木林，树间的小木屋隐约可见。黄色的山杨树叶在秋天的空气中颤动着。“太平常了。”威利·亨斯雷说。“双水獭”继续向塔尔基特纳飞去。

现在，小而漂亮的一段山脉——塔尔基特纳山，以其六千英尺高的山脊线在东面框住了峡谷。朝西，地势起初低，然后朝山的方向隆起，从这里到白令海之间的五百英里内人烟寥寥。往北大约四十英里远，是一幅地形学大壁画，它将内陆区与此地隔开。那儿的麦金利山笼罩在雪霾之中，正快速地隐去自己。这座大山有时被描写成“天气制造者”，它创造出自己的覆盖物。因为它如此高，如此冷，以致当它阻断暖流，且常常是夏季的潮湿气流时，会导致剧烈的反应：顷刻间乌云翻滚，暴风雨大作，暴雪狂风袭来。在山上高处，寒风彻骨（即使阿拉斯加别的地方是温暖的夏季），这里的温度也会降至零下七十三度或更低。山会在它的水汽当中迅速地时隐时现，而当它露出真容时，只有远方地球的弧线能使它的巍峨稍有逊色，因为方圆四千万英亩，没有比它更慑人心魄的景色。阿拉斯加山脉上升的速度举世罕见。它的顶峰大约是喜马拉雅山脉顶峰的三分之二，但是喜马拉雅山脉的抬升范围是广大的。如果你从四十英里以外看珠穆朗玛峰，你只需稍稍抬高自己的目光就能在群峰中注意到最高的山峰。如果离麦金利山四十英里，你可以站在三百英尺的高度，用你的眼睛“爬”上另外两万英尺。在你所在的接近海平面的高度和那高耸入云的白雪皑皑的山峰之间的差距大得不只是令人震撼。那山就是整片石头的天，似乎都在你上边，呼啦啦压过来。你看着它，像看壁炉的火或是晨光初露，直至它将自己隐没。对许多阿拉斯加人来说，麦金利山刺激人心的庞大象征着阿拉斯加。难怪阿拉斯加人想要一个抬头就能看到这座山的大部分的首府。这些阿拉斯加人中的一部分恰巧是阿塔巴斯卡人，他们对大山的敬仰自然比白种阿拉斯加人更深（在时间上、隐喻上，精神的神秘性上）。阿塔巴斯卡人对下面的故事嗤之以鼻：一八九六年，一位年轻的普林斯顿大学的毕业生在苏西特纳峡谷进行勘探，在走出荒野时，他恰巧得知威廉·麦金利成为共和党提名的美国总统的候选人。以这样一种偶然的方式，这座山获得了这个名字，至少在一个世纪的大部分时间里它都被这样称呼，尽管它有一个存在了不知多少个世纪的名字，曾被翻译并被记录为：伟大者、巨大者、高大者。印第安人尊敬地把它叫作迪纳利山。从地名学上说，这才是这座山合适的名称。如果人们有意在它前面建一座城，那么这座城也该被命名为迪纳利。

塔尔基特纳，不论其大小，是峡谷上游唯一的社区，以六十九票比四十二票的投票结果赞成迁首府。塔尔基特纳是登山者前往麦金利山的途中主要的集合地。我有一次在理查德和多萝西·琼斯的商店看见一名日本登山者在买甘蓝。那是一颗比他的头大些的紫甘蓝，而他的头这儿那儿也是紫色，那是在与山的较量中遭受擦伤、晒伤、风吹引起的皮肤病。他的脸颊上有一道伤口，像番茄上的裂口。离开商店，他走出城，吃甘蓝，睡帐篷。我问琼斯夫人她对于把首府迁出朱诺怎么看。她说她完全支持，但是她确实希望新城不要放在塔尔基特纳附近。“请他们别打扰阿拉斯加这片美丽的区域，”她说，“自然是我们的一部分。我们搬到这里是为了在外面生活，为了这河。首府必须有大的建筑，必须有条高速，而这会毁了蓝莓地。”

她是一个和蔼的人，随和，健谈，体重有点超标。她丈夫瘦瘦的，在她说话的时候微笑和点头。“通过破坏丛林而建起的一座新城是没有生气的，”她说，“州或许得卖地来弥补一部分开支。在一个人们脑子里都想着投机的地方，我看不出会产生什么价值。与此同时，我们太天真了，会像虫子一样被这些人踩到，像六月甲虫。现在在这里我们都是邻居，是一起的。你的邻居可能需要你帮忙扑灭小木屋的火。但是，安克雷奇和费尔班克斯是畸形的。如果你不穿尖头靴子和得克萨斯州帽子，你和它就不是一伙的。那就是一个首府会带来的东西。首府应该设在安克雷奇或费尔班克斯，它们已经被毁了。但是首府要设在丛林，因为这两个城市是主要对手。如果这里成为首府，那就是这个社区的末日。”

塔尔基特纳是一个随意的混合体：小木屋、甘蓝地、几间框架房、住家式挂车、半圆拱形活动房屋，混种着莴苣洋葱胡萝卜的菜地、两三间餐馆、一家二十世纪上半叶开的旅店——墙上挂着一个布满灰尘、裹着丝绒的驼鹿角，吧台挂着老旧的彩色玻璃灯罩。塔尔基特纳周围一度有两百五十个金矿和银矿。塔尔基特纳有一个历史学会，多萝西·琼斯就是理事会的。不像大多数的邻居，她在阿拉斯加长大。她父亲的宅地在马塔努斯卡山谷，离安克雷奇更近。

“我也在这里长大，”她丈夫说，“由山姆叔叔抚养。”他也赞成迁首府，但比起妻子他对塔尔基特纳及其周边的关心要少一些。他是个不满的渔民。当塔尔基特纳更与世隔绝时，这里的情况更好，那时只有铁路和丛林飞机提供服务。但是现在，有了新的公路，到安克雷奇只要两个多小时，鱼都被毁了，你找不到一条十二英寸长的彩虹鳟。

在塔尔基特纳，从“双水獭”上往下看，靠近三条河汇合之处（楚利特纳河和塔尔基特纳汇入苏西特纳河）我可以看到琼斯的家，面对它的是一栋旧的、规划凌乱的棉白杨木屋，这里被叫作“路边餐馆”。附近是一个叫克里夫·哈德逊的丛林飞行员的活动房屋。登山者待在餐馆里，聚集在那儿，一遍又一遍地检查装备，等着山露面，或者至少等天气有希望让哈德逊用飞机把他们送到麦金利山南面的卡希尔特纳冰川，在七千英尺高的地方穿着滑雪板降落。一条砾石飞机跑道从哈德逊的活动房屋后面延伸到了苏西特纳河的边缘。我曾经和他飞过一次，不是去冰川，而是去塔尔基特纳周围的地方，寻找首府的龙牙[①]。哈德逊什么都运送——去小木屋的捕兽人

---

① 在希腊的传说中，卡德莫斯杀死了一条龙，把它的牙齿播种在地里。后来，牙齿长成了武士，涌出了地面。这些武士互相残杀，仅有五名幸存，他们成了底比斯这个城市的祖先。

和矿工、猎人、东方登山家。哈德逊长着小胡子，戴眼镜，蓬乱、稀疏、卷曲的头发，飞行时穿着十英寸高的靴子和一件穿了很久的羊毛衬衣。实际上，他看起来像被困在丛林里，而不是要飞去丛林——就像失去了飞机，刚刚从丛林里走出来。一九四八年，他来到阿拉斯加（从太平洋沿岸的西北地区），因为想在这里狩猎捕鱼，但成了丛林飞行员，因为那是“你唯一可以到处跑的途径”。对阿拉斯加的发展，他非常失望。他现在会赞成《州地位法案》吗？“哼，不！他们正想方设法宰我们。不得不喂养所有那些政客就够糟糕的了，而且他们之中的十分之九都是多余的。他们是一群小孩。朱诺只是个大的护栏，花我们的钱建的。他们曾花十一天争论由谁担任众议院议长。”他带着我绕着峡谷飞，在风中颠簸着飞过云杉林和苔原高地，他说他现在真的不介意从下面的土地上冒出一个首府来。这个计划“荒唐可笑”且“昂贵”，但是如果要建新城，“哪里都行”。他说：“不管怎样，猎物都没了。朱诺那些混蛋不再允许我们从飞机上猎狼。冬天有三群狼在这里晃悠，每周至少吃掉三只驼鹿，有时一天就能杀死三只。像这儿的其他事情一样，捕鱼也在走下坡路。我来这里的时候，你可以一直抓鱼直到你胳膊酸得不想动。那边是蒙大拿溪，以前很好。蒙大拿溪那一边空气更凉些。如果你冬天开车向南，在塔尔基特纳，比如是零下二十三度，而当你穿过蒙大拿溪，就突然成了零下四十度。你感觉你的车变僵硬了，转向不灵。塔尔基特纳比峡谷的下游地势稍高一点，稍暖和一点。”蒙大拿溪不是冰川水，清澈见卵石。一两天前，我在那儿抓了一条四磅的驼背鲑。

路边餐馆是个歇脚的好地方。去了山上的登山者已回到了冰川，正一天又一天地等着天晴好离开；与此同时，路边餐馆里很安静，除了吃饭时间。它由卡罗尔·克鲁斯和他的妻子福尔娜严格地管理着：十点半熄灯不容商量；各处的标牌提醒你不是在自己家。“不准触摸。”“注意：在与人会面时，路边餐馆的主人不使用亵渎的和污秽的语言。我们请你住这儿时同样自我约束。”早上七点钟，在楼上的房间里，地板上的裂缝成了咖啡的气孔，香味把你从上面拉下来。在厨房里，在一摞摞的餐具器皿下是一个大的柴炉，福尔娜正在往热的铁板上面撒盐。她阴沉，不爱讲话，像个陶瓷猫一样无动于衷。她把厚厚的面包片放在盐上烤。每天，她烤四十六条面包。卡罗尔·克鲁斯年过七旬，刚才在屋外劈云杉，这会儿他拿来一摞，在火里添了一些。他身材细瘦，肌肉发达，头发雪白，双目炯炯。他和妻子一起做标准的早餐并端给客人：一堆在猪油中煎过的土豆、炒蛋、四大块厚厚的黄油吐司、果汁、咖啡、火腿、果酱。只有零下四十八度中的长跑才能消耗掉这样一顿饭，但是外边是温和的二十来度，将来更没有希望降温。有晚餐。晚餐没人可以迟到，所以在开餐前的一个小时中，人们提前三三两两地到来。有的从塔尔基塔纳来，有的从峡谷来。周末人们从安克雷奇来。在客厅里一台不亮的电视机前（“不要触摸！”），他们静静地等待。六点，他们一个个到桌子前，卡罗尔·克鲁斯告诉他们坐在哪儿。最多坐十八个人。十八人围坐在一张铺着油布的桌子边，他们会很快成为朋友。他们中的大多数在阿拉斯加已待了不少时间，但在就餐的前几分钟里，他们是沉默的，递盘子，递一碗碗土豆、米饭、肉汁、豆子、沙拉、咸牛肉、炸鸡、胡萝卜、豌豆、面包、果酱、黄油，为蛋糕留点肚子。其间克鲁斯绕着桌子，机警而专注。

他三十来岁时从俄勒冈州来到阿拉斯加。一天下午，我问他为什么。“穷啊。”他说。开始打仗的时候，他在安克雷奇周边找到了工作。最后他有足够的钱北上，和他的妻子买下了这个餐馆原来的部分。他做了扩建。“赞成和反对阿拉斯加成为一个州的人是五比一，”他说，“如果你反对，你就不是个好公民。这是件吃亏的事。”

“你反对阿拉斯加成为一个州？”

“哦，当然，当然。在那之前①，四分之三的人还没来到这里。八九百人管理着这片土地。现在一万人管理这个州。以前用一个人调查你，现在用两个到四个人。州花钱太多了。如果一棵树被吹倒，州里来两个人，带着一把链锯。州把自己卖了。卖给了工会，卖给了石油公司。石油公司比州议会有更大的权力。迁首府争论个没完。仅此而已，只有争论。我们需要的不是一个新首府，而是比现在更好的州议会。我想说，就让首府留在原地，州承受不起。现在没有经济。他们都在梦想着靠石油发财。不管怎样，你寄一封信到朱诺要比去那里更有用。在北边，山脉的这一面，有的是最严寒的冬天。这儿不适合做首府。如果一定要迁，合适的地方是安克雷奇。”

他打开炉子，扔进几根云杉木。云杉一般很结实，比大多数试图劈它的人结实得多。“自从阿拉斯加成为一个州，”他说，“这个地方就变糟了。”

塔尔基特纳的非正式市长是“恶魔”爱丽丝·鲍威尔。她似乎不介意她的绰号。几年前，她在安克雷奇为阿拉斯加州健康部工

---

① 在 1959 年，阿拉斯加正式成为美国的第 49 个州。

作，检查酒吧、面包店、食品店、私人排污系统。领导她的医生给了她这个称号，因为她走遍了安克雷奇周边，很少有人这么做过。她丈夫来到阿拉斯加做公路和铁路桥梁工程师，他们在一九六〇年搬到塔尔基特纳。她在“路边餐馆”所在的那条路上经营了一个类似的场所，想借“汽车旅馆”一词使它升级。我在那儿找到了她，她在熨烫床单。她说：“现在，如果有人想看看老居民，他们就会来看我。”她看起来像那么回事，但她不是——穿着宽松长裤和毛衣，金发里夹杂着白发。她娇小、温柔、和蔼，乐于帮忙，像老奶奶一样。“恶魔”爱丽丝。她说是的，首府应该迁，迁到这里的峡谷来。在多次私人的和公务的出行中，她受够朱诺了——去那里太难了，太多遭罪的可能。塔尔基特纳略有财产的人都会赞成迁首府。不支持迁首府的都是“领食品救济券的人”“坐享福利者”，还有一些游荡在铁路边的嬉皮士，他们住在镇子北边林子里的小木屋里。“他们有大麻和烈酒，”她说，“他们有些人也有福利。如果首府迁来，就可能有工作机会，他们不得不去工作。他们有些是基督徒。他们不久以前成立了教会——米老鼠教，并和其他人分道扬镳。其中一些到塔尔基特纳来生活，有几个给我干活。他们还不错，我不必担心。他们不狂抽烟狂喝酒。”

她知道首府应该在哪里，她说。她已经选好了地点，就在城东以外几英里。塔尔基特纳的航空设施可以扩大，公路和铁路服务已经有了。水力发电可以从“大苏”河上游的魔鬼峡谷来。政府已经拨了款用于研究建大坝。她心里的首府是在蒙大拿溪的河源附近，在一块高地上，可爱的桦树林世界，麦金利山一览无余。

爱丽丝·鲍威尔可能是用卜棒测出来的。她描述的地方在首府选址委员会的清单上变得非常耀眼，那清单被称为“脚印”，意为可行、理想的建设地点。首府将是荒野上的一个脚印。在一次更早的巡视当中，委员会成员乘直升机飞到鲍德山山顶，那位于塔尔基特纳以东七英里。他们从三千六百英尺居高临下，一切都变小了，除了麦金利山那金色的穹顶。那是片树木茂密之地，很少有泥岩沼泽，土壤好。清清的溪流（羊溪、蒙大拿溪、羊河、塔尔基特纳河）从山上流下，把林地分割成块。河里在某些季节挤满了鲑鱼。一条溪被一个宽三英里的湖（拉森湖）隔断，湖只高出海平面六百英尺，被云杉和桦树林包围；湖后面是个隆起的坡，不仅能看到湖面，还能看到高耸的扑面而来的迪纳利山。拉森湖一月平均气温是零下十三度，七月十四度。所见之处是一条犁过的宅地，但实际上附近所有的土地都原封未动。这也是很好的驼鹿牧场。驼鹿夏季在山里，冬季下来到苏西特纳河。不管一个首府能为人们做什么，它肯定排斥狼，因此在某种程度上对驼鹿有好处。正如在安克雷奇南面钻出油井时人们所得知的那样，在基奈国家驼鹿保护区，驼鹿随着油井的发展壮大而增加。

此刻，在“双水獭”的左边，拉森湖后面的塔尔基特纳山的山顶覆盖着雪尘。沿着整个山脉，雪线被绝对水平地划在五千英尺附近，好像一个刷墙工仔细地用刷子只粉刷了高的地方。入秋后，雪线渐渐下降，下降到阿拉斯加山脉，下降到塔尔基特纳山，再下降到在安克雷奇可看到的楚加奇山。人们觉得雪线就像是河的水位标，六千英尺，五千英尺，四千英尺，三千英尺。雪线一天天变低，直到整个山都成了白色。接着雪落到人身上，长达六个月。然后阿拉斯加又变绿了：苏西特纳山谷绿了，内陆区绿了，极北区有绿、有红，还有米黄色。雪只留在大多数山峦高高的山坳间，也留在阿拉斯加山脉那一座座的顶峰上。

“双水獭”几分钟后拉低了高度，飞向西南，抵达斯昆特纳的砾石飞机跑道。离跨越溪流、泥岩沼泽和一片片黑云杉树林的公路四十英里，斯昆特纳是个空中和河上歇脚之地，那儿遥远而和外界无联系。威利·亨斯雷说：“如果这里的人们知道我们是谁，他们也许会把我们赶走。他们不想把自己的宅地给毁了。”但是斯昆特纳（邮编：99667）的人口（十五人）太少，当“双水獭”的发动机关闭时，飞机跑道就是森林中一块寂静的空地。一头驼鹿的一大部分成了血淋淋的肉块，苍蝇落在上面犹如火腿上抹的香料，它被放在地上等着猎人回来用飞机把它运走。为能更好地呈现某些地形供仔细观察，通过预先的安排，一架贝尔·休伊直升机，在越南运送军队的大型飞机，正等着委员会成员。这种飞机的传动装置位于机身中部，类似一个立式的家用燃油炉，覆盖着厚厚的衬垫。机顶和内壁也覆盖着同样的衬垫，好像沉重的家具要乘电梯运上去。乘客的座位类似两排长凳，面对面。委员会成员全塞进了直升机，膝盖碰着膝盖坐着：库克、贝蒂斯沃思、沃德、亨斯雷、斯德古莱维斯基、凯洛格、科巴斯。一个达到法定出席人数的团。只有两个成员没能加入当天的行程：自然资源局的阿拉斯加专员盖·马丁；安克雷奇的木工德韦恩·卡尔森，他在阿拉斯加劳工联盟做到很高的职位。大休伊在它自己的喧嚣声中起飞，忽往东，忽往北，时而倾斜着环绕着一个地点飞——一处在谷底的湖边，一处在高高的坡上，一处在金矿旁的溪边。在大多数地方，泥炭沼泽的巨大手指像高尔夫球道一样伸入云杉林——柔软、蚊虫泛滥的泥沼，实际上无法构筑什么。有人试图盖过发动机声喊道：“科巴斯，你这一路上看上去越来越好！没有足够适合的土地盖房子。”威廉·科巴斯并不反驳。他的家在朱诺，两年的大部分时间里他都在全力反对迁首府。他帮助建立了“阿拉斯加人联合会”，还担任了该组织的首席财务官。这是个致力于扼杀迁首府想法的全州性组织。现在阿拉斯加州已投票决定迁首府，科巴斯自相矛盾地成了选址委员会的成员。动议要求委员会中的两个成员必须出自阿拉斯加东南区，且其中一个不能来自朱诺。所以科巴斯同意加入。他把自己看成某种监督者，在迁首府要花州里多少钱的问题上，试图确保委员会作为一个整体要明明白白。他是个不爱出风头的人，有一张年轻的脸，大大的蓝眼睛，几乎平头，头发有几处翘着。他常常穿灰色西装，打条纹领带，保持着一个毕业二十年后身形依旧的常春藤联盟运动员的风度。一九七〇年，他想要搬到一个用他的话来说就是“你能感觉到自己能起更大作用的地方”。他在作这个决定之前上的是达特茅斯大学塔克商学院，为曼哈顿的斯通·韦伯斯特证券公司工作过。他在首府问题上扮演的不同角色没在他心里造成什么明显的冲突。像委员会的每个成员一样，抛开其余的不说，他真的喜欢这个工作，感到自己投身于“一种有趣的智力活动”，并且乐在其中。

纳奇兹和其他城镇先后成为密西西比州的首府，直到一个由三人组成的选址委员会选了杰克逊——一个在林地中开辟出来的地方。俄亥俄州的哥伦布市也曾是一片森林。底特律在许多年里是密歇根州的首府。密歇根州腹地的村庄害怕和讨厌所谓的“底特律影响”。人们嫉妒，觉得底特律拥有的已经够多的了。州议会有人建议把首府迁到兰辛。这被当成了笑话。兰辛?“令人窒息的瘴疠之地。那狼的哀号、黑色响尾蛇的嘶嘶声、牛蛙的呱呱声、啄木鸟的敲击声和夜莺的孤独吟唱交织在一起的地方?”兰辛?“嚎叫的荒野?”

来自阿拉斯加东南区的另一个成员是 C. B. 贝蒂斯沃思,他从凯奇坎来,那里最靠近西雅图,但依然属于阿拉斯加。贝蒂斯沃思代表着东南区,但对费尔班克斯有着特殊的兴趣,因为费尔班克斯是他的家乡。在委员会会议上投票时,他倾向于附和费尔班克斯派的观点。他是一个留着胡须、穿着靴子和宽条灯芯绒裤子、有着浅棕色卷发的年轻人。他带着一个背包客关注环境的神情,令人想起林肯年轻时的脸。(林肯作为伊利诺伊州议员首次成功的活动是把州府从万达利亚迁到斯普林菲尔德。)经过训练贝蒂斯沃思成了建筑师和城市规划师,他似乎沉浸于这个选择过程,被那种摁一下土地就释放出一座城市的纯粹的兴奋感迷住了。

费尔班克斯的厄尔·库克伯爵似乎并不享受“高高在上”的感觉,这是坐在这种机器上的一种清醒的反应,因为它颤抖着,摇晃着,像节早就折旧报废了的列车车厢,时而将乘客侧歪到一边以选看最好的地块。机舱是隔开的,对乘客来说前方是看不到的。库克的微笑随高度的升高而渐渐消退。他是个身材修长的人,背头,发际线往后退。他是个地产商,不知怎么的穿着李维斯夹克和裤子还有徒步靴的他看起来很正式。他在阿拉斯加待了三十七年,是个迁首府的倡导者,但他依然对选择阿拉斯加山脉位于费尔班克斯那边的某处地点抱有希望。他的六个孩子当中有个年轻的会计,他反对迁首府,并帮助组织了阿拉斯加人联合会的费尔班克斯分会。就像这对父子一样，费尔班克斯作为一个整体在此问题上分裂了。对这一动议的投票，支持和反对的基本上不分伯仲，稍微倾向于支持派。

奥斯汀·沃德，或多或少与库克属于同一阵营，是委员会中的另一个费尔班克斯人。他来自密歇根州的庞蒂亚克，已经在阿拉斯加住了二十二年。他小巧而利落，是个男装经销商（现在穿着鲜艳的红灰格子宽松裤），看起来轻松愉快。当直升机在一个叫作小彼得山的长长的苔原顶部着陆休息时，他更加怡然自得——如果说在空中的摇晃中任何人都怡然自得的话。委员会和它的顾问——规划师巴里·奎因和地质学家威廉姆·派尔，在转轮下低头，从这架机器旁跑出一百码左右，来到一块相对安静的洼地，尽管直升机不停的轰鸣实际上就是借着山风也难以逃避。海拔是两千英尺，在东边朝向塔尔基特纳方向的风景，是潮湿的绿色苔原和高高的红色高山苔原，灰色的基岩夹杂其中。北面，麦金利山那巨大的白色山峰此时部分可见，但只有细看天空才能够分得出哪儿是云哪儿是山。附近广阔的苔原上，孤独的云杉如站立的香锥。小彼得山低处的东坡上是一些宅地，外观整齐，镶嵌于森林中，还有一条叫彼得溪的彩虹鳟溪，可作为首府城市的精髓。但是委员会不会过细考虑任何事。从飞机下来后，一班人说个不停，又是抽烟，又是互拍吃熊果和蓝莓的照片。一些苔原蓝莓的植株很小，整个灌木可能只有一截短短的茎，像个高尔夫球座，唯一的蓝莓长在那上面，比灌木本身大得多。"你们离开我的浆果地。"阿丽丝·斯德古莱维斯基说。比尔·派尔，矮个，黑乎乎的，像熊一样，挪开他吃的东西。

派尔被戴姆斯和穆尔公司派到首府选址项目上来，是地球物理学方面的国际专家。他不停地抬头远望峡谷，突然指了指被前进的冰川所携带并沉积下来的冰碛、在曾经是湖的地方沉积下来的碎石和冰川融化后形成的坑坑洼洼的冲积平原。他像一个正在读片子的放射科专家。他说，就植被和地貌而言，这个区域有一些美丽的地方，但是也有问题：首先是不适宜的地震风险水平；泥沼太多了；可能还有永久冻土层。我们已经过了无此缺点的地界。派尔已在阿拉斯加待了十五年，从他的秃顶和八字须来看，他像是自发现金子后就在这里了。说到阿拉斯加，他不只了解，而是对这片土地带着深情。他在芝加哥工作过一段时间，当他前往阿拉斯加时，有人问他为什么去那儿，他说："如果你一定要问这个问题，你就不会明白答案。"

路易斯·凯洛格来自帕默（安克雷奇东北三十五英里），是迁首府的积极支持者，这与委员会的大多数成员不同。此刻她微笑着对我说："威利给你洗脑了吗？"

我说："我怎么知道？"

在庞大的休伊直升机后方，山脊下面，威利·亨斯雷孤零零地站着，往西南方峡谷方向看。我赶快丢下摘蓝莓的事去找他。他穿着西部的靴子，粗布工作服，鲜红的羽绒衣肩上有蓝色条子，站在那儿似乎有点不协调。他是个因纽特人，家离这儿非常远，他那身装扮像是要去参加竞技表演或篮球赛，干那个他有可能成为明星。他身材修长，身手敏捷，他那高高的蒙古人种颧骨，他那在风中散乱着的柔软的黑发，加上他那亚洲家养八哥般的神情，似乎都表明他最近走过了陆桥到处看看。委员会的成员之间是平等的，但威利是他们中的头。其他人早就把他当成了他们之中的主席。

威利·亨斯雷生于阿拉斯加极北区的科策布，在城外十英里一个类似家庭公社中长大。除了自己的直系亲属，还有叔叔们、婶婶们、堂兄妹们生活在一起。冬天，他们住在“伊夫鲁里克”，那是由草皮搭成的圆顶屋（iglu）。Iglu是房子的意思，指任何一种房子。而那种用雪砖做成的穹顶状的房子威利并不熟悉。最近的用雪砖造房子的因纽特人社区位于加拿大的北极地区，那是一千多英里以外。科策布也很远（“感觉上像有一千英里”），在威利还很小的时候，全家每年只去两次，感恩节和圣诞节，吃饭，看露天表演，一起打开他记忆中“堆积如山的礼物”。所有这些事都发生在“朋友教会”——一个源于加州惠蒂尔的传教机构。威利长大后成了一个名义上的教友派教徒，但是那儿留给他最持久印象的还是大量的食物：海豹油、成堆的蘸海豹油吃的冻鱼、堆得像金字塔一样的浆果，“那么多的东西可带回家”。草皮屋就在北冰洋楚科奇海科策布湾的臂弯那边，离西伯利亚两百英里，离安克雷奇六百英里。用鸡笼式捕鱼网，家人在深秋抓白鱼，把它们储存在麻袋里放在外面过冬。后来，他们在冰下网白鱼，像码好待售的木材一样把它们叠放着冰冻。在夏天，他们沿诺阿塔克河而上，住在帐篷里，打野鸭和麝。初秋近八月末，他们采摘浆果，用大木桶把它们带回家。

他们没收音机，没杂志，照威利的话说是“正规教育不那么要紧”。科策布有个印第安事务局管理的学校，威利得知后，自己决定要去那儿。他记得他母亲说：“那就去吧，去吧，去上学。”他在科策布和亲戚住在一起，艰难地完成了他称之为“极其零星分散的小学教育”——一年之中仅有一个月上学。长大以后，他成了家里的笔杆子。

科策布是个比美国大部分州都大的选区，然而人口数量很少，这使它在拥有四十个席位的阿拉斯加州众议院中只能有一个代表。在一九六六年，二十五岁的威利被选为众议员。两年后，他成了阿拉斯加民主党的首领。一九七〇年，他被选为阿拉斯加州参议院的参议员。总的算起来，他在朱诺度过了八年，八次立法会议。他促成了一些好的项目。他把中学带到了这个地区，带给科策布一个广播电台（KOTZ）和一个养老院。由于他支持通过市政府拥有酒类销售的许可权，他在卖酒的店里不受待见。这样做，社区可以从酒的销售中获益，用以支付因酒招致的花费。他把发电机带到北部的小村子里。但尽管如此，他自己很少去科策布的各个地方。朱诺离科策布一千英里，他付不起旅行的费用。但是，当迁首府的动议出来后，为了阿拉斯加财政的利益，他决定州府应该留在朱诺。

一九七四年，他竞选阿拉斯加州在美国众议院唯一的席位。迁首府的动议在初选投票时，亨斯雷到哪里都说他反对。他认为，阿拉斯加在几年里预算翻了四倍多，耗资数十亿美元为它冠上一个新首府必输无疑，负担不起。私下里，他把他在立法中的成绩视为讨来并还给民众的“面包屑”。如果这么多钱都去建首府，他为边远村庄感到害怕。到那时连如面包屑一般少的资金都没了。“遇到预算收缩，位于丛林的社区就会输掉。”他说。他把迁首府派比作一对小年轻，新房子的前景让他们眼睛放光，却发现自己无法应付按揭。为安克雷奇规划的联邦大厦将至少耗资一亿美元。那整座城要花多少呢？如果阿拉斯加要建一个首府，州和联邦共享的钱将被用于机场、公共事业、公路、住房，这些钱本来会用于现有的社区。

迁首府派取胜，亨斯雷败了。不久，他发现自己的名字出现在首府选址委员会的名单上，孤零零的土著，孤零零的西北部的成员。

我第一次遇见他是在科策布，那是选举后的几个月，纯属偶然。当时他正开着他的雪佛兰皮卡在街上，车屁股拖着滚滚尘土。科策布城里的街道只在城内互连，城市离最近的公路有四百英里。他在停机坪停下要办件事，我和他简短聊了几句，想知道他对迁首府的态度自选举后有无改变。他说，像委员会的其他人一样，他也不由自主地对造一个新城的想法感到兴奋，但是，他对阿拉斯加的经济前景依然保持悲观。没发生什么能改变这个看法的事情。科策布已经太吵了，雅马哈、本田撕扯着空气，而亨斯雷平静如楚科奇海（至少那天如此）的抑扬顿挫的嗓音更能击中我。他的眼睛中流露出超脱的幽默。他说，他愿意看到新一次的全民公决，给阿拉斯加选民的未来那张选票上将列出一系列更广泛的选择：选择一，朱诺；选择二，安克雷奇；选择三，一个全新的首府，并将实际估算花费在选票上写明。花多少钱这个根本的因素被过于普遍忽略，他说："在阿拉斯加，太多的人似乎认为他们在石油的海洋中漂向天堂。"

如果说波士顿曾是美国最固步自封的地方，阿拉斯加在这个方面可能已取代了它（有玩笑说，当一颗六兆吨的炸弹在时代广场爆炸后，一家波士顿的报纸头条会说"大城市人命丧纽约爆炸"）。在阿拉斯加，三句话不离阿拉斯加。总的来说阿拉斯加人似乎对外边发生的事知道得很少，说得更少。他们谈他们的地、他们的熊、他们的鱼、他们的河。他们讨论维持生存的狩猎、禁止狩猎，以及被侵扰的生活。他们有自己的词汇。年长的人叫开拓者，雪叫绝尘，N.B.A. 是阿拉斯加国家银行。阿拉斯加的那些地名是如此美丽，它们整天在人们脑海里像清泉般流淌：马尔查特纳河、奇里卡乔特纳河、乌纳拉斯卡、尤纳拉克利特河、基瓦利纳、吉斯卡岛、科迪亚克、阿拉卡基特、阿尼亚查克火山、农多尔顿、阿纳克图沃克帕斯、安克雷奇。阿拉斯加是主要由美国人居住的外国，它所使用的语言扩展到了英语。阿拉斯加的自然是它自己的。没什么像标着"美国邮政"的邮箱那么突兀。阿拉斯加人谈起他们的输油管线喋喋不休，谈从塔尔萨来的大焊机（"动物，纯粹是动物"），焊机的威力已与工会摊了底牌，吓得他们瑟瑟发抖。他们提前了几年谈论管线将给他们带来的使用费，在某种程度上也谈它可能给威廉王子湾带来的破坏，那岛屿星罗棋布的海湾是亚北极的海上明珠。

"那才是真正的问题，不是陆地上可能的泄漏，而是可能发生在威廉王子湾的泄漏。"

近段时间，根深蒂固的、传统的阿拉斯加发展派，那些力主开发本地的大多数人面临着一个日益增长的群体的挑战，这个群体怀疑发展论是否对阿拉斯加州有好处。在管线的影响下，用威利・亨斯雷的话说，费尔班克斯已经变"邋遢"了——妓女，得克萨斯人，蹩脚货。也许阿拉斯加人在同意这些项目之前应该更谨慎地看一下。这是帮助促成一九七四年杰・哈蒙德胜利获选为州长的新思想群体——渔民、拥有宅地的人、荒野之人。哈蒙德不是一个激烈好斗的保护主义者。阿拉斯加还没有羽翼丰满。但是哈蒙德对事情谨慎、平衡的处理方式体现在他尝试解决他第一个商务专员兰浩・毛特里所谓的"塞拉俱乐部综合征和达拉斯剧情"之上。在有关新首府的辩论中，在所有形形色色的支持和反对迁首府的理由中，这两种立场引人注目地交织在一起。

“新首府将是阿拉斯加的一个发展中心。它将化解掉安克雷奇的压力。”

“在一个这样大面积的州里，如果你把什么都放在一个地区，将破坏我们来这里的理由。”新首府离安克雷奇将不那么远。如果把所有人都放在一个地方，就会造就一个没有吸引力的州，夺走那些想住在朱诺地区的人的就业机会。

“朱诺将死去。”

“阿拉斯加的人已授权迁首府，阿拉斯加人的判断力真好。”

“我不认为谁能足够聪明去规划那样一个地方。在瓦尔迪兹，一九六四年的地震过后，我们把城市往上迁移了四五英里，到一个更安全的地方。可是全乱了！新的瓦尔迪兹到处是死胡同，在死胡同尽头有二十五英尺高的雪，你怎么办？一团糟。而我是市长。”

“那样的地方是不毛之地。盐湖城是唯一规划得有价值的城市。你见过一个由美国规划师规划的城市吗？”

“在英格兰，人们规划了稀树草原。”

“迁首府的目的是为了更好地治理。把政府的所在地搬到苏西特纳峡谷。它在百分之七十人口的开车范围之内。”

“议员可以周末开车回家，回费尔班克斯、荷马和任何两者之间的地方。住安克雷奇的人，他们可以晚上开车回家。”

“你想在零下四十六度的晚上开车回家？”

“试下飞到朱诺。机场关闭。你可能最终到了西雅图。”

“游说团在朱诺有利益。他们在那儿待得起。他们不被从北面下来和贸然闯入的人阻碍。他们有自己的议员。”

“住在朱诺周围的负责公路的人不得不飞五百英里去看他们正在施工的工程。”

“投票赞成迁首府是因为他们认为钱会进来。可是没有。我们实际上已经把来自管线的钱花掉了。对我来说这太无望了。从汽油收入、公路燃油收入和所得税中，州里一年可拿进三亿，而现在它的开销是五亿。到一九八〇年，阿拉斯加的年开支将在十亿左右。州议会花钱的速度比他们能拿到钱的速度快，而且没人看见钱去哪儿了。为了努力实现收支平衡，他们打石油公司的主意。他们对依然在地下的石油搞了一个石油储备税，这部分税将从将来公司应付给州的石油使用费中扣除。我想这是合法的，但听起来肯定不那么道德。”

“费尔班克斯的州停车库花了四百二十五万，或者说一万四千美元一个停车位。这样的话，谁出得起建一个城市的钱？”

“让朱诺做首府为游客环州旅行提供了又一个理由。”

“在安克雷奇附近建一个首府就好比在田边盖粮仓。更好、更负责的人会愿意成为议员。医生和律师待在朱诺会失业。”

“新城市将在此诞生，自然发展，就像阿拉斯加一样。”

“不会那么快！石油的流动不会让你万事大吉。我们最好稍停一下，看看我们的底牌。”

有人说，比起一个新的安克雷奇被泼进森林，几乎同时发生的数万桶石油从阿拉斯加输油管线的破裂处喷发就是个小事故。虽然人们做着首府的梦，但安克雷奇就真切地伫立在那儿。它是阿拉斯加人居的中心区，在方式和结构上代表了大家都看得见的阿拉斯加活力和阿拉斯加之美。它是某些阿拉斯加人在行动上向阿拉斯加致敬——他们的一个真实的城市，是人们在这片土地上创造进步时所体现的偏好的模型。

正如适应长短途出行都靠飞机的地区的需要，安克雷奇的每条街似乎都是通向机场的路。路两边密密的塑料招牌闪亮着，旋转着，摇摇欲坠——“印第安纳州老乡移动之家”“温纳贝戈销售与服务”“酒打折周日营业”“淘金热汽车销售”“立等可取锁匠”“阿拉斯加冷藏与空调”“迪纳利燃油”……

“卖酒的商店星期天真的开门吗？”

“在安克雷奇，付钱的地方每天都开。”

几乎所有美国人都认得出安克雷奇，因为它就像任何城市中跨出城区的那部分，山德士上校被挤到那儿。

“你可以闻出空气中的贪婪。”

“白鲸沥青”。

安克雷奇有时以开拓的名义被原谅。先建设，再文明。但是安克雷奇不是边疆城镇，它实际上和它所处的环境没关系。它乘风而来，一个美国的孢子。如果把一个巨大的点心模具压在得克萨斯州埃尔帕索的土地上，可以在模具上取下一块类似安克雷奇的街区。安克雷奇是特伦顿①北边的郊区、奥克斯纳德②的中心、戴特拿海滩看不见海的区域。它是浓缩的、速溶的阿尔伯克基③。

---

① 新泽西州首府。

② 加州一城市。

③ 新墨西哥州城市。

“潘乔庄园，墨西哥食物”“牛棚、牛排馆和音乐俱乐部”“沙基免下车比萨店”“吃我吧长卷三明治”。

安克雷奇发展出了一个高层建筑核心区，那里有石油公司的玻璃盒式的写字楼、高耸的迈阿密人旅馆。不分区地急速往外延伸，使得郊区成了一个空心砖的嘉年华。投机的狂热如此高涨，以致小面积土地的卖主——小得只够造房子的地皮——也保留地面以下的权力。在空的地块，双柱桁架放在那儿等着新楼从它们下面拔地而起。路面铺着碎石，到处是小水洼。大卡车、平路机、装载机一起发出压倒性的噪声，喷出缭绕的烟雾，敲击出城市疯狂的节奏。巨大的橡皮轮胎四处散落着，像套环游戏场地，随时等着大型机械，那些家伙能移动土山和砾石堆，填掉给人不便的湖，造出新地。

“出租”“量身打造”。

安克雷奇让投机房地产的人暴富成为百万富翁，一些是年轻人。安克雷奇的中位年龄是二十四岁以下。每三年或四年，大约一半的人口会更换。住满三十天，你就能以一个阿拉斯加人的身份投票。

“北极现实”“闲置的活动房屋公园”“汽车旅馆”“穆什旅馆”。

作为一个城市，安克雷奇的历史很短。它算是现代石油管线营地的前身，一九一四年，一片帐篷在此搭起为建设阿拉斯加铁路的工人提供容身之所。几十年来，它是个有着木板人行道和砾石街道的城镇。然后，随着城市的发展，它相当早就形成了市中心的城市贫民窟，住宅和商业都开始抛开核心区。这种逃离太快了，连中心商业区都没来得及完全整合好，市中心的安克雷奇甚至比它的外围部分更混杂。比如说，有一个巨大的 J. C. 彭妮百货店，它占据着城中心几个街区，里面有精品商场、餐馆，有那么点时髦。几片野草丛生的空地把这个建筑群与五个木屋分隔开来。从远处看，市中心的安克雷奇显示出了一条向上走的天际线，暗示了土地所面临的巨大压力。下面，在高楼之间，是房子、木屋、菜园以及前面有整洁草坪的单层小屋。安克雷奇的发展突破自身，把这些不协调的东西留在了市中心。对我来说，它们是安克雷奇最吸引人的景观。往北，靠着一个市中心写字楼，我看到为过冬用的码放好的一柴火堆。

在它急速的剧烈扩张中，安克雷奇有相当多的（但不是无限的）空间要填。在城市的发展中不多见的是，在某种程度上，安克雷奇有某些绝对的边界，在这个意义上，它一直在有节制地膨胀。往北，建了两个军事基地，实际上是罗马墙。往西和往南，是太平洋峡湾状的海湾——尼克湾和特纳盖恩湾给城市镶了个边框。在安克雷奇后方，东面屹立着楚加奇山，在清晨和傍晚的光线中光彩夺目——马戈尼非森特山、戈登莱昂山、诱惑峰、塔纳奈峰、狼獾山、自杀峰。在那边某种程度上是向上发展。房子贴着山坡，一种洛杉矶风格的背景，特别是在夜里，它位于灯火点点的城市之上。但是对安克雷奇而言，山脉就是城市的句号，安克雷奇无处可走。

在这个由山、海洋和军事界限组成的框框内有五万英亩土地（大致是首府选址委员会寻求的土地量），它们作为一个整体被叫作“安克雷奇碗”。土地本身由淤泥、冲积层、风积沙、冰川沉积组成，它们都是容易被重组的材料。地表从前有隆起的小圆丘。当人们和他们的公司开始填这个“碗”时，他们先在那些小丘上建设，因为小丘上长着树，排水很好。他们把树砍了，削去山头，盖上房子。他们用各种用途的线把小丘一个一个串起来，就像盘钢丝线一样。因此“碗”内新的小块土地到处都是，它们随意分布，不时被沼泽中断。安克雷奇像霉菌一样生长。

“狼獾铝板”“阿拉斯加四轮驱动”“杰克·班尼的无线电控制抽化粪池”。

低地渐渐被填满。“碗”内现在大约有一万八千人，换句话说就是阿拉斯加一半的人口。城里有些人，比如著名的《时报》的阿特伍德，想看着安克雷奇人口增长到七十万。他是个高大、友善、豪爽的人，头发渐渐变白，戴着金边眼镜。身处阿拉斯加四十年，这个迫不及待宣传阿拉斯加商业潜力的人据说是州里最富的两个人之一。另一个是他的内弟。“城里的理想主义者在每一个住宅发展项目中都看到了公园的需求。”阿特伍德有一天告诉我，“他们想埋设管线，保留绿化带，建自行车道。而如果建了这些东西，‘大碗’就只能容纳三十五万人，这些人让人为难。理想主义者喜欢动物、树木、水和花草，何曾有谁为人考虑和筹划？谁来为人筹划？这是我想知道的。在保护主义者当中，我被叫作坏人。”

在安克雷奇，如果你朝人群中扔一颗卵石，你砸中的不太可能是一个保护主义者、一个生态爱好者或一个荒野保护者。这些人生活在狭小的“隔离区”，生活在具有讽刺意味的情景当中。他们身处阿拉斯加，因为阿拉斯加的一切都像传说中那么荒凉。他们中的许多人为联邦政府服务。阿拉斯加超出了人们的想象，因为这里没有道路，山脊背面的风景带给人的惊喜，以及那以数亿英亩计的荒野。这个被称为“最后的边疆”的地方整体上名副其实，然而就大部分土地而言，这里根本不是边疆，而是远古的尚未被触碰的完整的景观。在这广袤之中，安克雷奇只是个小水泡，一个小点，微乎其微。它是个像被墙围起来的城市，像扬克斯那么蛮荒，野生动物乘着十九万三千辆卡车和汽车。然而人和办公室所在的城市，必然是荒野规划者、野生动物生物学家和布鲁克斯山脉向导的居所。

我在阿拉斯加的最初几天是在安克雷奇度过的。我记得我们（我妻子和我在一起）感到被囚禁的感觉越来越强，因为我们知道不少于整个美国六分之一的土地就在外边看不到的地方，且几乎都是荒野；但最基本的需求和杂务把我们钉在了这个袖珍的帕塞伊克镇上。最后，我们忍不了了，取消了已经预定好的事，租了一辆车，一踩油门试着逃离这个镇。一架每小时租金为一百十美元的水上飞机是最好的交通方式，但是像安克雷奇大部分居民一样，我们坐不起。对许许多多居民来说，安克雷奇就是他们看到的阿拉斯加的全部，日复一日，年复一年。出逃的路只有两条：一条朝北，一条朝南。这些路都有交通不畅的时候，有些路段铺着从安克雷奇挖出的碎石。我们先是往南开，接着往东，沿着一个可与挪威相比的峡湾开。然后，路又向南，进入基奈山脉——巨大的苔原秃地令我想起苏格兰，令我妻子想起她住过的瑞士的一些地方。她还说，她觉得这些山看起来比欧洲的山漂亮。红鲑的颜色接近深红色，在清且浅的溪里产卵。在绿水白浪的湍急河流边高出的草地上，我们吃着奶酪和巧克力。我们仰头看山脊上的野大白羊，此时此刻也觉得自己像它们一样自由。安克雷奇在视野中变小。它可能是个令人遗憾的城市，但却是一个能给你最棒的城郊风景的城市。

“大红飞行服务”“蒸汽和电解冻鲟”“别去监狱，让弗莱德给你保释”。

安克雷奇有一条汽车和飞机共用的街道——绿灯、红灯，繁忙的街。我记得某人的车道上有架飞机，就在我住的房子隔壁。一天晚上快十一点时这位邻居发动了引擎，有二十分钟，他在外面的地上开，而他的两个儿子紧紧地靠着安定翼，竭力控制住飞机。在阿拉斯加，你做你想做的事，这就是阿拉斯加人的信条。

在安克雷奇，还有那么一个萨顿广场，那实际上是一块有几条路的飞地，与安克雷奇主街的北灯大道的西端不相接。沃特·希克尔住在飞地中的罗萨克路上，这条路蜿蜒于路牙石与草坪之间。那些草坪修剪得很整齐，旁边种着白桦树和香脂白杨，成为了景观。希克尔的房子厚重结实，美国牙医的风格。邻居的房子也同样昂贵，基本相同。整个街坊似乎是在努力地回忆斯卡斯代尔[①]，但是在这里找不到阿拉斯加。

一天早上，我在安克雷奇和一个人吃饭，他是公共土地信托基金会的。该机构的目标是在都市区域购买潜在的可用于建设公园的土地，放在手上，直到政府搞到相关的资金，因为立法机关对土地市场常反应缓慢。在都市大兴土木的背景下，从沃茨到纽马克，再到奥克兰，公共土地信托基金会得到他们能得到的东西，甚至是正在拆的楼，以便建小公园和花园，让压抑的人们有个放松的地方。现在，公共土地信托基金会觉得有必要来到安克雷奇，来到阿拉斯加的这个主要城市，帮助保留一片水塘或一片绿地让未来的人享有和观赏。

书在安克雷奇有的卖，我在那儿的时候，书论重量卖，一磅

① 美国纽约州的一个小镇。

四十七美分。

有些人说阿拉斯加新首府唯一合适的地点就是安克雷奇——如果必须有一个的话。因为建了像安克雷奇这样一个城市的人不该被准许在别的地方另建一个。

在安克雷奇国际机场，有一张巨大的从空中拍摄的安克雷奇的照片，它由一系列随机拍的照片拼贴而成，缺乏制图员所谓的地面控制。这张巨幅航空地图是来自世界各地的游客所看到的第一件东西，上面用粗体印了个标题："安克雷奇，阿拉斯加。无拘无束的镶嵌画①"。

为了把政府设在更靠近中心的位置，密苏里州把首府从圣查尔斯搬到了杰斐逊城；西弗吉尼亚州把首府从威灵搬到查尔斯顿；南卡罗来纳州把首府从查尔斯顿搬到哥伦比亚；北卡罗来纳州的首府从新伯尔尼搬到罗利。加利福尼亚州的第一个首府是圣何塞，然后马里亚诺·瓦列霍将军提出要划定一个新首府，恰巧就是瓦列霍，首府很快又搬到了伯尼夏，再到萨克拉门托。纽约州迁首府次数多得数不过来，纽约市、白原市、哈勒姆、菲什基尔、金斯顿、马布尔镇、赫利、波基普西市……当被多次支持成为首府时，你也许会不那么着急在下次让事情合法。奥尔巴尼就是这样。州议会指定奥尔巴尼作纽约州的首府，这项决议最终于一九七一年被写下来并通过。圣菲先于普利茅斯岩十年成了新墨西哥州的首府。

---

① 无拘无束的镶嵌画（Uncontrolled Mosaic），亦可理解为不受控制的互不关联的图景。

现在，从极北区到东南区，首府选址委员会举行工作坊听证会，邀请甚至招募人来帮忙重新确定阿拉斯加的首府的位置。每晚，全部的与会人员先被分成交谈小组，一小时左右之后就是大群人议会式的大声争吵，在此期间，各个小组报告他们讨论中提出的问题。

“我们组真的并不熟悉苏西特纳地区。对我们来说，那是个沼泽。”

“沼泽是政府合适待的地方。”

“不管是不是沼泽，把那些议员都弄到我们能看见他们的地方。”

“即便在议会开会期间我们不能多次看见他们，但是我们能看到他们这一点就足以强迫他们保持专注及活跃。”

地图挂在墙上，人们被邀请在地图上提出他们的建议。有人在靠近安克雷奇的海洋中换了一个叉，并写道：“没用的政客该待的地方。”

另一个人说：“把首府放在驳船上。它可以绕着州跑。”

很快，地图被建议盖满。

“把钱放在教育上。”

“为什么要毁了一个城，同时还要毁掉更多的荒野去建另一个城?”

“别再作弄阿拉斯加了。”

“我强烈地建议首府不要放在荒野之地。我们不是巴西。我觉得在阿拉斯加，我们不需要一个新城。”

巴西利亚如此萦绕于阿拉斯加人的心头，这不奇怪，他们按照自己对阿拉斯加迁首府的动议的看法去评判巴西利亚。某些新城的倡导者建议首府选址委员会去巴西利亚看看一个至关重要的在建的新首都。其他人相信他们所读到的新闻，把巴西利亚看成一架飞机（它被规划成飞机的形状），向内陆做长长的飞行，然后坠毁。

在我参加的工作坊听证会的一个小组讨论中，当宏伟的设想在桌子上飞扬时，每个人都点头同意。

“我不知道是否有人应该操心，把一件这么重要的事情的成本算清楚。”

“石油管线的使用费付来的时候，我们就成阿拉伯人了。”

“阿拉斯加将成立又一个沙特阿拉伯。”

然后有人把安克雷奇和巴西利亚作比较。

另一个人说：“我们不需要在我们的荒野上有巴西利亚。”

又有一个人说：“至少我们应该从别人的错误中获得些有益的东西。”

不知从哪儿来了一个相貌不凡、头发灰白的男子。他腰杆子挺得比丁字尺还直，他又站直了一点，短咳一声引起人的注意。毫无疑问，看起来他这一辈子都非常引人注目。他坚定地说，他觉得自己出名的时候到了。他说他叫 B. B. 塔里，住在基奈，是美国工程兵一个退休的消防总长。在第二次世界大战期间，他在阿拉斯加建设基地。后来作为一个民用承包商，他“自始至终都在从事巴西利亚的规划工作”。当建设开始的时候，他的公司是那儿唯一有合同的外国承包商。我们为巴西利亚铺了混凝土。

他顿了顿，环顾桌子。他对面的一个女人说：“对不起，先生，你是在吹牛还是在抱怨？”

塔里总长继续说，巴西利亚被放在远远的荒野上是因为巴西的各个地方互相瞧不起，只能在一处荒野上达成共识。当然，阿拉斯加不是这种情况。

“对不起，先生。这里当然是这样。”

堪培拉也被捎带着进入了工作坊的谈话。位于悉尼和墨尔本之间的澳大利亚丛林中的堪培拉，由沃尔特·波利·格里芬在芝加哥设计规划，这么多年赢得了澳大利亚人的接纳。堪培拉是一个几乎没有生气的地方，不吸引人，它往往令一些游客沮丧，因为它除了政府外什么都不提供，摆脱不掉政府的存在感。

在小组讨论中，无论是正式的还是非正式的，也不论大小，谈得最多的城市还是朱诺。

“朱诺将被毁灭，无论是精神还是钱包。”

“朱诺的渔业几乎没了。金矿三十年前就关闭了。伐木业衰败，被塞拉俱乐部弄停顿了。真丢脸！木材都烂在藤蔓上了。”

“做首府是朱诺唯一的经济基础。”

“想迁首府，就从我的尸体上过去。”

“那个条件是可以接受的。”

“这个动议实际上在西经一百四十一度上建了一道篱笆，并说‘我们不介意在阿拉斯加东南区的你身上发生什么事’。”

“朱诺于一九〇〇年从锡特卡手里夺走了首府。他们在华盛顿秘密游说。”

“安克雷奇认为，在金钱、土地投机、资本改进事务方面，朱诺给整个州施加了不适当的、有害的影响。”

“朱诺借着州议会获得的拨款超过了其应得份额；在安克雷奇，

人们想把钱拿过去。”

“那些人要花招得到他们想要的，他们戴上了面具掩盖他们的招数。那些幕后的人并不是真的想让议会接近人民，但那就是他们宣传动议的方式。他们想要的是钱。”

“要想让权力发挥作用，你不得不给人民说些口惠而实不至的话。”

“朱诺会活下去。许多政府雇员将待在那儿为东南区做服务工作。”

“游客依然会来。每年春天，在朱诺，他们迫不及待地等州议员离开，这样他们就把房子填满游客。”

“朱诺必须拓宽它的基础。”

“在朱诺成为首府之前，朱诺也照样活呀。”

“他们甚至可能开始在东南区挖更多的金子出来，在阿拉斯加北边这里把它花完。”

十九世纪勘探金矿的人没什么知识和眼光，除了把金子与石英和黄铁矿联系起来的眼光。由于既不需要大量的智力，也不需要学术训练，许多探矿者就是那种没什么知识的人。这类人里就有理查德·哈里斯和乔·朱诺，他们最有名的雇主把哈里斯描绘成“无可救药的酒鬼”，说朱诺“没有一分钱不是花在酒和印第安女人身上”。

这位雇主就是乔治·佩尔兹，一位采矿工程师。他在锡特卡附近建了个作坊，从含金岩里提取黄金。锡特卡位于亚历山大群岛，曾是俄罗斯阿拉斯加的首府，现在是美国阿拉斯加的首府。这时是一八七九年，那个季节的三件事情最终导致了首府从锡特卡迁出。首先是奥克斯部落大酋长科威，跑了一百五十英里路到锡特卡，给这位采矿工程师看沿他家附近的加斯蒂诺海峡采集的岩石。佩尔兹曾承诺，如果哪个部落带他去能开成矿的地方，就提供一百条哈德逊湾毯子和稳定的工作给他们。科威想得到工作和毛毯。然后是博物学家约翰·缪尔碰巧在其八百英里的独木舟之旅中路过锡特卡。他报告说，他之前穿过了加斯蒂诺海峡，在那儿看到了有趣的矿化。第三件事，乔·朱诺和迪克·哈里斯（大约都是四十五岁）从兰格尔开来的船上沿船板摇摇晃晃地走下来。他们因此行程欠了事务长和船长的钱，正四处找工作。

没有特别急着核查缪尔和科威提供的线索。佩尔兹有遍布整个群岛（从塔库湾到佩里尔海峡、阿德默勒尔蒂岛、奇恰戈夫岛）的探矿者，他们凭感觉行动或按照其他人的报告再凭感觉行动。他为探矿者提供资金以获得可能的股份，每天发给他们四美元工资。作为回报，他保留从他们可能获得的三个矿的开采权中选两个的权利。他自己无异于一个中间人。他必须去找锡特卡或者甚至旧金山的商人来投钱来让他所有的探矿者接着干。佩尔兹试图探索的是群岛四百英里长的范围，对雇员的标准没法设得太高，谁想来就能来。乔·朱诺和迪克·哈里斯之前大多数时间都在采矿营干活，于是他们就来了。

哈里斯曾在费城的吉拉德学院受过教育。朱诺没上过学，他捕鱼和打猎，在后来的生活中只能写一点点法语。哈里斯长着一个大鼻子，有着透镜一样的眼窝和某种狡黠和老道的神态——藏在两撇胡子里。朱诺瘦削，眼神忧伤，嘴上的胡须乱乱的，头顶的头发短而平坦，看起来像个法国约讷河谷农夫、捕鳗鱼的渔夫、贫困村子的村长，或是评分为一把叉子的餐馆的服务员。实际上，他生于加拿大魁北克附近，在美国威斯康星州长大，在那儿，他的叔叔所罗门·朱诺建了现在属于密尔沃基市的第一间小木屋，却没那份荣耀看到自己的名字成为城市的名字。一八八〇年七月，哈里斯和朱诺带着三个月的生活物资从锡特卡港出发。沿着一条东北方向的线路，他们在四处的溪里淘金，但最终收获甚微，只有些漂浮的石英和金子的颜色，申请开采权不足以获利。他们有几个奥克斯部落的人做向导，每天给他们一美元、几块硬面饼和一杯海豹油。奥克斯人把哈里斯和朱诺带到奥克斯村，然后两个探矿者就在一种完全称得上酗酒的状态下过了三个星期，即使以讲这个故事的印第安人的标准看，也是这样。群岛的印第安人提取了一种叫“胡奇诺”的饮料，在哈里斯和朱诺的帮助下，他们把它的第一个音节加到美国的语言中。这两个探矿者得到了设备和风险资金，但为了买更多的酒和玩女人，他们付出了越来越多的食物和越来越多的装备。从锡特卡出来不到一个月，他们三个月的给养就全没了。更有甚者，他们还丢了船。在纵酒狂欢期间，那船随潮水漂走了。所以，别无选择，他们决定返回锡特卡。他们给了这个部落一把步枪做酬劳，请他们带他们回家。但是印第安人先沿加斯蒂诺海峡把他们带到了一条溪口附近的一个小锚地。

溪水翻着白浪冲刷着岩石壁架，穿过两边皆是山的沟壑。山腰，高大的云杉挺立，直达巨大的光秃的山顶，山坡陡峭之极，小溪落下宛如轻纱。若你从朱诺的街上往上看，这就是你所能看到的，因为朱诺紧凑地挤在群山交接之处，郁郁群山在城后赫然耸立，山顶冰雪覆盖。加斯蒂诺海峡水深、湛蓝，有四分之三英里宽，十九英里长，一路山坡逶迤。白色的大船沿海峡驶进城里。有时，在相反的方向，从塔库冰川吹来塔库风，风势如此猛烈，横扫一切，以致一八八〇年某些日子里根本生不起火，帐篷架起来就被吹走。如今在朱诺，行人哪怕低着头向前冲，也可能会被风吹得走不动。沿街有栏杆，参议员和代表们可以拽着栏杆去上班。近几年，一个个测风仪被装在城上面的山脊上。它们可以测量时速达两百英里的风，但没能存活下来。塔库的风在把指针推到刻度尽头时将它撕裂。天气并不总是这么糟糕，或者说通常不这么糟糕，但是朱诺就是在天气的影响下成为现在这个样子的。所以，朱诺是个有着毗连的房屋、狭小的欧洲街道的紧密社区，它紧挨着山坡，面朝海水。

还有一个特点就是频繁地下雨。朱诺一年大概两百二十天下雨。云在山上像彩旗一样挂着。城里许多人行道上都有固定的从楼的边缘搭出来的顶棚，由两根杆子固定住。房子都没油漆，因为很难找到合适的时间上漆。老居民在城市咖啡屋边吃左口鱼脸，边谈论着给朱诺搭个穹顶。但是，雨不是二十四小时不停地下，天气会迅疾地变换，海峡上空的灰色云层变亮，似棉花一样白，撕开后露出湛蓝的天，斜阳穿射下来，一道彩虹呈现。

朱诺没有永冻土层，它离北极圈六百英里。冬季，温度很少在零下十七度以下，夏季维持在二十七度以下。出了机场，外面是森林包围的海湾，让人想起华盛顿、俄勒冈、北加利福尼亚的景色，不同之处在于门登霍尔冰川接近海湾——海中都是蓝色的冰和碎岩粉末，像巨大的白色土坝。在靠近冰川的溪流中游着两英尺长的克氏鳟和花羔红点斑鲑。当帝王鲑游到附近水域时，它们重达八十磅。

夜晚从海峡对面看，朱诺灯火通明，在大山黑乎乎的轮廓下密密匝匝犹如银河。白天从同样的角度看，它是一个背景奇妙无比的袖珍城——大船泊在码头边，小船在锚地，房子都挤在一个隆起的原野前面。朱诺是阿拉斯加式的城市，也是美国式的城市，城市中心有储油罐。它在垃圾和污垢中忍耐。金溪，这条由哈里斯和朱诺命名的湍急溪流，现在从城中混凝土的渠中穿过，成了暴雨泄洪沟。州议会大厦是一栋六层的、由黄色砖和石灰岩的大楼，有那种大大的用杆子打开的窗户。从外表上看，它像个被废弃的初级中学。州长的大楼是南方风格的，里外散发出一种腐朽和颓唐的气息。在城的边上有个废弃的矿，被弃于第二次世界大战期间，属于阿拉斯加朱诺金矿公司，它现在已成了水淹的废墟，在山的最前面，像一个剧院的门脸，那剧院早就演完了最后一场戏。从卡尔洪大道到威洛比大道，老的木制台阶一直通到下方的山崖边，绕着新的州办公大楼，大楼从山下拔地而起，耸立高空。在上坡一面的人从八楼走进大楼，进入一个明亮、高高的中庭，周围是玻璃墙的敞开式办公室，往下可以看到室内，往外可以看到山和海峡。一楼地面上写着："带狗莫入。"对老阿拉斯加人而言，这太过分了。

美国向俄罗斯购买了这块领土后，朱诺是第一个建立的城市。朱诺也是第一个由于发现了金子而建立的城市。

穿过山间的沟壑，这两位探矿者沿溪而上一英里多，用沙盘淘金。他们发现淘金盘子里有着充满希望的颜色，并在溪流的河床上发现了"非常好的漂浮的含金石英"。做完这件事后，他们就离开了。理查德·哈里斯和乔·朱诺回到了锡特卡。他们没提出申请开采权，他们只沿溪往上走了很短的路。他们只是猜测那边有金子。饥肠辘辘，宿醉，酒没了，也没东西可换，他们（探矿者！）发现灌木丛太可怕，行进太艰难，所以带了一百磅重的河中的石英离开了。

科威酋长吃了一惊，看到他得到一百条毛毯的机会跟着这些傻瓜沿海峡而去。于是他追他们追到锡特卡，对采矿工程师抱怨说哈里斯和朱诺不愿跟他再往上游走。他把一些富含金的石英放在桌子上以证明那儿有矿。佩尔兹为下一次勘探安排了风险资金，付钱买了独木舟。对探矿者而言，现在是秋季，白天越来越短，他不得不动用他所能找到的，哈里斯和朱诺采集的石金很有限。在将独木舟命名为"阿拉斯加金溪酋长"号之后，他们九月中旬从锡特卡出发了。

科威酋长极其肯定这回他们找对了金子。途中，他们勘察了一两条以前看过的溪流，显然他们不记得自己曾去过的地方。但是，带路的印第安人坚决地把他们带到加斯蒂诺海峡的一个小锚地，这里靠近他们曾命名为金溪的溪流。这次他们去找水源，灌木丛确实太浓密了，他们绕过它上了一个冲沟（称之为雪崩冲沟），爬上山坡，传说中黄金国的景色一览无余。那是一个溪流冲刷成的碟形地块，经过无数时代的侵蚀——冰川的、河流的、冰片的侵蚀，从矿化的山里倾倒出厚厚的一堆含金砾石。"我用榔头敲碎一些，朱诺和我都几乎不能相信自己的眼睛。我们知道那是金子，但是这么多，又不是颗粒状的。金条纹贯穿岩石，岩石上有小的隆起，大得像豌豆或黄豆。"（这些引述来自《朱诺的建立》，由 R. N. 德·阿莫德撰写的严谨的历史，该书一九六七年由加斯蒂诺海峡百年协会出版）。在随后的日子里，申请开采权——以朱诺和哈里斯的名义，还有以他们的各式各样的资助人、支持者、债权人的名义。哈里斯召集了一个会议，参加人是他自己、朱诺和三个印第安人，他们制定了一个地方法规，这是一八七二年《采矿法》下的正常程序。哈里斯接了有权势的工作——地区记录员，围绕发现地的两百平方英里被指定为“哈里斯采矿区”。然后，在加斯蒂诺海峡边，一百六十英亩的城址被选定并获得认定。这个镇取名叫哈里斯堡。后来有人催问他选这个名字的原因，他说，他希望向宾夕法尼亚州表示敬意。①按习俗需要五个真正的矿工——不是两个矿工和三个印第安人，才能批准法规。随着哈里斯堡淘金热的发展，其他矿工很快挑战哈里斯的权威，在此过程中将他的名字从城市名中去除。荣誉转给了朱诺。在关于重叠的开采权的纠纷中，几年后新的阿拉斯加法庭制度剥夺了哈里斯在城内和城周围几乎所有的财产。他最终死在俄勒冈州的一家疗养院里。他去那儿的路费是朋友付的。朱诺死于道森，在加拿大育空地区。朱诺一生在野外，总是在找金子，但也许那并非他的首要目的。他的遗愿是埋在朱诺。人们在道森募集了四百美元，把他的遗体带到南边。一九〇〇年，他死后那年，那座城成了阿拉斯加首府。

发起动议、促成阿拉斯加选择一个新首府的并使它在一九七四年的投票表决中通过的人碰巧也叫哈里斯——他采纳此主意、组

① 哈里斯堡是宾夕法尼亚州的首府。

织一批工人志愿者并收集签名募集资金、成功管理整个过程。他不是与哈里斯堡的哈里斯同姓的后裔。四十年代他在安克雷奇发现了自己的“矿藏”，辞去了为干洗店做运货员的工作，借了三千多美元，和另一个司机一起在安克雷奇菲尔维德路610号开了阿拉斯加洗涤公司。那是一个晾着的衣服的森林，按一下按钮，二十英里长的衣服就开始移动。弗兰克·哈里斯瘦瘦的，秃顶，声音轻柔，尖下巴，有一张英国人的脸。他一九六六年被选为阿拉斯加州的参议员，在一九六八年的竞选中落败。迁首府的强烈愿望就是在那两年期间充满他的大脑。议会的会议在一月开始，持续至少三个月（最近，他们已把它延续到六月）。在朱诺的哈里斯产生了他所谓的“完全的隔绝感——被困在那儿了”。他发现朱诺是“一个破败的城市，房子无漆，街道肮脏，人行道破破烂烂”，他无法想象“人们为这样一个状况的首府感到自豪”。他住在一个漆成粉红色的混凝土“大笼子”里——门登霍尔公寓。风很大，似乎要穿透油漆。他用床单和胶带封住窗户，即使这样也无法保暖。“议会大厦也冷，如果你能够屈身于塔库风中走到那儿的话。雨我不介意。我从俄勒冈来。我想象不出有什么地方能如此隔绝。人们接触不到你。你在笼子里。你天天和那些难缠的游说者说话，每天都是同样的人。那儿正在进行的事需要更多的意见”。所以他支持一项迁首府的议案。他介绍议案的那天，消息就通过广播传出来。当他在巴拉诺夫酒店吃午饭时，一个女服务员拒绝为他服务。在州事务委员会，一位来自朱诺的议员枪毙了此议案。迁首府的动议共在州议会的选票上出现了三次，每一次都是民众请愿的结果。“议会可以提出议案，”哈里斯解释道，“但他们没那个胆量。”

在明尼苏达州，当有人提出议案把首府从圣保罗迁到圣彼得时，皮货商乔·罗列特议员与议案本身一起消失了，直到州议会休会。在内华达州，当计票接近不相上下时，一个代表枪击了另一个代表，卡森市仅以一票优势成为首府。

在努力的过程中，哈里斯一直在接受肯定是来自安克雷奇《时报》的罗伯特·阿特伍德的想法。在争取州地位的那些年里，阿特伍德一直写专栏文章倡导迁首府。用哈里斯的话说，阿特伍德“一直对此问题满怀热情”。当动议促成了一九六〇年及一九六二年的两次投票表决时，朱诺向房产拥有者征税以募集资金来对抗和击败它们。十二年过去了，在此期间阿拉斯加极北区的普拉德霍湾发现了石油。钱快来了。与此同时，“安克雷奇碗”的人口翻了一番多。“费尔班克斯、朱诺和丛林社区总是联手击败以前的动议，”哈里斯有一天在洗涤公司告诉我，“但是现在我们赢得了选票。”

州议会最终要给新首府挑个名字。同时，令人吃惊的是，几乎没人对城市可能的样子表现出兴趣。我想我和好几百个阿拉斯加人谈过迁首府的事情，他们当中实际上没人就新城可能的风貌有过任何概念和愿景。除了哈里斯实际上别无他人。他对此考虑了很多——他站在塔库风中时考虑，收集签名时考虑，投票前的几天还在考虑。“首府应该俯瞰一个湖，”他说，“湖应足够大，可以停水上飞机。你在码头停泊好飞机，然后走到州议会大厦。一个乡野的议会大厦就是要适合荒野。这是一个州府，也是个运动之府——冬季和夏季的运动。从那里你能看到麦金利山。议会大厦没有大的金色穹顶。那过时了。它应该用混凝土和天然岩石建成——那种能融入荒野的东西。工业和农业都将在它周围。它应该位于苏西特纳以西，在一条规划好的通往麦格拉斯的路上。”

威利·亨斯雷，此刻在苏西特纳以西，站在小彼得山的苔原高处。他往下看着山谷的对面平静地说，他希望自己作为首府选址委员会主席的工作能起点作用，希望这群人没有浪费时间。不知怎么的，他没有提高嗓音也让大家听到他的声音，尽管庞大的直升机就在一百码之外震颤着、轰鸣着。“一个人会想着，自己的精力集中在了值得做的事情上。”他继续道。如果人们坚持新首府要在荒野上，至少他打算找个好地方。从这里可看到六个可能建城的地点——六个“脚印”：一个在布莱尔湖边上（在楚里特纳河和苏西特纳河之间的低地上），一个沿着“深溪”（在彼得山底下），一个就在他前面的彼得溪边（在开阔的云杉洼地间）。这儿的山和河、起伏的林地给我的印象太好了，他说。尽管他到处跑，但从没来过阿拉斯加这一地区，他补充道。

借用某些阿拉斯加人的说法，威利·亨斯雷是个布鲁克斯兄弟会土著。近几年，一个土著阶层已发展起来，或至少增长了。比起别的土著，比如说生活在科策布的基瓦利纳或尤纳拉克利特的土著，他们见识和经历了更宽广的世界。在锡特卡港对面埃奇库姆山脚下的一个老军营里，有一所高中，由印第安人事务管理局管理。威利小时候，那就是符合条件的来自科策布的因纽特孩子通常被送去受教育的地方。那里离科策布很远，有一千一百英里。但是威利的教育之旅更有异国情调，他直接从阿拉斯加极北区因纽特人的草皮屋和河边帐篷走出来，去了田纳西上高中。为了让他有所准备，他在密西西比的默特尔被灌输了宗教信仰，那时他十四岁，刚从科策布来的飞机上下来。如果他此前尚无对荒谬的超绝意识，那他肯定是那时候才有的。默特尔是一个小得没有十字路口的小镇，位于科林斯和牛津之间，在约克纳帕塔法的东北角。当然，让他觉打击的第一件事情是那儿的炎热，神奇的让人喘不过气的酷暑，他纳闷谁能长期忍受这样的气候。但是，不等他有机会被闷死，他以另一种方式而窒息。他被灌输了他多年后描述的“糟糕的南方浸礼会乡村宗教观”。是科策布的一个浸礼会牧师安排了威利的旅行。牧师的父母住在默特尔。他们同意照料这个因纽特好青年，并让他了解美国的情况。急于取悦别人，威利变成了他自己所说的“一个临时的南方白人”。“那是一九五六年。废止种族隔离没有一丁点起色。”我对黑人问题的历史一无所知，对奴隶制一无所知，我理解不了那种情况。我不能相信人们会为三美元在田里工作一天。我想跟他们交谈，但我隐隐感觉我不应该。相反，他接触了一大堆牧师。默特尔是“布道中心”，在成堆的牧师中，最好的是著名的“大哥雷”。他开着凯迪拉克，穿着工装裤。“大哥雷”的原教旨主义征服了威利，在宗教意义上他从未恢复。他不常去教堂。“不，”他笑笑说，“但是我一些最好的朋友是牧师。”

他去了田纳西州东部的哈里森-奇尔豪伊浸礼会学院。（“它位于斯莫克山山脚，非常漂亮。我不敢相信有这样造型的山。”）在那四年里，他只看到过阿拉斯加（科策布）一次。接着，在一九六〇年，他进了费尔班克斯的阿拉斯加大学。中途他转到哥伦比亚特区的乔治·华盛顿大学，在那儿学习俄语（通过“国际生活体验”项目资助的一次旅行去看了波兰和俄罗斯），取得了政治学学士学位。在华盛顿为印第安事务管理局做暑期工的时候，他“遇到了许多下四十八州的印第安人”，开始对他们与他们原住地的法律关系感兴趣。这是一个在脑海里酝酿已久的与科策布有关的话题。在五十年代，联邦政府把阿拉斯加的土地划线分块，在拍卖会上出售。因纽特人没有足够的钱，也不理解拍卖。医生、护士、教师和民航管理局的人员买了地。“因纽特人共同拥有这些地上万年了。如今民航管理局之类的人拥有很多地。这是我对此感兴趣的原因。大家都有办法获得地，除了土著。”用教堂土地的传教士，把地块租给土著。“你对来生负责，而不是对利润负责。”亨斯雷对他们说，“把土地交给土著。”传教士没有照这个建议去做。

亨斯雷在阿拉斯加大学成为商务专业的研究生，并修了一门宪法课程。为这个课程，他写了一篇长长的论文论述谁拥有阿拉斯加的土地。具体地说，论文题目是：“阿拉斯加土著对土地有哪些权利？”文章从美国从俄罗斯手里购买阿拉斯加说起，追溯他的族人未被确认、未实现的对土地的所有权。根本问题是，阿拉斯加土著凭借原住民身份对土地的使用和占有，是否对阿拉斯加土地享有特殊的所有权？如果有的话，是多少土地？在他们已建立的村庄周边多大的范围？一八六七年的美俄的购买协议和后来美国国会的行为没忽略这一点，却没有明确规定。现在，一九六六年，因纽特人、阿留申人和阿拉斯加印第安人日益要求达成协议。亨斯雷在那年五月写了他的论文，比以往对这个题目更感兴趣，在这个问题上被卷得更深，不可避免地卷入了政治。他帮助组建阿拉斯加土著联盟，一个致力于解决土著土地所有权的团体。那年秋天，二十四岁的他竞选州议会席位并获选。

内政部长斯图尔特·尤德尔对土著土地所有权事态的反应是：

搁置他控制下的土地的所有交易，直到问题解决。他控制着几乎整个阿拉斯加。美国宪法以及数百个与美国其他地方的土著签订的协议倾向于表明：如果土著的地产被剥夺，国会是有责任的。为了免除责任，国会必须具体而明确地消除对“土著”这一身份的定义。在后来的日子里，做法就是消灭土著。印第安人在下四十八州的遭遇很难被人遗忘。在对阿拉斯加土著有利的、分量加重的因素当中，白人的负罪感无法忽略。其他问题也日益凸显。阿拉斯加州在《州地位法案》中被承诺给予一亿零三百万英亩土地，作为一个州，它需要可从土地生出的钱。它希望挑选土地的过程顺利，但是土著的土地所有权没解决，州里又能挑选什么呢？由于搁置了土著土地所有权的解决，石油公司对价值九亿美元的有争议的土地的租约设为未决的项目。而且，为保护土著的利益，一所法庭发出强制令，反对阿拉斯加输油管线的建设，直至土著土地所有权问题的解决。要求解决这个问题的压力从盼着管线工作的劳工工会那里袭来。保护主义者也投入其中，因为保护问题本质上如此接近土著土地所有权问题，以致必须同时处理。这些联合起来的压力通过威利·亨斯雷和他的土著同事运作，持续保持高压，由此诞生了一九七一年的《阿拉斯加原住民土地权利处理法案》。

当土著以十亿美元和四千万英亩土地同意和解时（很多土地可能含有金银、其他矿产以及石油天然气），他们的主张也就消散了。这也许是美国历史上对土著的主张的权利最大的、最终的、报复性的赔付——这赔付企图消灭的不仅仅是土著的身份。这个和解表明，国家在两百年间的罪责连本带利一笔勾销。阿拉斯加土著突然集体富了起来。按照部落的和文化的分界线，阿拉斯加州划分为十二个原住民地区，每个区成立一家土著公司持有和投资这新来的财富。比如说塞拉斯加公司，将负责处理东南部群岛特林吉特和海达部落的份额。道庸有限公司将是内陆区阿塔巴斯卡的控股公司。NANA 区域公司，脱胎于西北阿拉斯加土著协会，将管理科策布和科伯克谷十个其他村子的人的资金。在阿拉斯加的语汇中，“土著”的一个新同义词就是“股东”。NANA 区域公司的五千个股东将以增量支付的方式收到六千两百万美元和两千三百万英亩的土地。阿拉斯加航空公司和维恩阿拉斯加航空公司的飞机很快将有三分之一至一半坐的都是满州跑着做生意的土著，因为没什么阻碍一个公司在另一个地区投资或开业。正如亨斯雷所说这些公司是“迷你企业集团”。比如 NANA 区域公司，它起先成立了一家开发公司，除其他业务外还开办了一个维护管线的机构和一家建筑公司。他们赢得了数份合同为育空河以北所有的石油管线保障安全，为管线的泵站提供劳动力，在基瓦利纳建中学（在西北阿拉斯加沿海），在安克雷奇国际机场建新的控制塔。威利·亨斯雷显然成了 NANA 公司董事会的创始成员、执行委员会成员，以及两个主要公司的裁。那就是布鲁克斯土著兄弟会的意义。约翰·萨基特，来自道庸公司；罗伊·胡道夫，来自库克湾公司。他们不只在阿拉斯加跑，还经常在旧金山、纽约、哥伦比亚特区跑。他们需要安克雷奇的律师所没有的专业知识，所以用华尔街和华盛顿律师行最优秀、最贵的律师创建和开展他们的业务。

科伯克峡谷的玉山属于 NANA 区域公司。玉山是一座产玉的山。有一天，在安克雷奇，亨斯雷在他 NANA 区域公司的办公室桌上我面前撒开一些玉。那是些精美的石头（州宝石），已抛光，青绿色，呈块状或薄片，来自NANA公司的玉石产品分部。“我希望这种玉在新首府的建设中被广泛使用，”他带着不经意的微笑补充说，“因为它这么漂亮，不只是因为我们拥有它。”此刻他站在山顶往东看塔尔基特纳的方向和那些和他的阿拉斯加玉城可能升起的地方，我突然想到威利·亨斯雷也许迟早将生活在新的首府，住在靠近城中央的有着玉柱子的大厦。

如果你在阿拉斯加点一杯啤酒，很可能它各方面都一般，除了价格会从一美元起步。如果你点几个鸡蛋加切片面包，账单可能是三点五美元。如果你点一个新的首府，光选址就要花你一百五十万。但这个价格水平与啤酒和鸡蛋相一致，似乎总体上可以接受。总的说来，话语是用金钱买来的，以金衡制盎司来称量的话语，通过咨询顾问的发言提供。

“塔尔基特纳以东，成本的影响将显现。”

“规划这方面远比庞大的建筑最终呈现何种面貌更重要。”

选址委员会的首席顾问是CCC/HOK，一家国际的规划与建筑事务所，提供咨询意见的规划师和建筑师——爱德华·克里滕登、安妮·克里肯、巴里·奎因、丹·盖尔——来自该公司设在安克雷奇和旧金山的办公室，但是他们有着东部的特性。他们再向各种相应的专业人员求援：工程师、水文学家、经济学家、植物学家、生物学家、气象学家、地质学家（尤其是戴姆斯和穆尔公司）。伦纳德·莱恩负责设计和协调总的流程，他是选址委员会的全职执行主任。

“根据麦克哈格的理论中所考量的地球物理学因素，我们在规划中将交通运输和公共事业基础设施考虑了进去。”

“这种方法总体上是麦克哈格式的。”

伊恩·麦克哈格，缺席的大师，是景观建筑师和区域规划师。他在宾夕法尼亚大学执教，几年前他开发了一种挑选最佳地址或布局的技术，可应用于从狗舍到千万美元的城市的选址。麦克哈格的方法，粗略地概括就是拿到所有相关的信息（由他自己的调研以及他的职员和咨询师的调研而来），并依靠可放在地图上的、写有标记和阴影等标识的透明的塑料膜层来表达。一个塑料膜层针对诸如排水、地表水和额外的水量等因素；另一个则用明暗表达植被的范围。每一个标准都能被单独考虑，然后一层层地往上叠，直到专家通过一层层的塑料往下看，可以在地图上看到最好的和最糟糕的建设地点。麦克哈格在他的具有开创性的专著《设计结合自然》中向世界呈现了这一种技术。麦克哈格与 CCC/HOK 没有联系，但是当他的名字被提及时，CCC/HOK 的人会转身面朝费城。

他们把中部阿拉斯加的地图埋在一层又一层醋酸纤维膜层下，最终排除掉了上面的一切可能的地点，除了苏西特纳峡谷。在更多的膜层覆盖之下，峡谷本身被图形分析。“土地所有状况”用各种颜色显示，分别是州所有、区所有、联邦所有和私人所有。在“自然局限”的醋酸纤维膜膜层上，用各种各样的图案和颜色显示漫滩、沼泽、厚苔泽洼地、湿地、陡坡、高山苔原、驼鹿栖息地、熊栖息地、鲑鱼产卵区。“为了增强我们对更大范围野生动物的敏感度，”伦纳德·莱恩报告说，“我们跟渔猎局的三十一个人谈过。”“当前交通状况”膜层显示两车道的路、砾石路、土路、飞机跑道、铁路和机场的位置。“海拔”膜层包括十二个高度。“首府城市足迹区域”

膜层呈现了在较早那批膜层下表现最好的地区。在每一个“足迹”内，或换句话来说可供建设的区域，是一个“质心”——建筑最可能伫立的点。接着有更多的醋酸纤维膜（它们上面有整洁的线条、清晰的点、明确的阴影），一个标准又一个标准、一层膜又一层膜地显示：透视膜层、视角膜层、水景膜层、植被类型膜层、景观膜层、背景膜层。委员会必须培养出一种通过纤维膜往下看的能力。委员会像一只鹤，金鸡独立，盯着池塘。

与此同时，要做由一幅幅照片拼贴而成的峡谷相片，由顾问们订购、委员会出钱，买了价值一万两千美元的航拍照片。戴姆斯和穆尔公司力主此需求，令一些人吃惊的是，他们指出美国地质学会的地形图上的某些东西只有百分之六十是准确的。比如溪流路径，经常让地形图过时。阿拉斯加的溪流扭动如消防管，能很快地让地形图过时。

顾问是被雇来构想城市的一个背景，而不是城市本身。社区的设计被明确不包括在内。但是，出于这个逃不开的问题，他们禁不住考虑社区的设计：有没有可能创造一个有活力的社区，但这个社区有政府？

“我当然希望如此，”巴里·奎因有一天说，“但是首府有很多东西与此目的相冲突。首府的经济基础是政府，从事第二种职业的人职业不多，而多样化才会使一个社区健康。”奎因来自纽约州东罗切斯特，在阿拉斯加断断续续工作了九年。他很年轻，黑色的长发中间分开，举止文雅迷人。“多样化的内在动力很难人为地去创造，”他继续说，“它们往往自然发展。工业基本不会在这里兴起，因为在其他地方加工石油和木材更便宜。这个城市的发展整体上将依赖于阿拉斯加的发展。这个目标可能在这一代没法实现，而是在下一代。你不可能在一个崭新的城市创造一个适合举行星期五之夜活动的地点。”

爱德华·克里滕登，CCC/HOK的总裁，是个建筑师和城市规划者，受业于耶鲁大学和麻省理工学院。他在阿拉斯加已经待了二十六年。他的六个孩子中有五个生于阿拉斯加。随着时光流逝，他的头发渐渐白了。他抽烟斗，穿运动夹克，戴针织领带，衬衫是蓝色的，领尖带纽扣。有一天我问他如何看这个新城，他说自己尽量不去想这个问题，以便像承诺的那样扮演自己的角色。克里滕登设计了新的联邦大厦、英国石油公司大厦、联合石油公司大厦——这些是安克雷奇高耸的玻璃大厦中的一部分。在被要求描述一下新首府以他的想法看起来应什么样时，他最终说："实话跟你说，人们跑到阿拉斯加来想要逃避的一切正是我要扭转的东西。我不会追随那种'我想把木屋建在那儿就建在那儿'的综合征。我会应用美国东部的观念——一个中央核心区，一个中心步行大商场，一个控制的环境。生活设施集中在封闭空间中的模块中。有州和地方政府的模块、商业的模块，设施都集中在一起，周边有许多开阔的空间——很多不受打扰的空间或几乎没被打扰过的阿拉斯加。"这么说着，在烟斗的烟雾中，克里滕登前往西伯利亚。作为一个在北极地区的建设和社区发展领域倍受尊敬的人物，他要去那儿参加第一届苏联和美国在北方人类环境方面的交流。

近几年，某些建设增加了朱诺的分量。比如，沿加斯蒂诺海峡，铺着相互分开的四车道，设计体现了州际公路的宽度和气派——暗示着纽约在一头，芝加哥在另一头。这条路花了一千六百万美元，从朱诺市区出来到朱诺市机场，然后返回，不通别的地方。新的州办公大楼，朱诺城引人瞩目的焦点，补建了新的法院大楼和多层停车库。这么多建设在朱诺受到迁首府运动的威胁时进行绝非偶然，无人争辩这样一个事实：所有的努力都可以归于一个人，他的名字叫比尔·雷。大概四十年前，裹着自己的毯子在S. S. 巴拉诺夫号的船舱里睡了一觉之后，他来到了朱诺。比尔来自爱达荷州的华莱士，被大萧条逼着到了北方，和他的父亲一道来朱诺找工作。开始他做码头装卸工，干了一个又一个的工作，他几乎把阿拉斯加东南区所有的活都干遍了。他在罐头厂工作，在渔船上干活，在罐头供应船上做甲板水手。第二次世界大战后，他在朱诺买了一间卖酒的商店。他帮助挫败了一九六〇年和一九六二年的迁首府动议。一九六四年，他被选入阿拉斯加众议院，最终成了众议院金融委员会的主席。一九七〇年和一九七四年，他被选入了参议院，在那儿他成了参议院金融委员会的主席。正如他委员会中的一个委员说："把手放下，比尔·雷比州议会的其他任何人带回家的培根都多。"

"他们叫我'可爱的土匪'，"有一天雷在他位于州议会的办公室告诉我，"一切没敲定的事我都做，我承认。难道你不应该为你的选区尽力吗？他们说，我有入室行窃小偷的胆子和黑手党头子的脑子。"所谓贼胆不过是墨绿色马球衫下摆凸出的肚皮。朱诺的生活很好。雷看起来五十四五岁，眼皮很厚，面颊如无花果般粗糙。透过他办公室的窗户，他沉思着凝视州办公大楼，它那十一层楼的透明玻璃房不仅有笨重的砂岩框架，还有角楼和雉堞，以致看起来像个为打仗而准备的温室。

“那个是我的楼，”他说，“他们把它叫作雷堡。不是什么秘密——花了一千五百万美元。我们有三万五千个政府雇员。这意味着一万多人——远超城里一半人口，直接依赖政府。现在有势力的力量在玩把戏，他们要弄死我们，一切都被安克雷奇的一个小集团操控着。”

“小集团？”

“阿特伍德，他是核心。阿特伍德到过朱诺一次，他没成功。阿特伍德有竞选州长的野心、参议员的野心。当他照镜子时，他看见了上帝。他是一个出色的人，但是他把自己的头脑与现实隔离开来。他歪曲了事实。他们（这个一直在推动迁首府的小集团）真正想做的是把州议会厅放到离安克雷奇三十英里的地方，那里将是州政府的头，而心肝肺都放在安克雷奇。他们哄老百姓：头、心肝肺和羽毛等一切都将在一个地方，而这在安克雷奇三十英里以外是做不到的。他们什么也没做，只靠一句谎言打动别人。谎言二：迁首府不会伤到朱诺。他们说朱诺有游艇业及其他产业。游艇？人们下船四下看看，搭巴士去冰川，然后回到船上。他们是访客，不是游客。游客会待上一个星期，扔下四百美元。访客来的时候带一件衬衣，带了二十美元，而两样东西，衬衣不会换，钱也不会被找开来。”

“首府难道不应该靠近人口中心？”我问他。

“这个论点站不住脚。公共的压力在有人群的地方更大。你能想象享有福利保障的人游行示威吗？在朱诺，你没有那样的压力。你可以头脑清醒地坐着干你的工作。”

我提到，帕默的简·科斯洛斯基曾告诉我，在州议会的六年里，会议期间他只回过一次家。他说他当了三十年的飞行员，但他不喜欢飞朱诺，在朱诺降落时有太多次死里逃生。

“科斯洛斯基是个谨慎的人。我要让你知道这一点。你降落在朱诺要比降落在别的地方更安全，因为你进朱诺时，是飞行员在升飞机，也就是机长在开飞机。他想确保自己到达这儿。”

在天气不好的情况下，当飞机照着航向往机场飞时飞行员看盲降临场导航图，图上指明跑道的可视距离和高度，否则跑道就是被错过了，飞机得爬升，也许再试一次。对大多数机场而言，复飞点靠近跑道，甚至就在跑道上面。对朱诺来说，复飞点在离跑道三点五英里、空中一千四百英尺处，如果你不能凭视觉从那儿飞进来，你马上掉转，迅速爬升。机场的四面八方都是山，某些山离得很近。当朱诺的进港图呈现这种情形时，“不能为任何错过进场点后开始的掉头提供标准的障碍物距离提示”。在议会开会期间，当飞机飞进朱诺，因看不到跑道转而飞向其他地方着陆时，法定人数不足，会就开不成。

一位阿拉斯加飞行员曾劝我千万不要飞朱诺。“那是条不归路，”他说，“你刚对准跑道就正对着岩石。山在飞机的后面直上直下。天气出奇地差，你必须对所有的仪器和联邦航空局的仪器有绝对的信心。进场相对来说很陡。短短十四点七海里，你从五千英尺的高度降到海平面。如果错过，你要做一个非常陡的急上升转弯，以免碰到什么东西。飞机在急上升转弯时效能最差。离跑道一英里，你要飞过一座五百英尺高的山丘，山顶的树都被清除掉了，这样飞机就不会撞上它们。这算不算是有一点危险呢？过了山丘后，你必须做一个右转向，然后才能着陆。”

一九七一年九月，阿拉斯加航空一架波音727载着七名机组人员和一百零四位乘客在远低于进港图最低高度的位置飞进朱诺。后来调查人员确信导航设备出错了，不是飞机的导航设备就是地面的导航设备。飞行员显然以为他已经过了一个检查点，但事实上他还没有到，他以为自己过了奥克湾，但实际上他还在奇尔卡特山。在云雾里，飞机在山间飞，照着航向往下，四千五百英尺，三千五百英尺，两千五百英尺。最后一个山脊的高度——在地形降到低地和开阔的水域之前，是三千五百零九英尺。

雷说，他曾飞去看了事故现场。“恐怖，很恐怖！飞机被撕裂，像香蕉一样被剥开，人都被射向两边。但这是我们这里唯一的一次大事故。安克雷奇有更多的事故——更多的空中交通量，更多的危险。在安克雷奇有多少人死于车祸？在安克雷奇遭枪击的概率有多大——被某个吸毒的王八蛋？或者当面被泼硫酸？把这些因素和朱诺的比比看。我甚至想不起朱诺有杀人的事。我在想是否有人记得这里的一次谋杀。”

他站起来，头伸出门外，问是否有人记得是否发生过谋杀。零。

“我可以告诉你安克雷奇上一次的谋杀事件，”他继续道，又坐下了，“那发生在上个周末。”

“你觉得新首府看起来会是什么样的？”我问他。

“就我个人而言，首府看起来要像朱诺。因为它会留在朱诺。但是如果要有个新首府的话，我希望他们建一堆阿拉斯加可以为之自豪的建筑，我要告诉你这一点——不是火柴盒子，不是一个安克雷奇，不是一个华丽的厕所。安克雷奇看起来像艾奥瓦州的坡平康，没有一点阿拉斯加的风格。新首府应该看起来像阿拉斯加。”

“那是个什么样子？”

“我不知道。我所知道的就是安克雷奇糟透了。安克雷奇的策略将是一个缺乏通盘考虑的首府。他们叫卖一个临时的、功能性的首府来降低表面上的成本，然后让他们开开眼，小子，至少十亿元。噢，他们得作出很大的努力，这些安克雷奇人，为了让人们继续使劲，地下某个地方必须得有美元。”

“所以你建了雷堡这个不能移动的东西，作为反对迁首府的防御工事？”

“对。”

“还有公路？”

“对，对极了！”

“还有法院大楼？”

“一点也没错！”

“还有车库？”

“没错！”

“所有花费数百万美元建不能离开朱诺的砖石建筑，只为阻止迁首府？”

参议员突然沉默了，至少有两分钟盯着窗外和通向雷堡的街。“现在能有什么可做的呢？”他最后说，“坐下来看一下，这就结了，朱诺。抹掉了。一半多的劳动力走了，这座城就死了。什么也留不下。随着州在新首府上挥霍，朱诺就死了。我们能得到什么？我们（整个阿拉斯加）没钱运作学校。”

他停了一下，然后接着说：“我们在持续建设阿拉斯加大学东南分校。我们在发展渔业研究项目。有一些游客。但是坦率地讲，在冬天你能为游客做些什么呢？那时节，该死的塔库风每小时五十英里地刮，风寒指数在零下五十一度以下。”

“更别提雨了。”

“人们把那讨厌的雨看得太重了。降雨量是多过平均水平，但你们这些人有点喜欢这样。它让你们清醒。”

参议员站起来，热情地握手，说很抱歉，他必须走了，因为要赶飞机，他穿上外套，去机场飞往他在西班牙阳光海岸托雷莫利诺斯的一处公寓。

二十世纪六十年代，在佛罗里达兴起了一场把首府从偏僻的塔拉哈西迁到州的中心奥兰多的运动。州议会的直接反应就是在塔拉哈西为新的州众议院大厦和参议院办公楼拨款一千万美元，给新的参议院大厦拨四千万美元。

朱诺百分之七的投票者投票赞成迁首府。其中一些住在“北面”（正如他们在朱诺说的）的政府雇员希望回去。其他的则认为州政府造成了地方经济通胀。还有一个人是“钓竿”约翰。约翰·柯莱特来自康涅狄格州的梅里登，比大多数阿拉斯加人都更阿拉斯加，因为在他不久前去世时，他已经在阿拉斯加待了四十年。在南富兰克林的一间老店里，他精心制作鲑鱼钓竿，订单远至欧洲。他是个留着白色的硬胡茬的高大家伙，戴一顶红色的编织帽，不管有没有人愿意听，他干活时就会大加抨击。“我投迁首府的票。我很高兴他们迁出，龟儿子。把首府放在这儿代价太高了。如果州政府搬出这里，这儿会是个更好的城。无论在哪儿建首府，都会有犯罪。这个城是敲诈州里的敲诈城市。肮脏的十来个人——那些掌管朱诺的家伙，想把所有的钱都往自己兜里揽。但是许多没钱的人什么也得不到，希望看到首府离开。议会今年给表决自己加薪，加到一万四千七百美元。他们在那儿干什么？屁事没干。大家都希望议会滚出去。他们是最大的一伙骗子。他们从商店出来时都拿着私人支票。七十五年前锡特卡是首府。锡特卡现在比我们好。”

我在朱诺的时候锡特卡的市长恰好在那里。他没有不同意“钓竿”约翰的看法。“我们失去了首府，锡特卡没人后悔，”他说，“政府使得朱诺像个老鼠赛跑的地方。陌生人来来往往。”锡特卡市长约翰·达普塞维奇在朱诺长大，他后来成了一名会计师，曾是州预算分析师。“锡特卡不是做首府的好地方，”他继续说，“朱诺也不是。但是迁首府是愚蠢的。这只是个根经济状况有关的问题。我们承受不起这么个新的乌托邦。波音的报告是荒唐可笑的，根本不符合事实。”

波音（飞机制造公司）有个计算机服务子公司，它可为任何人研究几乎任何东西。一九七四年，它为阿拉斯加州政府分析了把首府从朱诺迁出所需的花费。费用不会很高，据波音说。在未来的十五年，迁首府的花费仅比原地不动多一亿一千万美元，部分原因是州省去了修葺老建筑的费用。波音也得出结论说新首府的建设所需的这么多物资和人力将因为石油管线项目而获得，费用将大大减少。波音的报告难免对迁首府的动议投票结果产生影响，这使得朱诺愤愤不平。朱诺的律师马上说，虽然报告贬低老首府的老建筑的价值，但它不贬低新地点的新楼的价值。朱诺嚷着要打官司。

朱诺对临近的大灾难的反应是，建议人们不必真的跑到首府监督州议会或与议会磋商。实际上阿拉斯加在编织覆盖三点五亿英亩土地的经济、政治和文化的网络时，把人们聚到一起制定（及影响制定）法律的困难，在仅仅是无数的问题之一。阿拉斯加试图解决 RCA 地面站的问题，这些地面站通过卫星编织成一个网络，这样电信与闭路电视能把阿拉斯加的任何一个地方与其他地方相联。一座地面站正在塔尔基特纳运转，其他的站也已就绪。目标是建一百二十九座，遍及全州。运用这个网络，安克雷奇的医生能够治疗丛林诊所里的病人。朱诺指出，运用这个网络在贝特尔斯、巴罗或诺姆的人能够进入州办公楼的一个房间，监督在朱诺办公的机构，比如住房资源委员会。他们可以和委员会谈话，甚至可以作证。

罗得岛州一度也担忧它巨大的面积。在一个面积这么大的地区，一个地点无法服务所有人。所以州议会从纽波特迁到布里斯托，到东格林尼治，到南金斯顿，到普罗维登斯，直到一九〇一年才定在普罗维登斯。佛蒙特州的议会也做“旅行”。特拉华州比阿拉斯加州的几个岛还小，把首府从纽尔卡斯迁到了多佛，为的是让首府位于中心位置。另一方面，曾有比朱诺还偏僻的首府。在威斯康星州历史上的三个首府中，有一个是艾奥瓦州的伯灵顿。佛蒙特州议会一度在新罕布什尔州的查尔斯顿开会。

我在朱诺遇到的一些人满怀着这样一种希望：新首府选定之后，环境影响的账单会显示无法承受的成本。阿拉斯加输油管线在一九六九年设计规划时的预算为九亿美元。现在，估计最终花费在大约在八十亿美元。

与此同时，百分之七的持不同意见的人依然想让首府离开。朱诺有些人觉得，比起留作首府继续发展，把朱诺作为一个老的采矿镇更有吸引力。他们投票赞成动议。商业渔民也是这样。他们对港口里满是钓鱼游艇很恼火，它们属于州政府雇员和乱哄哄的钓鱼爱好者，与此同时，商业捕鱼衰落了。在朱诺冷藏公司，在一个满地是水、用大筐子装着冰镇鲑鱼的大房间里，我看着穿橡胶靴的男男女女把鲑鱼整齐地切片。在干活的时候，一个穿着厚厚的羊毛裤和两件羊毛衬衫的高大强壮的坦白的年轻人说："我认识一个在州办公大楼工作的女孩，她每个月在那儿织一件毛衣，我恨那些情绪高昂的官僚——该死的寄生虫，走来走去什么也不干，或者一整天都坐着。他们为了商业利益毁了渔业。我想看到他们走。我想看着蚊子把他们吃了。我想看到他们搬到北方的丛林里去。"

庞大的直升机再次载着首府选址委员会成员升空，它以一种散漫的之字形轨迹往南移动。在东面的烟雾中，我们几乎辨不出安克雷奇—费尔班克斯公路的轮廓线，有人说马塔努斯卡—苏西特纳行政区（相当于其他州的县）已宣布他们将打包出售几块土地——这些土地遍布从威洛到塔尔基特纳之间的峡谷。

"有人出来抢着买土地了。"路易斯·凯洛格说。她志愿调查此事，看看能做些什么来阻止过热的投机。这是她的地盘、她的行政区域。近三十年前她来到这儿，早就拥有了一个靠近帕默的奶牛场。这个拥有一百二十五条牛的奶牛场被租给了一个年轻的农民经营。她现在正与一个伙伴经营着一家古董店。店里的东西使她沮丧，她说，因为许多她年轻时很熟悉的东西，现在成了可讨价还价的古董。她年轻的时候去了瓦萨学院，最近去参加了她第五十次校友聚会。她是共和党中南区委员会的委员，阿拉斯加卫理公会大学的理事。她娇小，温柔，一头白发，戴着三焦距镜片眼镜的她，看起来并不十分强势，但是似乎无人怀疑她能够对付这个行政区。这个区的终身土地持有人，像任何其他人一样，显然想要测试和取样因首府可能选址于此而产生的地价上涨。（“首府地点已被确定，尽管违背绝大多数人的愿望——为了汤明·卡明和他的行贿兄弟的私利，确定在一个没有任何自然资源优势的地方，一个除了威士忌店和醉醺醺的政客之外一无所有的地方……一个没有历史遗迹的地方，只因为投机商能达成更好的交易。”一八五五年内布拉斯加出版的《保障报》写道。）

几年以前，沿塔尔基特纳附近的路的地州政府卖出来的价格大概是一百二十五美元一英亩。如今买这样一英亩要五千美元。在路边的山杨和桦树下面，新的牌子出现在未建好的社区那些未完工的大门边——“运动员家园”“原野”“木材公园”，进入树林是新的道路，路两边的土被犁起，像棕色的雪的堤岸。“帕克公园大道”“丽晨路”“灰熊路”。新首府不是苏西特纳峡谷正在孕育中的唯一的市镇。委员会成员乘着直升机盘旋着的地方也盘旋投机的气味。

探访这样一个地方是非常值得的。在棉白杨树下缓缓开车前行，停下观察一下周围。不等你倒车，一个销售人员已从一棵树后出现，把你“软禁”起来。他手里拿着合同。地卖得很快。“不”是一个他不理解的词。他（错误地）告诉你，为首府选址委员会做可行性研究并在安克雷奇有一家电脑公司的人卖了公司，在这片美丽的土地社区买下了一块土地，同一办公室的其他八个人也买了。赶紧，多买些，你们可能已经迟了。这小小的漂亮地块差不多有三分之二英亩，价格是一万四千美元。到安克雷奇的距离是八十英里，但到阿拉斯加新首府的距离要比那短得多。同时，考虑下风景。这块地在苏西特纳河上方高的斜坡上，河那边是广阔的云杉林和泥炭沼泽荒地，再过去就是白雪皑皑的山。右边的大山是麦金利山，印第安人叫它迪纳利峰，意思是“此刻不签字你会后悔的”。你想不想看看一些野生动物？我们去机场跑道那边吧。带你飞上去看看驼鹿。

一个夏夜，我碰巧落入了一个销售员的陷阱，他的名字叫约翰·雷佛。他说他之前住在朱诺，直到最近。他离开了，因为他受够了朱诺。朱诺已经死了。这里是事情正在发生的地方——即将是首府所在地的苏西特纳峡谷这边。他在朱诺飞过出租飞机。“像出租车司机一样，只不过是在飞机里——六百英尺以下升限，两百英尺以下升限。在朱诺，你要么飞，要么饿死。你要知道海岸线的每一个弧线。”他驾着“赛斯纳天栈”，开足马力，从跑道上跃起，穿过苏西特纳河，开始沿着泥沼和支流去搜寻驼鹿。飞机掠过树，以特别陡的角度倾斜飞行，以致熄火警告器不停地响起。他俯冲、环飞着寻找野生动物。印在他的公司宣传册上的是驼鹿、海狸、熊、狼獾，但是飞机下面的视野中一只也看不见。他以越来越大的弧线扩大了搜寻，下降，爬升，嘴里不停地说：“我真不明白，我真不明白，驼鹿都到哪儿去了？”最后，在到来的黄昏中，我们飞过了一只黑熊。他做一个一百八十度的急转弯，打算再看一次。他减速，我们静静地朝着熊往下滑行，熊站着不动，近视而茫然，纳闷刚才那声音去哪儿了。然后突然地，雷佛加大油门低飞过这只惊愕的动物，当我们经过它的头顶，然后拉升到足够高度飞过树顶时，它害怕地跑过泥炭沼。

很久以后，我得知，约翰·雷佛坠机了，在首府选址委员会纵横天空的同一个秋天命丧苏西特纳河附近。

厄尔·库克从委员会搭乘的直升机上看到一只驼鹿。它不大抬头——就站在泥炭沼泽的洼处，像一匹草地上的马。我们低低地盘旋在琥珀湖的上空，一个考虑中的地点，然后向西穿过大片的香脂白杨和宽阔的泥炭沼泽草地，再往后是一条清清的溪，溪边有一些宅地——这块宅地上有一堆窝棚；另一处宅地上有一些整齐的小木屋，有一块长方形的梯牧草草地和一条飞机跑道，跑道短得像院子里的汽车道。如果首府定在这附近，宅地的主人凭着大片的土地（一百六十英亩），有机会挣到最多或失去最多。他们可能失去偏远的家园，再无别的可与之相比拟的地方可去，因为在阿拉斯加，新的获取宅地项目已经于一九七四年三月无限期地停止。① 另一方面，“安克雷奇碗”的宅地已被它们的主人卖出了几十万美元，类似的交易可能在苏西特纳峡谷出现。与此同时，一些“具备条件”的宅地主（在上面住了三年、建了可住的居所、种了总英亩数的八分之一），已经在以预期的将来的价格卖地了。仅仅几周前，一个苏西特纳的宅地卖出了十四万八千美元的价格，像我们刚飞过的那些宅地一样，它离道路有数英里远。位于公路网旁的宅地要比这值钱得多。我曾经参观过塔尔基特纳以南数英里的一处宅地，那儿有一对年轻夫妇，唐和帕蒂·本德。他们一九七四年搬到那里，当时住在露营车里，搅拌水泥，浇筑地基，一起建房子。那是个漂亮的小房子，有一个烧木头的筒状铁炉和密封玻璃的大窗户。麦金利山就定

---

① 《宅地法》，亦译“份地法”，美国政府在 1862 年颁布的关于西部土地分配的法律。规定凡年满 21 岁的美国公民或符合入籍规定申请愿做美国公民的外国人，为了居住和耕种，可以以免费或极小代价取得不超过 160 英亩的西部国有土地作为“份地”，耕种 5 年之后，即归其所有。

格在窗外，有的时候熊也定格在那里。唐·本德有一把点三〇〇马格努姆步枪，但还没用它打过熊。他每年用它打驼鹿，整个冬天，他和妻子吃驼鹿堡、驼鹿香肠、驼鹿排。他们也吃蛋，还有培根。靠近房子是一个鸡笼和猪圈二合一的“A”字形窝棚。猪住一头，鸡住另一头。在寒冷的冬天夜晚，鸡找到了一个靠近猪的办法。本德一家赞成迁首府。“朱诺太遥不可及了，”他说，“因此许多政客躲避着他们的选民。”尽管如此，他们不想失去自己的宅地，不管田产可能升值多少。他们说，他们希望新的首府“不要毁了我们生活的私人领地”。他们的地产及他们赖以谋生的一切，到具备条件时也许值五十万美元。如果首府靠近这里，那数目可能成倍增加，本德夫妇会感觉到改变主意的压力。

到现在他们已经按照规则清理了十英亩地——密集的云杉、桦树、山杨组成的封闭林地，种上了梯牧草和燕麦。尽管宅地在苏西特纳峡谷，但陡峭的小土丘使得地势崎岖不平。本德夫妇耕种的十英亩地看起来不太像田地，更像是山坡上光秃秃、坑坑洼洼的地，庄稼紧紧贴在蛇纹石的外轮廓上。这种地的出现是对《宅地法》的嘲弄，因为该法案的目的是要给一个正在扩展的国家提供农地，而这极小的“农庄”是荒谬地从陡峭的亚北极森林中左砍右劈中开拓出来的。但是，《宅地法》有着可敬的自我嘲讽的历史：它在西经一百度以东作用良好，因为那里有充足的雨水服务于农场；而在山区和西部半荒漠地区开辟宅地，比在阿拉斯加开辟宅地更没道理。总的说来，阿拉斯加的气候不比蒙大拿更恶劣。而且，阿拉斯加棉白杨底下的土壤可以大力支持庄稼。庄稼的生长季节还不算特别短，大致从五月中旬到九月一日，在凉爽的空气和北方长时间的日照下，各种果蔬的甜度不同寻常。一种由柯蒂斯·迪尔伯恩在位于马塔努斯卡峡谷的阿拉斯加大学的实验农场培育出的土豆的糖分达到了百分之十一，可以像苹果一样吃。迪尔伯恩还培育了阿拉斯加耐霜土豆，可以度过零下三度的霜冻。土豆可以非常成功地在北至育空地区的地方种植，将来有一天会这样，如果这个点子被采纳。尽管如此，农业依然是阿拉斯加首要的未被开发的财富。费尔班克斯以北有所谓的"农业圈"，那里有宽阔的垦田和油布下的草垛——很像宾夕法尼亚的景色，让人想起家乡。最近，泛滥的划地出售近来已把这里的农业毁了。阿拉斯加输油管线在农场间蜿蜒。在与苏西特纳峡谷形成一个"V"字的马塔努斯卡峡谷，土壤（黄土）具有好时牌可可的颜色和浓度，两英尺以内无岩石。从中西部来的农民在大萧条期间被带到了马塔努斯卡峡谷，经过一个杂乱无章的开始后，他们建立了成功的农场。峡谷中的许多地方是田野和复斜屋顶的仓库，楚加奇山隆起绵延至远处的高山雪地——从农场看去，山颇引人注目。尽管有马塔努斯卡，阿拉斯加可耕的土地没多少被翻过，少得无法以百分比表述。因为阿拉斯加的土地是按照巨大的区块以各种各样的目的被划分的，农业没被列入这个清单。但是，草莓好吃得让你沉醉——苏西特纳的、塔尔基特纳的、玛塔瑞兹的。你可以种胡萝卜、甜菜、菠菜、花椰菜、大黄、花菜、球芽甘蓝、西葫芦，可以都在阿拉斯加的心脏地区种，还可以种小麦、大麦、苜蓿、燕麦、八英尺高的白花草木樨。豌豆特别甜和香。基本上不需要杀虫剂。卷心菜的直径可达两英尺，可重达七十磅，看起来像健身实心球。如果阿拉斯加要从过去的历史上站起来（用发展派的观点来说），它可以成为腌酸白菜生产的世界中心。这听起来挺好笑，但是阿拉斯加州的经济可能因此而健康。新首府可以是个只有单一的行政功能的没有活力的地方，或者它也可以是被农场的大海包围的一座岛——阿拉斯加州，从一头到那一头大约半年都是绿的。

冰川是个例外，但是它们只占阿拉斯加的百分之三。大的冰川接近海湾海岸线，分布在从安克雷奇往南朝东到科尔多瓦、亚库塔特、海恩斯和朱诺一线。大约一万七千平方英里的土地永久在冰下，而其余的阿拉斯加融化了。百分之九十七，即五十万平方公里的土地融化了。甚至冰河期的大冰盖也没有完全覆盖阿拉斯加。洛朗蒂德冰盖的一个狭长地带覆盖了布鲁克斯山脉。科迪勒拉冰川复合体覆盖了加拿大落基山脉和太平洋海岸链，并向阿拉斯加山脉伸展，覆盖了山脉和海湾之间的所有土地。但是，内陆地区、北极地区及整个西海岸都没有覆盖冰川。虽然新泽西州的许多部分被冰覆盖，阿拉斯加大部分却没有。

真正巨大的冰川可能在东南区，但是刚离开我们右方视线的冰川不容小觑。直升机飞过舒林湖，绕着湖飞，机身倾斜，委员会成员可以被安全带吊着来一个俯视，飞机的巨大螺旋桨工作的声音撕咬着空气。飞机再次平着向西飞往卡希尔特纳河，它的源头在北面，几乎像它上面的山一样卓尔不凡。卡希尔特纳冰川像一个巨大的白色舌头从阿拉斯加山脉吐出来，它来自一万一千英尺的高度，从福雷克峰和麦金利山两峰之间高高的鞍子间下来，一路往下，有两英里、三英里、四英里宽，它向南延伸五十英里进入峡谷，在差不多一千英尺的高度最终变成了河。这就是攀登者所乘的直升机将他们放下的大冰川。他们在七千英尺等高线登陆这一事实和登山的战术毫无关系。他们这样做是因为飞机不允许在麦金利山国家公园着陆，而公园的边界恰巧在那个高度穿过冰山。我们下面的河是太阳的产物，即使在秋天，从直升机的高视角看去也很壮观。大多数流速快的河都是白浪翻滚、平缓的水、白浪翻滚、平缓的水一段一段交替前行，水潭和急流互相间隔。但这条河一路都白浪翻滚，两岸之间，狂暴的、湍急的、巨量急冷的阿拉斯加山脉的冰水冲积着。这么多高高的波浪，这么多白色的水花，看起来如同奔跑的羊群。在足够平稳之处，水的颜色实际上是泛绿的灰色，它的透明度是零。它携带了这么多本属于山的东西。它被称为"冰川奶"，水中含有高比例的粉末状岩石，它们来自碎石片而后被冰碾压。冰水沉积河的颜色取决于冰川吃的东西：片岩、片麻岩、石灰岩、页岩。

冰川漂石遍布峡谷，我们下面此刻就有一块。冰过去把这些独块巨石（超级大的冰砾）向南拱，它们像筏子一样向前滑动，没有被绊住或被碾压。我们下面的一块漂石看起来大如三层大楼，怪异地站在森林中。它如此巨大，以致土壤在它上面形成，树像头发一样从它上面长出来。

我们穿过雷克溪，它不是冰川溪流，水流清得连砾石都看得见。前面是岩娄山，四千英尺高，耸立在苏西特纳峡谷的西面。直升机降落在那儿，在山的南坡放下委员会的人。就在下面，清清的溪流旁是新首府最远的备选地址，这儿离公路三十五英里。想象不出峡谷里还能有比这儿更美的景致。它是高海拔（近一千英尺）的草地，有桦树和白云杉散布其中。这些大树（对此地而言）直径几乎一英尺，一月平均温度零下十二度，七月十三度。岩娄山顶峰俯瞰此处，靠西北和正北横亘五十英里是赫然屹立的麦金利山。委员会成员分散到浆果地，它们被一片片蕨类植物环绕。有驼鹿和驯鹿出没的迹象，草上有熊睡过的痕迹。

在阿拉斯加，如果你问人们是否知道某个地方——一条河、一个湖、一座山、一座峡谷，他们经常会说："我飞过那儿，但从来没踏上过那儿的地面。"阿拉斯加太大了，无法以别的方式参观，但是从空中看某个东西视角远远不够。事物的体量往往被去除了。在地面上，体验近在眼前的巨大景观、感受脚下的土地是无可替代的。此时这一点明显得令人沮丧，因为直升机突然把我们带入了一个三维的荒野世界——定量配给的触碰，将持续十五分钟。直升机的灯闪烁着，引擎呼啸着，发出不耐烦的信号。在等着带我们走的时候，直升机带走了某种它带给我们看的东西。

阿丽丝·斯德古莱维斯基把手里的浆果递给我。她摇摇头，凝视着眼前美妙的景色——顺着山坡一直到小溪就是规划中的地点。"在把第一块钱花在地上之前，我们需要正确的规划，"她说，"我们需要利用景观作为首府独特的背景，确保首府不只是另一个地方而已。要兼容并蓄，而后创造。不能只是量化。你需要一种直觉，至少我们站在这儿时感受到了一些东西。我想知道谁最后会掌管这个城市。土地怎么用？怎么分区？怎么规划？政府一开始是催化剂，但是随后就会失控。"

她脖子上挂的透明护身符里有碎金箔。她的上衣外是件李维斯夹克。她高个子、高颧骨、金发、迷人。她来自华盛顿州北部的山区，已在阿拉斯加（安克雷奇）待了差不多二十五年。她丈夫死于乘 F-27 涡轮螺桨飞机前往王鲑村的途中，自那以后七年，她埋首于市政事务，作为大安克雷奇地区规划和分区委员会的成员而最为人所熟知。像帕廷顿夫人试图用拖把挑战大西洋一样，她监督和抵抗安克雷奇的挥霍。

伴随着发展，监督一直滞后。她说："很多由于这样或那样的原因得不到发展的东西就在纸上被划掉了。土壤检测、足够的公用设施都不要求了。长期以来没有管控。当管控的努力到来时，他们缺乏力度，落在了后面。没有建筑法规。我们最终立下的法规已是一九七二年了。《河漫滩法令》是一九七五年才有的。在'安克雷奇碗'有六十条溪流和河。在这年之前，有的开发在河漫滩进行，甚至在泄洪道上！当局不得不批准已经建好的东西。规划委员会没有权力。我们只是提供咨询。我们确实也得到了一些积极的东西。我们有了自行车道。但是在急速增长的形势下，发展失去了掌控。去年安克雷奇新来了一万两千人，街都被挤爆了。我们对输油管线的影响没有准备。当突然的增长到来时，没有足够强硬的法规。你跟不上发展。看看这个地方，多漂亮！你能想象这儿会发生什么吗？阿拉斯加人不懂得秩序的价值，不懂得着眼未来的价值。"

我们离安克雷奇大约要飞四十五分钟，直升机剩下四十分钟的燃料——一种几乎不会引起阿拉斯加飞行员警觉的情况，但是我们的飞行员特别谨慎，他在斯昆特纳再次着陆，在那儿他获得了五十五加仑的储存。我们早先看到的血红的驼鹿肉没有了。砾石跑道和之前一样沉寂。从一片杂草中，飞行员比尔·布兰特滚出两个油桶。他把油桶靠着直升机尾部竖起来。他撬开一个塞子，闻了闻里面的东西。不知道里面有什么，他说。他插入一个高真空气筒，开始抽。他使劲抽。长长的鬓角和飘扬的胡须让他看起来像个老阿拉斯加人，更不协调的是他在把雪佛龙航空燃料往一架庞大的直升机里抽。他累了。威利·亨斯雷接了过去，以一种轻松的节奏并不使全劲地抽。

又在空中了。我们向南飞，不久就过了布奇特纳湖，一个可能的首府选址，水清得有些地方可以看到湖底的白沙和光线，看到阳光无法抵达之处的青绿色。

“那就是布奇特纳湖？”阿丽丝·斯德古莱维斯基说。

“阿拉斯加的布奇特纳，”威利·亨斯雷说，“我建议这个做首府的名字。”

那是一个在封闭的云杉硬木森林中可爱的湖。我很想从它的岸边欣赏它，但是直升机不在那儿降落，甚至没降高度。C.B. 贝蒂斯沃思说，他认为周边的地形太平坦，厄尔·库克说他有同感。一对鹰从湖岸边的树林里飞出。

我们继续飞，飞过到处都分布着水的原野：水塘、海狸房子、沼泽、泥炭沼泽水道，穿过一条条大河——卡希尔特纳河、苏西特纳河，来到一个更开阔的湖区。这些靠近威洛的湖已变成安克雷奇人的消夏之地——五月之前是冰，七月可游泳。他们中的许多人现在正经历着阿拉斯加所面临的矛盾的踌躇，达拉斯情节对塞拉俱乐部综合征。他们一边看着地价升值，一边担心着他们乡间的隐逸之所。因为在威洛那一边，在通往海切尔山口的高地上，在树线即将让位给高山苔原荒野的云杉和桦树中，有一个也许比其他所有地点都更可能成为投票者最终选择的首府选址。它的气温和海拔都与遥远的岩娄山差不多，景观也不错（在阿加斯加山脉南面的峡谷中，靠近公路和铁路）。有一条为 B-29 飞机建造的五千英尺的砾石跑道，正等待安装设备和停机坪。如按点到点的距离，安克雷奇距此不过三十英里。

威洛依然是个小村子，三百号人，村子周边空地种着土豆和五英尺高的番茄；这儿是那种不为人知的小地方，就是那种因一个年老的驼鹿猎人死在自己的小木屋，被送到镇上时身体已经冻硬，人们才知道此地的存在。我在威洛待过一两夜，在一间没有窗户的小木屋里。填充的纸塞在圆木的缝隙里。二十美元一夜，带暖气。一天早上，在威洛商栈，一个穿着棒球服的男子照料着酒吧，坐在凳子上的人谈论着以前两千美元买五英亩地的事，以及最近有人出价五万，但他们想等到七万再说。“我们的母牛死了，”他们上边挂着的一个牌子写着，“我们不需要你的公牛。”这牌子上面是另外一个更新的牌子：“威洛溪房产，兰达克有限公司高品质开发。”

在随后的几个星期里的会议上，委员会最终把将出现在阿拉斯加选票上的地址减到三个，这三个是靠近塔尔基纳的拉森湖、位于西部峡谷的岩娄山以及威洛东面的高地。能吸引最多选票的地点将成为阿拉斯加新首府的地址。当投票表决到来时，投票者青睐的结果会是威洛。根据动议的条款，迁首府要到一九八〇年才开始。反对迁首府者会继续抱着希望，即使到了动工的那一天，资金也不到位。与此同时，庞大的直升机继续飞入雨中和沉沉的黑暗中，飞短短一段距离就到了阿拉斯加的主要城市——过尼克湾进入‘大碗’。雨模糊了窗户。透过窗户，底下的街道和建筑似乎躺在十层醋酸膜层上。直升机着陆了。厄尔·库克伯爵早上六点离开费尔班克斯的家，他解开安全带，发出一声长叹：“到安克雷奇……这一路太绝了。”

第三卷　在丛林里

走入荒野

带着丛林地区特有的排外意识，上育空地区的人把他们所在的阿拉斯加叫作“荒野”①。一个陌生人出现在他们当中被说成是“走入荒野”。

唐娜·尼兰一九七五年四月“走入荒野”。她精力充沛地开始学习，不久她的某些技能就有了令人羡慕的名气，尤其是她处理毛皮的手法。懂行的人能在看过一块皮子后就说，这是唐娜鞣制的。部分原因是为了省钱，她希望弃用商业化的化学鞣料，用动物的脑子作为鞣料替代——如她所说，印第安人鞣制法。她在那个地区的印第安妇女中找了一两个师傅，有几个记得那是怎么做的。毛皮主要用于出售，这是她和她的伴侣主要的生活来源。她的伙伴名叫迪克·库克（他和首府选址委员会的厄尔·库克没有关系）。一张貂皮可以带来五十元的收入。猞猁皮，约三百元。狼皮，两百五十。他们住在一个小木屋里，那里在育空河的一条支游往上六英里，离边境所在的经线上的某地至少四十或许六十英里远，育空河于此地离开加拿大育空地区流入阿拉斯加。数字是有意模糊的，因为厄尔·库克和尼兰不想让人们确切地知道小木屋在哪里。他们最近的

① “荒野”：原文为“country”。

邻居是一对夫妻，也以狩猎和诱捕为生，离他们大概二十英里。要取得给养，他们得走得比这更远一些。他们得旅行几天，划划艇或乘狗拉雪橇去伊格尔——那是一个丛林社区，离加拿大边境不远，人口在近几年增多，现在已超过一百。在四分之三个世纪里，伊格尔都是一座融入阿拉斯加的城市，它还是两万平方英里崎岖不平的沿河的土地上人类物质进步最大的象征。育空河上方悬崖峭壁高耸，它们有五百英尺、一千英尺、一千五百英尺，从这里荒野往后挺入深山里，在当地，那深山看上去像山丘——塔纳纳山丘。它的山顶与新罕布什尔州的华盛顿山、缅因州的卡塔丁山和北卡来罗纳州的米歇尔山高度都差不多。可清晰地看见铺满鹅卵石的溪流呈网格状分布于山中，往下流向不透明的、冰川哺育的育空河。每条支流的流域都是一两个设陷阱捕猎的人的合适地盘；对矿工而言，那儿有黄金。

五个月过去了，唐娜没去过一次伊格尔。大部分时间她都独自待在小木屋里，而她的男人走在山野小径上。她做饭，腌制食品放在罐子中保存。她磨小麦，制浆果，烤面包。她用旧枪筒拍打湿的皮子，再用金属刮刀处理。阿拉斯加大学的一个室友去了“其他州”，留给她一件值一百五十元的加拿大拓荒者牌风雪大衣。她从未穿过，因为尽管她的小木屋位于阿拉斯加最寒冷的地带，但冬季的温度还没低得让她觉得需要穿它。“我们有一些冷的天气，”她承认，“但我不知道确切有多冷。我的温度计只到零下五十度。”当在这样的温度下——低于零下五十一度——到外边去锯或劈她赖以活命的木头时，她穿的是羽绒背心。只要四肢活动，这就是她所需要的全部。她的那本《烹饪之乐》是一个捕兽人的妻子的，那个女人冻死了。唐娜的父亲，一名州警察，被派去收尸。

唐娜在阿拉斯加人中有些罕见——一个在阿拉斯加出生的白人。她生于朱诺，因为父亲每两年转一次岗，她在成长过程中跑遍了阿拉斯加——巴罗、托克、费尔班克斯。少女时代，她夏季在莱文古德的采矿营工作，为人们烧饭。她在位于费尔班克斯的大学里主修人类学。一九七四年，她爱上了一个来自阿尔伯塔大学的学生，为了和他在一起去了埃德蒙顿。埃德蒙顿是加拿大第四大城市，像纳什维尔那么大。“在埃德蒙顿，我去的每一个地方只能看到文明，别的什么都看不到。我觉得逃脱不了。我想看到某种没有文明的东西。我甚至想看看方圆两三英里什么都没有的地方。我非常想念这一点。在大城市，我找不到扔纸袋子的地方。我被交通吓得要命。我在许多方面都不快乐。有一天，我想我知道自己要做什么了，我想住在树林里。当天，我就动身离开前往阿拉斯加。”

在阿拉斯加，“树林”是超越这个词一般意义上的荒野，一个人不可能像通常所做的那样谨慎地漫步其中，正如唐娜的整个生活教给她的那样。她可能曾生活在阿拉斯加各地星星点点的文明之中，但从来没有自己在文明之外生活过。她先去了费尔班克斯。她找了份工作，一身全白的衣服——做牙医助手。她到处打听城里的捕兽人。她去参加阿拉斯加内陆区捕兽人协会的会议，并以评估的眼光研究与会的会员。当选择的时刻来临，她可能不会遇到困难，因为她是个美丽年轻的女人，当时二十八岁，有着标准的身材、深色金发、深蓝灰色的妩媚的眼睛。

理查德·欧凯·库克（常被称为迪克·库克）一九六四年“来

到了荒野”，在离他现在建的小木屋不远的地方搭了一个单面坡棚。由于受过地球物理学方面的训练，第一个夏天，他在接近七十英里河源头的地方做一些特约的勘探，七十英里河在伊格尔下游几个弯后就进入了育空河。但是他更大的目的是待在荒野、彻底改变自己，“从一个专业人士变成一个流浪汉”——学会设陷阱捕兽，学会摆弄狗和雪橇，学会网足够的鱼喂狗。“那很不容易。”他很快说，声称为降低自己因工作而获得的收入，提高生活的独立性，他比大多数人都努力一倍。他生于并长于俄亥俄州，在前往阿拉斯加以前是个房地产评估师。他也上过科罗拉多矿业学院，为亚利桑那州的肯尼科特铜矿做了电位计调查。像许多阿拉斯加人一样，他北上是为了拒绝某种生活并尝试另一种生活。“我想摆脱通过交税去支持某件我不相信的事情，摆脱大公司，摆脱一个你不能相信听到的或读到的任何事情的地方。医生在那儿把你撕碎了。在下四十八州没有一个诚实的律师。剩下的唯一诚实的人在监狱。”对那些在各种情况下有权利控制他的人，他的反应有时很激烈。在俄亥俄州的林德赫斯特，他曾拳打中学校长，而后被开除。在海军陆战队，他两次成为下士，三次成为一等列兵。他的降级源于斗殴——好几次是和中士，一次和中尉。现在他有数万英亩土地围绕着他，一般没什么权威可以威胁他——除了自然，他把它视为上帝。虽然他践行着自己的荒野生存之道，但一年中的大部分时间他都在伊格尔。他一度还成为了伊格尔市长。在阿拉斯加，一张脸、一张选票起很大的作用，尤其在丛林。

库克为自己设计的设陷阱路线沿着几条溪流，穿过它们水源地之间的分水岭，跨越育空河的两岸——总共要往上走一百英里，有好几圈。他主要在十一月和十二月沿途跑。像许多阿拉斯加的捕兽人一样，他不用雪机。他说：“降临在这个荒野最坏的两样东西是飞机和除雪机。”他的陷阱路线穿过陡峭的地带、多石的溪谷，这些都是不能用机器的地方。要穿过它们，他需要雪橇和狗。一般来说，他必须在外面至少宿营一夜来走完这一圈。如果气温低于零下三十四度，他就待在他的小屋里等着严寒过去。一旦暖和，他就上路。他在几个地方建了单坡棚，但是常在他觉得累的地方就睡足了——睡在橘黄色的帆布篷下面。帆布十乘十英尺大小，重二点一磅，是他在零下二十八度时需要的所有庇护。挑一棵树，把帆布的一角绑在树干上，高但能够着的位置，然后他固定住远的一角，再固定住另外两边。有时他会在上面的树枝上绑一根线来抬高篷顶中央的弧线。他在树和自己之间生起一堆能烧得比较长的火，钻进睡袋坠入梦乡。大多数的夜晚是宁静的，雪在上育空地区下得很小，帆布篷的挂法不足以起到像反射火的热量那样的保护作用。他可以用帆布做一个封闭的篷，如果有必要的话。他的地垫，或者说床垫，摊在他底下的雪地上，那是一张驯鹿皮。

他为他的狗带了干的狗鲑，他自己的食物是干的驼鹿或熊肉，还有甜炒玉米粉——磨好的干透的玉米粉，在里面加上红糖。在阿尔冈昆语[①]中，甜炒玉米粉是“石头玉米粥”。“它支撑着丹尼尔·布恩[②]和戴维·克罗克特[③]继续往前，也支撑着我继续往前。”

---

① 阿尔冈昆语：印第安语系阿尔冈昆语族诸语言的总称。阿尔冈昆分布很广，东起加拿大东南与美国东北部，西至落基山脉。

② 丹尼尔·布恩（1734—1820）：美国的先驱，探险家，伐木工人，他对当时边疆的开发使他成为美国最早的民间英雄之一。

③ 戴维·克罗克特（1786—1836）：美国的拓荒者、士兵和政治家。因其探险活动，被称为“荒野之王”。

他不带面粉，“面粉带着会变坏，除非你买白面粉，但你不能靠那个活着和干活。我有个朋友因为吃那种东西死于心脏病。美国人用白面粉、白糖和汽水害死自己不是什么新闻。如果你出去，跟在狗后面，每天跑三十英里设陷阱，就能分清楚什么能让你有力气干活，什么不能。”从一个西雅图的供货商那里，他订购一百磅一袋的玉米、斑豆、未磨的小麦。他买成箱的醋、番茄酱和茶叶。一磅一罐的黄油，共四十磅。一百磅奶粉，六十五磅水果干。二十五磅腰果。二十五磅燕麦。四十磅一罐的花生酱。他从伊格尔乘雪橇或划划艇带着所有这些东西一路沿育空河而下。他一年吃掉两三只驼鹿、几只熊，这些家伙夏季比较容易对付。“驼鹿有太多的肉，这里的浪费多得你都不会相信。到这里来的猎人丢下三分之一的驼鹿。印第安人不浪费，但带着步枪他们容易兴奋过头。他们朝驯鹿群开枪，会打伤一些。但是我利用一切。肚子、肠子、头。我把狼獾、貂鼠和狐狸的尸体喂狗。猞猁另当别论，它的肉格外地好吃，有点像鸡肉或猪肉。”

毫不费力地，迪克·库克记得他路线上每一个陷阱的位置。他有好几百个陷阱。他每年的食物开销在一千美元以下。他消耗不到一百加仑的燃料，用在他的链锯、他的舷外马达、他的汽灯上。毛皮的收入为他带来比基本需要更多一点的东西，大概每年一千五百美元。他种了一个大园子。他说：“我的生活准则之一就是，不要挣任何超过绝对需要的钱。”他的探矿活动最近几年趋于零。他说他现在找石头不是为了钱，而“只是为了快乐——若不是为了追求钱许多事情就会中断，探矿就是其中之一”。

冬天，在陷阱路上时他穿一件带风帽的棉运动衫，不戴帽子，但他用护耳。他觉得羊毛不怎么样。“首先，太贵。其次，这里没有州里别的地方面临的潮湿问题。”棉工作服下面他穿的是西尔斯的热秋裤，脚上有印第安人做的厚底靴、内衬宾恩牌毛毡鞋垫和羊毛袜子。他很少穿风雪大衣。“在这里你该担心的是穿得过多而不是穿得过少。问题是穿得太保暖。”渐渐地，他的衣服变成了破衣烂衫，到处是破洞、裂口，似乎只是因为忠心才粘在他身上不掉下来。什么都打着补丁，走起路来忽闪忽闪，随风飘动。他的带麂皮的红色布衬衫，前胸、后背、两侧都有洞。他的绿色工装裤双膝都撕裂了，灯芯绒裤子半条裤腿已经没了。卡其羽绒夹克满是补丁，一只袖子下有道长长的口子。他的带风帽的运动衫破破烂烂地挂在身上，像拖把的布条那样垂下来。“我要告诉你一件关于这片荒野的事情，”他说，“荒野很费衣服。”

库克的身材称不上修长。他没什么脂肪，身材有点驼背，不起眼，但他的腿和胳膊强壮得很，与运动员相比有过之而无不及。他看起来像个电缆做成的稻草人，他的面容——下巴、鼻子、黑眼睛，看起来野蛮生猛。他的头发几乎是黑的，从他的前额垂下来。他的头皮几乎秃到头顶，两边的头发浓密夹着灰色，看起来像个大衣领。他的声音轻柔，语言彬彬有礼。当他拿出教师的样子来时，嗓门高了好几度，一股奉劝、严厉的味道。他常以教师的姿态出现。

在阿拉斯加，待上十多年你就成了老资格。人们不停地来，也不停地走。他们从安克雷奇到费尔班克斯来，不理会那更为严苛的野外。当然，有些人只对一两年的工作感兴趣，然后带着积攒的高薪回到下四十八州。但是，其他人打算适应阿拉斯加，希望找到一种边疆感，一种新鲜而不同的生活。他们不断地来到伊格尔，来到瑟克尔——那是育空河沿岸、伊格尔下游的一个定居点。这两个社区大约相距一百六十英里（河上的距离），在它们之间生活着大约三十个人。我生活的新泽西州，恰巧可以放到伊格尔和瑟克尔之间。新泽西有七百五十万人。阿拉斯加原野对某些来自像新泽西州这样地方的人至少有观念上的吸引力。瑟克尔是育空平原，广阔的稀树草原——那是另一个世界；从瑟克尔溯流而上是峭壁高山、飞流直下的溪水——这里是荒野。伊格尔和瑟克尔仅凭河连接，但是在一年之中一半的日子里，两地都可以通过窄窄的砾石路到达。那是为金矿修的，它们曲曲折折穿过森林，直抵高山关口峭壁边。如果你在哈肯萨克[①]坐上车，瑟克尔是北美道路网上能到达的最北端。伊格尔坐落在山区，似乎吸引了更多有意待下来的人。他们来了，三三两两的年轻人，来自下四十八州各地。他们胳膊下夹着设陷阱装备的产品目录，到处走，心里想着下一步该做什么。阿拉斯加的气候和原始的荒蛮很快将他们分了类。一些不退缩，另一些要回去，还有一些会继续待着，但绝不会走出伊格尔群集的小木屋和砾石街道。这些年轻人大部分只有库克一半的年纪。库克四十五岁左右，是他们的楷模——他行动了，并且留了下来。所以新来的人向他求教；他在镇上时，就化身为智者和导师。他告诉他们，外面的世界是个巨大而饥饿的荒野，或许有利于设陷阱，但不能设太多的陷阱，千万要远离他的设陷阱路线。他不使他们丧气，而是想帮助他们。如果他们穿着毛皮，拿着一头嵌着石头的大棒，他建议，人们虽然能与科技保持距离，但逃脱不了。"问题是，"

---

① 新泽西州的一个城市。

他说，“你想走多远？我买小麦。我用斧头、刀子。我有窗户。有几样东西我们已经习惯了，不能放弃。你不会忘记你所成长的文化。你必须去满足你心中产生的需求。比如，几乎每一个人都需要音乐。小木屋可能会没了食物，但是里面都有书。印第安人以前用‘落下死’捕猎，那是用支撑起的圆木做的装置。我没有枪和钢制的圈套可活不下去。我不想必须靠弓箭和‘落下死’才能过活。在某个地方，你必须作出某种妥协。必须得画条界限。大多数人摸索着寻找它。那些试图过于效仿土著生活方式的人一般就退缩了。那些想要过于奢侈生活的人止步于伊格尔——或费尔班克斯，或纽约。就我所知，那些努力完全逃离科技的人总会失败。与此同时，这个地方必须提供的是绝无仅有的原野。”

库克最喜欢的一句格言是，一个农夫能在半年里学会在城市里生活，但一个一辈子在城市生活的人学不会在农场生活。他说新来的人：“他们中的许多人说要‘不靠地谋生’。他们挨饿了。刚来时他们什么事都有点子。他们没遇到过困难。但是他们正在从一座太高的桥上潜入水中。很快他们就遇到了问题。所以他们来拜访我。他们有太多的装备，他们的睡袋太重，带起来不方便。他们想知道到哪里能搞到肉，到哪里抓鱼和如何抓鱼，如何在遇到熊的时候保护自己的装备。你不能直接告诉他们。如果你告诉他们做什么事，他们会做成相反的事情。但总有办法让他们知道。”

库克似乎名不虚传。在或多或少关注伊格尔邮局的地方，他是最有经验的，对任何打定主意想要生活在定居点边缘以外的人来说，他是最佳的求助人选。他了解森林、动物、雪橇、陷阱、毛皮、狗、结冰的河、湍急的水。他是位印第安首领，他早就达到了这个地位。有一天库克的一颗牙齿让他剧痛难忍，他在他的小木屋里躺下，等着麻烦过去。但是疼痛越来越厉害，显然没有消退的迹象。疼痛剧烈得几乎无法忍受。他离最近的牙医有数百英里，所以他拿了一把弯嘴钳，用胶带裹好，把钳子伸进嘴里，夹紧那颗跟他作对的牙齿，撬动它，折腾了一会儿后他昏厥了。等苏醒过来时，他捡起钳子，继续弄那颗牙。牙不出来，他又一次昏倒。每次用钳子对付牙齿，他就昏过去。最后，他的手不能动了。他的胳膊都抬不起来把钳子送到嘴边。于是他把钳子放下，离开小屋，乘雪橇和邮政飞机，前往费尔班克斯看牙医。

约翰·鲍格一九六六年“走入荒野”。他是个邮递员，来这里度假，在伊格尔外一英里的美国溪边搭起帐篷。二十世纪五十年代，军队把他带到了阿拉斯加，就在阿拉斯加成为州之前。让他留下来的原因，用他的话说，“机会良多”。他在安克雷奇周边送信送了好几年，也没有其他的机会。后来他发现了伊格尔。他从出生起就一直待在家里，环境空旷，人口稀少。他在威斯康星北部山里的斯皮里特镇长大，上过十三英里外的里布莱克中学。现在这儿有一个比他知道的任何镇都小的镇——一些小木屋和一些框架建筑聚集在一条巨大的河上面的高地上。在他看来小镇在几个方面看来都很漂亮。“当时住在这儿的人的素质是使小镇特别有吸引力的原因。”一九六八年，他和他的妻子贝蒂接管了伊格尔客栈，为勘探的地质学家、森林消防员以及任何可能突然出现在伊格尔的人提供食宿。不久，他们有了丙烷经销权，鲍格也成为地区选举登记员、伊格尔历史学会会长、国家气象局本地报告员、代表美国海关署的唯一官员，美国地质调查局工资花名册上也有他的名字——他是育空河的官方观察员。鲍格离开安克雷奇是因为阿拉斯加一半的人都住在那里，“太多了”。现在，数百英里外的丛林，正在成为他的一人之城。不可避免地，凭他的邮递员背景，他成了阿拉斯加伊格尔（邮编：99738）的邮政局长，因为这些，他是镇上的中心人物。他个子高挑，瘦，戴上帽子看起来年轻十岁。他生于一九三七年。他有一顶用迷彩布做的窄沿帽子，一旦戴在头上就不可能脱下，无论室内户外。当他盖邮戳、称包裹、展示他的机敏讽刺之才的时候，这给他一种男孩一般快乐的感觉。他的举止、外表和风格有一种轻盈之感，这将他从几乎无数的责任的那份沉重中拯救出来。他会拿掉帽子的地方是一个叫伊格尔市政厅的小木屋。里面有一只大铁炉、为感兴趣的旁听者准备的长凳，还有一张长桌，那是鲍格与伊格尔市议会的其他成员们坐的地方。他光秃的前额很高，发际线比以前高上去了一两英寸，他的眼睛因此显得很低。他问候的语气很严肃，不同往常。胡须下透出阴影，这让胡须看上去像一把铁刷。在邮局里显露出的年轻已经被退回了发件人。那更为庄重的举止后面的、坐在议会桌子主位上的是约翰·鲍格市长。

邮局在离河边约一百码的一间小木屋里，位于没有铺砖石的街道的一个交叉路口，这里是小镇的中心。鲍格拥有这个建筑，他把它租给了美国。在查看河的水位之后（当河未封冻时），他早上八点前到那里。因为这是育空河进入阿拉斯加的地方，它在伊格尔的情况对位于加拿大边境和白令海峡之间一千三百英里的河段旁的二十四个村庄相当要紧。鲍格也读取反映气象情况的仪器，随后他打开气象局的单边带电台，试图把数据发到安克雷奇。伊格尔不能很好地与外界联系。信号会丢失。作为北部丛林地区中心的费尔班克斯是更适合呼叫的地方，因为那里的丛林飞行员需要这些信息。但是无线电信号五次中只有一次能传送到费尔班克斯，而到达安克雷奇的成功率大约是百分之八十，所以鲍格给四百英里以外的安克雷奇传送信号，有关河流、天气、紧急情况的信息被中继往北传回费尔班克斯。

“KCI 96，安克雷奇，KEC 27，伊格尔。目前有云，六千到八千英尺高。能见度，十五英里。风，平静。水位，三十八英尺，在下降。水温，二度。”夜间气温下降至零下二度。昨天最高温度有十度，现在，在易变的天空和不稳定的早上——一九七六年五月十三日，气温是七度。这是送邮件的日子，阿拉斯加有组织的娱乐活动的替代品，但无法保证飞机能到。飞机每周来两三次，偶尔会来四次。天气变化无常，阵雪可能会被很快蔓延的雷暴云前锋推到一边。鲍格的记录显示，二十世纪六十年代的一个七月天，温度计升到了三十六度。一九七五年一月的一个夜晚，水银柱降到零下五十七度。鲍格说，河边的气温更低。虽然这是阿拉斯加最冷的地方，但它也是最热、最干燥的地方。整个冬天降雪不到四英尺，全年总降水量约一英尺（堪比新墨西哥州）。鲍格说，沿河下去的山上有新的雪尘。

门厅那里有响动。邮局有个很小的大厅，一个闲逛的中心，带一个小的格栅柜子和告示栏，一个没有门的窗口把鲍格框在里面——迷彩帽，褪色的格子衬衫。“我能为您做些什么？”

莉莉·艾伦二十来岁，她有满满一纸箱课本要运回内布拉斯加大学。在伊格尔，中学通过函授教学，通过林肯市的文件柜来运作。教师在内布拉斯加。莉莉是本地的主管。

吉姆·邓根慢腾腾地进来了，递给鲍格一封信，不像要走。他拄着拐杖，身体前倾，抽着烟斗。邓根今年比镇上的其他人有更多的时间，这是一场车祸的后遗症。他经常说："我很快就要离开拐杖了，我不可能一辈子都拄着它们，这是肯定的。"今天拐杖上有铅坨，鲍格问那是干什么的，邓根说那是潜水员的压重，等他腿好点，他会把它们放进他潜水找金子穿的潜水服的衣兜里。一根拐杖上有一块，总重达五十五磅。这东西放在那儿不是要制造一种肌肉的虚荣，而是要增强他的耐力，让他保持状态。

"要摆脱这种状态不难，"鲍格说，"你需要做的就是什么都不做。"

贝莎·乌维和埃塞尔·贝克，一对印第安姐妹，进来给埃塞尔的丈夫寄雨具。她丈夫在极北区为阿莱斯卡管线服务公司工作。

一架飞机从头顶飞过。鲍格正在忙着称邮件，他说这不是邮政飞机，只是吉姆·雷曼驾着他的泰勒飞机在飞。几分钟后，他听到了另一架飞机，说："不，不是邮政飞机，那是架瓦尔贝洛航空公司的飞机，从托克来的。"鲍格不需要出去看。单凭声音，他一般就能说出飞机从哪儿来、什么机型、谁在驾驶它。

伊格尔是个禁止售酒的地方。这里领头酿私酒的人来了之后发了一封信，他最密切的竞争者随之而来，他们（按来的先后次序）是：埃尔瓦·斯科特、塞奇·卡斯、霍勒斯·毕德曼、中士沃勒（海军陆战队退役）和杰克·布恩。深色的、毛茸茸的头发和胡子让布恩看起来半熊半狼。"在这个镇上你可以看到一堆怪人，"他评论道，随后补了一句，"包括我。"

在邮局大厅的一面墙上有厚厚的一大叠被联邦调查局通缉的全美各地逃犯的通缉令，上面有简介、指纹以及照片，那些照片上的人很像那些之前就来到了伊格尔的人。

罗伊·米图宁拿着一封信进来——一次罕见的公开露面。他喜欢交谈，但他待在自己的屋里，你必须去找他。在一年里暖和的几个星期里（一个短暂的季节），他在深山里的桤木溪自己有开采权的地上干活，洗金子。他有一次很不成熟地吃完了储备的食物，用十一天的时间，靠吃松鼠走出来。要让罗伊保持良好状态不能光吃松鼠。他轻了六十磅，从森林里出来时二百十三磅。他说话很慢，很坚定，很吸引人。他的大骨架、大头、坚定的下巴让他看起来比沃勒中士还像中士。很久以前，他是西雅图警察局的。他的屋里有十八支步枪、三十四把手枪、两把剑。

一位州公路局的人非常关心一段本地的路，他进来和鲍格商量使用他的“猫”。这个词，当然源于卡特彼勒公司的产品[①]，这家公司位于伊利诺伊州的皮奥里亚。以提喻的方式，雪地摩托在加拿大通常被叫作 Ski-Doo，在阿拉斯加上育空地区被叫作 sno-go；所有牌子、所有大小的推土机都被叫作“猫”。约翰·鲍格的“猫”是四十二马力的约翰迪尔公司出品的，它有一个七英尺高的推土铲。鲍格为他的“猫”开价一小时四十美元，包括他驾驶的费用。阿拉斯加州的人说话时虽含糊其词，但也不是完全踌躇不决，三十八美元鲍格就点头了。

安东·莫雷出现了，还有杰克·格林，接着是拉尔夫·赫尔默，他如今经营着客栈。赫尔默有一封信要寄给他住在斯波坎附近的祖

---

① “Cat”是卡特彼勒公司（Caterpillar Tractor Company）的旗舰品牌，有挖掘机、推土机、装载机等工程机械产品。“Cat”直译为“猫”。

母。她已经八十来岁了，这封信是祝贺她的生日。他告诉鲍格，父母离婚后自己在祖母的农场住了三年。“那是我生活中非常有益的事，尽管当时没有意识到。”赫尔默的客栈以及其他十几栋房子，加上伊格尔市的中心建筑由查理·奥斯特兰德和约翰·鲍格设立的私人电力公司以每千瓦时三十五美分的价格供电。他们有两个柴油发电机，每小时能够发出十二千瓦的电，有效半径一千码。鲍格把电卖给邮局，但是他自家的木屋在森林中，离河很远，不在可供范围内。

凯·克里斯滕森进来了。她手里没有信。她想跟鲍格商量用他的旋耕机犁她的园子。鲍格接受了这个工作。在十九世纪九十年代，杰克·麦奎斯腾，一个在荒野很出名的店主，曾经用驼鹿犁他的园子。

早上七点时天是晴的，然后积云聚集，有一些雨下下来。此刻，十一点，传来了叮叮当当的冰雹声。丹·基斯，一个相对来说比较晚来到荒野的人，说起他家乡西弗吉尼亚的冰雹，鲍格听着。鲍格是圣经教会的成员，从政治角度，他是伊格尔最有权的人，而基斯是他的牧师。基斯戴着一顶牛仔样式的帽子，帽檐宽得可被看成缩小版的墨西哥宽边帽。严格来说他是这里的传教士，就是说，坐落于阿拉斯加格伦纳伦市的圣经教会总部付他薪水。他的教区居民，当地称他们为“联盟”“集团”“基督徒”“基要派”。“他们”之中还包括这些人的家人：拉尔夫·赫尔默一家人、罗恩·艾维、奥斯特兰德兄弟俩和地区警察罗杰·惠特克。如果将伊格尔社会比作光谱图，基要派一路都在紫外线之下，超出了可见光的界限。迪克·库克和河上的年轻人（磨麦子的，猎食的，设陷阱捕兽的——当然自由自在，并在某些方面无法无天）处于光谱相反的一端，深入红外线。一些白人与印第安人结婚。印第安人的人数不到五十，而且几乎都生活在河段上游三英里，在镇外。从人生哲学上讲，他们和任何其他人一样接近这些“河上人”的理念。除此之外位于光谱中段的，是流浪者、商人、幻想家、逃犯、矿工、郊区居民，以及刚退休的执业者。这里的每一个人身上都有点反叛，吸引他们到荒野来的东西，原来的地方让他们不愉快的东西，这两者之间的比率在变化。“永远不限制个人”也许是丛林规矩第一页的第一句。但是这里的人们遇到了来自州政府和联邦政府的限制，遇到了来自他们不是都赞同的法律的限制。而且也许在某种程度上，同样大的限制来自彼此之间。伊格尔是压缩的、微小的，有点像探海球，它被往下放到一个幽深的世界里，遥远得类似海盆。住在伊格尔里面的人看着外面的荒野。约翰·鲍格遗憾地回忆起，在城里过去有更多的空间可供走动。

他从墙上取下一幅照片，照片中伊格尔的某个人端着一个装满鸡蛋大小冰雹的淘金盘。他把照片给基斯看，可能是暗示像这样的冰雹可以毁灭像西弗吉尼亚这样的地方。现在下的雹块的直径几乎不到一英寸，噼噼啪啪声音不小，但还不足以盖过正带着邮件在暴风雨中飞来的“赛斯纳 207”的声音。鲍格装好货车，驱车赶往位于镇子和印第安人村中途的飞机跑道。此刻跑道白得像冬天，冰雹还在下，但天空已洞开，灰色的云周围犹如宽阔的蓝色海湾。鲍格曾在零下五十一度时在此接邮件，开着雪地摩托从镇上出来，取半吨迟到一个月的圣诞卡。“赛斯纳 207”闪着光，着陆，滑行，两翼在乒乒乓乓落下的冰雹中响得犹如小军鼓。飞行员出舱，抓了一些冰雹细看。这些雹块的形状类似好时的 Kisses 巧克力。他回头看看这大雹天，看到七只野鹅在他刚才经过的跑道上挣扎着杀出一条道路。“怎么忍心看得下去？”带着对野鹅的怜悯，他说。这位飞行员刚到阿拉斯加，来自新泽西州。机上有一两个乘客。一小卷铁丝网围栏从飞机上掉下来。一个印第安人家里正等着收货呢，顺手就把它捡了起来。鲍格往货车上装邮包和纸板箱。“赛斯纳 207”的翅膀现在敷上了一层烂泥。“那对螺旋桨很糟糕。”飞行员说。鲍格拿出一把扫帚，从飞机上扫掉了三百磅的烂泥，而后飞行员重回天空。

人们蜂拥到邮局，像海鸥围着桩子，又像溪口的河鳟。许多人——印第安人白人都有，穿着运动衫和风雪衣，上面印着“阿拉斯加伊格尔”。他们把荒野变成自己想要的样子，他们似乎渴望与外边的世界接触。在邮政飞机不来的日子里，人气明显没现在高。用一块夹板抵着邮局窗口，鲍格把自己与人群隔开，和他妻子做分拣。当信被投放进信箱时，信箱门开关的声音此起彼伏。人声渐渐停息，许多人站着读信，并不分头回自己的屋里去。维奥拉·高甘为与车轮轴承有关的什么事犯难，鲍格简短地指出它们的作用和潜在的缺陷。几乎是小心翼翼地，他递给莉莉·艾伦一个包裹，里面装着一把制作精美的杜西莫琴（他从她的多次询问中得知）。他显然如释重负，因为它终于到了。萨拉·毕德曼，一个住在镇上的印第安人，看不懂来自费尔班克斯的一封信里的法律措辞。她来到窗口，递给鲍格那封信。他告诉她：“信上说，你的卡车有一千四百九十八美元应付款到期了，如果不还，他们就来开走卡车。”迈克尔·戴维为他自己和印第安村的其他人收邮件和包裹。他年轻，苗条，面无表情。一条束发带扎住了他长长的黑发。迈克尔·戴维是印第安村的首领。“他前面可有一个很陡的坡。”市长谈起了这位与自己的地位相当的首领。

史蒂夫·乌维想知道从得克萨斯州纳瓦索塔启运的第四箱蜜蜂是否已经到达，这是迪克·库克订的；可能还有一只蜂后，那是从路易斯安那州启运的。鲍格摇摇头。邮局眼下没有蜜蜂。

前面三只箱子大约一周前到了，库克那时在这儿等货。他驾着自己的狗拉雪橇沿着冰封的河往上游走，来伊格尔取蜜蜂。在他等待的时候，冰裂开始了。太早了，让他措手不及。他本打算在冰融动之前取了蜜蜂乘狗拉雪橇沿育空河回唐娜身边，回到小屋。但是，一个星期天下午，寂静的河开始移动。两岸间有一千五百英尺，冰没什么征兆地自我分割，像巨大传送带上移动的矿石，向白令海峡移动。在夏季和冬季育空河是条实用的大通道，但是在冰与水转换期间，它变得危险而不可接近。上游过来的大块的浮冰翻滚，起伏，汇聚，轰鸣，像鲸群浮出水面。成亿吨的冰乘着每秒二十万立方英尺水流量，以接近每小时十英里的速度经过伊格尔。看着河，你禁不住畏缩。在那么冷的水里，人活不过几分钟——这话仁慈而简洁，而与水流和冰的抗争无论如何都是绝望的。河的边缘排着不动的冰，被称作“冰架”或“岸冰”，第一块在冬天开始时冻起，最后一块在春天消失。岸冰有四英尺厚，但是跺一脚就会裂开，裂成无尖削的柱状栅栏，它们被称作“针冰”或“蜡烛冰”。岸冰停留在岩石和砾石上，仅一两步之外就是河冰，大块的河冰互相撞击犹如远方传来的滚雷，或者常常像远方的海浪。这些声音很轻柔。尽管冰有重量和速度，但大多数时间里它们都在轻轻地移动，像姜汁汽水一样发出嘶嘶的声音。

河冰时不时变少，几乎消失。除了孤立的浮冰，河水是清的。过一小时或一天，许多的冰又来了，铺满河面，发出嘎吱声，拥挤，一如既往地致命。冰从上游和上游的支流一部分一部分地过来。育空河，甚至在伊格尔上游，还有四百英里长的支流。当育空河的冰和支流的冰松动开并涌下来时，就是这样成群结队的大块浮冰。人们寻找着从道森过来的冰，道森大约在一百英里以外，在加拿大育空地区。每当木桶、垃圾、肮脏的残渣碎片在弄脏的浮冰上急速过去时，有人就很在行地嘟哝着说："道森冰。"怀特河、克朗代克河、斯图尔特河、佩利河、努登舍尔德河、特斯林河、四十英里河毫无节奏地释放出它们的冰，把它们送入育空河。佩利冰、斯图尔特冰、特斯林冰、四十英里河冰。需要花两三个星期冰才能通过像伊格尔这样一个点。在随后的几个星期里，形成了一个个暂时的冰块攒动的三角洲，它们绵延数英里，一直到海。

木头随着冰而来。破裂的冰从阿拉斯加和加拿大上游的高地上冲刷出数百万根森林碎木[①]。经过的树干有六七十英尺长。一些大的就在水面下漂，它们被叫作"沉睡者"。大圆木很少保有枝杈，但是许多仍有根部结构。那些有树根的有时被称作"传教士"，因为树根在水里，而上部的树干以某种角度突出水面，屈身、起来，屈身、起来地漂过。偶尔，一根大的树干会头朝下像标枪一样戳入河床，然后一块跟着的浮冰把它折为两半，伴随着如战舰枪声般的声音。有时河里的木头似乎像冰一样多。伊格尔的人捡拾停在漩涡里

---

① 木材销售用的单位，一个森林碎木的尺寸为 4 英尺宽、4 英尺高、8 英尺长，体积为 128 立方英尺。

或者离岸足够近的圆木。一个单位值六十美元，冬季价格翻倍。人们必须跑很远的路（比如森林过火区）才能合法地获得。所以，不只是木头，而是大量的现金在育空河上摇晃着经过。但是就大部分木头而言，人们拿它们没办法，只能遗憾地看着它们去了。大河把木头送到西海岸的尤皮克部落（因纽特人）那里。那地方没什么木材，而在传教士、图书、学校出现之前的一万年间，那里生火都使用这种燃料，它们来自因纽特人从没见过、也几乎想象不出的森林覆盖的山地。

库克急于返回唐娜身边。所以，冰裂之后不到一周，由于冰很多，他借了一条划艇，带着他的狗前往河边。他本可以利用上游不远处伊格尔的船码头那平静的漩涡水域，但是那意味着要带着狗穿过镇子，而库克不想闹出动静。整个伊格尔有几十条狗用铁链拴在桩子上。库克的狗没链子，乱跑的话肯定会引起打斗，让拴着的狗狂怒。库克在伊格尔的基地是他拥有的一块地上的一个棚子。因此，他带着狗穿过树林，下到就在镇下面的河边。他在那儿与史蒂夫·乌维会合，乌维打算与他一起顺河而下。他们将划艇从高高的冰架上滑过，滑行，跌进裂缝里，反反复复，随后下降到一小片凹下去的水域——一个小河湾。这是河外围的湾，河里水流湍急。数以百计翻滚飞荡着的冰块轰隆隆地驶过。那种扁平的大碟子一样的冰叫平底锅冰，它们的边缘已磨圆，在冰块中旋转。划艇是艘十九英尺的格鲁曼铝制货舟。库克和乌维往上面装东西——三箱蜜蜂、两百五十磅汽油、一台旧的舷外马达、一只死的灰色大猫头鹰、一只装着给养的大木箱、两把步枪、一把短枪、一袋六十磅的糖，还有五只雪橇狗（加起来约四百磅重）。史蒂夫坐在船头。库克坐在船尾，为保持平衡他做了些调整。然后他开船驶入水流。冰块很多且集中，这意味着任何试图穿过并到达河的安全之处的中间空当必然很短。划艇行驶了大约十英尺。在水上刚过两秒钟，船后面就被撞了，它像一根钉子一样被打到停着不动的冰上。本来它很容易被撞翻或被挤到水下，或者最可能倾覆。但是运气也跟着浮冰走。船嵌在那儿不动，卡住了，船尾插入河中，划艇至少甲板朝上。库克的脸上失去了血色。他的皮肤变得像河中的浮冰一样苍白。如果此刻有更多的冰撞到划艇，划艇就会像易拉罐一样被撞得皱巴巴的。乌维用力把船头扭出来，把划艇向后推。划艇又一次漂在冰之间了。他和库克使劲撬，在掉转船头时被擦了一下，但没有撞着。他们尝试了一条斜的路线去往水流较慢的河床。极目望去前方是一千英亩塞满冰的水域，再往后难以猜测危险的程度，因为冰在河湾处会拥塞，拦住任何漂浮物；与此同时，河中冰的重量在增加，直到力量足够引爆和释放冰。

别的不提，沃勒中士是个职业的河上人，他后来评论库克和乌维的河上之旅，把他们俩描述为“粗人”。中士说：“那些浮冰可以把船撞翻，让它消失。他们可能在下游十英里的地方就消失不见。现在他们可能已经死了，谁知道呢？”说实话，好些天里，的确没人知道或多想这件事。然后，乌维和划艇在镇上重新出现了。他看起来疲惫、冷漠、憔悴，但是除此之外毫发未损。

乌维是一个像电影主角一般年轻英俊的男人，金色的鬈发，蓝色的眼睛，一撮十九世纪式的下垂的金色胡须。他二十三岁时“走入荒野”，在这儿待了两年。他跟着他的兄弟达纳，达纳在育空河上乘木筏旅行时初次在伊格尔停留。他现在与伊格尔印第安村的贝莎·保罗结了婚。他们的一个叔叔，哈罗德·乌维，在二十五年前曾是北方商业公司在伊格尔的商店的管理人。在加利福尼亚长大后，史蒂夫在俄勒冈上过一阵子大学，他背着包走遍了那里的西部山脉。当他（与他的妻子莉奈特·罗伯茨一起）搬到阿拉斯加丛林时，他预先掌握了一些他需要的技巧。他改装每一辆他拥有的汽车和摩托车。他懂厨艺，会木工，对可食用的野生植物也懂得不少。两口子想要一个孩子，他们在靠近国界的河上游有个小木屋，在那儿住的时间和在伊格尔住的时间一样多。“迪克·库克和我最看重的不是知识分子，而是能最大限度付诸实践的人。像迪克一样，我试图在这个世界上自给自足，成功地生活而不改变环境。库克不依赖化石燃料，我也不想。人们说：‘如果你那样想，为什么不用熊油做蜡烛？’但是我并不准备那样做。当然，一切都是相对的。我确实一年照明烧掉十或十五加仑的煤油，我的科尔曼火炉烧掉一些无铅汽油，我的喷射器舷外马达烧掉一些燃料。但是，如果其余的每个人都只用掉这些，我们就不会有能源问题。我拜访迪克时学到了不少东西。比如我去看他的园子，以最少的付出获得最大的产出——迪克确确实实对那感兴趣。他有见解，懂行。他记得什么时候驯鹿真正地在周边跑。他已经在这里待了足够长的时间经历几个自然循环。他很懂枪。他用手装填弹药，我也用手装填。他扛一把 6.5 × 55 瑞典卡宾枪。我扛着一支 7 × 57 的毛瑟枪。有些人喜欢高速子弹，有些人喜欢大的、慢的子弹。它们都能致命。迪克喜欢后坐力缓和些的长子弹。他相信击中才是最要紧的。”

当在伊格尔邮局外面和杂货店里面的谈话集中到库克身上时（有时会这样），并非每个人都对他表示钦佩。实际上，正如莉莉·艾伦的丈夫布拉德·斯诺曾对我说过的那样："在这里你会发现，说某人好而不招致大量反对是不可能的。"

"库克是一个浪漫主义者，自认为是当代的亨利·戴维·梭罗。那人可没什么深度。"

"他是个有耐心的猎手。他会坐上半夜等待一只海狸从它的房子里出来。"

"他是个教皇般的、救世主般的导师，绝不是个傻瓜。他喜欢所有这些河上的小年轻坐在他的脚边，而唐娜正拼命忙活着鞣一张驼鹿的皮。"

"库克要花两年时间才能想出个主意。"

"他要花上六年时间才能做好准备，去他下游的小木屋。他的第二任妻子安不是个喜欢丛林生活的女人，而且像这个地方一些其他的女人一样，她不愿妥协。"

"他什么都懂。如果他要做什么，他就把它办妥。做雪橇。雪鞋，步枪，园子，狗。他是个出色的狗拉雪橇驭手，像任何精于此道的人一样好。"

"他的狗并不比我的好。"

"他的确自给自足。他是生活在河边的所有人之中最接近于达到目标的人。他是这个行当的老人，做得很好。"

"他设法表明他了解这片荒野，但是他连查利河都从未见过。"

"库克不擅长处理一对一的关系。所以他待在阿拉斯加，待在丛林里。我们都是出于类似的原因到这里的。我母亲会说我们都是失败者。并不是这样的。我们在寻找另一种生活。"

"库克不想任何人替他思考。他也不想让别人思考。唐娜正在学习并照着做。而当唐娜开始思考她自己时，麻烦就来了。”

被金子燃起的欲望所驱使，维奥拉·高甘和她的家人几年前坐着校车“漂入荒野”。他们先是在四十英里河流域待着，然后转到了伊格尔。因为共产主义者不久将接管整个国家，他们推断，“孩子可能没有前途”，钱是“无价值的”，“能购买任何东西的唯有金子”。汤姆和维奥拉·高甘没能力囤积有商业价值的金条，他们几年前来阿拉斯加时带了一个婴儿和一点钱，只有孩子长得快。如果他们想要金子，必须把它从有矿沙的土地上分离出来。

校车是他们移动的家。对它将来的用场，他们有富于想象力的计划。它是全尺寸的、黄色的、标准的型号，他们想把它改造成一艘船。然后就把这水上巴士放在育空河里，往下游航行至一条支流，沿着那条支流再到那些必定有金子的地势高的溪流去。对那些还愿意听的嘲讽者，维奥拉并非不情愿谈细节。(“他们认为我们疯了，以为我们要在水上开校车。他们准备送一件绑住我们上身的救生衣来。我们把他们弄糊涂了。”）人们似乎认为，高甘一家要把车体密封，从岸上开下去，让汽车轮子在河里转。实际上，他们打算把巴士劈成两半，沿着窗子以下从头至尾横着截。然后把顶部翻过来，把它变成驳船。车身下半部分将浮在八个均匀隔开的汽油桶上，后面拖上驳船。船将由汽车引擎驱动，驱动杆上装有螺旋桨。早已不在伊格尔的“老帽”雷诺兹曾自己造了个小型船尾推进器。靠着它，他在育空河上行驶了数百英里，远至波丘派恩河。至于校车，从没有机会以这样或那样的方式证明自己的可塑性。高甘一家曾有两个同伴，他们经济上有麻烦退出了。维奥拉和汤姆无法凭自己的力量在经济上支撑这场探险。所以汤姆离开家去别人已获得开采权的地上干活，一去就是好几个月。维奥拉一度一个人和孩子住在伊格尔租的小木屋里——一个金子的寡妇，向访客展示为数很少的几片金子和金块，那是她家防范苏联式的美国的战略资金。

她是个矮小的女人，不到五英尺，有一种触动人的、不算计的友好。这使她几乎可在任何地方赢得比在伊格尔所能赢得的更多的朋友。她说："我来给你弹首曲子，如果你乐意的话。"她拿起她的霍纳牌手风琴。贝丝和吉米，一个七岁，一个五岁，在旁边看。她演奏着《你是我的太阳》。这是她唯一能在高音键盘和低音贝斯上同时演奏的曲子。她又弹了一遍，很投入，头倾向键盘。她的头发是金色的，很油腻，窄窄的脸，缺了好多牙齿，鼻子高高的。她戴着一个红色的发带，身上穿着牛仔布衫。她三十九岁。在来阿拉斯加之前，她都生活在蒙大拿州的哈弗尔，上了一段时间的小学。大家要求她再来一个时，她弹了《滚出酒桶》，为曲子的不完整而抱歉，她表示，因为没有和弦贝斯，所以酒桶不会滚。拿了一保温杯的咖啡，她去参加市议会会议；在那里她确信自己至少认出了一个纯粹的共产主义分子，尽管他像她一样只是个旁听者而非议会成员。"我现在有家庭了。我想知道孩子们长大的时候会发生什么。我来伊格尔之前从未参加过议会会议。"

杰斯·奈特三十年前用圆木做了一个筏子，把汽车停在筏子上，用明轮（装有桨板，形似车轮）代替轮胎，在河上开了一百六十英里到瑟克尔。这辆校车现在依然在育空河边，但已不能开到什么地方。无论是陆路还是水路都跑不成了。没轮子，没发动机，没座位——这些都被卖了换成吃的了。巴士内部完全被掏空，所有的窗户都碎了——它成了随意的子弹随意的目标。

“我喜欢伊格尔，但不喜欢这儿的人。他们要么是《圣经》狂热的鼓吹者，要么是酒鬼。他们试图把《圣经》擦在你身上。我不愿意到他们面前忏悔，他们不高兴。如果你忏悔，就默默地在上帝面前忏悔，别到处声张。他们靠在《圣经》上，不能独立地、直率地行事。他们跟你说话时很友好，但当他们认为你不懂时，对你的评论就很伤人。”

在家里，我把大部分时间花在看窗外上。在我这会儿占据的小木屋里，也没什么能改变这个习惯。外边是第一大道：尘土飞扬、坑坑洼洼的砾石路，是城里的主要大街。孩子们坐着狗拉雪橇经过，老居民们开着皮卡来来往往，有人说那样“转转”是为了谈话。小木屋紧凑、舒适，由一台阿什利暖炉取暖。据说像这样一个好炉子，“二十一度以下时，炉子会带你远离此地的寒冷”。这是丛林建筑师的承诺。木屋通常是小的，所以温度能够控制。我妻子在这里待过一段时间，我们睡在阿什利炉子上方的阁楼里。作息时间固定。每隔一天，我们锯木、劈柴，但是随着冰在河上逐渐消失、太阳每天照耀十八个小时，不久之后，除了在一天开始时气温还在冰点之下时让血液流动起来，我们很少用炉子。

所有要用的水——饮用水、洗碗水、洗澡水——都必须从社区的井房里打出来，井房就在市中心邮局过去一点。我喜欢我身上散发的味道。然而，在小屋的屋檐下，是木桶、铁皮桶、澡盆。这些东西偶尔能接到足够冲洗一只驼鹿的水。在雨水里，肥皂沫胀起，膨胀至最大，在皮肤上形成泡泡。肥皂泡在伊格尔是一种特别的奢侈品，这儿雨水非常少，井水的水质很硬，能把肥皂变成石头。伊格尔正好位于古老的不活跃的断层上，它的水从异常深的源头通过一处断面升上来，带着苏打水的味道。不远处有条溪叫香槟溪。位于小木屋和屋外厕所之间的地是无植被的“冰川粉”——细细的土壤，它们如滑石粉般柔软，这种土壤出自高高的兰格尔山脉的冰原，被育空河裹挟而来留在这儿过了数千万年。它沾在鞋子上跟了进来。沾上它后衣服变硬了，所以衣服被放在用剩下的洗澡水里洗，然后，这些水进了奇奇怪怪的锅或平底锅。最后，水被用来洗地，在那儿完成它效用的弧线。剩下的被运到河边，倒进河里；随后，一块岸冰被用斧子凿出，被放入一个密封的冷藏箱。

冷藏箱里，一夸脱牛奶值一点三六美元。牛奶来自加利福尼亚维塞利亚，既不是淡奶，也不是炼乳，而是“杀菌的”全脂奶，罐装的，没有防腐剂。这是好牛奶，但太贵。炼乳，用时适当稀释，六十美分一夸脱；奶粉是炼乳价格的一半。冻牛排一磅四点二美元，培根二点零七美元，鸡肉一点一五美元，汉堡二点一美元，切达干酪二点三五美元，黄油一点八五美元，所有这些在伊格尔唯一的商店里都有卖。西柚五十五美分一个，黄瓜七十五美分一根，番茄和莴苣大约一点一五美元一磅。新鲜食物，在向北旅行两千英里之后多有“时差反应”。金宝汤五十一美分一罐，一打鸡蛋一点三美元。一盒标准的莫顿盐价值六十二美分。虽然有关阿拉斯加的高昂物价人们说了很多，但是，值得一提的是价格水平并不比上面所列的水平高，因为实际上所有东西都是通过卡车、飞机或轮船从美国其余的地方运来的。到安克雷奇和费尔班克斯的补给线漫长且十分贵，但是这些货品的价格是在伊格尔定的，大概一半的东西和它们在新泽西州的价格一样。在伊格尔，几乎所有东西都是用轻型飞机翻山越岭两百多英里运进来的。戴夫·麦考尔，飞行员兼店主，对每磅空运进来的东西加收十九美分。因此食盐就显得特别贵。

在小木屋窗外，一只知更鸟在跳来跳去，抖松了羽毛抵御寒冷。冰融化了，鸟进来了。冬天到春天的转换几乎在瞬间。看到这些大大的、顽强的知更鸟迁飞到如此靠北、如此接近北极圈，接近它们飞行范围的极限，真是令人感觉奇妙。它们看起来惨兮兮的，抖松自己的羽毛，膨胀成一个球，试图把羽毛做成羽绒衣。数十只拉普兰铁爪鸟在靠近知更鸟的尘土里跳呀、啄呀、跳呀、啄呀，看起来更加像在家里一样自在。我们看到过鸣鸟、灯芯草雀、黑鹂、矛隼、一对金鸻、一只北极燕鸥。一只海鸥落在户外厕所上，它从海边沿育空河往上游飞了一千三百英里。

现在整夜都是暮光，黑暗因夏季的来临而消失。几乎不需要灯，但当我需要用灯来看书和写东西时，我拨弄汽油灯的纱罩，往里面打更多的空气使它变亮。

拴在全城各处的狗来了个大合唱。它们似乎在朝天的方向回应，因为它们的嚎叫没来由地同时开始。这些狗当中有一些有狼的味道，而狼的那部分特点似乎出自它们的声音。哀嚎停止的方式，像它开始时一样——突然间一片寂静，说不出为什么。

在小木屋窗户对面的树林里，可以看见两三间更旧的小木屋的残迹。它们已完全朽坏了，朽得那么彻底，几乎看不出了，已差不多消失了。旧木屋的右边是埃尔默和玛格丽特·内尔森的新房子，刚锯好的木头依然闪着光。社区的面貌代表着伊格尔的兴起、衰败和再次兴盛。像城里一两对其他的夫妇一样，内尔森一家来这儿过退休生活，而这里的生活大概可与太阳城[①]养老中心竭尽全力提供的丰富项目相媲美。玛格丽特·内尔森面容慈祥，头发在变白；埃尔默瘦长结实，灰头发。她二十世纪三十年代从华盛顿州来到阿拉斯加，为北方商业公司工作，在战争期间，在费尔班克斯包降落伞。他在蒙大拿州的宅地上长大，已经在阿拉斯加住了五十年，修路，设陷阱捕兽。在育空河左岸的深山里，内尔森和一个伙伴让一架包租的飞机带着他们四处飞，往下扔包裹。最后他们降落在一条手工开挖的飞机跑道上，他们下飞机。在大多数年份里，这么做的时候是九月。他们会叫飞行员在圣诞节前一两天再来接他们。没带任何机器，也没有狗。随后他们兵分两路，尽可能快地走，希望抢在觅食的熊之前到达他们抛下给养的地方。他们按照某种图案布下陷阱线——环形的、苜蓿叶形的。他们约定每五天见次面——确认各自都没问题，互通信息。这地方完全是荒野，离瑟克尔一百多英里，离伊格尔和大三角洲这两个市镇都是八十英里。内尔森夫妇当时就住在大三角洲。不管需要什么，都没有其他地方可去。在互不关联的峡谷里有一些小木屋，他们待在里面或在路线上露营。孤单而又孤独地过了三个月，当被飞机接走时，他们已为来年挣出了收入的一大部分。

内尔森的家以林木作为装点。整齐、不寻常，缺少你意料之中的阿拉斯加小木屋的户外陈设。我住的小木屋这边的情景弥补了这

---

① 太阳城，位于美国佛罗里达州，是美国较大的老年社区，社区提供积极活跃的老年生活方式。

一点。离我几英尺、往镇中心方向的是戴尔和格洛利亚·里克特的木屋，他们卖二手的雪地摩托、洗衣机、雪橇，样品都摆在小屋和路之间的空地里。屋顶上覆盖着泥和弄平的燃料罐。不久以前里克特在密歇根州有一家店，它被流氓用火焰炸弹袭击了。这促使他决定寻找一个新的合适的地方生活，这地方可能在北极圈附近。在二手机器当中有个标识，上面写着“伊格尔体育用品商店”。里克特卖诱饵、手电筒、帐篷、靴子——小木屋里有比恩户外运动用品店的气氛。

我的小木屋的另一个边是路易斯和沃勒中士的院子和小木屋。这些住宅引人瞩目的相似性代表了阿拉斯加几乎所有定居点的特点，无论大小。在三亿七千五百万英亩中——整个美国的六分之一，可供购买的地产如此之少，住宅拥挤的程度如扬克斯市。透过我屋子的窗户正好看到沃勒家院子的景致，看不出任何摆放秩序，有几只箱子、油布、炉子零件、罐子、铁皮桶子、瑞典锯、洗衣盆、轮胎、锯木架、十四个五十五加仑的圆桶、五台拆到不同程度的雪地摩托。当你在下四十八州沿着一条偏僻的旧路行驶，遇见一个充满制成品零件的院子时，你就是遇见了阿拉斯加的一部分。那儿，汽车引擎从橡树枝上挂下来，下面的地面上有黑色的油迹；油桶斜靠在铁洗衣盆旁；附近是藤蔓覆盖、锈蚀进土里、没有玻璃的汽车。这里住的是还没有前往北部的阿拉斯加人。我认识的一个建筑师喜欢标榜自己是环境心理学家，有一次他对我说：“审美和生存是不相容的。”无论如何，沃勒中士的家绝非他自己认为的那么不典型。为了生存，他现在来到了自己的院子里，把木柴堆起来。在他的皮卡上装的是他从船靠岸的漩涡处捡的漂木，除此之外还有三个备用轮胎、一个枪架和一个探照灯。为了在他的小木屋里度过冬天，他需要至少五个层积柴堆。他的小屋冒着烟，有棱有角，杂乱地堆着东西。沃勒自己比较抗冻。他是个大块头，腰身接近四英尺。他的臂膀像羊腿，硕大的椭圆形的头留着个甲板刷式的发型。尽管块头大，他黑色的眼睛看起来却很小。中士和蔼可亲，爱聊。在他的屋里有一个相框，上面是年轻的中士，同样的身板。他穿着战斗的装束，不是他的美国海军陆战队的中士制服，而是白色的空手道制服，腰扎黑色束带。中士很彪悍，皮肤上有龙、蛇和骷髅等十一处文身，源自世界各地。他在朝鲜半岛的长津湖战役中活了下来。他喜欢他知道的那个一九四九年的海军陆战队，但不喜欢他离开十多年以后的那个。他参军时是个高中生，当时的海军陆战队有的是“海军陆战队的精神”。朝鲜战争之后，依他看，美国海军陆战队已变成了“女童子军部队”。如果一个一等兵捣乱，中士不再能用拳头打他的脸。但无论如何，越来越多的军官不愿鼓励或支持这样的举动。有一天，在北卡罗来纳的勒琼营，中士所在单位的一个下士与一个列兵发生了争斗，列兵被锁在双桅船里。中士亲自用自己的手实施了对他的惩罚。他去了双桅船，手伸进围栏，一把抓住那个冒犯上级的海军陆战队列兵，用力向前拉他，力气如此猛，以致列兵的脸撞在栏杆上，血从鼻子里流出来。中士解释他为何而来，然后离开了。很快，他的电话“叫得震天价响”，随军牧师要见他。“这不再是过去的海军陆战队了。”牧师告诉他，还警告他再这样做就可能失去军阶。他虽然还是中士，但是如此失望、幻灭，他计划辞职，盘算着以后究竟做什么。

他在俄亥俄州的马西永长大。他父亲是售票员、维修工、镍板路（纽约、芝加哥、圣路易斯铁路线）上的乘务员。在马西永，有个老人穿着裘皮，口袋里装着金块，遥远的北方涌动的淘金潮的活见证。他喜欢和小孩说话，每个星期六给他们讲故事。他给中士看北地荒野的照片。中士沉迷于设陷阱、狩猎、钓鱼，直到有一天抓逃学的学监被派来找他。九岁时，他有了第一把步枪，并决定将来有一天要去阿拉斯加生活。沮丧的他回忆起所有这些——那是一九五九年，阿拉斯加成为州的日子。中士离开了海军陆战队，迁移到了北方。走进上育空地区这片荒野是又过了十一年以后。在中间这段时间里他住在阿拉斯加的斯拉纳，那在“黑佬公路”沿线，那条公路是由陆军工程兵黑人团建的。在那儿，他和路易斯结了婚。路易斯是一个有点大都市气息的女人，散发着魅力。她是个内地的餐馆老板，有一个女儿，他们又生了两个女儿。而中士一直怀着一个梦想。他是个河上人，他的好日子还未到来，总有一天，他会完全靠自己生活在广阔荒野的一条大河上。要满足这些要求，他不必走很远，不到两百英里以外。一九七〇年，他带着两条船、一千英尺木材、波纹屋顶和估计一年的给养来到了伊格尔。伊格尔是一个“让人能够进一步深入荒野的地方”。带着他的妻子和三个女儿，他沿育空河往下游走五十英里，造了个小木屋。十六乘二十英尺，圆木墙，有两层，因此有点特别。上面一层是睡觉的阁楼。食物渐渐变少，中士打猎的收获在大部分时间里无法补足食物的缺口。靠着墨西哥玉米卷兔肉饼，他的腰围缩到了三十四英寸。他设陷阱捕兽有一些收获。但与此同时，他的“女人们”，就像他不加区分地提到她们时那样，可不喜欢小木屋。首先，她们很孤独，离最近的人类有十英里之遥；其次，小屋没有经暖气工程师设计过。

烧木柴的炉子的暖气都朝屋顶聚集，木屋总体的密封性不足，不能保持地面上的热气。一九七〇年到一九七一年整个冬天一家人都在小木屋里，大部分时间在上面的阁楼里。有时候（对女人来说，是太多时候），炉子无法把地面温度升到四度以上。这个时候，中士的幻想、他的人生之梦被冻得凝固了。他将自己看成荒野之人，而他的家人却不是这样。但是不管对自己有什么影响，他都不会失去团队精神，这个团队现在就是他的家。他从荒野深处退出，与家人一起重新回在伊格尔定居。路易斯更得心应手，她成了政府办事员，且在某些方面成了有影响的政客。她会优雅地说到自己的丈夫："他血管里流的不是血，流的是育空河的水。"中士成了一个包租船夫，把猎手和地质学家带到河下游。他在城附近布了陷阱线。但是大多数时候，他似乎以说话为乐；并且他喜欢说："我到这儿来不是为了工作。我不工作。而且我家人很高兴。"

吉姆·邓根从他的小木屋摇摇晃晃地走来，他走到商店的大咖啡壶那儿，坐在凳子上开始消磨他一天中的一部分时间。他离开时会走到河边，拄着拐杖，身子前倾，怔怔地看火焰般冰的运动，长达一个小时。同时，他跟中士打招呼，也朝我的方向挥手。"就叫我霍帕隆吧。"他说。我时而造访吉姆的小屋，喝波斯塔姆酒或咖啡，进入他当下的、几乎迷失了方向的世界，没有时间之墙。"不久我就要离开这些拐杖，"他说，仿佛我以前没听他这样说过似的，"我不会一辈子拄着它们，这一点是肯定的。"

扔掉拐杖后，他还想出去，带吸泥机进入荒野。和沃勒中士一样，吉姆·邓根也梦想过生活在社会以外，一条遥远的溪流旁的一个小木屋，一种不是以皮毛而是以金子作为经济支撑的生存方式。“只管出去过自己想过的生活。一个男人应该这样。我没在伊格尔买地，因为我喜欢这儿。我喜欢荒野。吸泥机给了我一个去荒野的目的。如果你没得到好的成色，你就关了吸泥机，拿个淘金盘，出去勘查几个星期。建一个单坡小屋。找一个更好的地方。启动吸泥机，在这个更好的地方作业。”

吸泥机是个现代的流行的东西，若与什么东西加以比较能帮助理解的话，那它就是老的采金船的微缩版。采金船的样子像船，归公司所有，若在阿拉斯加其他地方操作，这机器能吃掉整个溪流。吸泥机则是便携式的，便宜，对某些喜爱独自冒险的采矿者具有难以抵挡的诱惑力。它们通过空心管或泡沫塑料块漂浮在水上，通常有七马力的引擎和一个又短又窄的流矿槽。整个装置可以由一个人穿着潜水服操作，矿工一边抓住一条长长的管子吸河底的砾石，一边拖着吸泥机。《阿拉斯加》杂志上广告宣传的一种“强冲击力喷气时代塑料”流矿槽的售价为三十九点九五美元，金瓦克吸泥机卖二百九十五美元。邓根喜欢好一点的装备，估算一千三百美元就可以了。一般来说，矿工跪在河里，湍流冲刷着前胸，但是他可以下潜八到十英尺（假如他目标十分清楚的话），从岩石缝隙里吸砾石。管子通常直径四英寸，能够吸入几乎同样大的石头。岩石、沙子、金子、砾石都进了一个漏斗，接着往后通过流矿槽，在流矿槽那里分离出金子。那就是吉姆·邓根一九六八年与一个叫波拉克·乔的伙伴“走入荒野”时所做的事。邓根是个有经验的潜水者。（“我过去能一口气潜六十英尺。”）这一对伙伴先是在“孤注一掷”作业，那是桦树溪矿区一条小的支流，伊格尔以西往上游一百英里。在六天里，他们获得了四十七盎司黄金，约值两千美元。他们离开了阿拉斯加。但在一九七〇年他们回来了，永久地住下了，在四十英里河作业，靠近伊格尔。“我们跑遍了四十英里河。我们会找一个旧的木屋，把自己弄干，然后回到河上。我们抓河鳟，打兔子。就我和乔。那是一种不同的生活，不是你在其他州过的那种疯狂竞争的生活。我在那儿能看到的只有那种生活。在这里，一个人可以成为他想成为的人。在这片荒野，一个人更自由。而在那边，你受到许多限制。这里，他们不会因为你在人行道上吐痰而抓你。”

四十英里河的一次洪水暂时扼杀了美好的生活，可能也扼杀了伙伴关系。洪水完全毁了他们的吸泥机。这对伙伴分道扬镳，邓根去了费尔班克斯，找了份工作。他计划工作，直到买一辆卡车、一个在伊格尔的小木屋和一台新的吸泥机。他先是做厨师，后来做放线员、测链员、射手。他为地球物理服务公司工作，用地震勘测法①寻找石油。从空中看，一年中的六个月，大部分阿拉斯加的绿色表面与地震测径贴合。一个罐子就是一个检波器，多至两千个被放在地底下，通常以直线排列，监测炸药爆炸后从地下结构反射回的地震波。每次爆炸后，后面的罐子就会被移到最前面。日复一日（通常在冬天，为减少对地形的损坏），这个队列向前移动，跨越荒野。从北坡地区到阿拉斯加东南部，邓根在地震勘测组里工作；有

① 地震勘测法：这里“地震”是“地动”的意思。地震勘探用人工的方法（如炸药爆炸）引起地壳振动，在向地下传播时，遇有介质、性质不同的岩层分界面，地震波将发生反射与折射，在地表或井中用检波器接收这种地震波。收到的地震波信号与震源特性、检波点的位置、地震波经过的地下岩层的性质和结构有关，推断地下地质构造的特点。

一次，在冬天的极北区，他走了一百一十英里；夏季打电话叫来直升机驱赶灰熊；攒下他挣到的钱。他曾在苏西特纳峡谷的一条测径上工作，在冬天的夜里从那儿可以看到安克雷奇的灯光。他没有往前走进安克雷奇。“老天，你进入那个地方，你冬天的薪水就没了。我只待在营地里。”他攒够了钱在伊格尔买了小木屋，后来买了四分之三吨的绿色福特皮卡。一九七四年五月十四日，他离开在布鲁克斯山脉的工作现场，回到了伊格尔，准备买个新的吸泥机。

那天夜里，他和一个前来庆祝的朋友一起喝醉了，第二天早晨，感觉自己比这个城市还要渴求酒精，于是决定翻过几座山去一个路边客栈，在那儿他可以见到一些朋友，喝一两杯啤酒，为新的重逢买一些酒。皮卡发出突突声，只买了一年，外形结实，但一整个冬天都闲置着。他想，引擎充满了碳，所以他进山开足马力燃烧掉它。两个小时后他被人发现。卡车翻转了三次，他的左侧肋骨全断了，两条腿也断了。右腿还没有到四散开来的程度。一些碎骨再也找不回来了。伊格尔的卫星无线电呼叫求援，事故后十三个小时，邓根到达两百英里以外费尔班克斯的医院。自那以后的几年里，他接受了植皮、植骨、一块钢板以及七颗看起来像木螺丝的骨钉。“他们说，在经过骨移植和钢板后，我不大可能正常使用我的腿。但是我愚弄了他们，我这条腿还在。”等移植的骨头长好了，钢板就要被取出，但是，这个计划进行得不太顺利，因为钢板上方腿上的一个缺口还没愈合。“下一个冬天某个时候我应该能工作。在石膏去掉之后，我能穿着一只防水靴拄着手拐走路。我很快就能离开这些腋下拐杖了，不会永远用它们。”

他的小木屋大小有八英尺乘十二英尺，用脚量的话不足三步乘四步。他大部分时间都待在里面等着。他坐在桌边，我坐在他的架子床上。炉子占去了其余的空间。以前的房主是一个姓韦特的家庭，他们以前是设陷阱捕兽的，现在已经离开了荒野。他们四个人，两个女孩和她们的父母，在这小屋里住了两年。小屋有柏油屋顶和木板外墙，内壁包着铝箔，待在里面感觉自己像个烤土豆。有个带两个窗格的小窗户，从屋里看出去是叠放的柴堆——桦树和云杉木头。当我在一九七五年的荒野之旅中初次造访邓根时，他说他为柴炉烦恼，因为它不密封，难控制。当外边的温度零下五十一度时，炉子把温度烧到五十四度，邓根在用自己冒出的汗做桑拿。那以后他换了炉子。我也记得，他有满满一玻璃罐用岩盐保存的帝王鲑。他那时说，那是要存着的圣诞大餐。

我现在问他那帝王鲑怎么样，他说坏了。他在医院度过了圣诞节。那坏了的鱼还在。“等我腿好了，我会用它做熊的诱饵。”

他那车顶凹陷的绿色皮卡，现在停在隔壁丹·基斯的房子前面。基斯买它是为了里面的零件，外壳仍在那儿，邓根常凝视它。邓根三十九岁，他的黑色发际线在往后退。他有一副沉静的嗓音和好似受伤生物睁大凝视的目光。他基本是在威斯康星州长大的，是个铁路扳道工的继子。他在密尔沃基的库达荷中学上过学，然后直接加入了美国海军陆战队。他在美国汽车公司的流水线上工作了八年。“那足以把一个人完全逼疯”。不管怎么样，那逼着他去了越南，作为一个重新招募的海军陆战队队员。“说真话，那是个我宁愿忘记的地方。我听过这里所有这些小气的絮叨。我认为，真该有个事情让他们去抱怨。这个镇上的人要么是法外之徒要么是自以为在行善的人。我不在乎他们相互之间的故事，我努力置身事外。这儿与其他每一个丛林里的城镇一样。如果我能的话，我愿意待在更荒的荒野，或是待在育空河沿岸。”

一箭筒的箭从椽子上悬挂下来。用平头钉钉在另一个椽子上的是一个徽章，上面写着“地球物理服务公司北极勘测，1969—1970”。墙上年历在一月十七日下面标了一行，“太阳——十一月二十一日以来第一次。”桌上有照片，窗台上也有照片。一张是他的继父，最近死了，其他的是一个或者两个孩子的照片。总共六张照片，他唯一的家人——哥哥一家的照片。“我兄弟鲍勃，一九七二年在下四十八州坐轻型飞机时丧生。那就是他。那是他的小女儿，她被一辆汽车碾死了。”

“你结过婚吗？”

“没有。我一直有点像流浪汉。”

约瑟夫·哈杰克和波拉克·乔也曾为美国汽车公司工作。在乔和邓根两人前往阿拉斯加之前，邓根努力在汽车轮渡的甲板上钉钉子，在车辆段钉道钉。“我们工作一整年才得到两周的假期。然后我们前往开阔的荒野。之后回去工作十一个半月，只为了返回荒野。有些人在美国汽车公司找了份好工作，认为那就是成功。如果你能去野外，欣赏荒野——对我来说，那才是生活。我待在这里的一个基本原因就是一个人可以是一个独立的个体。在密尔沃基，我们有持枪抢劫、谋杀、强奸。在伊格尔没有犯罪。在威斯康星乡间的路上走我感到不安全，而在这里去商店的路上我感觉安全。”

邓根的小屋里有两把手枪、两把霰弹枪、三把步枪。他让一把手枪和一把霰弹猎枪始终上着膛。“这地方熊会直接进镇里来。你意料不到的。我在伊格尔的第一夜睡在帐篷里，有两个因纽特女人和我在一起，还有一箱酒。我睡觉的时候，有一只四百磅的黑熊看着我的脸。戴夫·克伦普在那儿，他用一把点三〇步枪朝它的下巴下开了一枪。你永远说不准。而且我有我的哲学。我让人们知道枪是上了膛的。我总是带着一把枪。在威斯康星我带着一把点三八口径的手枪。那儿没有熊，但有嫉妒的丈夫。我并不是天使。”

他点上了烟斗。他的烟斗又长又浅，看起来有点像福尔摩斯的，更像一个马桶。他穿一件棉汗衫，灯芯绒裤子。他的脚趾看起来像是从石膏里突出来的死了的干瘪结节。“我希望过几个星期他们会把这个石膏拆掉并说：‘邓根，穿上一只鞋。’该死的生活过得太快了。你回首过去就会说：‘时间都去哪儿啦？’如果这个缺口到夏天能愈合，我要去找金子。人人都说吸泥机就是个该死的玩具。但是，我上那儿去是一种显示独立的方式，是获取一冬天食物的方式。这些出去设陷阱捕兽的人——库克、爱德华兹、波茨，他们本可以在石油管线上挣五倍的钱，但是他们在这里是独立的。我要用吸泥机的所有收益先买一台雪地摩托，冬天骑着它带食物和设备到作业的地点——备用的零件、汽油、整箱的培根、豆子和大米。在四十英里河的那边，我选好了几个地方。那是山中的荒野，更靠近基岩。我不会划界提出申请开采权。我只为金子去。”

“如果你有价值十万美元的金子，你会做什么？”

“存进银行。”

“它将怎样改变你的生活？”

“不会改变。”

怀曼·弗里奇，一个传统的沙金开采者，有一块比他的拇指还大的金块。他在离伊格尔大概十英里的美国溪的“发现分叉点”那里发现了这块金子。他说这不是他从那道水流里得到的最大的一块。他已经在那里开采了五十年。他“进入荒野”时是个少年，现在被叫作“有大金块的人”。有一天他给我看，因此我有机会把它抓在手中，揉搓着真金。它疙里疙瘩的，有凹痕和坑洞，粗糙丑陋，看起来像是一个大脚怪牙齿里的填充物。金，作为地球上的一种元素，其神奇之处在于，它几乎是纯金属——当弗里奇带着他的开采设备到它跟前，挖起美国溪深处的砾石时，它就在那儿。金不仅稀有，还可以说很自爱。用科学的语言说，它和铂金一样，是拒绝与其他元素结合的贵金属之尊。它想要自由。在冰凉的硬质岩石中，金一般是游离的。但在非常高的温度下，它会成为化合物。在地球内部岩浆中的金元素可能会被结合，比如，与氯。氯化金有一点可溶性，会溶于在岩浆中循环的水。水也会溶解许多其他元素：钾、钠、硅。在热力作用下，溶液上升进入坚硬的硬壳岩石裂缝，在那儿，冷却的金与氯分离，并从水中作为金属沉积出来，金块大小不一，从斑点般大到鹅蛋那么大。硅也会沉积下来填充裂缝，并形成一层层二氧化硅包裹住金子（也就是石英）。

金子可以用炸药或充气钻从这样的矿脉中获得，但那需要一个大公司的资金和努力。西半球最深的矿——南达科他州利德的霍姆斯特克金矿，深入地下超过一点五英里，迄今耗资十亿美元。阿拉斯加的个体矿工——有或者曾经有过这样的名字：猪皮特、枪把子吉姆、地沟比尔、库尔加迪[①]史密斯、鳕鱼汤姆、暴饮医生、蒸发

① 澳大利亚城镇，曾是金矿区。

的孩子、活跃的麦克唐纳、施洗者约翰、奶酪火腿山姆、有大金块的人——他们更喜欢等上帝劈开岩石，抬起、露出像内华达山脉那样的东西，然后借划时代的天气炸开它、击碎它、撕开它，直到金子滚出岩石，进入溪水的砾石中。淘金——将金子从溪流的砾石中分离出来，是艰难的工作；但是与其他开采的方法相比，这相对容易。“淘金”在西班牙语中的意思是“快乐”。

这是阿瑟·哈珀一八七三年进入的荒野。他的这次旅行本身就是一次成功的探险：全程两千英里，大部分路程是在几乎没有绘制地图的北极地区的河流上。但是对哈珀来说，探险只是找寻金矿附带的次要事情。他是爱尔兰裔，聪明、专注，人高马大，有一个工字凹痕的下巴，无精打采的眼神明白无误地暗示了他经历了艰难的、长期的探寻。他之前很长时间一直待在美国的金矿产区。他有地质学家阿尔弗雷德·赫尔斯·布鲁克斯后来描述的“对科迪勒拉山系更广阔的地形特征的认识”。也就是说，哈珀注意到了，北美重要的黄金发现都在科迪勒拉山系，而且山脉远远地向北延伸，超出黄金发现地的范围。这使他想到，高山一路环绕着加拿大和阿拉斯加的育空河盆地，山中孕育的溪流很可能含有未被发现的黄金沉积。虽然坚信这是真的，但他二十年来的搜寻所获微不足道。捕风捉影的故事已经传开了。一位名叫罗伯特·麦克唐纳的巡回传教士，据说先于哈珀十一年在荒野发现了一条溪，那儿的金子非常集中，他可以用汤匙舀。故事中除了提到可能是桦树溪的一条支流外，没说在哪里。一八八〇年在后来成为朱诺的地方发现了金子，那在遥远的南边，但不管怎样这令人鼓舞，它是迄今在北美最北端的发现。哈珀尝试了桦树溪、四十英里河、怀特河、斯图尔特河、塔纳纳河以及它们无数的支流。他去了一些有金子的河，也看了所有错误的地方。他把爱尔兰人的运气拉在了家里。沿着克朗代克河口附近的溪流，他打猎，吃猎物，错过了河底的金子。他用他的淘金盘确实在各处发现了足够的颜色来支撑他的信念。勒罗伊·拿破仑（杰克）·麦奎斯腾在同一年沿同一条线路“走入荒野”，他发回的消息吸引了足够的探矿者北上并最终有所发现。因此，在更广阔的地形探索，他是育空河流域黄金的发现者。

麦奎斯腾来自缅因州，对那儿有黄金的相信程度不亚于哈珀。但是麦奎斯腾做事的方式是支持那些去寻找金子的人，而不是自己亲自去找。他带着皮货沿河而下，返回时带着物资。他代表阿拉斯加商业公司建立了多个交易站，比如里莱恩斯堡（一八七四年），它位于后来被称为四十英里河的旁边，离它汇入育空河的交汇口四十英里。交易站由船尾明轮驱动的从白令海驶来的蒸汽船提供服务。麦奎斯腾为探矿者提供风险投资（在许多人身上投资，年复一年，一无所获），慷慨得近乎慈善，皆因他商人的本能告诉他，当金粉从溪中流出来时，它会沉积在商人的保险箱里。这一地区的第一次大发现是一八八六年，在四十英里河上，当时，名叫哈利·麦迪逊和霍华德·富兰克林的探矿者（根据哈珀的建议），往河上游走了二十五英里，挖到了基岩，找到了粗粒金。就在河完全被冻住之前，他们带着消息现身。阿拉斯加商业公司一个叫乔治·威廉姆斯的河上飞行员自告奋勇将此消息传出去，他做了一次跨越大陆的旅行，与即将到来的冬天赛跑。他几乎挺过来了，但由于疲劳和寒冷，他像送消息的斐迪庇第斯一样死了。麦奎斯腾那会儿在旧金山买给养，现在买了更多的给养。他不需要费神帮助传递消息。沿育空河两千英里，以前住着十二个白人。人们现在好几百好几百地来，很快成千成千地来。哈珀和麦奎斯腾之前已经花了十三年的时间准备这条线路——开发运输线路、收集详细的地理和地质信息。无需说，他们乐意在四十英里河进入育空河处建立一个交易中心。锹和面粉、镐和淘金盘那儿都有售。还能得到很多免费的建议。

七年里，四十英里河是开采育空河黄金吸引人的焦点，这里一个季节产出达八十万美元。这条河的流域几乎全在阿拉斯加，但是有几英里进入加拿大，切开了紧靠现在伊格尔南部的高原。一八九三年，兴奋点转向阿拉斯加一处相对偏远的地方。麦奎斯腾为两个分别叫皮特卡和赛卢思卡的探矿者提供了风险资金，派他们到河下游进入山里再找一下麦克唐纳先生那传奇的一匙一匙的金子。皮特卡和赛卢思卡在离育空河约五十英里的溪流岔口有了发现，那里到处是云母片岩和石英的侵入岩，山脊尖耸，水系呈树枝状，峡谷峭壁矗立，山嘴平缓，还有当地称作穹顶的高耸孤立的山。随着一个又一个的发现，一条条的小溪获得了它们最终的带有故事的名字——猛玛溪、乳齿象溪，而且由于所有的小溪都注入桦树溪，这个区域被称为桦树溪矿区。几百名的矿工离开四十英里河，冲向新的发现地。麦奎斯腾当然跟着去了，开了一家商店。因为矿工在山里十分分散，麦奎斯腾在育空河的码头边建了交易站，给他们提供给养。那儿被命名为瑟克尔[①]，因为人们以为它在北极圈上，而实际上它在北极圈以南五十英里。它很快成为了育空河上首屈一指的定居地，自称为“世界上最大的小木屋城”。到一八九六

---

① 瑟克尔（Circle City），直译为“圈城”。

年，桦树溪矿区有一万名矿工。瑟克尔的居住人口为一千两百人。城里的歌剧院还会上演莎士比亚的剧目。它有一间拥有几千册藏书的图书馆、一个诊所、一所学校、教堂、舞厅，还有那么多妓院，数量超过了酒吧。然后确实的新消息从四十英里河河口半废弃的定居点沿着河漂了过来。

两个以不靠谱著称的人走进了大比尔·麦克菲在四十英里河口的驯鹿酒吧，宣布在河上游有一处新的发现，眼睛都没眨一下。他们一个叫塔吉什·查理，是个印第安人；另一个是“说谎”乔治·卡马克。“说谎”乔治说，他们在离开克朗代克的一条小溪上找到了钱，在那儿，他们的第三个成员，一个叫斯库克·吉姆的印第安人留下来守卫他们的开采权。酒吧里坐满了矿工，没人对此留下特别的印象。因为每出现一条有价值的资讯，都伴随着几十条华而不实的线索，这会引起狂热的挖掘和黯然的失望。而且，卡马克以吹大牛不见结果而著称。他也是偏见的受害者，因为他是一个塔吉什[①]女人的白人丈夫。他已经变得如此本地化，他真的想当酋长。他用两杯威士忌给自己壮胆。对卡马克而言，让这些怀疑者相信事关重大。后来他自己说，他觉得仿佛“自己在生活的游戏中打了一手皇家同花顺”。他和他的同伴都划地申请了法律允许他们申请的开采权，现在他急切寻求这些人对自己可能的尊敬，如果他让这些乞丐变富的话。喝完威士忌，他从口袋里拿出一个旧的弹匣，翻过来。金子具有它所出自的那条溪的特点——从金块的形状到薄片上锈迹般的底纹。平坦的、粗糙的、长方形的、眼泪状的、圆的、光

① 塔吉什是居住在育空河流域的阿塔巴斯卡印第安人。

滑的——一个淘金地点的碎金具有共同的特征。一个有经验的矿工能看一下金块就说出溪的名字。一群人聚集到卡马克的金子周围。只有少量金子，但是酒吧里的矿工没人见过那种样子的。他们安静了下来。测量员威廉姆·奥格尔维那时在四十英里河一带工作，他冷静地观察着；事实上，金子着实不会从天上掉下来。假装无动于衷的样子，矿工们逐渐散去。乔治·华盛顿·卡马克、斯库克·吉姆、塔吉什·查理的开采权被记录了下来。不久，他们开采地上的小溪就被命名为富源河。它是世界上发现的含金量最高的沙金河。富源河注入塔巴斯卡（Tron-diuck）河，发现地在汇合口上游十英里。“Tron-diuck”是阿塔巴斯卡语，意为“锤过的水”，那是一种鱼网，将木桩打进河床中形成围栏。“Tron-diuck”变成英语就成了“Klondike”（克朗代克）。

我忍不住要岔开说一下大比尔·麦克菲的命运。他对他秘藏的慷慨显而易见，是他同族的任何人都没有的。在卡马克光顾酒吧后，有一个叫克拉伦斯·贝里的人来找麦克菲帮忙。贝里是一个来自加利福尼亚的年轻人，他渴望划定自己的开采地，而且他具备一个矿工所需要的所有决心和体力；但是他没钱、没吃的、没任何装备就来到了四十英里河。麦克菲叫贝里去他藏东西的地方，需要什么就拿什么。最终证明，贝里的开采地位于富源河上含金量最高的河段，它们使得一家矿业公司发展起来，并四处出击，后来这家公司还在加利福尼亚石油的开发中获得了更多的财富。大吉姆自己定居在费尔班克斯。有一天他的家和酒吧被烧了个精光，他在世上所有的财富全没了。在加利福尼亚的贝里通过他的公司员工听到这个消息，马上往北发了个信息：重建房子，重新进货，恢复一切；把所有的账单寄给我。

一点五亿美元在克朗代克流域被水冲刷着。这个事实虽然让阿拉斯加育空河采金区逐渐式微，但不会让它完全消失。瑟克尔衰落了百分之八十，但没有像幽灵一样消失。有足够的矿工留在桦树溪矿区，他们在克朗代克矿区发现黄金之后的一个采金季节里拿走了价值五十万美元的金子。四十英里河地区人才流失，但走掉的人未必是最好的人。已经稳定下来的矿工继续在溪流上工作。对大多数人来说，世纪之交的几年是来回奔忙的岁月，人们被带来希望的消息驱动着。比起从美国过来的大量生手，阿拉斯加黄金区的矿工进入克朗代克有着地缘和经验上的优势；来自美国的大部分人发现，每一条有点金子颜色的溪都被划为别人的开采地了。克朗代克矿区在加拿大，百分之九十的矿工都是美国人。女王对从陛下的砂矿中获得的财富课以重税。加拿大皇家骑警人员不足，担心地给渥太华写了一封信，提出美国人可能试图强力把国界往东推进以纳入克朗代克河流域。但是，他们许多人只是悄悄地回“家”了，没有暴力，跨过国境线到阿拉斯加，常常安顿（并工作）在卖弄爱国名字的地方：伊格尔（鹰）、星城、内申（国家）、美国溪、华盛顿溪、七月四日溪。一九〇〇年，诺姆市的河滩兴起淘金热。八千人离开道森市——一个在克朗代克河汇入育空河之处瞬间崛起的城市。在这些人当中最引人注目的是爱德华·杰森，他扛着一辆自行车走进伊格尔。沿着冰封的河，他还有一千三百英里要骑，但是眼下他哪儿也去不了，自行车的滚珠轮轴冻住了。待温度上升到足够高时，他骑走了。与此同时，在往诺姆的路上有人滑着冰从他身旁经过。伊格尔和瑟克尔的人口少了一半，但是，像以前一样，矿工绝没有从荒野消失，从未消失过。在育空河流域最早兴起淘金热的桦树溪和四十英里河，自发现金子起一直有矿工在溪上工作。

淘金的主要技术就是用一个又长又窄的流矿槽来洗涤砾石，其底部用一条条槽分隔，模拟溪流的浅滩。金子和重的沙子沉在槽之间，而石头和卵石继续向前移动穿过这个装置，在远远的终端作为“尾矿”排出。最早的矿工用镐和锹，每天能移动大约五立方码砾石。不久这些个体探矿者兼矿工被结伙的小组超越，他们合力能移动更多的石头（比如说用机械铲土机），他们能通过建讲究的木制水槽大大增加水量。巨大的高压皮管也被发明出来了，蓄水池也挖好了；水从池子里通过管子落下，以足够的压力从管嘴冒出冲刷山边的水沟，将砾石冲进河床。那些买下开采权的公司自然造出了大吸泥机，并在整条溪上作业。几个月后，吸泥机漂在它们自己挖出的池塘上，漂在几个月前从城里来的资本上。

尽管如此，个体矿工还是挺了下来。在远离淘金热门矿区的地方，一些人发现了一种生活方式，其吸引力不亚于金子本身，比如阿克塞尔·约翰逊。约翰逊是瑞典渔民，于一八九八年“进入荒野”，他建了个小木屋，在七十英里河的瀑布旁开辟了个园子。他在大花岗岩溪、桤木溪上作业。他的好多金子都是“顺手牵羊”得来的——就是在可能有金子的地方作业而不正式申请开采权。他会去急流处的深洞，定期用一个像大勺子一样的工具清理；或者，他可能从一个小小的砾石岩滩获得比如一千八百美元，手工作业；当他来伊格尔取邮件或给养时，他边走边顺手牵羊，有一次一路捡起了六十七盎司。他也设陷阱捕猎。在他的瀑布底下，他抓的北极鳟多得足以供他晒干过冬。他过得很好。一九三三年他死在自己的小屋里。吸引他的这种生活要承担巨大的法律责任，但也提供了巨大的可能性，正是这可能性吸引了其他人，也时而被一次次新的繁荣所强化。实际上在阿拉斯加黄金潮中曾有三个繁荣期。第二个时期是在二十世纪三十年代，当时金价翻了一番。在十九世纪九十年代的淘金热中，金价大概是每盎司十七美元，这一价格一直保持基本稳定，直到一九三四年政府将它提到三十五美元。溪上孤独的矿工突然不那么孤独了。新的开采也被几乎同时出现的推土机所推动，因为推土机每天能推的砾石相当于一个熟练矿工用镐和锹挖的四百倍。第三次阿拉斯加黄金繁荣期始于二十世纪七十年代早期，当时美国允许金价随世界市场浮动，并宣布美国公民被允许购买和储藏黄金，那是四十年来的第一次。于是金价变得令人炫目，逼近两百美元一盎司。后来价格又回调到目前的水平，在一百五十五美元左右。

每年都有新的矿工“走入荒野”，从内华达州、蒙大拿州、俄勒冈州来，不管什么地方。他们到处看，听人们讲故事。他们听说“唱歌的山姆”在哈里森溪“碰到了一个富集矿，拿走的大金块你都不敢信”。他们听到“四分之三英寸长的楔形金块躺在那里的基岩上，水就在上面滴”。他们听说桦树溪矿区的一个矿工从山崖上拽出金块。

“我一直在采金，总是在准备地块。我不告诉你我已经准备好要挖多少钱。它在银行里。麻烦的是，有太多的砾石和它在一起。”

在吸泥机留下的尾矿堆里，人们搜寻那些大得无法在流矿槽里停下来而继续和卵石一起通过吸泥机的金块。人们从衬衣口袋里掏出小玻璃瓶给你看，里面装满了类似鸡饲料的东西，比镇纸重些。

有人说，他看到了一个金块，大如首尾相连的炸麻花，从大管子里翻转着蹦出，沉下去不见了。自那以后他一直在找。酵母溪上的一个人给别人打工，坦言看到过一个金块，他伸手去拿，发现它与一股线状金连在一起。他掰下金块，没有报告。他无法标记那个地方。后来他返回去努力找，可已找不到那个位置。

对这类故事，斯坦利和爱德华·盖尔文并非总是无动于衷。这对父子的根就深深地扎在这片荒野（一个出生在那儿，一个在它成为州之前就在这里了）。他们生活在森特勒尔（直译为“中心”），一个有邮编的社区，人口十六人。这样叫是因为它是桦树溪矿区供应线路上的一个点，从那儿矿工们分散到峡谷。有些人去的地方远得令人吃惊。斯坦利和爱德华·盖尔文是飞行员，从空中熟悉荒野。几年前，他们开始对遥远的高地上某些相连的溪流路线颇感兴趣，因为他们看到了矿工曾出现过的年代久远的证据。这个地方——他们要求我不要太具体，位于伊格尔和森特勒尔之间一百多英里山地中。沿着一处三千多英尺高的峡谷的底部，他们注意到有东西，其中有一个已风化成银灰色的木制流矿槽、一个没有顶的小屋、一个早就倒塌的藏匿东西的地方。早年的矿工不会去建木屋、储藏窖、流矿槽只因为他们希望发现更有价值的黄金聚集地。但是，即便找到了这样的地方，他们也没有办法搬动任何东西，好像那里到处都有金子。天气暖和时有些地方发大水，是无法挖的，他们在冬天用火融化深深的冻住的砾石，再用桶把它们吊上去，等春天来了再去冲洗。在河床底部是浸透的未冻住的深层，叫做“活层”，早年的矿工对此根本束手无策。虽然一些阿拉斯加的溪流彻底封冻，但大多数溪流整个冬天在明显增厚的冰层和雪层之下继续流动。这种现象就是“泛滥”，经常要了在冰上徒步走的人的命——浑身浸湿，冻死。水在冰面下聚集起压力，直到从一个缺口涌出，在冰上往外溢出。压力释放后，外溢停止，水变成了一层冰。不久，雪下下来，压紧冰面。更多的压力聚集，水又一次流到顶上。整个冬天，这些交叠的冰层和雪层，白的和蓝的，能够层积到巨大的厚度，但冰层底下和基岩之间的溪流还是液体。斯坦利指出，如有合适的挖土设备，一个人可以到活层挖空岩石上的东西。没有这样的机械曾到达过这些高山溪流，因为看一眼那未曾动过的状态就可确认。它们离采矿的路线太远了，离用过吸泥机和推土机的溪流太远了。这样的情形离奇得几乎难以想象——一台推土机在山中那些没有道路、没有小径的荒野上。另一方面，最近金价翻了五倍。也许进去是值得一试的。在盖尔文家的餐桌上，父子二人不停地交谈，一个计划渐渐形成了。注意力集中在家里的反铲挖掘机上。首先，有必要取一些深层砾石的样本，看看那儿有什么。挖掘机那长长的钢臂和大大的钢铲斗可以深入河底好多英尺。如果有人想看看基岩上都有什么东西，那台反铲挖掘机正合用。也许有人能够用飞机把它运到那儿。那台反铲挖掘机是台改装过的拖拉机，曾属于美国空军，在费尔班克斯运过炸弹。它重五千七百磅，一个人能把它拆开，拆成许多部件。用家里的飞机空运，就像鸟衔稻草，将一个螺钉、一个螺帽地“衔”进山里。

当我在一九七五年初秋第一次见到盖尔文一家时，反铲挖掘机的部件在他家小木屋后面的机场跑道边散落了一地。机器依然可辨，但很快在扳手的作用下瓦解。飞机跑道看起来像一条不到十英尺宽的土路，路两边都长了高高的野草，几乎够到了“赛斯纳”的机翼。跑道有一个急转弯。经常地，斯坦利或爱德华会把一些零件塞进飞机，在一股尘土中向前驶去，于弯道处消失，最后重新出现，升起，飞越墙一样的云杉形成的背景。斯坦利身材瘦长，才二十五六岁，在荒野土生土长，几乎天生就是个采金矿工。这么些年来，可以这么说，他已经变成了史蒂夫·乌维佩服地说起的“最大限度付诸实践的人”之中的一个。淘金碰巧是最初吸引爱德华和他的妻子基妮“走入荒野”的原因。二十世纪五十年代早期，他在森特勒尔附近印第安女人溪上的开采地上作业。他挖了很多砾石，但没有很多金子。他们喜欢荒野，就转做其他的营生，留了下来。捕兽人、锯木工、飞行员、管道工、有执照的大型动物狩猎向导、焊工、铁匠、机修工、木工、造船工和造雪橇工，他苦于找不出没做过的工种。有一次我问他，有没有在他这儿出了问题而不得不向别处求助的事情。这个五十岁左右、体格结实优雅、带着厚厚的质询意味的双光眼镜、有着害羞的微笑和沉静的嗓音的男人，看着远方仔细地想了一下这个问题。末了，他说没有，他认为没有。基妮和他一起打猎，也一起跑陷阱线。他们养大了一个儿子、三个女儿。孩子们那么喜欢吃驼鹿肉和驯鹿肉，从不介意吃不到牛肉。同时，在所有的那些岁月里，尽管在第一次尝试淘金后从事了各种各样的行当，想让爱德华脑子里不想金子要比他从印第安女人溪里获得金子还难。他染上了“黄金热”——当地流行的疟疾，他把它传染给了斯坦利。

如果他们因为对那高处的无名峡谷中所看到的遗迹认真起来而被取笑的话，那里也有令人兴奋的故事。这个矿区的老矿工说，他们总是听说那边高的地方砾石层较浅，靠近地表有很好的成色；并且没怎么被真正的早年的矿工开发过。那处峡谷是猪皮特和另外一些人的峡谷。那是他的宝藏之地。皮特·弗里斯克是个精明的探矿者，一个高效率的矿工，不是一个在没有回报的地方浪费时间的人。他在那儿发现了一个好的矿带，而不是几只熊。人们叫他猪皮特是因为：尽管他是个干净的、有魅力的人，但是他干活时、淘金时发出哼哼声。他开口讲话时，总先哼一下。他老了之后，去了锡特卡开拓者之家[①]。不时地，还在荒野中的矿工能看到一份出版的、住在那儿的人员的名单。有一年，皮特·弗里斯克的名字从那份名单上消失了。一九六二年，一个名叫布朗的人，从俄勒冈或"附近某个地方"来的，自己开直升机飞到皮特·弗里斯克的山谷。有个伙伴陪着他，还有两条艾尔谷犬、一套很小的流矿槽，这些作为探矿的工具便携有效。他还有一把对付灰熊的点三五七马格努姆手枪，他击毙过三只熊。当要离开时，他们试图走着出去，翻越山到达育空河。阿拉斯加的溪流有并排行进的特点，甚至能迷惑非常熟悉它们的人，两个人以为自己在通向育空河的煤溪上，而实际上他们在通往其他河的汉纳溪上。布朗的伙伴几周后出来了，腿受了伤，乘着自己做的筏子在查利河上漂着。而布朗"留"在了那高处的荒野，也就是说，显然死在了那里。人们再没听到过他的消息。他的伙伴说，他受伤后他们就分开了，为了向外界求救，布朗继续走。后来只发现了一条艾尔谷犬的尸体，狗被杀了像是准备吃，但

---

① 锡特卡开拓者之家是一家坐落于锡特卡的养老机构，由阿拉斯加州政府运营。

没有被吃掉。有可能一只熊吃了布朗。他的遗孀怀疑发生了某种更坏的情况。她认为在皮特·弗里斯克的峡谷里发现的远不止一点点颜色。

十几年后，斯坦利·盖尔文驾着他的艾龙卡冠军飞机上配着像沙滩轮胎一样的苔原轮胎。他飞得很低，以致刮到矮柳，在峡谷里寻找一个可以降落的地方。十三个无树的山顶，每个都大概有纽约州东北部的阿迪朗达克山脉的高度，它们环绕着三条交汇的溪流。从这些像乳头般突起的山峰往下大片延伸的是迷惑人视觉的苔原高地。它们看起来像高尔夫球道一样平坦，但是因为有莎草草丛和裂开的土壤，其实像卵石滩一样崎岖不平。以接近停滞不前的速度，斯坦利沿着一条又一条溪流，仔细查看地面。最后他看到一个地方，觉得如果成功降落就可以从飞机里出来走着去峡谷。假如无法在此地着陆，走路去峡谷会很远，且不说是否能找到一个能着陆的地方。上升、盘旋、返回，他小心翼翼地将轮子放上地面，然后立即跳回空中。感觉很好。他又开始盘旋，在苔原上触轮两次。地上极其不平坦，但看起来可以一试。他把飞机降落了下去。

成功起飞，他回家告诉他的父亲。他们俩开始推进他们的计划。首先他们应该改进着陆的地方。他们有辆小的福特游侠——可将它用作一辆微型拖拉机，像卡博科德除草机，他们几年前在查利河边建木屋时曾将它用于类似的目的。爱德华把游侠切成两半，空运到山里，再把它焊回去。反铲挖掘机不久就跟着进来了，当最后重新组装好时，他们用它铲进小溪中央。基岩在下面八英尺。刚挖到六英尺的时候，他们就用金盘来看他们之前希望看到的颜色。

他们原本打算花接下来的一个季节用挖土机在他们划定的开采

地上作业，尝试七英里长的溪流上的几块区域，但是初期的结果十分鼓舞人，大大缩短了测试的时间。保守地说，那儿似乎有个富矿带，现在所需要的是大规模移动砾石的机器，因为反铲挖掘机只是个五千七百磅的锹。卡特彼勒公司生产七种都叫“猫”的推土机，其型号从D3、D4一直到D9。大多数采金矿工用的都是比最大的小一号的，但是盖尔文家与费尔班克斯的两个朋友合作，决定全力出击。最大的“猫”，二十七英尺长，十一英尺高，铲刀长十四英尺，能够横扫它面前的四十码砾石——可能一铲能铲出一百美元。爱德华·盖尔文去洛杉矶买了一台二手的D9。

他在费尔班克斯的伙伴出资，条件是一半的采金收益。他付了四万七千美元买了一台用了十年的机器——G系列的D9。在一个又一个承包商的手中，这台机器一生都在修未开垦过的加利福尼亚的土地，建高速公路，在海滩和沙漠为建筑工地作准备工作。看看它，轰隆隆，呼噜噜，喘息，咆哮，像猪皮特一样哼唧——即便任你想象，可能猜到它将去哪里吗？它乘火车去了西雅图，随后搭船到了威廉王子湾的惠蒂尔。在那儿，阿拉斯加铁路捡起它，把它带到了费尔班克斯。在四月初，一辆平板拖车拖着它上了土路往北走。距森特勒尔四十英里，拖车停下了，未解冻的冬雪挡住了路。十月份以来这条路就断了。爱德华·盖尔文从空中观察，降落在公路上，他和斯坦利一起把铲刀装到“猫”上。天气总的来说在变暖，雪在融化。冰也开始销蚀。如果D9准备沿还在冰封的河床前进爬进山里，那现在必须继续走。如果道路封住了，“猫”可以开路。

当斯坦利·盖尔文还是个小男孩，通过函授在餐桌上做小学的功课的时候，他被一次又一次地要求画一幅画。当主题自选时，他总是画一只“猫”。他操作“猫”比驾驶其他任何东西都要早。现在，有一台“猫”在身边，他知道怎么操作。他像一个运动员一样感觉“猫”各部分的节奏——倾斜液压缸，铲刀提升臂。一个好的“猫”驾驭者就是一个“猫”机修工。从变矩器到行星齿轮，他知道是什么促成了动力传动。“我知道里面有哪些零件，了解里面的一切以及它的工作原理。我父亲也知道各部件如何一起运作。如果那东西需要修理，我们就自己动手。”

被雪埋没的通向森特勒尔的路很难走，即便在夏天最佳的状况下。在几个地势高的地方，它就像一个宽十五英尺的架子横穿过山侧，没有任何护栏，有的地方路的外侧急剧下降。在这些山路关口的最后一个，离家二十英里，斯坦利遇到了深三十英尺的积雪。要继续走，他必须铲雪，把一些雪推到边上，雪崩般推下去，然后回头铲更多的雪；在这过程中，他凭感觉摸路，用铲刀的边角感觉被埋没的路基边缘——那是路的尽头和要掉下去的边缘。从某些方面来说 D9 是最难操作的“猫”。“你面前有这么一大堆铁，看不见自己在做的事情。”但是，这也是他最喜欢的型号，因为它自重很大，不会颠。这家伙重十一万磅，它的平衡点在铲刀后十英尺处。斯坦利屡屡把铲刀伸出路基边缘八英尺。他知道“猫”所在的位置。如果他掉下山，那将扬起云一样的雪。但是，他干净利落地铲开了这巨量的积雪，轰隆隆地往下开到森特勒尔。

爱德华·盖尔文给履带装上了防滑链板，防止“猫”打滑。它们是小块的钢，像连字符一样在履带上凸出来。爱德华和斯坦利之前做了一块平滑的钢板和一个钢制的流矿槽。爱德华已经把它们改成了一个载重很大的雪橇——八英尺宽，二十四英尺长——用了I型钢、H型钢和十六分之三英寸厚的钢板。他做了个一千加仑的油箱，加满了，放在雪橇上。他往各处塞进雪鞋、淘金盘、两百安培的发电机、一个焊箱和手电筒。最后，他在这堆东西的顶部把一个胶合板储物箱固定好——那就是个小棚屋，里面有三个铺位、丙烷和一个放满食物的橱柜。这套装备加起来总重十二吨，它被挂到D9上后，斯坦利就出发进山了。

他首先穿过低地。他母亲和他一起在车上，他父亲在空中盘旋。然后，他换了乘客，带上了一个叫加里·鲍尔斯的朋友。他们开始沿伍德乔珀溪往上走。一开始时海拔是九百英尺，旅途中的最高点超过四千。他们走了五天，每天十四个小时。风很大。他们经历的最高温度是零下十七度。他们停下来用一把链锯砍树开道穿过树林（不敢用“猫”的铲刀，因为被铲倒的树可能弄碎储物箱）。“猫”两次掉进溶蚀的冰，又毫不费力地爬上来。这种情况下有些运气，但并不多。若是伍德乔珀的峡谷冰少，斯坦利可能就得停下来。但是溪上持续不断的“泛滥”现象使得一些地方的冰厚达三十英尺。接近伍德乔珀溪的源头时，他慢慢地驾驶着“猫”往一个陡峭的冰坡上爬，滑下来，再爬，又滑下来。想了一会儿，他不再试了。没有防滑链板，这大家伙本会停住，但防滑链板咬得很紧，渐渐地“猫”从溪的源头爬出，没想到却进入了十分深的雪，导致D9的钢履带被绷得紧紧的。斯坦利觉得停一夜是明智的。得提一句，所有这些都发生在暴雪中。第二天天放晴，空气更冷些，斯坦利开过深深的积雪，直到他发现一条上山的路。他稳稳地爬上山脊，有时行驶在一点点雪中，有时行驶在七英尺深的积雪里。在某个地方，坡太陡，他只好先把雪橇脱钩，先用“猫”清出路来。“我知道山脊太陡，翻不过去，因为它几乎是垂直的。所以我绕到右边。没有防滑链板的话，这机器就滑向一边，直接掉到山底，像穿了冰鞋一样。加里吓得要死。我现在开得真的很慢，打滑了几次，然后再放缓速度。我尽可能慢地开，走了半英里左右。觉得可以了，我就回去把雪橇带上。”

他父亲开着飞机用滑雪板着陆，把他带了出去；D9 就闲置在山里，一直到夏天。与此同时，还有最后一个山脊要跨越。“一边是垂直的，另一边是深深的雪，非常陡峭，一定有四十五度。一个人本可以从一边绕过去，如果放下储物箱，挖雪，刨出一条路的话。但是我不想搞得一团糟。我慢慢往上移动。履带的确有点打滑空转。我不能径直上去，太陡了。靠边走再好不过。不能后退，因为我有雪橇。后退我会害怕。有一台像这样的‘猫’，如果你愿意的话可以在山边开出一条路来。但是我只是一点一点地往山上挪，然后就翻过山脊了。我不想把荒野整成一块平地。”

布拉德·斯诺和莉莉·艾伦一九七四年“走入荒野”。他们一个二十六岁，一个二十一岁。他们从新罕布什尔州出发，途中停留安克雷奇，在那里打工，攒够了钱进入丛林。像其他许多希望通过阿拉斯加都市这道旋转门中转进入荒野的年轻夫妇一样，他们研究地图猜测哪个可能的目的地更好。他们遇到的许多人似乎都前往麦格拉斯、贝塞尔以及位于这两地之间的沿卡斯科奎姆河的地方。艾伦和斯诺因此考虑其他的选择。“那些人没一个知道伊格尔在哪里。我们想，那就是我们要去的地方。”

他们坐一辆皮卡到了伊格尔，带着斧子、榔头、钻头、刮刀、粗木锯，还有他们崭新的可爱的、十七英尺的柴斯特纳特公司出品的探矿者系列的划艇。他们正在探索的种种不只是地理方面的。他们正在寻找一种社会环境，以及一种过自己的生活的方式。为获得必要的钱，他们可以时不时地去费尔班克斯打工，如果可能的话，也可以在伊格尔打工。但他们希望一年大多数时间都远离社群生活。“我拒绝郊区生活，”斯诺并不羞于解释，“我拒绝人群。我不想要新车或漂亮的房子。这些都不值得为之劳作。在下四十八州，经济压力使我不可能拥有我喜欢的土地和空间，不花个二十年是得不到这些的，而即便得到了之后就是被盒子一样的房子包围。在新罕布什尔州，要得到任何我想要的东西都必须花大把的钱。我不愿意为了得到大把钱而让自己的生活变得复杂。”

他和莉莉寻求的是土地，在那儿，除自然的边界和规律以外，个人的精神可能不受任何约束。他们打算沿育空河而下，它的两岸只是数百万英亩的荒野的起始线。他们四处打听——问人，比如迪克·库克，他追求过同样的理念——并发现了荒野论资排辈的规矩。育空河的支流是最好的位置。在伊格尔下游相当远的地方，每一条流入育空河的溪流上都已经有人住了。第一条尚没人住的是内申河，伊格尔四十六英里以外——有点远，但还可以。斯诺有一种大难临头的感觉，主要是因为他把他的计划都压在了育空河的脾性上，而他连育空河是能安全航行还是急流滚滚都不知道。当他确信这条大河尽管能量巨大但水流平缓时，他的自信心增强了。当往划艇上装了七百磅的粮食时，感觉心情舒畅。

他的职业是电工，这在内申河上实际上毫无用处。但是他擅长木工，还是个好射手，这些技能在开始时足够了。沿内申河往上游走七英里，他和莉莉用未剥树皮的鞍槽圆木建了一个十乘十四英尺大小的小木屋。屋子有两个窗户，覆以软的透明塑料，裂缝里长着苔藓。房顶由数层草皮、苔藓和塑料构成，是个结实、做工精细的小屋。屋子的门一连好几个月只不过是一面悬挂着的毯子，但是即使夜间在零下三十七度，小屋也十分暖和，以致毯子被拉向一侧。他们有个密封的暖炉（“穷人用的阿什利暖炉”），做饭的炉子是牧羊人用的那种火炉，炉膛不到一立方英尺。凭一把粗锯，斯诺锯木板做了一条长凳和一张桌子。他用干的云杉做木销，将木销打进墙上圆木上钻出的洞里，在木销上搭上搁板，在板上放他们的斑豆和干小麦、全麦加豆面条、樱桃酱、玉米胚芽油、燕麦粒、爆米花、糙米以及未加工的小麦。他打了一只驼鹿，把肉一条条挂在梁上风干。他们保存蓝莓、蔓越莓、野玫瑰果。在清澈的内申河里，他们钓河鳟和北方梭鱼。

他们只带着两条狗。一天夜里，米基（一条西伯利亚哈士奇）在屋外邻近的地方走走闻闻，突然斯诺和艾伦听到附近有狼的嚎叫声。斯诺拿起一把短枪就往发生声音的方向走。他回来时棍子上扛着米基，狼把狗的喉咙撕开了。冬天本来平安无事，例外的是有一天斯诺自己阑尾炎发作，决定前往费尔班克斯，把莉莉·艾伦留在小木屋里。一连五个星期，她独自一人待在小木屋里，离伊格尔五十多英里，不知道他是死是活。最后，是斯诺的女人而不是他的阑尾，真正发作了。

没几个月前，他们去了一趟新泽西州的巴士京岭，把婚结了。新娘的父亲戴着山谷的百合花（莉莉的名字的字面含义）。他是埃克森石油前主管。莉莉上的是里奇中学，随后在亚利桑那大学上了一个学期。她在新罕布什尔州康韦城外的16号公路旁的店里做女服务员，就在那时斯诺走进了她的生活。她告诉他，她想有一天拥有牧羊的田野，因为她"着迷于纺线织布"；而他想要去连羊毛都会冻住的地方。他来自马萨诸塞州的雷丁，在马萨诸塞州的大学和夏威夷大学学习过一段时间。他也上过职业学校，但是他发现在新罕布什尔的森林里为阿巴拉契亚山俱乐部工作有意思多了。他中等个头，身材轻盈，棕色的大胡须，闪亮纷乱的棕色头发，秉性严肃。莉莉·艾伦——漂亮，毫无雕饰的女人味，脸上有点清教徒的严肃，头脑清醒，有点不合时代的味道，好像礼拜日坐在教堂第一排椅子上听科顿·马瑟牧师布道。

"我们到这里来是为了远离很多的人、很多的机器，过简单的生活，"她说，"每个伊格尔的人都说他们来这儿是'为了摆脱一切'；而我们在伊格尔找到了'一切'，我们来这里是为了抛开非必需品，住在荒野以更自然的方式对待土地。"

用河上人的行话说，打驼鹿、驯鹿、豪猪、野鸭、熊、兔子，都被叫作"获取你要的肉"，对斯诺来说，这项任务从一开始就很复杂，并不是围捕和枪法方面的问题。有时候他感到对野生动物扣下扳机很困难。"我打猎是为了肉，但我并不真正喜欢打猎，"他坦言道，"这终究是个有无掠食精神的问题。如果迪克·库克或查理·爱德华兹看见一只鹅，他们不会犹豫。砰。但是我会停下来欣赏那只鹅，然后才想到枪。当我射一只驼鹿时，我带着深深的敬畏走近它——我这个瘦小的人类正要毁灭这只美丽的动物。上一次射驼鹿时，我哭了。我真的同情它。我不知道该怎么办。射杀这只动物，看着它躺在那里慢慢死去，这让我战栗。”

在寻求荒野谋生方式的过程中，斯诺和艾伦完全避开了设陷阱捕兽。“实在没其他方法挣到钱我才会那样做，”他解释说，“但我不想在这儿杀死动物为纽约的肥婊子做衣服。我不介意穿毛皮，但我不愿卖毛皮。”同时，救火也可以赚钱——在冒烟的森林里背个水袋工作。在两次救火的经历中他挣了一千美元，是他们一年所需的一半多。

当他们还在品味更自然的新生活时，莉莉的父母到访伊格尔。乘着两条划艇，四个人沿育空河往下游划了几天，只为看一眼内申河上的小木屋。莉莉的妈妈没有力气走完全程，但是斯诺和他的岳父把女人们留在了扎营的地方，划着柴斯特纳特划艇朝溪上前进。那是个吃力的活，他们划了好几个小时，突然一架直升机飞过树，经过了他们。看到飞机就让斯诺恼火，因为他现在离文明五十英里远，而飞机毁了荒野之境。两个男人继续往前，忘了直升机，最后抵达了小木屋。小木屋现在有一扇门，还有一个精巧的孔明锁之类的锁，这是斯诺设计的。他刚把一些装备拿出来，直升机就回来了。它盘旋着，在一个砾石滩上着陆。“我去跟他们说。”斯诺说。

飞行员出来了，还有一个衬衫上有个联邦胸标的男子。他是个矮小纤瘦的带着公文包的人。“你好，”他说，“我是戴夫·威廉姆斯，联邦土地管理局的。你在划划艇旅行。我很抱歉打搅了你的野外体验。我们正想检查这里。你介意我们看一下小木屋么？这不是你的地方，对不对？”

斯诺不置可否，但是当威廉姆斯进屋乱翻物品时，他变得越来越恼火。那位飞行员说：“真是个好地方，不错。屋子建得很好。

这是你的地方？”

布拉德和莉莉拥有一张放在相框里的著名照片，是由多萝西娅·兰格二十世纪三十年代在加利福尼亚克恩县拍的。照片上是一台气压缩泵、一个破败的乡村加油站，还有两个醒目的标识：一个写着“空气”，另一个写着“这是你的地方，不要让大人物从你手里抢走”。

“是的，这是我的地方。”斯诺脱口而出。

威廉姆斯像个幽灵一样又出现了。“你刚才说是你的地方？”他问。

“屋子里那些是我的东西，”斯诺说，“但愿你没搜我的东西。”

“我问：‘这是你的地方吗？’”

“你似乎认为这是你的地方。”

离开的时候，威廉姆斯说：“这个屋子属非法侵入。很可能不久后你就会收到我的消息。现在是二十世纪，你不能想做什么就做什么。你不能在荒野上自娱自乐。”

斯诺不久就收到了一个书面通知，上面说他的小木屋在联邦的土地上，它的出现与“必要的和合理的土地使用”相冲突，如果他把个人财产放在那儿，它们将被搬走并被保管，费用自付。莉莉·艾伦仅仅作为“任何和所有其他的人”被提到。阿拉斯加吸引了他们。美国生硬地拒绝了他们。沃勒中士也收到了一个通知，事关他在坎迪克河的屋子。其他通知沿河发下去。在伊格尔和瑟克尔之间一百六十英里的河段上，住在育空河旁或附近的人为数不多，但确切人数一直不明；随着土地管理局巡查的临近，人数变得比以前更不清楚。在一缕缕蓝色的烟下（它们之间的间隔有东部的县那么大），人们尽量不抛头露面，因为他们知道自己非法侵入了联邦的土地。

从洪荒时代到二十世纪七十年代，任何有动力和劲头在北方的荒野建小木屋的人都不会受到限制。很久以来，金子几乎是唯一的吸引力。正如弗雷德里克·施瓦特卡中尉一八八三年被派去巡视该地区时所观察到的那样："发现有利可图的金子或许是人们进入荒野的唯一动力。要不是看到了沿河的那些有金子的迹象，白人永远不可能冒险进入。"但是再往后，随着下四十八州的人口压力增加到危险的水平，一个全然不同的目的也出现了。社会上一些最辛劳的人被吸引到了阿拉斯加丛林，寻求一种完全释放的感觉，一种让人想起过去的生活方式。阿拉斯加原野显然是最后的边疆，在那里，情愿对抗严寒、冒着被冻的风险的人们过着一种不受额外的规定约束的生活，只要他们不伤害他人。政府不干预；通过《宅地法》和其他法律条款，它甚至帮助人们实现了这个梦想。但是，随着在北冰洋边缘普拉德霍湾发现石油，一些事件即将发生，这将改变而且显然是永久地改变阿拉斯加土地的使用和划界。与此同时，某些长期存在的自由形式将消失：那种一代人以前吸引像盖尔文一家"走入荒野"的自由；那种年轻人向往的前往上育空地区的荒野生活的自由。如果根本没发现石油，就不会有给布拉德·斯诺的搬离通知书了。

石油的发现是在一九六八年。当土著对土地权利的维护不能满意地解决就不会有石油管线这个情势已经明朗之时，美国国会（不仅试图让土著满意，还要同时满足保护主义者和发展派的雄心，而他们的观点往往互相冲突；还试图提振经济，保护生态；还要对这些长久没人理睬但现在是国家地产主要构成部分的土地的突然的需求作出各种各样的反应）在一个法案中祭出立法的魔杖，在此法案中，催生该法案的输油管线看似重要，其实成了次要的。热闹消退之后，输油管线变得像“大管子”一样少有人提及[①]，但是由输油管线催生的这个国会法案其社会和政治影响仍将令人不安。全阿拉斯加每个种族的每一个人都将受到《阿拉斯加原住民土地权利处理法案》的影响。在根本的方面，阿拉斯加的特性也将改变。

在选择他们的四千万英亩土地时，土著得承受某种多样性，但多数土地会紧靠已建立的村庄；同时，在给予保护主义者的史诗般的安慰（包括大片的留作国家公园、国家森林、国家河流、国家野生动物避难所的土地）之中，包括育空河沿岸位于瑟克尔和伊格尔之间的两百万英亩；这个地区另外的几百万英亩，包括盖尔文一家合法申请到了开采权的金矿，都将对大众关闭，除了那些寻求“含有金属的矿物”的人；同时，阿拉斯加州依然在选择《州地位法案》中判给它的一亿零三百万英亩土地，到一九八四年它必须完成这个选择，目前，被州审视挑选中的土地（对个人）依然无法企及。当有人在北方现有国家公园的基础上增划出政府的森林、野生动物避难所和大块的联邦石油保留地之后，就没有多少地留下来了。所以这是阿拉斯加具有讽刺意味的事之中的一件：在如此广袤的未被开发的原野上，人们要是拥有一块五十乘一百英尺的地（任何地方的）就觉得自己幸运。

① 一九四二年建造的得克萨斯州到新泽西之间的战时输油管线。

与此同时，在南边的下四十八州，坐在户外人行道旁穿着意大利徒步靴和磨砂牛仔裤的人暗示别处有另一种极端的生活。当然，他们中的一些人会站起来离开城市，当他们离开时会走向野外，也许去最近的山里。有些人会继续往前，走到更荒凉的地方。有些人会走得更远。对这一帮人来说，逻辑上的必然性是：终点将出现在伊格尔（或瑟克尔、森特勒尔或阿拉斯加别的地方），那是文明止步的地方。还有非常少的人会完全跳脱，深入连路都没有的世界。他们到伊格尔时，其势头大得连国会的法案都无法阻止，即便他们知道这个法案并理解其内容。该法案要求清理美国最后这个开拓者的冲动可摆脱限制的地方。不管怎样，冲动的性格引发冲动，引发这种跳脱出社会、走入荒野的行为。因此，土地管理局（待转换地权、待选择的所有大面积土地的管理者）负责把非法侵入这些土地的人驱赶出去。随着《原住民土地权利处理法案》尘埃落定，白人感到被出卖了、被推到了社会底层。被荒野吸引的人身上没有缄默的秉性。他们嚎出他们的不痛快，针对的焦点是土地管理局。

“你不能出去建一个木屋住在见鬼的森林里，像自从这片土地被发现以来人们一直在做的那样。没人对几个公园有异议，但是这占的比例也太大了。”

“这又不是我们要花五万美元建带沥青车道和化粪池的房子。”

“我们的木屋更像帐篷，而不像大多数人的房子。它们是就地取材的——白云杉木、土、苔藓。它们是可生物降解的。当它们被废弃时，三十英尺高的树会从屋顶的草皮上顶出来，最终，屋子坍塌，消失在地里。”

“大多数人认为，如果我们成为一个州，就能摆脱一些联邦政府的控制，但实际上更糟了。”

“阿拉斯加被这个通过了的土著土地权利的交易毁了。你可以在任何地方建木屋，我来的时候我就是这样的。而现在阿拉斯加要变得和其他州没什么两样了。”

“让我心烦的是，每当做有关阿拉斯加的决策时，从得克萨斯州、俄亥俄州、加州和纽约来的人比阿拉斯加的人说话更有分量。”

“为什么人们在外头建木屋要受到不断的骚扰？他们碍着谁了？为什么他们要被骚扰？为什么毁掉一种生活方式仅仅因为它存在？一巴掌打死一只蚊子，对。但是如果一个生命没伤害你，为什么要毁了它？每一种动物都有一个广泛的基因基础，否则它们就不会存在。我们在这里的生活是对人类基因基础的拓宽。我认为要让我们灭绝的政府人员是傻瓜。”

“这是公共的土地。我们就是公众。”

“下游北福克那里有十二座小木屋。这些地点大多数自世纪之交以来，这些木屋在大部分年份中都被捕兽人和探矿者使用、维护和修理。现在土地管理局想把这些人踢出去，告诉他们再也不能到这些屋子去。”

“为什么他们要赶我们走？我们待在这儿他们该付我们钱才对，我们把这些地方保持得这么好，把屋里的物资备得那么好。”

“在荒野会有紧急情况发生，而那时候有时需要木屋。”

“陷入麻烦的人遇到了小木屋，这已经救了不止一条人命。”

荒野到处都有离奇的死法——老尼姆罗德·罗伯逊在一条水从冰面下漫出来的溪流中躺下，让水包围他形成一个冰棺。坎迪克河上的捕兽人被自己的木柴绊倒，显然他摔昏了，不等苏醒就冻死了。还有延迟死亡的故事。这一类少一些。我想再补充一个，它的情节流传于阿拉斯加、但细节已基本缺失的故事。

查利河上游附近崎岖的山地上有个高高的山崖，那儿躺着一架飞机的残骸，很容易认出是B-24。这就是所谓的“解放者”，是第二次世界大战中制造的中程轰炸机。这架残骸位于荒野的死亡中心，我一九七五年初秋碰巧乘“赛斯纳”从它上面飞过。那是一次漫长的、节外生枝的航行，从伊格尔出发许多个小时后结束于瑟克尔。“赛斯纳”的飞行员说他理解为何“解放者”的机组人员在冬天跳伞，也明白为什么只有一个人活下来。我四处打听，想知道谁可能了解更多的情况，其中包括费尔班克斯的空军、盖尔文一家、瑟克尔和森特勒尔的好几位早年就来了阿拉斯加的人、一些河上的人，还有伊格尔的玛格丽特·内尔森，她战争期间曾在费尔班克斯的拉德基地包装降落伞。大家一致认为有一个幸存者。没人知道他的名字。尽管如此，他已成了荒野的象征，且不会被人忘记。据说他是一个人出来的——在所有人都被认为死了之后很长时间后，因为在四散开来的机组人员当中，只有他有野外的经验，知道如何靠着土地活下来，而且也懂得如何抵御严寒。最重要的是，他发现了一个小木屋。在他走出荒野的过程中，没有小木屋，他必死无疑。

“可政府这些王八蛋现在竭力阻止我们建木屋。”

“那人跳下了飞机，要不是发现了一个木屋，他就死定了。”

近三十五年过去了，如果那位幸存者还活着，他最有可能在下四十八州的某个地方。等我回家的时候，我要尝试找到他。一连好几天，电话在华盛顿此起彼伏，结果只收获了更多的电话号码。故事细节太少了。我知道在那次战争中损失了多少轰炸机吗？最后有人给我提供了杰勒德·哈斯尔万德这个名字，他是阿拉巴马州马克斯韦尔空军基地的阿尔伯特·F. 辛普森历史研究中心的历史学家。我给他打电话，他说如果我连失事的年份都不知道，他怀疑自己是否能帮上什么忙。但是，过了还不到两个小时，他打过来说，他午饭结束后抽空看了一些微缩胶卷。使他相当吃惊的是，他发现了幸存者的名字，他叫利昂·克莱恩。在他进入空军时克莱恩的家在费城。但是哈斯尔万德已查过费城的电话簿，里面没有利昂·克莱恩这个名字。但是，他说，利昂·克莱恩有两个兄弟也是服役的，他们“二战”期间在军医团。其中一个叫莫瑞斯。在费城的电话簿里，有一个莫瑞斯·克莱恩医生。

当我打这个电话时，接听的人说克莱恩医生不在。

我问他什么时候回来。

回答是“我不知道”，“他去利昂家了。”

那架“解放者”在两万英尺以上的高空做寒冷天气螺旋桨实验时失去了控制，往地面栽去，拉起来时折断了升降杆。然后又开始又往下栽。飞行员下令弃机。机上有五人，利昂·克莱恩是副驾驶。他二十四岁，在阿拉斯加待了不到两个月。由于飞机下降得像一片旋转的树叶，他不得不拉住自己，抵抗朝向弹仓的沉重离心力。他之前从未用过降落伞。外边的气温至少零下三十四度。他跳的时候忘了戴自己的连指手套。那一天是十二月二十一日。

飞机严重烧毁，离他着陆的地方不远。他站起来看着飞机，雪没到大腿那么深。他穿着一件带风帽的羽绒夹克、一件毛衣、冬季内衣、两条裤子、两双袜子和内衬毛毡的军用厚底靴。他扫视山坡，但看不到其他飞机上的人。他想他是第二个出飞机的人，当他往下坠时，他觉得自己看到一个降落伞在他上面的空中打开。他朝冬季的寂静大喊，回应他的是寂静。几个月之后，他得知飞机上有两具尸体，另外两名乘飞机的人没有任何踪迹。“机长蓬佩奥中士戴着一副瓶底一样厚的眼镜。一碰到气流他的眼镜肯定就掉了。没眼镜，他是睁眼瞎。他掉下来后会怎么做呢？”

在那种情况下，克莱恩会怎么做？他没食物，没枪，没睡袋，没连指手套。飞机一直在蜿蜒迂回地搜寻合适的天空做测试。在两百到三百英里内，他不知道自己在哪里。

在他下面两千英尺、向东几英里是一条河。他往下朝那个方向走。为了等待救援，他待在河边。他有两盒火柴，一把童子军刀。他用一封父亲的信生了火。最初的八天里，他一次睡觉不超过两个小时，警惕地保持火燃烧。反正他也冷得睡不久。水从河上冰的裂缝中冒出来，他就是靠那个活下来的。他的手在某种程度上用降落伞的布护着或是放在羽绒衫的口袋里，由于扯云杉树枝而划伤磨破。当他伸展手指，指间的皮肤会裂开。温度可能在最高零下三十四度和最低零下四十六度之间变化。降落伞同样非常重要，它使他能活着。它直径二十八英尺，他用它裹住自己，这样他就像在一个大蚕茧的中心。但是他说，他的脸被火烤热时，他的背依然变冷，火星不停地点燃降落伞。

在费城的一条人行道上，他正在跟我讲述上面的部分内容时我问他如何对付恐惧。

他吃惊地停了下来，若有所思地朝独立厅那边的街道看。他正在变白的头发飘向两边。他穿着商务西装和短大衣，有一双明亮的富有穿透力的眼睛，走路的时候身子前倾。“恐惧，”他重复了这个词语，“我不想用那个词。想想看：如果我惊慌，没有什么事我可以做。而且，我相信有人会过来接我。”

搜救活动必须继续，因为最后收到“解放者”的讯息是在大三角洲上空。所以搜寻范围不能减少到四万平方英里以下。不用说，他们根本找不到他。他有一次以为听到了飞机的声音，但是最终意识到那是狼的合唱。饥饿中他试着猎松鼠。他做了一支矛，当松鼠在云杉树枝间跳跃和吱吱叫时，他笨拙地掷出那支矛。他用降落伞上的线做了弓和箭，但当他放箭时，它可笑地斜射向尖叫的、发狂的松鼠。降落伞的装配中用到了一些橡胶，他就用它做了一把弹弓，它比弓箭更差。当他在火边入睡时，他梦到奶昔、滴油的牛排、土豆泥和羊排，羊油从他手上流下来。醒来后，他把雪踢到一边，发现了绿色的苔藓。他把苔藓放在嘴里嚼，接着又嚼了一些，但几乎不吞咽。附带说一句，他露营的地点几乎恰好在二十五年后爱德华和基妮·盖尔文建小木屋以便设陷阱和打猎的地方。

克莱恩完全是个城里人。他在独立厅附近的街区长大，现在还住在那里，电话没登在电话薄上。城市的那个部分近年来经历了大范围的翻修。克莱恩的儿子是住宅建筑工和建筑工程师，他们参与了这个过程。克莱恩算是退休了，为他们工作。我去拜访他时，跟着他从一幢楼走到另一幢楼，看着他检查木工、瓦工、管道工的需要的东西和干活的情况。他坦言对荒野没什么兴趣，对北部的广阔区域更是索然。他还是男孩时，加入了城市童子军，并成了一等童子军，但那并不表示对荒野有特定的了解。当他在一九四三年的那个早晨从费尔班克斯飞出之时，他一辈子的野营经验就只有一个晚上——与他童子军的队友们扎营在福吉谷。

在第九天在断定没有救援的人来了。收拾起他的降落伞，他开始艰难地往河下游走，有时候雪齐腰深。他突然想到可能没希望了，但是他放下了这个念头。当他从一个河湾走到另一个河湾时，他告诉自己继续走，因为“绕过那个弯就是你要寻找的地方”。实际上，他离最近的人类大约六十英里，离最近的大得足以称得上定居点的地方将近一百英里。在下一个河拐弯的地方，他看到了更多的山、更多裸露参差的岩石、更多白雪覆盖的高山苔原，逶迤向下一个河拐弯处。“绕过那个弯就是你要寻找的地方。”他再一次告诉自己。突然，有个东西在那儿。他先是看到一个藏物的地方，在高高的木架上。然后是一个小木屋，有一扇仅三英尺高的门。小木屋就像梦里的羊排，他的手指上沾着油。但是当他推那扇门时，那是木头的、真实的。屋子有九乘十英尺大小：泥地，房顶很低，有一个云杉木做的高架床。阿拉斯加的风俗是总是让木屋开着里头囤着东西，为任何有需要的人。劈好的木柴在那儿，还有火柴，一堆准备好的刨花。桌子上有几袋葡萄干、糖、可可和奶粉。有一只桶炉，墙上挂着几只煎锅。他泡了一些可可，这么长时间没吃东西，喝了几口后似乎就饱了。然后他爬上一把梯子看藏东西的地方，掀起油布后发现有榔头、锯子、镐、钻、盘好的绳子，还有两个帐篷。他想，在荒野没人会离开这样的装备很远。“我估计下一个转角就会有人烟。我回家了自由了。”

所以他只待了一夜就继续沿河往下游走去，急于赶回拉德基地。短暂的白天之后，月亮出来了。他继续赶路。夜间的严寒让他变得虚弱。当月亮下山后，他开始迷失溪流的路线，碰着砾石。他已经过了很多个转角，但是不见人烟。这会儿他陷入了朦朦胧胧、梦游般的麻痹、遗忘的状态。但是幸运的是，恐惧让他一激灵，令他扭头往上游走。他往回走没多远就停下了，试图生一把火。他把一些树枝刮到一起，但是他裂开的裸露的双手在大约零下四十六度中抖得厉害，屡屡划不着火柴。他放弃了努力，继续在雪中往前走。他不停地碰上砾石，没法找到自己来时的痕迹。他现在知道如果不回到那个小屋他就得死，他心里有个声音在说他完了。迈左脚，迈右脚，迈左脚，迈右脚——即便如此，放弃也没有意义。大约中午时分，他到达了小木屋。他浑身发抖，吃力地生火，直到生起一个。然后，他把自己卷在降落伞里，几乎连着睡了三天。由于兴奋于“下一个转角就会有人烟”，他之前几乎没看藏东西的地方。现在他发现了大米、面粉、豆子、蛋粉、干菜、牛肉，足够吃几个星期，可能几个月。他发现了连指手套、雪鞋、秋衣秋裤、袜子，厚底靴他发现了蜡烛、茶、烟、玉米棒烟斗。他发现了弹药和一把点二二口径的步枪。在小木屋里，他用雪与面、豆子、糖混合，把它放在炉子上。那算是他的燕麦粥，而且之后他持久地喜欢上了。有时候他放进鸡蛋和蔬菜。他用融化的蜡烛油包住手，这“绷带”惊人地有效。他养成了习惯，一日两餐，留些时间狩猎，每天凿四英尺厚的河冰凿出一口井。他一天睡十八个小时，像冬眠的熊——不是真正的冬眠，就是躺在窝里。他觉得有一种听到人声的需要，所以他跟自己说话。一天中最兴奋的时刻就是边喷着烟，边看有十年历史的《星期六晚邮报》。他在杂志里搜寻他不知道的关于森林传说的高见，了解了一些。《星期六晚邮报》某个地方提到，刮风时可挖个洞生火。他射松鸡吃，还想起看看它胃里有什么。他在松鸡的胃里发现一些越冬的浆果，去了有浆果的那种丛林，射更多的松鸡。小木屋里的纸板箱、杂志和其他东西上写着，“收件人：阿拉斯加伐木工菲尔·贝雷尔”。对着这些标签沉思时，克莱恩觉得阿拉斯加是个神奇的地方，一个人的名字和职业就足以成为一个收件地址。有一天，一本旧日历从墙上掉下来，落到了地上。它的背面是阿拉斯加地图。他盯着地图看了一整天，在育空河旁发现了“伐木工”（伍德乔珀）这个地方，笑话自己的愚蠢。根据他周围的地形、溪流往北的流向、费尔班克斯和大三角洲的相对位置，他立刻确定自己在查利河非常上游的地方（判断正确）。他脸上的微笑又回来了。

他决定等待破冰，做一个筏子，在五月末往下漂到育空河。但五六个星期后，他意识到食物在三月份会耗尽。用来获取肉的弹药很少了，而且他对自己的命中率没什么信心。如果继续待下去，他会饿死。他现在感到惊慌了，但还没恐慌到影响他制定计划。此前他已经傻傻地冲出去过一次了，他不想再重复那个错误。他用降落伞补衣服，用伞绳的线缝。他用一些木板和镀锌的浴盆做了个雪橇，仔细计算了他能够拖拉的最大重量。二月十二日，他离开了。起初，雪橇几乎动不了，雪挤在前面。他套上一条他做的背带，慢慢地拖着雪橇往下游走。贝雷尔的雪鞋有印第安绑带，尽管试了几回，他还是不明白如何将它绑紧到自己的脚上。雪鞋没什么用。雪有时没膝，有时到了大腿，他每天从黎明开始走，直到天黑前一小时。他睡在整夜燃烧的篝火旁。有几天河上下暴雪，引发了威利瓦飑，那是让人在走路时动弹不了的强风。他顶着风，能动时，往前迈一步。有一次，在一天的艰难行走结束时，他往身后看，在弯弯曲曲的河上，看到了他黎明时动身的地方。夏天的查利河在峡谷峭壁间清澈地流淌，灰熊在浅滩上抓鱼，野大白羊站在山崖上，游隼在河上的天空中飞翔，那是一条美极了的阿拉斯加河（曾被称为阿拉斯加最可爱的河），但是对利昂·克莱恩来说，它几近残酷。有一天他来到一小片开阔的水域，试图用一些砾石做垫脚石时，他掉下去了，水到了他的腋窝那么深。上来后，在积雪中蹒跚而行，他成了一个快速形成的冰块的内芯。他的火柴还是干的，虽然像以前一样发抖，但他这次成功把火点着了。一整天他都坐在火边冒着蒸气，脱掉这件或那件衣服，一次烤干一件。

在河上走了几个星期后，他发现了另一个小木屋，有数量不多但受人欢迎的食物储藏库——麦片、制成罐头的蔬菜、维也纳香肠。他给自己缝了一个背包，扔下了碍事的雪橇。继续沿河往下游走了七八天后，他在黄昏时来到一个河湾处，发现两排平行的砍下的云杉树梢插在雪里。这时他觉得他的孤单都消失了。那是三月的第二个星期，从天上掉下来已经八十天了。树梢的摆放显然是标明雪橇式飞机可以着陆投放给养的地方。他在费劲的黑暗中四下张望，发现一个雪橇通过时留下的痕迹。他宿营下来，第二天沿着这道痕迹到了一个小木屋，那时正冒着烟。他朝屋子喊了一声。捕兽人阿尔·埃姆斯和他的妻子妮娜，还有他们的孩子出现在门口。“我是美国空军利昂·克莱恩中尉，”他大声说道，“我有点小麻烦。”埃姆斯拍下了一张照片，现在它挂在费城的一面墙上。

克莱恩记得自己当时想，有人一定会因为什么救我，但我不知道那是什么。他的六个孩子都得感谢他那次旅行，感谢菲尔·贝雷尔在查利河上装了满满的给养的小木屋：除了三个从事建筑业的儿子外，米米现在在巴纳德学院学习工程，丽贝卡在哥伦比亚大学读建筑学硕士，露丝刚从哈佛医学院毕业。克莱恩自己在麻省理工学院继续读了一个航空工程的高级学位，在其一生的职业生涯中都致力于为波音公司研发直升机。

“对我来说，有人有兴趣生活在那个地方，这让我有点吃惊，”他告诉我，“为什么会有人想把那些愿意待在那儿的人带出来，迫使他们离开呢？谁究竟会在意？”

阿尔·埃姆斯仅在两年前建了他的小木屋。他套上狗拉雪橇，沿育空河而下把克莱恩送到了伍德乔珀，在那儿一架飞机很快过来把克莱恩接出去了。

克莱恩在伍德乔珀遇到了菲尔·贝雷尔，吃力而又害羞地向他表达他无以言表的感激。贝雷尔六十五岁，是临时的邮政局长，为那儿的矿工们服务。他曾住在查利河上的小木屋里，从那儿出发设陷阱捕兽。他很高兴屋子派上了用场。就他自己而言，他并不打算再去那里。那屋子四年前就被他废弃了。

河上人用“鸭子”和“鱼”这样的名字指代他们一年中的时节。

“‘鱼’之后我们马上就待在伊格尔了。”

“‘鸭子’之前没多少事情可做。”

他们在五月份打鸭子，为下一个冬天需要的东西忙活，比如一个新的平底雪橇，经过整个夏天它就会风干一些，从而在秋天变得滑而坚固。新的木屋开建了，其他的木屋也在修葺。七月份，渔网架出来，为了捕帝王鲑。明信片上那种育空河标志性的渔轮有点用处，它是一种旋转的渔网，由一个白人发明，但一般令人联想到印第安人。大的帝王鲑重得像拉雪橇的狗。它们密实红润的肉，无论是烤、熏或装罐，都是一种大自然赐予的至高无上的礼物。河上人对帝王鲑的兴趣不及随后而来的狗鲑。因为虽然帝王鲑对人来说是珍馐美味，但狗鲑——晒干或冷冻，是狗一年四季的主食。它们实际上相当于汽油。一支拉雪撬的狗队一年至少消耗一千条。河上人相信，雪橇狗的健康可以用它饮食中鱼的比例来衡量。当人们相互间打些零工或物物交换时，他们喜欢用狗鲑来偿付或交易。莉莉·艾伦曾用五十条狗鲑换了四分之一只熊。你得在十月的第一个星期努力获取肉，趁驼鹿和熊正肥时猎取它们。“这是渴望脂肪的荒野，不是沿海。你要看很长时间才可能在河里看到一只海豹。”在十月中旬之后，你会在河里看到冰。一看到冰，就得拿出狗套并加以修理。冰起初很薄，叮咚漂过，但是随着寒冷加剧，大浮冰增多，它们日益坚硬，开始冲撞，发出轰鸣。直到有一天，令人吃惊的寂静取代了那些声音。设陷阱捕兽开始了，断断续续持续到四月份。印第安人以前比他们现在更严格遵守这样的循环。在印第安人抛下这种生活的地方，河上人重新将之拾起来了。四月是个懒散的月份，在鸭子之前没多少事可做。四月也是走出荒野到输油管线上打工或干些别的，挣点买小麦、弹药和燃料的钱的好时光。

尽管住得很分散，但河上人喜欢社交。某个聚会的消息马上传开了。迪克·库克不久前在伊格尔附近射杀了一匹狼，用一个二十一夸脱的高压锅给炖了。与他同一类的人迫不及待地围在大锅边，吃这二十一夸脱的狼肉。不是所有的聚会都是即兴的。比如说，为庆祝一九七六年的春分，河上人就在内申河汇入育空河的下游一点点的地方举行了一个“氏族”大会。大会提前许多个月筹划，持续了近一周。对他们而言，春分是比复活节更重要的日子，就像十二月二十一日要比圣诞节更重要一样。在它们各自的情况当中，某个因素会非常重要，以致不容比较。春分是光明与黑暗的临界点，承诺着温暖的到来，承诺着夏季鱼群的游来和园子里的收获，承诺着芽甘蓝和大麻的生长。几乎每个人都种后者。法律并不干涉在阿拉斯加种这种东西。在北方长时间的日光之下，锯齿状的叶子在高高的茎上长出来，大麻会长到人那么高，当聚到一块的时候，它们缠绕、交错，构成了如此茂盛的群落，以致一小段一小段的育空河岸看起来好像是被亨利·卢梭画上去的。

河上人春分聚会的具体地点是被吉姆·泰勒废弃的营地。他一九三三年离开荒野，死于癌症。根据他留下的证据，他是个遥远北地的“鲁滨逊”。他还能获得小木屋营造专业的硕士或博士学位。他在育空河左岸某处的含金砂矿干活，不过没能成功。但是他太喜欢荒野了，就待了下来，通过设陷阱捕兽还清了债。在内申河的右岸，他建了一个小木屋，里面有一个可升降食品柜，当被沉到泉水里可用作冰箱。有两间房，充满了具有时代特征的“阿拉斯加家具”，用装橘子的板条箱、油箱和装鸡蛋的箱子做成的。他还为工作和储藏用途建了其他小屋。大多数人把狗拴在树干上或桩子上，泰勒建了用长长的栅栏隔开的独立狗道，每一条狗道都包含一个圆木建的狗窝和一段流淌的溪流。他专门为狗建了一个木屋以备天气严寒的时候使用。里面分为六间，两边各三间，中间一条走廊，看起来像是一间小的舒适的监狱。泰勒可以从外面拉一下操纵杆，同时放出六条吵个不停的哈士奇。泰勒有荒野的第一台收音机，矿工会从他们的溪流边下来，穿过育空河来看他、听收音机。他是个高大的人，人们印象中的“好人”。他这类人在二十世纪七十年代还乐意聚在他的房子里，他当然会感到荣幸。主屋不久前烧掉了，但是其余的还在，完好无损，草皮屋顶上乱蓬蓬地长着云杉树。

是一次“战时”会议，也是一次聚会——聊天，听音乐，不喝酒——它是一种保持联系、交换看法和信息的方式。

“经济最终会衰退，因为他们用矿产和资源用得太厉害了。”

“藏一批弹药。没枪你活不下去的。”

地面一片白色，溪流和河都结了冰。人们大部分时间都睡在帐篷里。他们针对联邦政府的官僚主义制定对策，如何反抗它，如何摆脱它。他们计划了一个为在冬天旅行的木屋网络。他们努力达成共同的大宗食品订单协议，但没成功；他们约定管理一辆伊格尔的共有卡车的方法。他们要成为“部落”的愿望并不比自力更生的需要更强烈。他们爱说话，但不简洁。和往常一样，他们说来说去，没完没了地说着打猎、捕鱼、设陷阱，还有狗；刀、斧子和锯子的截口宽度；榫眼、凸榫；粗燕麦；浆、杆子；雪橇、平底雪橇；铝船；设陷阱路线、路标、动物足迹；孤树、树丛；炉子的箍套；什么样的狗崽母狗会扔掉；藏身处、衣服、死亡、貂鼠诱饵（松鸡翅、鲑鱼皮还是草莓酱）。不管谈话扯得多远，它总是会转换、回到育空河，回到每一个砾石滩、岩石、裂口、漩涡、河弯（有冰或无冰）。他们烤馅饼，争论什么道德、什么不道德。把驼鹿肉喂狗是浪费吗？他们把驼鹿皮铺平，它的肚子那圈有十三根圆木那么长。有一个在七月四日平地举行的育空地区的共同狩猎活动，还有远上内申河那边举行的赛狗活动——狗的奥林匹克运动会。竞争，不管是公开的还是微妙的，存在于他们所说和所做的一切事情当中。谁（行为上，地理上）进入荒野最深？谁最资深，谁“入道”最深？谁从荒野获得最高百分比的食物？谁曾身陷最深的泛溢河水？谁有最老的粗木锯、最旧的台虎钳？谁有最好的女人？

一个好女人得是谦恭服从的，或者说在外人眼里看起来如此。正如布拉德·斯诺跟我解释的那样：“妇女解放运动在丛林里不适用。有好多事要做。责任必须明确。饭必须做，肉必须找到。”但是斯诺和莉莉·艾伦一起吃的饭一半都是他做的。作为一个狩猎“明星”，查理·爱德华兹在家磨粮食、烤面包。但是这些是例外。库克不做饭。总体上，男人被伺候的程度，我们的祖先可能都闻所未闻。

在好的“鱼年”，两只驼鹿、两百只鸭子、七十五夸脱帝王鲑对一对河上夫妇来说就很丰沛了。育空河上游现在已经被认为“满员”，塞满了定居的人，所有空间都有了主，大概每五英里有一个人。不是河上的每一个人都去了春分聚会。一些人没什么“部族”概念。一次我在瑟克尔的育空交易站，有一个大约四十岁的人从河岸走过来，买了六瓶伍斯特郡酱汁、十二包酵母、一箱火柴、一些斯帕姆午餐肉、沙丁鱼、热狗、三磅茶叶、一百五十磅糖、一百五十磅大米、五十磅玉米粉、两包雪茄。他数出三百四十四美元现金，放在柜台上，然后回到河上，连一句闲聊都没有。弗兰克·华伦——飞行员、捕兽人、交易站管理员，他说他有一天恰巧在那个人的木屋边，本想拜访一下。那是个小屋，八乘十英尺，没有窗户。当华伦走近的时候，他听到一个声音，那人在跟自己讲一个笑话，到笑点的时候，他突然大笑。华伦蹑手蹑脚地走了。

库克的“门徒”当中，查理·爱德华兹似乎是最狂野的，以至他在丛林里成功了。他精力充沛，一度靠一把枪活了数月。“我在林中变得如此兴奋，像是吃了致幻剂，”他说，“老实说就是高了。我很开心。我从不想为任何人工作，除了我自己。我想要一个足够大的地盘，这样我可以进入森林。我一年花两千美元可以在林间生活得很好。”这是他设陷阱捕兽挣的钱。他的妻子谢丽尔通过在费尔班克斯的季节性工作带回一千五百美元。他通过装配自己的弹药省钱。他们生活在伊格尔下游二十英里的溪口，因为再远谢丽尔觉得不舒服。正如查理说的那样：“有老婆的时候比没老婆的时候好太多。”他们用家养的蜜蜂的蜂蜡做蜡烛。当他们猎获一只驼鹿时，它的浑身上下都被利用。谢丽尔缝制查理的衣服。他穿驼鹿皮裤，驼鹿皮毛做的长筒靴，旱獭背心，用河狸、驯鹿、狼獾和狼的皮拼接的风雪大衣。“如果我再弄到一只熊，就要做条皮裤。”他有一次告诉我。等再次见面时，我看见他的裤子是黑色的皮毛。他二十五岁左右，来自康涅狄格州费尔菲尔德一个富裕的家庭。他上了一段时间的萨菲尔德学院，那儿有个员工记得他是个“有巨大进取能量的叛徒，非常喜欢当时的流行音乐。你知道，他在那些小烤炉里烤他的碎叶子。想起来了，他迷上了哲学。他是自己离开学校的”。谢丽尔黑皮肤，瘦小，也来自康涅狄格州。爱德华兹中等个头，强壮，有牙齿掉了，金色的马尾辫飘在身后。他们真正安营扎寨了。他们有一个好的木屋，一个圆木桑拿浴室，很不错的储藏室，满满当当的。“我不能对生活提更多的要求，”他说，“我不在乎是否还有来世，我这辈子过得太好了。”

从伊格尔、瑟克尔、森特勒尔这些位于荒野的社区，河上人被专注地观察着，更不用说敬畏、嫉妒、羡慕、鄙视和恐惧。他们被许多人尊重，也有恰恰相反的。因为在荒野几乎没人会犹豫猛击出现在视野里的生物，河上人就更不用说了。也就是说，一些一个脚趾都不愿进入荒野的人会用他们的舌头跨越任何距离。

“阿拉斯加是留下来的为数不多的你可以做这种事的地方之一。阿拉斯加有足够的空地。他们对荒野有什么害处？他们设陷阱捕了些野兽。他们晾晒点鱼。他们没有伤害任何东西。”

“他们是迟到一代。”

“他们是不现实的浪漫主义者，有些人就是愚蠢。他们没有价值观，是物质主义和自私的人。我们是根植于法律的社会的成员。他们蔑视法律，要过他们浪漫主义风格的生活。他们捕获驼鹿、熊、鱼——任何能够抓到并放进锅里的东西，不考虑季节、性别或自然规律。所有走的、爬的、飞的、游的对他们来说都是上好的猎物。他们是闯入者，每次杀了驼鹿或熊、把它们扔进盆子喂狗的时候，他们都剥夺了我看到那只驼鹿或熊的机会。当我看到某个东西时，我把它留给我身后的人看。老实说，我很恼火，我认为这些人是该被诅咒的家伙。”

“他们是公害。”

“英国习惯上用‘公害’这个词指——比如，屠宰场的上风。人们有权利消除这样的公害。河上的这些人不是公害。真不是。如果我二十一岁，我会在那儿建房子，如果美国的元帅跟来，我会杀了他。人们不应该不得不住在鸽子棚那样的破房子里，好让他们控制你。所有生活的主要渴望就是有一个独享的领地。每个人都需要这个。这些孩子们正试图逃往一个他们自己的地方。”

“我有把点三五七口径的马格努姆手枪。如果有人试图把我从木屋里赶出去，我会为了保卫我的房子而杀人。政府不应该搭着直升机来把布拉德·斯诺赶走，而应该给他享有五英亩土地的权利，说：‘你干得太好了。你不是个靠别人生活的该死的寄生虫。’”

“那架直升机。如果我是斯诺，就放把火把它烧了。”

“要不是目前毛皮恰好价格高，这些河上人发不了财。一些可怜的猞猁过来跌入了他们的陷阱。一只猞猁身上可得到三百美元，这是他们赖以维持生活的。”

“我不能忍受他们——他们那么喜欢社交。”

“我认为生活在河下游的这些年轻人没有伤害到谁——印第安人应该也是这么想的。但是我认为他们没权利待在那儿。他们不拥有那些土地。真的，他们没家，一无所有。他们过得很艰难。他们学得很快，但是我认为他们不像老一代的开拓者那样有所准备。上游七十英里河那里有个人去年冬天失去了他的脚趾，他遭遇了冰上泛滥。”

“他们来了，又走了。住在荒野上的是那些特定类型的人。冬天往往将其余的人驱逐了。”

“几个人去年春天来了，秋天又出去了。他们心里满意地认为，这里没有他们的荒野，我们的看法也一样，”戈登·贝特尔斯近六七十年前写道，“我们老一辈探矿者开始的时候，没有任何强悍的家伙在那儿经历过我们经历的艰苦。阿拉斯加对具备合适品性的年轻人来说是大有可为的。”

“一柱蓝烟，隐约从某个孤独峡谷的云杉中升起，引导人们走向自首次发现金子以来就在阿拉斯加的某个开拓者的孤独营地，”一九〇五年，一份美国政府的新闻快报这样描述这里的荒野，“喝完一杯在旧发酵粉罐里做出来的咖啡，这使人理解这些人在开发我们拥有的这部分财富中所起的重要作用，理解他们已经习惯把这里叫作家的原因……理解这些默默劳作以满足对个人独立的渴求的人。他们通过艰苦获得了某种有价值的东西，即使他们的希望没有实现。”

迪克·库克慷慨地从他的盘子里拿起一小块麝鼠油脂给我。油脂很香，是种美味。这种动物的瘦肉可能会被认作深色的老的鸡肉。

他说：“做他人不能做到的事令人骄傲。我的生活方式是那么多人梦寐以求的。但是他们想不到的是，要花六年或八年的艰苦劳动才能得到这种生活。很多‘走入荒野’的人并不属于这个地方。他们爱上了年历上的照片，想生活在一座美丽的山下。当他们到达时，现实并不符合他们的梦想。他们受不了。他们不想努力工作，也不想往定居点外围去，到足够远的溪流上去。这里相对来说不是个适合设陷阱捕兽的好区域。你需要二十英里的半径。但是他们不愿离开育空河。我的木屋是离育空河最远的。来，再喝一杯茶。”

茶浓得足以弄黑锡罐。悬挂在篝火之上的是十号罐，火把罐子烧得裹上了一层碳，里面甚至更黑，罐底是湿漉漉的叶子。用库克自己的话描述他在这里的活动就是，度假。在“鸭子”季接近结束的清凉的春天，我们来到育空河附近的三个湖，在伊格尔下游很远。他来这儿打猎。度假是想离开家里繁重的任务，家在丨英里以外。他的居所是他橘黄色的防水帆布，帆布的一边拴在云杉树之间，另一边固定在插入泥炭藓的桩子上。他吃完他的鸭炖麝鼠，在防水帆布下伸个懒腰，胳膊支着头，享受着自在。他说，内斯穆克不能忍受 A 字形帐篷或四边屋式帐篷的那种拘束感，他也不喜欢。

库克的森林知识是百科全书式的。他可以即兴而又轻松地就任何一方面讲上三十分钟，从狼窝到磨石。所以，听到他援引十九世纪东部作家乔治·西尔斯、笔名内斯穆克对帐篷的观点，我一点也不吃惊（除了在地理上，他远在阿拉斯加以外）。内斯穆克的《森林艺术》出版于一八八四年，是美国第一本有关森林野营的书，它饱含智慧、机智和深刻的见解，相比之下亨利·戴维·梭罗显得格格不入、法国味、缺乏幽默。唐娜·尼兰就在火旁边，盘腿坐着，添木柴，试着烤干、也可能是修理一只鞋底附近有两英寸口子的靴子。一段铁丝像抛物线一样穿过十号罐的顶部。她拎起它。她另一只手拿着根短棍，倾斜罐底，往我的杯子里倒茶。我想要它来抵抗寒冷，而迪克和唐娜浑然不觉寒冷。有七只雪橇狗拴在我们周围的树林里，它们也在度假。

当新人加入进来时，库克接着说，他建议他们在伊格尔或附近租个小木屋，某个靠近人烟的地方，先在那儿过一个冬天——距荒野四分之一英里。“这就留了条后路。尝试设陷阱捕兽，获得肉，综合使用一些技能，使自己准备好。钱不能成就这些事情，但是钱很重要。你需要斧头、劈柴大槌、步枪、锯子、冬衣。一般的人带来（或几年内购买）至少一万美元的装备。有辆卡车在有邮局的镇上很有用。带辅助发动机的小船要花一千两百美元。带两年的食品。一年内你学不到足够的东西。”

唐娜把目光从靴子上移开，抬起头来说："史蒂夫·乌维上周在这里，他想知道买什么圈套，他……"

"他问了很多东西，但那是他的事。"库克说，语气严厉得让唐娜沉默了。

"为什么人们住在伊格尔？"我问他。

"我不知道，"他说，"我心里一直存有疑问。他们有些人来是为了深入丛林，但是从没有那么做过。伊格尔有个人尝试了三次。但是很多人带着不工作的愿望而来——只待在那里不干活。我从来不理解那想法。荒野和天气都让人坐不住。"

他把他所做的和西部的早期定居者所做的做了个类比。他们在清理地表时挖临时的住所，建牲口棚和谷仓。定居就不得不那样做。"如果你首先建一个漂亮的房子，你的家畜就会死。"在库克这儿，狗就是他的家畜，所以首先要有渔网。接着他种了一个园子，然后设陷阱捕。他从印第安人那儿学习做雪橇和驾驭雪橇。"周边有好几个很在行的老人，脑筋还足够清醒得能谈这些。"他说，他通过观察河上其他的人继续学习。"查理·爱德华兹做事情，我是坐着深思熟虑地想事情。我从他的错误中学到了比从自己的错误中学到的更多的东西。经过十二年，我现在感到自在了——无论在水上，在林间，还是在夏天，在冬天。我感到自己是这里的一部分。丛林远超出任何人所教的那些知识。这里有像宗教一样的力量，它超越所有训练。这里有许多人不知道其存在的力量。"

"那是什么？"

"难以说清楚。你超出了言语所主宰的领域。你接近了这里的土地、接近了自然——印第安人称之为母亲，我称作姆妈。姆妈决定着一切。这种观念依然存在，但是印第安人已经放弃了。他们说印第安人现在有权利拥有土地，好去狩猎和设陷阱捕兽。这是荒唐可笑的。该是白人平等地拥有土地的时候了。在阿拉斯加，没有土地、没有合法的地方可去。如果他们赶走了住在丛林里的白人，那他们就消灭了土著文化。”

他挪了挪身子，有一会儿，我可以看到他的胳膊。他的棉套头衫下有一件麂皮布衬衫，但两件都破了，到处都是洞，连破布条后的胳膊都看得见。他的皮肤白得像纸，上面有骷髅头和两根骨头交叉的文身。一把匕首从骷髅头的头顶插入，从下巴伸出，像一个铁锯齿，两侧是字母US和MC。“我在俄亥俄州的林德赫斯特长大。我父亲在商用空调行业工作。我带着炸药进山，炸开伟晶岩矿脉，卖水晶，以此偿付部分在科罗拉多矿业学院的费用。那时学生的汽车后备厢里都有炸药，就像如今他们都穿橡胶底登山靴、持带鞘短刀一样。”库克的第一任妻子是个模特儿。她离开了他。有一段时间，是他照顾两个还是婴儿的孩子。当她和他离婚时，他在法庭上失去了抚养权。“自那以后，我再也不理解森林了。”他说，“他们脱离了根。”很多年了，他没见过他的孩子。其中一个十八岁了，有了一个自己的孩子。

有一条方尾铝船——从河边泥炭沼泽被拖到这里，闯过了重重的柳树。现在它的内部成了枪械库，其中一支枪曾属于迪克的父亲和祖父。这里的湖都是小湖。静悄悄地，我们划着船穿过其中一个湖；然后下船，钻过树林。我们躲开一堆熊粪——还挺新鲜，但不是最新鲜，还湿得发亮，但已经不冒热气了。接近下一个湖的岸边时，迪克示意我们蹲下。我们爬向湖，不发出声响。森林延伸到湖边，我们伏在树后边，警惕着。迪克拿起一把霰弹猎枪。在初临的暮光中，一对潜鸟在巡游。它们不在射程内。它们的头朝上，身体挺直漂着，没有意识到任何危险。它们的线路斜朝着枪。现在我们能辨出它们脖子上黑白相间的羽毛。它们静静地缓慢地游，依然靠近过来。是潜鸟。它们动作很快，一头扎进水就会突然不见。他开枪了，接着又开了一枪。潜鸟决定沿水面猛冲——它们刺耳地尖叫着，八字脚铲着水，不由自主地乱扑腾。一两颗霰弹本会碰到它们，但现在看来没有。

迪克把一支枪递给唐娜，说他要绕湖走一下，如果潜鸟回来，她就开枪。他悄悄地走了。我们听不到他在林间的任何响动。他去了一个小时。唐娜悄声问我是否很懂这把枪。

“一无所知。”

“一无所知？”

“一无所知。”

“我也不懂。那些潜鸟要靠得很近我才会开枪。”

一只单独的潜鸟现在来测试那个距离。它绕过一个莎草半岛，选择了直通枪口的路线。浑然不知中，它安详地、稳稳地朝前滑行，丝毫没有改变路线，距离太近几乎不能开枪了，它的胸似乎有一码宽。它还是没看见我们。枪瞄准了。如果鸟再往前游，就会碰到岸。唐娜开枪了。潜鸟的动作快得不能叫下潜，它瞬间完全消失了。水中没有扰动，没有血，没有潜鸟。

这一刻我们悄声低语着，最后，更多的枪声响起，在湖那边。那是库克的枪声，没打着。终于，他回来了。我们现在去另一个湖试试，从森林中爬过最后的几十码来到湖岸边。“在这儿等着。”库克说，他留下了一把点二二口径的步枪，“如果麝鼠经过就打。”与此同时，他会绕着湖岸线走。这个湖肯定有麝鼠，还有鸭子，他指着远处的一个小湖湾和仅能看见一点轮廓线的鸭头。在永不消失的暮光中，又一个小时过去了。在不同的距离、不同的时间，我们听到六次尖锐的枪声。“你可以在城里忙于一种工作，但是那看起来并不重要，”唐娜轻声说，“这里的重要事情就是获得你需要的肉。”她提到她曾是里夫阿留申航空公司的空姐。一只麝鼠绕过一个莎草丛，在我们前面游，从左往右。唐娜的步枪跟着它，开火了。水溅起一英尺高。我们看不见射出的子弹像一颗卵石沉入湖底，但麝鼠也许能看到。她特别喜欢里夫阿留申航空公司的一点是，它总是准备着不理会航班时刻表，为整个岛链提供紧急救护服务。所以如她说的那样，那份工作“要比只是咖啡、茶或我的那些工作要有趣”。有时候风以每小时七十英里的速度吹过群岛。一架DC-3飞机试图在跑道上着陆，但是难以下降，因为机翼好似情愿在空中飞翔。有一次一架厄勒克特拉正要在埃达克进场，风速每小时七十英里。突然气流增大，厄勒克特拉飞机翻了过来。不是侧着飞，而是底朝天。唐娜饶有兴趣地注意到乘客的安静。她本以为在这种情况下人们会尖叫。东西掉下来掉到飞机顶上，马桶水溅出来。飞机越过岛，慢慢地翻回到正位。第二次进场成功了。在地面上，在广播中谢过乘客乘坐里夫航空并祝他们在埃达克逗留愉快后，唐娜向其他空姐建议喝一杯。“那是我一生中唯一一次那么做，”她此刻低声说，“喝一杯，你知道，为了放松。”密集的枪声在远处响起，一支布恩和克罗克特俱乐部[①]的奏鸣曲。当库克再一次出现在我们旁边时，他空着手，什么也没拿回来。他说："这种生活方式的一个麻烦就是，事情搞砸时你会饿肚子。"这在两个方面都是正确的，因为一颗子弹要几分钱，霰弹枪弹四分之一分。实际上他把买食物的钱射到了湖里。我们聊回了雪橇狗和单坡小屋，但是不一会儿库克沮丧起来，说："如果我们不弄到点什么东西，我们就没吃的了。"诅咒着他的姆妈，他又一次出发了，做最后一次环湖走。

在篝火旁边，唐娜在给迪克的一条裤子打补丁。她对我说，就一个东部的人而言，我的穿着令人吃惊。因为我的靴子、背心和装备是让她联想起阿拉斯加的那类东西。我向她解释了"东部荒野"，以及我喜欢有机会就到外面去，而且我总有机会。"但是我要告诉你东部荒野和这里的区别，唐娜。区别是那边有许许多多的熊的警告标识，没有小径……"我的思绪跑在了我想说的话的前面。区别还在于冬天的寂静，这里有一种像荒野一样辽阔的寂静，还有梦幻的、像用筛筛过的干燥的雪缓慢地落下。如果新泽西州只有二十五个人，他们就会感受到这一极其重要的区别，那就是荒野无人居住的范围的广大。我可能喜欢上了荒野之地，喜欢上了光是听到人的话语就可以让日子飞逝的地方。但是，我现在知道我以前根本不明白那话的意思。我能明白为何来阿拉斯加的人没准备好。四十年里我的足迹虽迈出某种道路之外，但从未踏上一个这样的地方。这绝

① 布恩和克罗克特俱乐部：一家美国的非营利组织，提倡公平追捕以支持栖息地保护。由西奥多·罗斯福于 1887 年在美国成立，是北美洲最古老的野生动植物和栖息地保护组织，以当时的猎人英雄丹尼尔·布恩和戴维·克罗克特的名字命名，他们进行了广泛的狩猎，但意识到了过度猎捞的后果。

非我熟悉之事的延伸，我所住过的建筑物应该也不、肯定也不适合这里。我在这儿只能靠自己，必须马上改变、马上学习，否则一年都待不下去。

好一会儿，唯一的动静是火。狗睡着了。没有风。森林像一个月前下雪时那样安静。唐娜拉紧着手里的线。她终于说话了："我明白你的意思。我第一次来到这里时也有同样的感觉。我看到了实际情况后想，我永远活不下去。"

在需医疗救助的情况下，比如说简单的阑尾炎，她会怎么做？

"我希望这听起来不老套，"她回答说，"但是这里的一切都在兴衰更替。如果我得了阑尾炎，我只有死。"

库克在出去的半小时里打了一枪。回来的时候，他把一只耳朵上方有一个洞的麝鼠扔到地上。唐娜说："麝鼠被射中头部时，皮很难剥。"她把皮齐整地剥下来，用盐覆盖毛皮，麝鼠肉进了锅。

我们并排铺开我们的睡袋，脱掉靴子，钻了进去。此前我缺乏勇气伸手到行李包取出我觉得非常需要的东西。相反的力量在我内心打架。我想要的是我的枕头。在这些强悍的开拓者面前，枕头与其说有帮助我睡眠的作用，还不如说它能让我害臊。但是最后，对舒适的渴求输给了羞耻心。我的手伸进了行李包。枕头小而白，枕套是自家做的，一头有按扣，这样就能塞进一件羽绒夹克，实际上里头确实塞了一件。我含混地做了个解释，说不管怎样，在野外与他们相伴，伸手去拿枕头是有点荒唐。

"别不好意思，"库克说，支起一只胳膊欣赏着枕头，"如内斯穆克所说，我们到这儿来不是要让生活艰难，而是要让它容易。在城里，生活已经够艰难的了。"

里奇·科拉扎一九七四年“走入荒野”。在怀俄明州和科罗拉多州，他曾在户外工作。上育空地区对他的吸引力可以说简单明了：“北边这儿没有铁丝网。”冬天设陷阱捕兽，夏天淘金——他愿意尝试荒野可能提供的任何东西，但不是要拿了就走。他寻求的是生活，而非活着。他二十三岁，爱上了一个叫萨拉的女人，但是她在数千英里之外的外面。虽然他热切地希望她能够前来与他团聚，但是眼下她的吸引力不如育空河那么大。一九七五年秋天，他获悉有个小木屋，他可以在那儿度过即将到来的冬天。这个屋子是沃勒中士建的，他用过一个冬天就决定不再用了。沃勒的小屋在从加拿大流过来的坎迪克河汇入育空河的上游。科拉扎将独自待在那儿，但是他也不是完全没有邻居。在周围二十五万英亩的范围内有三个有人住的木屋。

在免费搭了一两程船后，他徒步往河上游走完成了旅程。他在十月七日天色较晚的时候来到了坎迪克河。坎迪克河让他吃惊——太宽、太急，不好渡。于是他就睡在河边，他的狗莫利睡在他旁边。他醒来的时候，他的包上覆盖了一英寸厚的雪。他做了个筏子，渡过了河。

好几个月，他与日志相伴，日志写在划了线的散页黄纸上。

十月九日，星期四……看见一只白色的鼬鼠，就在屋子外边，它的巢在狗舍里。计划明天砍树，看来莫利和我只需等着冬天来临了。屋子里清理得好多了，感觉还真他妈像个家。但愿我们有一只驼鹿！晚安，萨拉。

也许当他觉得更自在的时候他就写得少了。季节转换，他去别的地方采金。在他身后，他只留下了两处他住过的痕迹：房梁上挂下来的海狸皮和一面墙上方他作为新手的记录。

十月十日，星期五……我这里有三把瑞士锯子，最大的最好用，有五英尺长。在吃了一顿耐饥的早餐后，我现在尝试获取冬天的木柴。

六月的一天，我在乘划艇往下游去的路上顺便看了下小屋。坎迪克河汇入育空河的口大致在伊格尔和瑟克尔之间的中点，这两个城镇分别是在上游及下游进入荒野的门户。它们之间的山地在瑟克尔附近以最后一个悬崖作为尽头。悬崖的另一边是另一个世界，一个被称为“育空平原”的地方，很像海洋平原。布拉德·斯诺从未靠近过这条自然的界线，他很有兴趣增进他对这条河的了解。他有划艇。就我来说，我正在前往瑟克尔的途中，拜访爱德华和基妮·盖尔文，还要拜访桦树溪地区的矿工。我非常高兴能够乘斯诺的十九英尺的格鲁曼货舟。我们在被当地称之为热浪的气温中离开伊格尔——二十一度。史蒂夫·卡斯托站在高高的岸上目送我们离开。他说，这天喝咖啡太热。

来到一间暖和的木屋确实好。正如萨拉有一次在信中说的那样：“当你没火的时候，砍柴从不觉得冷。”

十月十一日，星期六……地上只有些微的雪。育空河还没有开始流冰，但是我认为马上就要有了。浮木烧得很旺，离屋子约一百码有一堆。之前只是大概劈了一下，今天我要继续劈。早上好，萨拉！

十月十二日，星期天。昨天劈木头和运木头五个小时。好事情，因为今早地是白的，而且雪还在下。坐在炉边的好日子。育空河上三度，有风。

今天没做成什么。雪停了又下了。气温降到大约一度，没再往下降。我去了离这里约一英里的湖附近打猎。除了松鼠没什么其他动物的影子。打了一只松鼠，煮熟了给莫利吃。它看起来太瘦了。要是能扔给它一块驼鹿骨头就好了！（我也需要。）

正如荒野以一个孤立的悬崖作为结束，它从前被认为从一个悬崖开始，一个矗立在伊格尔的上空、像双层斜坡屋顶一样的突兀山峰。当美军中尉弗雷德里克·施瓦特卡一八八三年被派去查看这一地区的时候，他接受指示要大致确定育空河在何处进入阿拉斯加。乘着筏子沿着弯弯曲曲的河往下游走，穿过加拿大的山脉数百英里，他记下流向的改变，估算距离、水流的速度，凭脑子处理这些数据。他把现在名叫“伊格尔悬崖”的地方叫作“分界孤山”。这是一种猜测，就像水手通过感觉确定位置一样，因为西经一百四十一度子午线（国境线）就在河上游不到十二英里的位置，直线距离六英里以外。四年之后，威廉姆·奥格尔维受渥太华当局的派遣测绘了边界。从育空河的一个转弯处瞭望东面，阿拉斯加的伊格尔前面有一系列在国境线上的山脊，其背后是加拿大育空地区耸立的奥格尔维山脉。国界线现在被荒唐地修平了，树被砍成一样高，灌木被控制在三十英尺宽。

十月十三日，星期一，零下二度，早上八点风雪交加。我的木柴在往后几周的大冷天中不够用。（我的肉也是如此。）要注意处理。

当布拉德·斯诺的划艇经过伊格尔悬崖的时候，镇上的建筑在后面越来越小，直到白色的房子在桦树和白杨那新长出的淡绿色叶子的映衬下看起来像齿形的装饰。沿岸依然有大块的冰架。贝尔岛在伊格尔的河里就是一溜深绿色。南面背景中的美国峰和东面的奥格尔维山脉上覆盖着薄薄的雪。我在六月明媚的阳光下穿着件T恤衫，但是马上就套上了毛衣。河的温度是七度，河面上的空气凉嗖嗖的。往下游六英里，我加了一件羽绒背心、一件60/40面料的防风衣和一件雨衣，从头包到脚。我们驶入了顶风的狂飑，河上有白浪。又过了一个弯，太阳又出来了。再一个弯，更多的雨。

今天遇到了哈罗德，他是弗雷德的伙伴。在我看来他们很“嬉皮”，但都是不错的家伙。原来他就是那个乘木筏而下、带着所有为他和他新找的肯塔基女友准备的给养的家伙。奇怪的世界，但是我想起了曾经期望有姑娘陪伴的丛林生活。一个冒险的年轻人如何抵御得了？

一些在沿岸遥远地区住在一起的人不是以“一对两口子”而

是以“单位”自称。时常出现的情况是，两个“半个单位”决定组成一个新的“单位”。或者一个人可能去了费尔班克斯，回来时带了个新的人。荒野也不是没有正义的城堡，里面的某些市民似乎以鄙视的眼光看待他们称之为“河上人的道德”。他们可能忘了，这条河不是圣玛丽河，不是圣安娜河或圣克鲁瓦河，它不会往山上流或在任何意义上表明脱离了地球对它的作用。他们在鄙视中忘却了传统。在育空河边，一个有无可争辩的魅力的年轻女人对着满满一屋子矿工展示自己，向出价最高的人拍卖自己。她提出了公平的条件：如果她六个月内在任何时间退出，他将得到全额退款；如果男的退出，她将留下这些钱。好了，拿起你们的纸牌来，小伙子们。谁第一个出价？有足够多竞价者，她敲下小木槌，以不少的一笔钱成交。就现在所知的情况，她永远地和那个赢家生活在了一起。

当找金子的人们初次穿过东南部高高的山口，抵达河源的湖泊时，他们砍下森林里打造出船，像一支毫无经验的小型海军部队沿育空河而下。一个年轻妻子从船上掉了下去，眼看溺水了，她拍打扑腾，至少两次沉入水中，而她丈夫只是焦急地看着。最后，另一条船上的一个男人救了她。当她的丈夫划过去接她时，她转而要求拿她的旅行袋。就在彼时彼地，她自建了一个新的“单位”。

十月十四日，星期二，零下六度。走过云杉林到达坎迪克河，大约一点五英里。一些地方已经冻得很硬了。由于冰，划艇放不下去……育空河上依然没冰……我仅穿着秋衣秋裤和一件羊毛衬衫还时而出汗。

十月十五日，星期三，零下二度。有太阳，很漂亮。

十月十六日，星期四。弗雷德昨天过来，留下一条狗在这里过夜。他说河上的一些人将在内申河口（地点：老泰勒的小木屋）举行春分聚会。

十月十九日，星期天……海狸是我吃过的味道最好的肉之一，肥而自然甘美。我得到了毛皮，正在把这油乎乎的肥肉浸入水里，让它出香味。

十月二十六日，星期天。刮风。依然下雪。雪有六到九英尺厚。从今天早晨开始，大片的冰流过河的两岸，到现在（早上十一点四十五分）为止一直都有冰，听得见也看得到。大片的冰有四十到五十英尺长，它们不停地聚集在一起，或是在岸边融合在一起，或是继续往下流，挺壮观的。

布拉德·斯诺说，如果划艇翻了，就不得不放弃它，因为即使眼下是六月，河水也太冷，不允许像通常那样把它弄上岸。“在河里，把你们的衣服穿好，它起到一些隔离作用，而且你后面会需要它们。藏一些火柴在干的容器里是个好主意。烤干衣服我们需要火。”他说，如果运气好，划艇非常可能会进入河滩，在那儿可以休整一下。

不过，没什么事情让我们翻船。一百六十英里内，我们只是在一两处看见有一点激流的样子，放在宽阔平静的河中它们只是些褶皱而已。水里卧着“沉睡者”——从加拿大冲下来的浮在水面下的大圆木，但是它们和我们走的方向一致，比我们往上游走的危险小得多。育空河巨大的力量毫不炫耀地展现了出来——十米以上的水深，有时一英里宽，以七节的速度移动。水的表面看似有着迷惑人的平静，只有当你往岸边上看时，你才看到自己移动得飞快。

与此同时，从船体传来持续的类似砂纸打磨声、石头划过的声音，还有雨打在金属屋顶上的声音——那是河里被高山冰川搬过来的岩石的声音。舀上一杯水，粉末状的岩石很快就会沉到底。在融冰季高潮时，大约每分钟有两百吨的固体物在河岸的某个地点流过。河水冒着泡沸腾着，像一座座高山的顶，在水面到处开花，但是没有汹涌到对划艇构成任何威胁的程度。它们出自撞击河底的砾石和壁架边的激流。一个弯接着一个弯，河一大段一大段地展现出自己的身姿，一段延伸两英里、三英里、六英里，时而平缓，时而在紧张变换的天空下白浪翻滚。我们小心地穿过长满树的小岛，在一千英尺高的悬崖峭壁的阴影下瑟瑟发抖——卡利科崖、蒙托克崖、毕德曼崖、塔科马崖，它们日复一日用断断续续的崖壁夹着河。在崖壁之间，阳光常常恣意倾泻下来的时候，长廊般的景色展现在眼前：从云杉覆盖的山丘到灰色的嶙峋山体，还有被新雪覆盖的峰顶。一些崖壁是黑色的火成岩石，它们裂成砖块一样，看起来好像是被石匠砌在那儿的。卡利科崖是黑白与黄褐色相间的，如沉积的乳脂软糖折叠、盘绕而成，靠近它能闻到油的气味。我们经过的时候，它是阴沉暗淡的，站在自己的阴影里。游隼在那儿筑巢，它们会以子弹般的速度飞到育空河来，紧握着爪，卷起来，朝一只飞翔的鸭子的脖子猛地一击就将其毙命空中。鸭子一圈圈翻滚着往下落，游隼在它落入河里之前抓住它。当我们经过塔通达克河口时，十五只鸭子直接从我们头上飞过。布拉德·斯诺伸手去拿猎枪，很快地开了两枪。十五只鸭子往塔通达克河上游飞。内申河畔，陡峭的紫红色山坡从翠绿的河边拔地而起，然后在更高的一重山前矮下去，深色的是云杉，白色的是山杨，阳光和阴影映在上面。长长的岬和下降的山脊线相遇，进入广阔的河，河水此刻在强劲的风中汹涌。雨水从云里倾盆而下。在下一个弯后面，五英里以外，一座山的一半被流动的雾覆盖。那景象像马焦雷湖，可能是哈当厄峡湾。但它只是这条河的一个片段，与整个两千英里的河相连，与数十条本身就是大河的支流相连，它提醒人们：因着护卫着它的崖壁和围绕着它的山峦，育空河不仅是遥远的西北大陆一条伟大的河，还是世界河流中杰出的河。它动听的名字不输给任何一条河。太阳照耀在两岸的山上，而一阵强劲的夏季的雨在山中间的河上下起来了。风掀起了浪，把它们一片片甩向空中。但其实不是风，而是河本身喘不过气来了。

十月二十七日，星期一。早上好，萨拉！零下十四度……水在水桶里冻住了。我睡得很好……河里流着许多冰。但河还在移动——在撕扯着岸边的冰架。

十月二十九日，星期三。今天早晨零下二十八度，晴空万里，像教堂的钟声一样清晰，感觉很好。昨天打到一只披肩松鸡和一只松鼠，还布了几个兔子陷阱。

雨走了，在阳光下我们又可以听到岛塌陷的声音。大块的岸轰隆隆跌落到水里，因为育空河决意偏转。我们经过岸上一道深深的缺口，那儿十来棵云杉树同时咔嚓倒下。它们是六十英尺高的树，那么多撑着它们的地与它们一起陷落，以致它们现在几乎垂直地立在三十英尺深的河中。一般而言，当河水流入陡岸的土壤，岸上的树渐渐失去平衡，成为“扫帚树”——它们的树干倾斜向下，树枝伸入水中。育空河的岛有太多的“扫帚树”，从老远看起来就像三层桨座战船。河水带着沉重的激流声轰鸣着流过树冠。

十月三十一日，星期五。零下三十五度，晴。感谢上帝赐予木头！

十一月一日，星期六。零下三十六度。昨晚它还在开裂和震动，今天早晨静悄悄的。从流冰开始，用了八天时间才完全冻住。育空河冻结实了。

通常，在基本结冰后，伊格尔旁边左岸的河湾里有一片未结冰的水——在其余河水都结冰很久一片不冻的水流。它能够保持两个多月不冻。严寒的突然来临，比如说零下五十六度，会最终封住它。

巴尼·汉森，五十年前“走入荒野”采金。他说他有一次看见一行十三头驯鹿小心地沿伊格尔悬崖走，淹死在未结冰的河水中。悬崖接近垂直，崖面陡峭崎岖，沟壑重重。这十三头驯鹿缓慢地往下走，看一步走一步，几乎每动一下都是决心和平衡的奇迹。它们泰然自若，每头驯鹿都避免因下坠而粉身碎骨，它们给汉森和任何其他可能的目击者充分的时间思考它们为什么选择那条路线。它们本可以轻易地绕过城或悬崖。最后它们到达冰面开始过河。在那片水周围，冰都冻得很结实延伸到对岸边。然而，十三头驯鹿一个接一个地跳入未冻住的水中，水流把它们拖到了下游结冰的地方，在那儿，它们被吸到了冰层下。

五月，当大浮冰开始像船一样向下游移动时，驯鹿出现在浮冰上面。在过河时冰移动被困，它们现在无助地挤在一起站着，随着底下支撑它们的冰碰撞、裂开、变小，最终翻过来，它们必定走向死亡。

十一月二日，星期日。零下三十七度……美丽、晴朗的天。依然没有驼鹿的迹象。育空河上有很多泛滥发生。我今晚布了一些陷阱和罗网，感觉穿过森林寻找小动物很开心。

十一月三日，星期一。零下三十九度。安静、晴朗。

十一月五日，星期三。零下三十五度。依然晴朗，我依然很爱萨拉。今天是劈木柴的日子。我吃了三磅土豆、一磅午餐肉、一加仑咖啡。我没吃饱，但不得不这样。

十一月六日，星期四。零下三十四度。今天看到一处新鲜的猫科动物的足迹，猞猁就在那儿把窝铺在兔子行进的路径上。两次它都给自己挑了个好地方，为一顿饭做好准备。

十一月九日，星期天。零下三十一度。重置一些陷阱。抓了一只上套的猞猁。放一些松鼠做貂鼠的诱饵。穿雪鞋走了许多路，花了工夫开路，累坏了。

十一月十日，星期一。零下二十四度，多云，可能下雪。今天是在阿拉斯加整整一周年的日子。发生了很多事情，而且要是现在我和萨拉在一起的话，那是近乎完美的一年的结束。这依然是我做过的最好的选择，我很高兴一切进展顺利。如果我信教，我可能会说："谢谢你，主。"阿门。

接近坎迪克河的河口，斯诺和我在浅滩和沉重的浮木间移动，试图上岸，去看看我们的朋友沃勒中士的小屋。我们上了岸。斯诺以专业的眼光查看了小屋很长时间——一个建筑工人直率的检查。"这个，"末了，他说——他顿了一下想词，"这会是你见过的造得最差的木屋。"墙凸出，地基没加固，房顶实际上没有密封，角落的投信槽透风。科拉扎的日志散页用一个金属夹子夹着挂在墙上。我拿下来翻看。

日志大约四千字（这里只是片段）。作者的名字到现在还没看到。它被留在一间空屋子里，在近乎纯粹的荒野，在属于美国人民的土地上，而我是其中的一员。假如有什么文字诞生于公共领域、属于公共版权，这肯定就是。是的——但这东西看起来是私人的。它不像是储藏处的食品，拿走后又能补上。我把它挂回到墙上。

几个星期之后，我坐在森特勒尔的客栈里和一个来自波丘派恩溪上的金矿的人交谈。他年轻，黑头发，体格健壮。像大多数从林阿拉斯加人一样，仅管是新来的，他脸上都带着问候。在喝第二杯啤酒的时候，他提到他在坎迪克河口附近的一个小屋过了冬天。

当我告诉他，我看了一眼他的日志并希望有一天能读它时，他吃了一惊。他说他要休息一段时间，一直想着无论如何要去那儿；过几天再来见我。他往上游跑了八十英里取回了日志。

十一月十二日，星期三。零下十九度，多云，下雪。北方莫利这条伟大的阿拉斯加猎狗说它喜欢天气的这种变化。它体重增加了许多，看起来真的强壮。

今天看到一只矛隼从我的头顶飞过，速度快得像喷气式飞机。几乎全白的鸟，可能是母的，挺大的。昨天还在屋子附近看到一只鸟猎杀野兔，敢打赌那是矛隼的饭。这片荒野很干净利落。

我们带着邮件往河下游去，时不时地，布拉德把邮件“投”进林子。那儿有人读它。包裹和信封上的名字对我来说并不熟悉。斯诺说：“河上人有的谨慎持重，有的不是。像迪克·库克和查理·爱德华兹那样的人在伊格尔需要说话和闲聊。其他人很少进城，不多言语就离开。”

一天早上，我们带着简·沃尔德伦的信在一个隐蔽的泥沼之地停下。她身材瘦长，长长的金发，随时带着友好的微笑。她沿着岸跑，跳进划艇。“天啊，见到你们真是太好了！”她的丈夫西摩·亚伯出去好多天了。他们的家是个屋式帐篷，由圆木支撑，有一扇更像窗户的门。我们爬了进去。她和西摩就住在这个帐篷里，她解释说，然后开了几瓶她自酿的啤酒。她骄傲地指着她脚下的一个洞。为让西摩惊叹和高兴，她拔除树桩来消磨这段时间。我记得在伊格尔短暂地见过西摩，他谈过熊，还谈了带防身手枪的利弊。“如果你要被吃掉，你就是要被吃掉。不管你有没有枪。”他总结道，还重复了一遍。西摩从田纳西“走入荒野”。简是个土生土长的阿拉斯加人。“见到你我非常高兴。”她又说了一遍，打开了另一瓶啤酒。帐篷顶上排着泡沫。山形墙上是一架子书。有一张木板桌、一台胜家牌缝纫机、一把班卓琴、一把吉他、一把小提琴。有一只桶炉，烟囱从帐篷顶戳出去，底下是一个两加仑罐子那么大的炉子。黑毛的雪橇狗拴在外边，一两天以前，它们吵闹得不行，对简来说这是熊在附近的信号。因为这只熊，她到一条清澈的小溪洗衣服时会带上一把枪。“你们真的要走了吗？”我们站起来时她说，“见到你们真好，为什么走呢？”

在世纪之交，当雪橇狗队更经常地在河面上跑时，有一家离简现在住的地方不远的孤零零的客栈。经营客栈的女人会用枪打试图路过但不停歇的人。

十一月十四日，星期五。零下三十三度，晴朗。我已经很习惯现在的冷了，这些天可以很快生起熊熊的火。今天抓了一只兔子和一只漂亮的红狐狸。狐狸是用离它的足迹一英里远的陷阱抓住的。它弄断了我绑在陷阱上的线。我跟着它走到河边，然后跑到有效射击距离以内。前爪上拖着个三号双跳夹子，它跑得还真快。我用手枪在一百英尺处射中它的眼睛下面。它的确很漂亮，可以给萨拉做顶漂亮的帽子。

十月十六日，星期天。满月。育空河床穿了盛装。一切都被照亮了，真漂亮……我用手枪朝好些栖息的松鸡开枪，打中五只，开了十八枪。本可以打得更多，但是我恰恰没了子弹。我确实喜欢松鸡肉。

月亮的盈亏在这里很好玩。在南天它以一个小弧形开始逐渐增大，然后一天又一天变亮，弧形变高、变长，直到满月，就在你头顶上，彻夜亮着，真美妙！

有两只松鸡是我在四十码处打的，用的是那把小的儒格手枪（让人自豪）。希望萨拉为我们做顿美餐！

我们一路沿河经过多个捕鱼营地，它们中的大部分都是印第安人建立的，现在已被废弃。这些地方一度每年网鱼三十吨。在一个营地，有一个我在阿拉斯加见过的最大的储藏处，它实际上是建在高处的一个全尺寸的木屋，坐落在几根支柱上。里面只放了一只海狸的前爪。

十一月十八日，星期二。零下三十度。那天，我打那些松鸡时，一件奇怪的事情发生了。最后一只松鸡落在三十英尺高的一棵桤木顶上。我从大约三十五码处朝它打了两枪，认为没打中。但是它还待在那儿，我悄悄溜到距它二十码处，打光了手枪的子弹，它依然待在那儿。天黑了，子弹也没了，我寻思着那只松鸡不是为我准备的饭。接着，我突然发疯似的跑到树下使劲摇，大喊：“滚出来，你个婊子。”一大片雪掉落在我头上，松鸡先生也掉了下来，它只是翅膀受伤了。它在地上跑了一会儿，然后消失了！上帝，它就这样跑了？然后脑海里突然闪现出父亲讲过的一个故事。他打伤了一只松鸡的翅膀，狗跑向一团树叶。最后，他看见一根羽毛从树叶里戳出来，就摘下帽子把松鸡扣住了。我到了这只松鸡最后不见的地方，用我的连指手套紧紧地往雪地上扣（就下面二十英寸，我不想摘下帽子）。要是手里没抓到一顿饭也是命该如此！想到我的怒气这么快就转化成了回忆，我笑了。昨晚吃了些松鸡秋葵汤。好吃。

满月下的北方荒野至少可用光彩夺目来形容。午夜，天空依然是深蓝色，星光闪烁。月光下到处都是云杉树的影子。育空河静静的，泛着白光。月亮似乎在为荒野站岗。

很长时间以来就有连接伊格尔和瑟克尔的观光道路的议论。它大部分将沿着河行进，将打开一般被认为是阿拉斯加育空河最漂亮的一段。目前沿育空河最长的路是从伊格尔往上游三英里到伊格尔印第安村的路。在靠近路的河上，我不止一次在比烟还浓的尘土中划着桨。

十一月二十四日，星期一。零下二十一度。计划去河上游。

十一月二十五日，星期二，零下二十度。在去上游的路上，鲍勃的领头犬被弗雷德的一个康尼比夹子夹住了。天啊，对鲍勃和我来说那可是一阵抓狂，我们跑到九只狗前面掰开夹子上的钳子。这只狗好像什么都没发生似的又继续上路了。本可能是出悲剧，但结果很好玩……发现感恩节是在二十七号……让九只狗串成一条线跑很滑稽。鲍勃和我轮流驾着它们，因为这是在不平的泥岩沼泽上跑，而且负荷很重（五百磅以上）。它翻倒了五六次，但是东西没事。我们俩都精疲力竭……昨天我掉进冰里两三次，穿着湿的靴子跑。感觉好像我的大脚趾霜冻了一样，但是它们离我的心脏远，所以我继续前进。

我们在一个废弃的木屋旁停留了一夜。屋里太多杂乱的垃圾碎片，我们决定睡在外面。外面蚊子密集，但还能忍受，它们没有像云一样飞来。山那边的育空平原有三万六千个湖泊和水塘，有帆背潜鸭、斑背潜鸭、鹤、天鹅、水鸭、数以百万计的野鸭，还有多如天文数字的蚊子。但是我们依然在河的上游，现在我们周围只有五六千只蚊子。我问布拉德是否愿意分享我的带网帐篷。在里面过了一会儿后，他告诉我他妻子如何玩她所称的“复仇”把戏：在帐篷的保护下，她露出一块肉靠近网边向蚊子示意，直诱惑得这些夜里的歌手发狂。一只雄心勃勃的蚊子会很快把它的吸管插入网内。她就去抓住吸管，把它拽进来。我说蚊子在吸人血时，是在完成一个性交的循环，做天性叫它们做的事，因此，一个真正投入其中的保护主义者不会对蚊子对自己的关注做出令它不快的反应。这个简单的测试——一种区别假模假样者和身体力行者的方法，是我很久以前在下四十八州时偶然之中发现的。但是渐渐地，我开始认识到阿拉斯加的蚊子不是移居北上的下四十八州的蚊子。在进入帐篷前，我拍了下我的大腿，翻开手掌，在手中数到十七具尸体。

十二月十三日，星期六……连续十二天，天气在零下四十六度或更低（最低零下五十一度），但今天早上开始刮风，天气暖和起来，上升为零下四十度到零下二十二度。昨天我赶着狗往下游穿过河，获得了鱼。看到新的驼鹿的踪迹，埃罗尔和我今天花了一整天寻找猎物。有很多踪迹却找不到猎物。新月之后我没有检查过我的陷阱线，现在已经过了半个月。明天是查看的日子。自从天气变冷后，周围的猞猁似乎多了起来。

十二月二十一日，星期天……埃罗尔和我去打猎，因为两只驼鹿待在这一地区。埃罗尔碰上了它们，两只都打到了。感谢上帝！如今我们吃得很豪气，用驼鹿肝和排骨做早餐，香，香。奇努克风可劲地刮了几天，温度上升到三度以上。难以置信。

十二月二十二日，星期一。零下十七度。哦，天啊！吃饼干配肉汁和驼鹿排不错的一天。是，真希望萨拉回这个属于她的家。

十二月二十三日，星期二。零下十七度，晴……今天在泥沼里多放了几个猫夹子。在我的一处小套逃走了一只猫。

“猫”就是猞猁。“猞猁”也是猞猁。十有八九，说“猞猁”的人是试图让自己听起来像个设陷阱捕兽的人。

十二月二十九日，星期一。零下九度……今天和莫利用一根引导绳走了三英里（莫利在前面引导我）。直到天黑回来的路上，我们都没有碰到新的动物踪迹。莫利在猞猁的路径上往前跟了一段，但没有走很远，猞猁在密密的桤木林里，它当然想穿过去。

一月七日。零下四十度。我的运气不好。莫利三天前在零下二十七度时不见了。我可以从木屋听见它凄惨的嚎叫。沿河走了六英里后我生了一堆火。嗯，我想它落入圈套了，所以我去找它。三个小时后我找到了它，几乎就对着埃罗尔的小屋，它的右前爪卡在一个四号双弹簧的夹子上，已经冻硬了。我的油灯没油了，没有月亮。我们跑到埃罗尔的小屋，在那儿我把它的前爪放在温水里泡了约一个小时。它马上肿起来，像猞猁足那么大。但是今天它开始起泡，我想它会愈合。肿消下去了一点。可怜的悲惨的老莫利！

一月八日。零下四十度。四十度以下时红是我的桶炉的颜色，四十度以下！之前这几天有些冷飕飕的，但是坐在熊熊炉火前感觉不错。

斯诺和我在支流汇入育空河的河口逗留，然后沿查利河上去数英里，利昂·克莱恩[①]的河。圆木像短吻鳄一样游过来，有着同样气势不凡的滑行姿态。我们惊起了渡鸦、鹅、秃鹰，它们喧闹着飞去。秃鹰慢慢地往高处飞，翅膀刚刚从忙乱的拍打恢复到常态。筑

---

① 一九四三年十二月“二战”时美国空军中尉利昂·克莱恩坠机于查利河边的山中。

巢于查利河上方高高的悬崖上的游隼，可以扑住其中一只鹰，让它永远待在那儿——游隼潜水、啄咬、打斗、制敌，而国家威严的象征却在地上畏缩着，成了一只尖叫的鹰①。九到十英里之后，查利河的湍流水势增大，原来限制住河面的广袤森林开始展开巨幅的远景画卷。远方河道上方是白雪皑皑的山，再往后是更多更高的山脉，它们完全被新雪覆盖了。我们停泊在一个泥沼岛，开始爬一个陡峭的悬崖——松的、易剥落的页岩，没有树，没什么可抓手的地方。当往上爬开了五百英尺高后，我们回头看，像是直下九十度到河面。这是个燕子、羽扇豆、蓝莓和熊的悬崖。我们只看到熊的痕迹。布拉德带着把步枪，他说他的朋友戴维·伊万斯在荒野待的时间和他的一样长，他显然为处于一种近乎完美的“麻木的预感”状态而欣喜。请他解释那是什么意思，斯诺说：“你没有灾难意识。你走过死亡阴影之谷而不害怕，不是因为你不害怕，而是因为你没有意识到会发生什么事。戴维走了无数英里，没带枪，似乎不理解有受伤的可能。”

我们坐下吃浆果，不时地仰头看数百平方英里苍郁的森林，森林渐渐变成上升的苔原地貌，最后以岩石收尾。清澈的河奔流在山间，经常深嵌于游隼栖息的峭壁之间，峭壁上点缀着白点和黑点，白点的是看得见的野大白羊，黑点是看不见的熊。无数的小朵积云均匀地间隔排列着一直到天边，呈现出一幅不折不扣的风景画。我记得弗兰克·华伦在瑟克尔谈论国家公园管理局对查利河的热爱时说：“一个完美的地方你还如何改进？一个徒步旅行者走

---

① 白头鹰为美国的国鸟。

在人造的小路上怎么可能得到丁点满足?”我们走下悬崖，走下小溪，停在埃尔·埃姆斯建的木屋前。政府已经在门边设了标牌禁止居住。

整个无风的下午我们沿育空河往下漂。快速流动的水平和、安宁，带着圆形的气泡，像古老的带泡的玻璃。水流直直向前延伸下，镶嵌于白山之间，我们看了整整十英里，然后来到了前方转弯处的峭壁前。

二月六日，星期五。沿着育空河伊格尔这一边走，从山姆溪（时而到煤溪）一直走格二十英里。都没多少猫的踪迹……莫利痊愈了。

二月七日，星期六。日出前零下三十八度。一个小时后的此刻零下四十度，温度下降得很快。看起来又像是一条鱼！昨夜的极光真美……萨拉，你在哪里?

斯坦利·盖尔文在荒野中长大，因此没法把它看作具有异国情调的风景。他体验过其他的世界，主要在费尔班克斯，去了阿拉斯加之外一两次，那些没能吸引他。他一生中的大多数夜晚是在睡袋里度过的。当他睡在有床单和毯子的床上时，他翻来覆去，直到被褥被从席梦思下拽出来，像木乃伊一样裹在他身上。斯坦利长大的时候，阿拉斯加的森特勒尔人口不足二十，没能给他提供很多玩伴，取而代之的是引擎。通过了解引擎，他学会了这个地方一个首要的技能，现在他几乎具备一个制造商的设计能力和对机器性能的知识。在采矿、狩猎、设陷阱、冰下捕鱼方面，他和他的家人使用各种机器，从捣鼓小的两冲程链锯引擎到D9“猫”的涡轮增压发动机。他们有泵、发电机、飞机、雪上摩托、洗衣机、汽车、送货车。当你离某个小修理厂超过一百英里时，你不会跑去那里让人家听你说什么机器似乎出了什么问题。二十四五岁的斯坦利从来不会那样依赖别人。像他父亲爱德华·盖尔文一样，他的日常工作就是和泵、锯子、车和飞机打交道。“生活在丛林里，你不得不会。”他说，“我不懂别的东西，你只需成为一个好的机修工。你必须调整你的机器，直到它毫无瑕疵。我发现没什么东西是修不了的。”

从青少年时代起，斯坦利对淘金的痴迷就异常强烈，持续长久。还是个小孩时，他做小的摇臂箱，拿到枯木溪把砾石与扁扁的像麦片一样的石头分开。当他移动他的摇臂箱分拣出小堆的卵石和沙子时，他想到一个人能够用一台大机器移动整个河床；而当那天来临时，一个人必须能保养维修那台机器。他用十美元从一个邻居那里买了一辆第二次世界大战前的雪佛兰汽车。它早就不能跑了。他写信给费城的西尔斯公司求购活塞环和垫圈。轴承浇了巴氏合金不能替换，所以他取出薄垫片，调整合适的间隙。他当时只有七岁。他有一本汽车机械学的书。他修阀门。他安装新的垫圈和环。引擎在它的“棺木”中装好了。

爱德华和基妮·盖尔文有一段时间经营着森特勒尔的客栈。对从费尔班克斯开上那尘土飞扬的季节性道路的长途司机，斯坦利总是慷慨地给出提醒。“你为什么不换轴承？如果不换，你会后悔的。”有一次一个卡车司机走进来，要把东西送到瑟克尔，不等他好好地啜口咖啡，这个小孩就当面直言他的分速器有大麻烦。“别担心，孩子，声音听起来总是那样的。”司机说完就走了。跑了三十英里后，卡车转弯，轮子试图像转弯时惯常的那样转——以变换的速率转。分速器不再能识别这种差异。彻底抛锚。

采金的季节一般比较短。如果溪流有冰川冰的状态保持到七月中旬，那就会更短。一个丛林阿拉斯加人——矿工也好，设陷阱捕兽的人也好，不管他的兴趣是什么——只要他有一张工会卡，就特别有保障，一年中有部分时间可以出去挣额外的钱。斯坦利属于302——费尔班克斯当地的“操作工程师工会”。在费尔班克斯，他有时候在吊车室为钢铁厂工人吊钢材，这是一项极其精细的工作。“稍有闪失就会出人命。你做着毫厘不差的工作，把螺栓孔对齐排成一行。你一直在摇晃，操作设备比开飞机更难。”在推土机的座位上长大后（铲雪、滚圆木），他出去干活，在尚达拉架，在迪特里克河，在加尔布雷斯湖，开着他的D9推土机，修输油管线的路。他喜欢待在森特勒尔。一九七五年，在格林霍恩峡谷里离家十英里的溪流上，他架起一个二十四英尺长的木制流矿槽，它每小时吸进价值近一百五十美元的金子。不幸的是，它只运转了二十四小时（一段一段的短时间加起来），因为峡谷里的水稀少。然而这一经历绝不令人沮丧。三千五百美元够支持相当一段在丛林中的生活。他和还是婴儿的儿子吉米和妻子安德里亚——费尔班克斯一个承包商的女儿，住在他父母土地上的一个新小木屋里。他想在其他地方建，在远远的山里或靠近育空河，在一个可称为没有邻居的地方建屋子，但是在周围广袤的荒野上，没有地可提供。这对斯坦利来说一直是一件令人迷惑和失望的事情。在他一九五〇年出生的时候，荒野是开放的、自由的，长大以后你想住什么地方就住什么地方。之后阿拉斯加变成了州。发现了石油。凭《宅地法》获得土地的时代结束了。在对阿拉斯加土地的大规模重新分配中，棋子在走，棋盘格也在走。斯坦利一直觉得这个地方的所有方面都很随意，现在他发现不只是不能随意了。远在几千英里之外的政府已用印刷的文字"冻结"了土地。它跟因纽特人、阿留申人、印第安人用四千万英亩土地处理了他们的土地权利，但是对于他的未来，政府所提供的不仅仅是缩减，他以前视为与生俱来的机会在减少。他不理解这一点，他也是个土著。

当斯坦利的妈妈还是个小女孩时，她住在匹兹堡城里。她经常说："等我长大了，我要住在一个墙上挂着一张狼皮的木屋里。"她读路易丝·迪金森·里奇（《我们热爱森林》）、薇拉·凯瑟（《哦，拓荒者》）、杰克·伦敦（《白牙》），还读了皮尔里和伯德的作品。她的父亲是一个木匠，在城以北九十英里处有一个农舍。他带她去那儿钓鲈鱼和大头鱼，打兔子、松鼠和鸭子。开车回家时，她在匹兹堡的排烟烟囱进入眼帘之前老早就闻到这个城市的气味，她会开始憧憬下一次的农舍之行。

爱德华·盖尔文在宾夕法尼亚州西北角哈兹顿外一点五英里的一个小奶牛场长大。那里有十八头奶牛、一百多英亩土地。盖尔文家在那里生活了四代，爱德华的父亲斯坦利·盖尔文非常喜欢马，他直到一九三九年才买了拖拉机。那时爱德华十五岁。十二岁时，在"一个真正的沙地沃土的山谷里"，爱德华犁地，种玉米、小麦，割草晒干。他挤牛奶，喂牲口。干完活后，他打猎、设陷阱。一张臭鼬皮值八美元，麝鼠皮三美元。他把毛皮寄给费城罗巴克的西尔斯公司。他们寄给他一张支票，或是抵充他从他们的邮购目录上买的东西。他十来岁时就认识了基妮。“她爸爸在一个沼泽地有这么个小农舍，离我们的奶牛场约一英里。”

基妮谈论着到“去某个地方”，一个“你可以创造自己生活的地方”。第二次世界大战打断了这场谈话。爱德华成了钢铁工学徒，在家附近帮助建设一个兵工厂；随后他参加了海军，那儿把他培训成了纽波特纽斯的船舶装配工。基妮参加了妇女军团。他们一九四六年结婚，他重新回去“装配钢铁”，而基妮又开始憧憬一个他们可以更多地靠自己的地方。“我注意到很多攀比之事。开始出现一样的房子。我不能理解那样的生活。我不明白费了好大的力气做个更好的开罐器却只是为了开罐。”她写了一封信，爱德华签了字。“华盛顿特区，内政部。亲爱的先生：请您给我寄你们有的任何有关阿拉斯加的信息。”

他们买了一辆新的小轿车（一个天真的开始），并于一九四九年六月出发。他们两个都从未到密西西比河西边去过。在蒙大拿州，他们第一次看到山顶有白雪覆盖的山。在加拿大艾伯塔省，他们开始看到仓库和房子上挂着驼鹿的角。在加拿大不列颠哥伦比亚省和育空地区，他们看见泥、降雨和云杉。在六月十九日，他们穿过一百四十一度子午线的国境线，现在“路像河床，岩石像西柚”——阿拉斯加！倒不是为了求证他们在哪儿，但当他们在客栈停留，发现里面的每个人在下午三点都醉了的时候，他们立刻就知道了。在费尔班克斯，因为肚子饿了，他们到处找吃饭的地方，但是他们只买得起二点五美元的汤和咖啡。没有旅馆，他们睡在车里。在他们即将认识的上百个与他们类似的前来此地的人之中，大多数人在几天内、一个月内、一年内就转身离开。盖尔文夫妇把轿车卖了，买了一辆皮卡。爱德华在铁路货场找了一个工作，那里不久要建一个学校。七月的一天，他们上了通往森特勒尔的尘土飞扬的路，前往如穹顶状的塔纳纳山。他们的目的是看驯鹿，他们站在高高的山口，扫视着苔原沼泽。最近的驯鹿在别的某个地方。他们所见之处都是荒野。

如果首先吸引他们在那儿定居的是金子，那么让他们留在那儿的是荒野本身——那些河流、山脉，这辽阔幅员的地方向任何适应它的气候条件的人敞开。在印第安女人溪上的第一个采金季，他们挣了些钱，够用而后又挣了一些。此后，因为冰融化得很慢，他们挣的钱不够用。如果金子就是他们想要的全部，那此时就是他们回去的时候了。但是他们选择了荒野，就像其他人选择了一项事业一样。地域归属感让他们铭记于心，超过了挣钱发财的想法。他们做任何可以支撑他们生活的工作，努力留在阿拉斯加。他们先是住在瑟克尔温泉，那里几座房子围着一个自然奇观：温暖的蒸汽使冬日的空气变成了雾，给云杉穿上了冰的衣裳。森特勒尔在八英里以外，对他们很有吸引力，因为它"没大多数阿拉斯加城市那么差"。它几乎不是个城镇，从没有过学校或教堂，只有几座木屋围着T字形的路，从那儿有条岔路通向温泉。他们承担了当地邮递员的工作。他们锯下、出售层积柴堆和木材。他们经营客栈一年半。他们为五十美元的奖金打狼。起初毛皮的价格太低，使得不值得去捕其他动物。但是当价格上升时，他们的陷阱线就布到了外面，终于毛皮成为他们的主要经济来源。与此同时，爱德华去建筑工地工作，一个月这里，六个星期那里。在阿拉斯加极北区的冬天，他们帮助建 DEW 线[①] 的雷达站。他在库克湾建石油钻井平台，在北坡建钻井架。他离开的时间一年里总共加起来不到三个月。自一九七〇年以来，这个家庭完全靠着荒野的各种可能性而活着。爱德华仅出去工作了两次。

斯坦利、然后是贝齐在餐桌边自学小学课程。学习材料从巴尔的摩邮寄来。在太阳消失一个月的季节里，孩子们借着煤油灯（或汽灯）做功课，母亲在一旁看着，舔着邮票。斯坦利到初中水平的时候去费尔班克斯上学，超过他的同龄同学好几级。但是，教育总体来说还是东拼西凑的，这是住在丛林中的一种灾难——函授、寄宿家庭、租费尔班克斯的公寓。盖尔文家的双胞胎卡洛和科琳比斯坦利小六岁，他们在费尔班克斯上小学，中学则通过森特勒尔的函授来学习，那是内布拉斯加大学运作的一个项目。课程是“养牛方面的”，基妮这么说。虽然除了基本课程外最好学习比如航空、地质等方面的课程，但他们还是在大北极的暮光中，在零下四十六度的时候，坐在圆木屋里的桌子边学习畜牧业。科琳继续学这门课程，卡洛去了科罗拉多完成中学学业，住在一个叔叔家。斯坦利进了阿拉斯加大学，打算成为一个采矿工程师。他待了两个星期，离开了，因为他发现他还得学英语。只有贝齐，中间的那个孩子，完成了大学学业。森特勒尔没有电视机，孩子们如果想看的话可以在费尔班克斯看，用他们母亲的话说，“看看它有多愚蠢”。但是令基妮感到释然的是，森特勒尔过去及现在依然在电视的边疆以外。她

---

① DEW 线：远程预警线，是冷战时期加拿大和美国为抵御苏联的飞机及导弹攻击而建设的雷达系统，横贯北美大陆的北部边界。

一九四九年在俄亥俄州一个酒吧里看见过电视机，曾意识到它可能对孩子产生的影响。

好些年里，家里吃的饭她都记在日记里。她用一把点二二口径的枪打的松鸡偶尔出现在记录中，上面还写着海狸、猞猁、山羊、河鳟、梭鱼，更别说帝王鲑了。但是家里的主食总是驼鹿，翻一下日记就知道了。以下是连续几个冬夜的菜单：

意大利面配驼鹿堡

驼鹿排

煎鸡蛋

驼鹿排

烤驼鹿

斑豆和白菜

烤奶酪三明治

炖驼鹿肉

剩下的驼鹿肉

剩下的驼鹿肉

三明治

意大利面配驼鹿堡

瑞士风味驼鹿排

剩下的驼鹿肉

烤驼鹿肉

驼鹿排

驼鹿三明治和汤

驼鹿堡

驼鹿堡

蛤蜊浓汤

炸驼鹿肝

瑞士风味驼鹿排

西班牙驼鹿肉糜米饭

读清单时我抬头问她："我们今晚吃什么？"

"瑞士风味驯鹿排。"她说。

一家人会非常有规律地听KFAR电台的《苔原话题》、KIAK电台的《北方的输油管线》、KJNP电台的《陷阱线絮语》这样的节目。在没有电话的情况下，阿拉斯加电台向丛林周围传播消息，这是一项公共服务。"送给布伦达·卡特。明天晚上我晚到家。我爱你。约翰。""费尔班克斯的J. R.给伊格尔的O先生。请清扫我屋顶的雪。""给伊格尔的玛莎·马尔科姆。安吉拉·哈珀在费尔班克斯，一切顺利。""通过警察考试。爱你，吉姆。""正计划在利奈特的屋里生下孩子。艾伦和吉姆·弗雷泽。伊格尔。""给育空河上的简和西摩。安克雷奇的妈妈。你在听吗？""问候在阿纳克图沃克帕斯我所有的兄弟姐妹……""求你了，艾萨克，不要喝酒了。我们下周结婚。""克里斯依然希望在分手前能够说清楚。"这些单向的交流是唯一比邮件快的设备。最近，盖尔文家的女儿们在阿拉斯加输油管线上做记账员和勤杂工，当她们离开费尔班克斯去干一项新的任务或是休假回家时，她们也通过《陷阱线絮语》让父母知道。"即使没有给我们的消息，"他们的母亲说，"那也是及时了解丛林地区正在发生的事情的好办法。”

盖尔文家从一个早年是矿工的人手里买了栋小木屋，这位老矿工曾在乳齿象溪的开采地上干活。渐渐地，随着他们增建一个房间、拆掉一个柴棚、建一个门廊，一个新的木屋产生了。它消耗并分解了自己的前身。在他们的锯木作坊，他们自己锯木头。爱德华设计了一个利用重力的系统，做出了森特勒尔历史上第一个抽水马桶。它大部分时间有用。有一个辅助性质的户外厕所，它并不总是多余的。他挖了森特勒尔第一个全年都有水的井。厨房水槽有一个手摇铁泵给水。洗碗水在炉子上加热，爱德华设计和建造了全金属的工作间兼车库，能容纳一架飞机的机库。他加工钢板就像一名裁缝裁剪法兰绒一样，曾被称作阿拉斯加最好的焊工。工作间里和外面的地上有漂亮的雪橇——育空雪橇、篮子雪橇、比赛雪橇、运货雪橇、长橇。他亲手做了这些东西。他还写了一本简短的小册子，书名叫《如何制作阿拉斯加狗拉雪橇》。狗群就拴在木屋附近。他的领头犬塔拉有一半狼的血统。

盖尔文说话温和，胡子刮得很干净。他的工作鞋、他的深色府绸工作服、他的遮阳帽并不表明他与周围环境格格不入。假如他留在下四十八州，他依然是个技艺精湛的铁匠，但是他的人生如果用几何图形表示，就不会像在这遥远的北方丛林那样是无时不在变化的多边形，而更规则，像一条淡淡的直线。害羞、安静、谦逊得令人敬佩，无论他在这儿是什么角色，他都不是默默无闻的。

“我和他在科尔维尔河上工作。他是个行家里手，做什么事都做得又好又快。他是我遇到过的效率最高的人。”

“许多丛林多面手只想把活干完，而爱德华想把它们做好。”

“他是我认识的最能干的人。每走一步在做一些事，没有一步是无用的。”

“盖尔文一家在这儿三十年了，他们带着新来者的热情攻克任何项目。”

“他们到来后使这儿的情况得到改观。”

“他们是现代版的开拓者。他们以老的方式做事，他们以新的方式做事。他们是那种建设荒野的人。”

基妮·盖尔文中等个子，黑头发，敏锐的黑色眼睛，嘴角带着怀疑的笑。她穿牛仔裤，通常搭羊毛衬衫。她在自己的环境里怡然自得，去人多的地方使她紧张，哪怕是一百二十七英里以外的费尔班克斯，她把它叫作“镇”。而且她不喜欢依赖在家里人控制能力之外的水电资源。她经历过“镇”上的大水、地震的威胁，在这样的时候，她向往自己的家。“在荒野这儿，什么事都会发生，但不会影响到你。我们有自己的电力系统、自己的井。我们一般有两套系统。不想用发电机机时有煤油灯和丙烷灯。”温度骤降到零下五十七度以下时，他们也有一年封路六个月的雪和夏季光顾的熊。有时她一抬头就看见狼在院子里。她说：“在‘镇’上，我总感到不安全。”

踏缝纫机，她的丈夫比她能干，至少在缝驼鹿皮的时候。用步枪，她枪法更好。在两个大园子和一个温室里，他们种了大多数他们要吃的蔬菜——番茄、圆椒、圆白菜、莴苣、大头菜、豆子、花椰菜、芹菜、大黄、直径一英尺的牛心般的血红色萝卜。他们制作熏鲑鱼。他们飞到北极的湖泊，用装在链锯上的螺旋在冰上钻洞，拽出北方梭鱼。打猎不只是为了食物，也为了利润。爱德华是这个地区唯一的注册的大型猎物向导。为了高达两千美元以上的金额，他会带刚到阿拉斯加的人进山，用望远镜搜寻，直到他指给那人看一头角全卷的野大白羊，或是一只皮大得足以铺厅堂的灰熊。

盖尔文家有十英亩地，对一个家庭来说这是非比寻常的面积，这在阿拉斯加颇有嘲讽的味道。一条叫曲溪的溪水在一侧地界流淌。他们的建筑已经增加到十六个，但若以当地以外的标准衡量，几乎所有的都是极小的。这个数量提供了相当大的安全感，因为零下四十六度时万一起火，总有地方可去。有一个客人用的木屋、一个八乘十四英尺的披屋（本身是个可居住的小屋）、一个藏肉的地方、一个熏肉房、一个工具房。一个“仓库”里面放着糖、面粉、玉米粉、纸品、咖啡（不怕冻的东西）。甚至家里的阁楼也是一个小的独立式建筑。这些结构大部分都是用圆木建的。要不是这些建筑多数都在飞机跑道一端的附近，这场景可能让人想起埃里克·斯隆的一本有关早期美国木屋的书。你还会看到用玻璃纤维建的温室，更不要说飞机库和工作间了。没有不合时宜的东西，一切都符合这个地方和这个年代。主屋是L形的，长十八和三十二英尺。从地面到天花板的室内高度是十道圆木。有几十本书，其中主要有《斯科第·阿伦，狗队驭手之王》《采矿工程师手册》《用飞机砂矿钻开发黄金财产》《家庭医生与健康指南》《育空女人》《零下五十年》《北极古人》《野性的呼唤》《荒野捕兽人》《野径食客》《灰熊王国》《臭名昭著的灰熊》《阿拉斯加人的回归》等。一个齐腰高的书架把厨房与客厅隔开，客厅有长沙发和几把椅子，盖着和装饰着森林狼长长的、柔软的毛皮，墙上也有。下面有一个塞满东西的地下室。总共五个房间。母狼狗塔拉不是因为这个房子而得名，这个名字有着比眼前所能见到的一切更深的喻义，因为它像建在荒野中的其他房子一样漂亮，如果这儿的生活随风而逝，它可以成为一种回忆的背景①。

当我和盖尔文一家待在一起的时候，我多半时间住在朝向飞机跑道尽头的一间小木屋里。这间木屋是他们不久前从一个叫柯雷·阿兰的早年的矿工那儿买来的。他七十来岁，去了南方。他不想回来了，但是他离开小屋时，屋里存着器皿、食物、家庭日用织品——一大罐咖啡、五十磅面粉、五磅丹麦培根、分三种规格码放在门边的木柴。外面，几步之外，我曾以稍息的姿势站着，在六月午夜明晃晃的日光下，被一群野蛮的蚊子叮咬我够不着的地方，也在冬天的同一地点、同一时间，以同一姿势，从踩上去嘎吱作响的雪上抬头凝望黑暗中北极光的绿色弧线，凝望从极光中发出绿色带子拖曳着跨越整个天空。在家乡，当我仰望北极星时，我得抬眼看，但不需要真的移动我的头。而在这里，我伸长脖子后仰，下巴抬到不能再高，看着北极星与天顶戏耍。小木屋长而低矮，房顶白雪覆盖，雪有十八英寸厚。燃烧的灯光下，窗子是棕黄色的。空气静得我都能听到升起的烟。零下三十度，冰珠在我的胡子上形成，我进屋把它们用梳子梳掉，一头扎进羽绒睡袋里。

数以百万计的云杉披着厚雪，但不是很重的雪，每根主枝上都是一条轻的、干的雪，还有霜，像一串水晶。只要碰一下其中的一

① 玛格丽特·米切尔1936年的小说《飘》中，有着爱尔兰血统的女主人公斯佳丽的故乡的家即名塔拉庄园。“塔拉”意为山峰、星星。

棵树，上面覆盖的东西就会掉落，在雪地上砸出坑来。树上的雪落得如此轻巧，吹一口气就能落下来，一阵微风就能使整个森林脱掉雪装。日复一日，辽阔北方的寂静保护着这千钧一发的场景，而每一个二月的黎明都将粉红的光芒射向密林，染红所有白雪覆盖的屋顶以及木桶和柱子上的“蘑菇帽”。头上方，有时候，在寂静的地面以上一百英尺处可以听见风的声音。

我曾和爱德华在冬天乘着他的“贝兰卡”飞到这个地方，降落在冰冻的河和泥沼上。他第一次降落的时候，我都不知道飞机已经着陆。雪很厚、很干，一直没有起落架触雪的感觉。有一天，我们遇到反季节的温暖空气——从南边吹过山来的威利瓦飑，飞机的油温攀升到不可接受的水平。他在育空河上降落，下了飞机，用十字螺丝刀打开引擎罩，拿掉一层硬纸板。他早先把它放在那儿是为了挡住油冷器，防止它效率太高。“当把一架飞机带到荒野，你需要在各个方面做修改，”他说，“你要让它为我们这里的低温作好准备。挡住冷油器，在通气管上开一个更大的孔，这样就不会冻住，也不会把密封圈吹下来。把引擎盖上的虫眼（进气孔）的一部分盖住。你还要适应夏天。当一架新的飞机刚来到荒野，人们会说：‘它还有机轮整流罩。’因为轮子上的整流罩是第一样要卸掉的东西。你装上苔原轮胎和一个大的斯科特尾轮。”“贝兰卡”是为短距离起飞设计的，尽管如此，他买的时候还是用一个恒速螺旋桨换掉了固定的配置。他下调了副翼，调整了间隙密封，这样他就能在两百英尺内起飞（不载重）。“这就是这里的做法——你改动东西来适应荒野。如果什么东西出了毛病，你就拆开来，按这种方法学。在飞机方面，斯坦利比我在行得多。他为他的“冠军”飞机做新的蹦极索着陆齿轮。它原来有一个六十五马力的发动机。他从一架坠毁的140上拆下九十五马力的发动机，修复，替换零件，装到“冠军”上，然后起飞了。斯坦利能够通过听远处的飞机声说出它的马力，看一眼就知道它有没有PA18方向舵、PA11水平稳定器。比起任何我认识的有执照的机械师，我宁愿让他为我的飞机工作。”我们回到“贝兰卡”，准备从河上起飞，但是雪软，起落架粘雪，飞机开足马力也远低于起飞速度。我们被粘在育空河上了。但是，爱德华想到过这种情况，因此选择了一段数英里长、封冻平坦的河面。他掉转头，滑行到原来出发的地方，完成了一个椭圆形的印记，标明是一个跑道，然后他一圈一圈地在上面行驶，压实、弄平表面，直到飞机开始加速，起落架最终摆脱了雪。

爱德华“走入荒野”时不懂怎么开飞机，但作为在丛林中生活的一项重要技能，他不可避免地学会了开飞机。因为整个阿拉斯加人太少，巧合也不算巧合了：他是由费尔班克斯的唐·琼兹教的，他以前的名字叫琼斯。爱德华记得他是个“油腔滑调、自大的家伙”。他就是一九七二年开往朱诺途中那架失踪的“赛斯纳310”的飞行员，和他一起失踪的还有阿拉斯加的代表尼克·贝吉奇和他的路易斯安那同事黑尔·博格斯。飞机的发动机显然冻住了，坠入了阿拉斯加湾。碰巧的是，当时报摊上的《飞行》杂志里有一篇唐·琼兹写的题为《冰，无所畏惧》的文章。“想到飞机在飞行途中发生结构结冰就使许多飞行员惊恐不已，”他写道，“依我看，大多数都是废话……很难让人相信，上面太阳总是闪耀着……如果你去竞标蓝天却未成功，那是你时运不佳。往下飞不会令人愉快……冰可能是——一贯是致命的。一架飞机在严重冰载荷作用的情况下，在速度范围的两端都会遭遇麻烦：上开时失速，巡航时速度下降。当这两种情况都遇到时就完蛋了。”

盖尔文家的人每次飞行都会在餐桌上留个纸条，说明他们什么时间去了哪里，并给出飞行计划。他们会特意绕过某人遥远的小木屋，确信看得见小木屋的烟，但是那会被写在他们的飞行计划中。在长途飞行中，如果有什么特别有趣的事情吸引了他们的注意力——想离开主航线看一下，他们会抵抗这种诱惑。他们按计划飞，因为万一搜寻者必须找来他们，那些人会找错地方。他们的飞机有紧急定位信标，每架飞机上都有求生装备——一把斧子、一周的食物、烟雾信号发射器、一个帐篷、两个睡袋。雪鞋就挂在翼间支柱上。他们还没有遇到过大的麻烦。斯坦利曾在查利河边自家的木屋那儿有过一次颠簸的着陆。那“跑道”如此短，看起来就像是直升机的起落坪，表面由西柚般大小的砾石铺就。飞机下降距离短且速度快，使翼间支柱弯曲到差点断裂的程度。螺旋桨也弯了。斯坦利和他父亲砍了一棵云杉，用它做夹板绑在受损的支柱上。他们卸下螺旋桨，把它放在两根圆木上，再用第三根圆木猛敲螺旋桨，直到它总体的变形基本消失。他们把螺旋桨装回到飞机上，发动起来，然后飞走了。

基妮时而为她的丈夫和儿子担心。我记得有一天当他们超时两个小时没从山里回来时，她来回踱步，那回他们去山里为开发他们的金矿修建飞机跑道。他们用的是斯坦利的“冠军”。她不停地看外边的狗，等着它们预告飞机的到来，因为它们总是比她提前好久听到。她说，可以请三十五英里以外瑟克尔的弗兰克·华伦用他的飞机侦察一下有没有麻烦，但是首先我们要多等一会儿，喝一杯麦克诺顿加拿大人威士忌。“我不是真的担心，”她说，“但是他们说回来却没有回来时，我就开始东想西想。”塔拉最终发出他们即将到来的嚎叫，其他的狗也一起叫起来。

飞机到达后，斯坦利用一便士的硬币打开引擎罩，加进一些油，从重力供油罐加油，拿上毛巾和肥皂，用一只手发动引擎，让螺旋桨转起来，低头从机翼下走过，爬上飞机，飞了八英里到温泉洗澡。飞机用的油比大众汽车和皮卡都多。当不谈金子的时候，飞行是餐桌上的话题。天气、零件、负重、结构——斯坦利翻着航空杂志，告诉他父亲不同的飞机每千时失速尾旋事故的比率。爱德华告诉我，斯坦利有一次在山里巡航，寻找一个捕鱼的地方，他看到一个砾石滩似乎适合降落，所以把飞机降下，但是这个砾石滩比他想象的崎岖和短。冒险在此着陆是第一个错误。现在他犯了第二个错误：他去钓鱼。太阳出来了，天气暖和了。温暖的空气比冷空气密度小，提供的升力也小。空气越暖和，起飞所需的距离就越长。当斯坦利想要离开砾石滩时，飞机跑到了砾石滩的末尾飞起来，几乎掉进河里。机尾在他刚升起时在水中拖了一下。“他的腿在抖，”他父亲说，“他在那儿学会了判断。”

爱德华是个细心而又技术娴熟的飞行员，并不过分逞强，无论他认为自己可以去哪里，我都依赖他的判断。这一点我觉得在继续说下面的故事前必须先说明。我从伊格尔乘划艇到达下游的那一天，他把“贝兰卡”给坠毁了。家里人用的词是“废了”。他“废了”那架飞机。居住在同一条路上的帕特里夏·奥克斯说“撞了。”在一个许多情况下飞行是唯一出行方式的地方，人们非常小心地说出使用某些词。无论发生什么情况，没人说飞机“坠毁”了。他一直在自己的采金地所在的峡谷，那儿依然有未融化的雪，他在那儿用轮子着陆。轮子停下来后，他拉下手刹，这样飞机就不会在微风中滑动。但当他终于要起飞的时候，他忘了松开手刹。他超大的苔原轮胎锁得死死的，像滑雪板一样在雪中滑行。“贝兰卡”用尽全速升了空。爱德华就这么上着手刹飞回家。在海拔较低的森特勒尔，砾石跑道没有雪，干的。他进场做最后的着陆，火光腾起，做了一个三点触地的全失速着陆。轮子触地时抓住了地面，“贝兰卡”来了个前滚翻。爱德华在一些带子中间悬挂了一会儿，然后把自己解脱出来，用脚完成了他的这次旅行。他身体上所受的伤就是手上的一道口子，但是他飞行员的自尊被毁了。就飞机而言，螺旋桨弯了，挡风玻璃碎了，一个机翼的构件断裂，一个翼间支柱不见了，机身凹陷，机尾压瘪。爱德华拿出了他的巴克刀、焊枪和钢锯。他分割结构，把零件搬到工作间修理飞机。他估算这活在费尔班克斯至少要花六千美元，所以显然他是在赚钱。在丛林里，机会来时要抓住。“开车久了免不了有些大大小小的刮擦。”他边说边用肌肉的力量扳直钢管。

“在伊格尔他们也这么说，”我告诉他，“他们说那儿的飞行员‘不摔跤学不会滑雪’。”

工作间的墙上像是一个陷阱博物馆——一百五十种不同类型、不同年代的分类清晰的收藏。挂在对面的是几十张皮——狼皮、狐狸皮、狼獾皮、猞猁皮。其中大部分将被送去外边的市场，但是爱德华和基妮也卖大量的狼毛围脖给当地的印第安人。他们的雪机（高山雪地摩托）就停在毛皮下面的地板上。两个人可以骑着它在小径上每小时跑十英里。爱德华曾带我骑着它出去过一回。当我们在雪盖满树枝的云杉林间沙沙地朝前行进时，至少一千棵云杉把雪扔到我们头上表示感谢。我们收了一只貂鼠，它为了一只松鸡翅膀爬上了树干捕兽夹，此刻它的一条腿挂在树干上，身体下垂，它栩栩如生，冻得比动物标本更僵硬，它的前爪伸着，仿佛在跃起来扑猎物，它的眼睛在零下二十六度像鹰嘴豆。整张皮呈焦黄色。我们看到被狼吃得剩下一点的驼鹿，雪中还有一坨东西，上面满是松鸡羽毛。一只跳起的猞猁要了它的命并吃了它。令人吃惊的是，像这么大的一只动物——大如豹猫，三十磅，有着长长的晃来晃去的腿，它的足迹在厚厚的干雪中却是浅浅的。猞猁的脚掌像煎饼。

基妮穿着一件雪上摩托服，上面缝着狼毛围脖；爱德华穿着带狼毛围脖的风雪大衣，戴着一顶艾迪堡牌的羽绒帽，上面装饰着貂皮。两人都穿了裘里长筒靴，毛毡衬里内有毛毡鞋垫，在衬里与鞋垫之间还有更多的毛毡。（裘里长筒靴以柔软的驼鹿皮做垫底，薄薄的袜筒，分层的毛毡，是我脚上穿过的最轻便、最干爽、最暖和、最舒服的东西。水是它的天敌，所以，它只适用于寒冷的下雪天。）盖尔文家在森特勒尔以东靠近湖的大部分地方设陷阱，他们用单双长弹簧夹——那种由“狗”（机关）控制像平底锅一样平摊着的夹子两端，“狗”会触发夹子的两颌紧咬。他们用盘旋弹簧夹子和跳夹。他们用康尼比夹——由铁杠构成的长方形，以足够的力量咬合在一起时能咬断脊椎。盖尔文家会在湖的冰面上切割一个洞，支上三叶杨为诱饵的罗网。一只海狸落入其中，淹死了。不过，他们大多数陷阱的都像一个个盒子，砍下的树枝搭成的掩体，里面放一只松鸡翅膀、一块猞猁肉或一块海狸肉。他们每三天巡察一遍。当他们发现，比如一只猞猁在夹子上时，它通常只是坐在那儿，耐心地等着下一次惊吓。他们用绳子或铁丝使它窒息。如果狐狸活着，他们就用棍子连续敲击它的口鼻部，狐狸就昏厥了；站在它的胸口将使它的心脏停止跳动。水貂和貂鼠一般会被冻死，但是如果有活着的，就用手掐死。被康尼比夹子夹住，狼獾或海狸一般会死。如果没死，就会被一把点二二口径的枪打死（有些捕兽人什么都用枪打）。站在他们的双长弹簧夹上的狼，被射耳朵。猫头鹰、鹰、渡鸦偶尔也落入陷阱。基妮有一次试图捕一只熊，就在森特勒尔的小木屋几英尺范围内。她撒了一圈松鸡的肉作为诱饵。熊碰上了夹子，跳起来六英尺高，屁股一边拉着蔓越橘一边跑了。尽管有这样失败的案例，但最近的季节一般都收获一万美元的毛皮。

基妮翻看《阿拉斯加》杂志，她的注意力被来自下四十八州的信吸引。"'过去有一段时间人们认为杀野生动物是理所当然的，'"她朗读道，"'因为那时候人的生存处于危险关头，但是那个时期已经过去很长时间了。留下的野生动物属于我们所有人，而不是几个人。'

"'科迪亚克棕熊被带回了下四十八州，被当作没有生命的战利品展示在有钱人的墙上。'

"'陷阱是防不胜防的。'

"'我希望有一天人们不再想杀一切会动的东西。'"

她把杂志往桌子上猛地一扔。"他们不明白，"她说，"有威望的猎手是冲着大野猪去的。那能给更年幼的灰熊·个繁殖后代的机会，让这个种群更好地繁殖。写这些信的人缺乏理性。他们说我们出去什么都杀。下四十八州的人不理解阿拉斯加。"

"他们把一切都弄错了，"爱德华插话说，"他们认为这里全都是冰天雪地，人们都住冰屋。”

基妮继续说：“他们好奇阿拉斯加人是怎么收信的，他们冬天干什么。他们不相信这儿什么东西都能长。他们对我们不能买地感到吃惊。他们认为印第安人就是因纽特人。他们对阿拉斯加一无所知，然而他们多年来一直操控着我们。我以为，州的成立将结束这一点。”

“他们不理解设陷阱捕兽。他们不明白捕获动物，”爱德华说，“他们说阿拉斯加是‘脆弱的’。所有这些关于脆生态的废话真让我无语。如果它经受住了所有西伯利亚式的冬天，那怎么可能脆弱？阿拉斯加作为一个州是没问题的，如果联邦政府没有把三分之二留作它自己的土地。现在，通过《原住民土地权利处理法案》，他们想要把八千万英亩土地变成公园。我的论点是，在这个地球上没什么永远不变的东西，每样东西都在变，甚至植被也会变化。所以这些保护之类的事情是不起作用的。”

基妮依然在为杂志生气。“哼，”她把杂志再次推到一边，“设陷阱捕兽的负面形象至少提高了皮毛的价格。下边的人害怕买不到它们了。”

驼鹿的角被钉在院中建筑物的山墙下方。如同阿拉斯加人通常将这种习俗视为尊敬的象征一样，这对盖尔文家同样重要——尊敬驼鹿、尊敬用驼鹿维持生活的人的需要。“如果人们不得不买肉来吃，同时还要养家，那将很艰难，”基妮说，“得到肉是件很重要的事情。在捕肉季节里，那是在秋天，人们往往不说‘哈啰！’，他们说‘你弄到驼鹿了吗？’。我们互相帮助渡过难关。在这儿，没有猎到驼鹿的人，别人将分给他四分之一只。”

“打驼鹿最好的办法是，当它朝你走过来时，你在做别的事情，”爱德华说，“叫来驼鹿最好的办法就是砍木头。当一只驼鹿靠近时，我发出呼呼声像另一只公驼鹿一样，它就会靠得更近。”

一只比较大的公驼鹿屠宰后可以重达七百磅。去除三分之一多一点的多余的东西和骨头，剩下的是四百磅以上的肉，几乎足够一个六口之家度过一个冬天。与此同时，狼群在附近为了肉展开争夺——牧师溪狼群、波丘派恩溪狼群、药湖狼群、森特勒尔和瑟克尔之间的狼群。爱德华想起他在某地钻井平台上工作时看到一本《无人例外》，是一个名叫地球之友的保护主义组织的期刊。上面有一篇关于阿拉斯加的狼的文章。“我难以相信自己读到了那些错误的观念。文章中说的一些东西完全是谎言。它说狼以弱的、病的、瘸的驼鹿和驯鹿为食。这根本不对。你认为一只猛跑了许多英里、被包围四五次的驼鹿是弱的、病的或瘸的吗？有时候你看到一只驼鹿的血从身体里涌出来，大块的肉被从身体上撕掉，但它还会站起来。一只病的驼鹿会站着吗？在荒野没有那么多病的驼鹿。狼似乎知道牛犊什么时候来。它们在牛群周围游荡，等小牛掉队了就扑杀它们。小牛是病的吗？它们确实弱。地球之友和塞拉俱乐部的人认为我们要杀光这里所有的狼。我们爱狼。它们是万物的一部分。人们需要它们的毛皮做毛领。但是这也需要控制，如果我们想持续有猎物的话。”

“我看见许多女人在写这些文章，”基妮评论道，“有点奇怪。”

阿拉斯加州一直在拍卖州里的控狼项目中杀狼所获的狼皮。这个项目让盖尔文很恼火。他们说，狼属于大家，而不属于某个政府机构。让州政府介入毛皮生意是个坏的先例。目前猎人每年可以射杀两只狼，而设陷阱捕兽的人可以拿走他们所有想要的，但这并没有使狼的数目充分地下降。“在四十年代，出现过现在这样的情况，”爱德华·盖尔文说，“狼的数量上升，驯鹿、驼鹿和羊的数量就下降。随后就有了一个大型的毒杀和赏金射杀项目。到了六十年代，情况还算正常，有很多狼、驼鹿、驯鹿和羊。赏金射杀依然有，我们还可以在飞机上打猎。然后所有这些爱护狼的全套装备都来了。外界的压力使飞机狩猎停止。现在，狼数量多，猎物数量少。”

甚至基妮的兄弟有时候也是“不理解的人之一”。与《阿拉斯加》杂志一起寄来的是他写的一封信，信上说自然有其自身的平衡，建议她“不要愚弄它”。

“但是它并不处在平衡状态，”她说，“要么是大餐，要么是饥荒。某种生物的循环有盛衰。有些年到瑟克尔的路上都是兔子，有些年一只没有。大自然自己无法解决，得杀掉足够的狼来保持均衡。”

从空中，盖尔文一家看到狼和驼鹿所有的阶段的故事：追逐、僵持不下、杀戮、留下记号。他们看见一圈狼的足迹，那是一群狼包围一只驼鹿，过一会儿又一个圈，然后又一个，再一个。每一次，驼鹿抵挡狼群，停下来喘口气，突破，继续跑。现在飞机飞过正在休息的狼群，也许有五只狼。不远处，盖尔文一家看到了这只驼鹿，它的前蹄撑开像A字形，头朝下，它鲜红的血在雪上。过一会儿他们返回，在驼鹿原来在的地方什么也没看到，只剩下一只蹄子和一些毛在一个踩踏过的圈子里。他们的雪佛兰皮卡的后保险杠上贴着一条标语，上面写着：“吃驼鹿——一万只狼不会错的。”

一天许多次，当我在原本属于柯兰的木屋和主屋之间来回走的时候，我经过围栏里的塔拉。它不仅被围在里面，还用链子拴在一根桩子上，双保险。连续几周，我用温柔安慰的声音朝它的方向说话，但我对它来说依然是个陌生人，每当我靠近它，它都绕着桩子、绕着被限制得死死的圈子跑，与此同时它的喉咙里发出刺耳狂野的威胁，以致让人怀疑铁链和围栏不够结实。它的母亲是狼，出自阿纳克图沃克帕斯，是因纽特人从一个狼窝里掏出来的。塔拉毛色白亮，拉雪橇时如风一般。它有森林狼长长的腿，让它完美地绕桩子旋转，就是一个飞转的白团。但是不管它转得多快，它的眼睛总是盯着我，赭色的眼睛。有一次它跑了出去，撕开了安德里亚的宠物狗拉撒路的喉咙。拉撒路侥幸活命。但是我毫不怀疑，要是我经过的时候塔拉脱离铁链跑出围栏，我就剩不下什么了，在没有圈子足迹的地上只有橡胶鞋底和一点点头发。

一个夏日，爱德华和我开着皮卡跑了二百五十英里到费尔班克斯去接收狗粮。我们来到离城不远的阿拉斯加输油管线，它像尚未完工的百货商店中的管道传送系统那样往南延伸。我们停在路边凝视这奇观。当我们坐在那儿时，爱德华提到几年前他帮助安装一个石油钻井架的事。它有折叠刀一样的竖架。“你在地面上作业，然后这东西就竖起来了，一百五十七英尺高。”他做了所有的焊接工作，在冬天零下四五十度的气候中。

“感觉怎么样？”

“大多数时间非常冷。”

钻井架打了一个没有油的洞，然后移了六十英里，再试。第二钻发现了石油。那是一九六八年阿拉斯加极北区发现的出油油井，被称作“普拉德霍湾州一号”。

在一大片新鲜的土上，一台D9推土机带着起重侧臂，用吊索吊起一节管子。焊工正在用珠焊做对头焊接。我们走过去仔细看。他们戴着面罩，身上厚厚的工作服（为了抵抗严寒而设计，但实际并不那么冷）让他们看起来像宇航员。爱德华说他们要过六道关口，管子有六层不同的材料——最里层是钢管，然后是隔热层，三层的填充层，最外面是防护层，管子不比小孩的臂展宽，但是这工作在我看来漫长而枯燥。“对我来说不是，”爱德华说，“你必须留意把那铁家伙正好弄进去。”他和焊工交谈。他说他很惊讶他们没用低氢焊条。焊工感兴趣地抬头看，用俄克拉何马州和得克萨斯州混合口音谈抗拉强度。没用过的焊条胡乱地扔在地上。我们离开时，爱德华捡起几个，像个采花的人。其中一个焊工——一个穿着牛仔靴的魁梧的家伙大声喊：“嗨，你不需那样做，把卡车倒到这里，我们给你一些。”爱德华响应了他的建议。在皮卡的后面，焊工放进几桶装满高抗拉强度的焊条。开车离开的时候，爱德华说那些人得到的时薪不比在纽约那样的地方高。吸引他们的是加班费，每天工作十到十四小时，星期六、星期日报酬多一点五倍。往北开了几英里，我们停下来看另一条口径更大的管线，那是多年前建的八十三英里长的管线，输送水来给采金船用。爱德华说他厌恶环保主义者长期告诉阿拉斯加人说不应建输油管线。这种论战造成的拖延伤害了阿拉斯加州。“输油管线是在利用资源，”他说，“这是州能够支付他们的账单的方法。它没有破坏阿拉斯加的风貌。”

一个小时后，我们从一个高高的山口眺望，山口路漫漫，穿越荒野群峰。我们停了一会，欣赏这风景，他给我讲了另一个他记得的北坡地区的故事。他和其他人时常看见一只渡鸦在平坦的苔原上空飞翔。它总是贴近地面飞呀飞。在渡鸦下方，几乎总有一只奔跑的狐狸。一英里又一英里，狐狸还是在渡鸦下面。如果渡鸦稍微加速后落在地上，狐狸就会追渡鸦，当狐狸跃起要抓它时，渡鸦就在最后一刻跳到空中，继续在苔原上飞，狐狸在下面跑。这种关系显然是不变的，是一种仪式性的均衡，一出不坏的哑剧。有一天这一对飞着跑着几乎进入了营地，渡鸦落在地上。狐狸进入绝杀的匍匐姿势，小心翼翼地一步步靠近，然后猛地一冲，渡鸦弹跃到空中。短暂的飞行之后，它又落下来，又一次被狐狸追和扑。它又是一飞，一落，甚至更靠近营地上的人，狐狸故伎重演，匍匐接近，这在渡鸦的眼里就是徒劳的老花样。狐狸再一次前移，冲上去，跃起，它抓住了渡鸦，当场吃了，地上留下一堆黑色的羽毛。

乔·沃格勒一九四四年“走入荒野”。他来自堪萨斯州的巴尼斯，靠近小蓝河，在祖父的农庄长大。童年时有那么一天他记得特别清楚，他看见一只珍珠鸡在农场里烦躁不安地到处乱跑。“我的意思是，它在说话，它在大喊大叫。”鸡窝旁有一条很大的牛蛇，它尴尬地失去了流线形，脖子下面胀起。他害怕蛇，但是他用玉米刀砍死了这条蛇，切下了它的头。“我的人生目标就是要服务于一个好的目的。”从蛇那管状的身体内，他慢慢地挤出二十一个蛋。他用手帕把它们一个个擦干，放回窝里。那只珍珠鸡最终孵出二十一只小鸡。乔到得早，蛇还没机会弄碎蛋。

他上的是只有一个教室的学校。他和老师作对。他在小蓝河里游泳，钓大头鱼和鲤鱼，用曳钓绳钓钳鱼。“我们有一年种了一百八十英亩玉米，连指头大的玉米棒都没见到。干旱的时候，那里很糟糕。我母亲和父亲现在已经不在世了。这里是我的故土。”由于一九二一年的干旱天气和农业歉收，许多邻居不得不放弃他们的家园。还是小男孩的乔许下一个心愿：只要他活着，就要弄沙金来交税。他上了堪萨斯大学，获得了法律学位，同年通过了司法考试。那是一九三四年。由于没工作，他回家收割。大萧条把他困在农场里。他从未执业过，毕竟他对法律不太感兴趣，但是没有工作让他难过。几年以后，他在得克萨斯州的陶氏化学公司找到一份工作，而后又丢了工作，很大程度上是因为他称富兰克林·罗斯福是个“婊子养的叛徒”。那是一个爱国热情高涨的时代，是第二次世界大战正激烈之时。沃格勒的话不受他的上司待见。他对罗斯福的仇视基于这样一种看法：罗斯福“让政府致力于提供安全而不是机会”。看起来用不了多久，美国人的一大部分创造力就会消失在对安全的专注中，一种怯懦、自毁的需求。陶氏化学的人告诉他，他不适合为陶氏工作，不适合在美国社会生存。这对他来说十分清楚了，于是他前往阿拉斯加。“我唯一害怕的两样东西是蛇和幽闭恐惧症。”他喜欢说。所以他选择住在一个他没什么东西可害怕的荒野。

沃格勒是盖尔文家的朋友，我遇到他时他正拜访盖尔文。他看到盖尔文还是婴儿的小孙子时乐开了花。自那以后我和他一起看过很多地。他是一个流浪者，一个说起来就没完的伙伴，也许是荒野最活跃的探矿者、最不活跃的矿工，尽管他有几块地的开采权，包括伍德乔珀溪临近育空河的二百三十三英亩。如果盖尔文家用他们静悄悄、直截了当的方式来说明扎根森林的人的多才多艺，乔·沃格勒就是一种自画的讽刺漫画里的阿拉斯加人：一个态度强势的业余政客（表达方式具有煽动性）。近几年他已成为一个重要人物，不仅在上育空地区，而且在全州——作为一个倡导阿拉斯加独立的人。

“所谓殖民地就是与统治力量分离、但又受制于那个权力的人民或领土，”他说，“美国把阿拉斯加变成了它的殖民地。他们想要什么东西时就来拿。我们是他们的牡蛎。他们需要的时候就撬开我们。在同一面国旗下，你得有统一的法律。在下四十八州，他们有法律保护他们的环境、资源。他们需要那些法律。这些法律不幸地套用到我们身上，我们不需要它们。它们阻碍了我们。我们是个发展中国家，像世界上其他发展中国家一样。我们不能在美国的法律下发展。他们可以带着他们的七月四日独立纪念日滚蛋！他们脱离英国获得了独立，我们没有摆脱他们获得独立。”

他高大，饱经风霜，爱漂泊，现在六十岁过半。他面容刚毅英俊，黄沙色的头发，清澈的蓝眼睛似乎凝固一样眯着。他嗓音沙哑，声音很高，穿着卡其工作服，戴一顶黑色的鸭舌帽，后腰上是一把带着枪套的史密斯·韦森点四四口径马格努姆左轮手枪，他称之为“猪腿”，他走路时，枪有节奏地一颠一颠。有一天，当我们猛劲爬上他凯彻姆溪开采地上方的花岗岩山顶停下来歇会儿时，他斜靠在一块砾石上，用帽子擦擦前额说：“如果我们要搞革命，我们得进口一批断头台。这儿有很多无核小葡萄。如果你渴极了，可以从那些蔓越橘中得到水。我的政府是我最可怕的敌人，我准备用手中的任何东西跟他们干！”

“要是联邦官员没收了你的‘猪腿’怎么办？”我问他。

“看到这些小伙子了吗？”他边说边把手深深伸进裤子口袋去摸点二二马格努姆短筒手枪。那把枪小得和他的手掌一样大，但有两个枪管，一上一下。“当官僚来抓我时，”他接着说，“我建议他们穿红衣服。那样做靶子好些。联邦政府里有美国最大的谎言家，我对他们恨之入骨。他们以为他们拥有这个荒野。总有一天，人们会宁愿带着荣誉死，也不愿无耻地活着。在这里，那个时候可能正在到来。我们的目标是通过和平手段获得最终的独立，建立一个尽可能小的政府，完全服务于人民。我希望我们不必牺牲生命，但是如果他们继续践踏我们的财产权，小心，我们准备去死。”（沃格勒不躲避对抗。比如，他有一次对费尔班克斯的市长说：“你个龟孙子，做好准备看这个城市最后一眼，因为我要用我的一只拳头闭上你的左眼，用另一只拳头闭上你的右眼。”不过，乔的暴力只在嘴上。他与市长的纠纷上了法庭，市长还付了罚金。）“沙皇把不适合社会的人流放到了西伯利亚，”他说，“苏联也那么做。流放西伯利亚终将退出历史。阿拉斯加是不适应下四十八州社会的人待的地方。我们最终也将退出。阿拉斯加人是那种带人们离开欧洲到美国这个新世界的决定性基因的继承者。阿拉斯加吸引了狂放不羁的建筑工人，他们愿意碰一下运气。盖尔文家在别的地方就是不适应的人。他们是实干家，不搞破坏。他们建设、保护。他们是不折不扣的保护主义者。他们到处杀狼，如今有这么多驼鹿活着都靠他们。那个基妮，她真是个神枪手，她能用一把勃朗宁手枪把狼群打得七零八落。”

他压低了一点嗓音说：“爱德华庆幸基妮喜欢这里。对女人来说，这不是个容易的地方。这里成就一个男人或毁了一个男人的就是女人。”他自己的妻子离开了他，跑出去了，那是三十年前。“她不喜欢这片荒野。”他把他的孩子们放到飞机上和妈妈一起离开时，他们一个一岁，一个三岁，而且那是他最后一次看见他们。“我女儿，我想，是嫁给了曼哈顿的一个教授。如果我在这里的小路上看见我的孩子们，我会认不出他们。”

那花岗岩顶峰像个凌空的巨石阵，一个高山花园的主题是耸立的岩石。“花园”外的景色是当地的像穹顶一样的圆形山峰和不太远的育空河悬崖。有矮的云杉和鲁冰花。有可爱的还没长成的山杨，它们的叶子像钱币一样旋转。“你觉得我的私家小公园怎么样？很美吧？”沃格勒说。他之前注意到了花岗岩里长石晶体不寻常的大小，除非它们非常慢地冷却下来，否则不会有这么大，所以，我们站的地方上面曾经有至少一英里厚的岩石，其顶峰带着大的晶体，是一个缓慢显露出身姿的遗迹。“对我来说，”他说，“那是上帝的笔迹。”

他之前用推土机推出了来到山顶的路，这条路在联邦的土地上，离他的金矿一点五英里。他说：“上帝，我喜欢用‘猫’来推土。我可以在这么高的地方的一群顶峰到另一群顶峰之间再筑一条路，只为我私人使用。我可以用炸药炸平山顶，建一个木屋。那不是一个乌鸦的窝吗？公园不应该是联邦的，我骂娘就是因为这个。联邦政府应该无话可说。我乐意看到土著得到一千万英亩，乐意看到任何可把土地从联邦政府那儿拿走的事情。联邦政府只是把土地圈起来封了不动，为官僚创造就业机会。他们将破坏阿拉斯加的私有制。”

他捡起一块干的狼粪，放在手上随意地颠着，狼粪里有许多驼鹿毛，看起来像个大毛毛虫。“贪婪的剖肠破肚的家伙，”他说，“无耻的、怯懦的掠食者！我要在正午时分在总统面前杀了世上最后一匹怀孕的狼。反对杀狼的人都是不住在这儿的感情用事的白痴。如果他们来这儿、住在这儿，我会听他们说。如果这里的大多数人不想杀狼，我就不会要它们死。但是，狼夺去的肉是我们需要的。我相信我自己的同类人。我相信金子。我相信黄铁堆，我相信自己。”

“黄铁堆？”

“就是推土机，‘猫’，移土的设备。”

沃格勒开着一辆大的三轴卡车在他的开采地上跑，卡车磨损得很厉害，看起来像在育空河底沉了很久后刚打捞上来。有路的地方他开，没路的地方他也开，或直接开上溪流湍急的河床。卡车摇摇晃晃、歪歪扭扭，就是个东拼西凑车零件的大杂烩——从某处拆来的底盘，从另一处弄来传动装置，沃格勒选择部件并把它们拼装成“适合丛林”的车。前轮直接装在驾驶室下，引擎架像悬臂一样向前抬高足足八英尺，变成一个突出的长鼻，探索往金子去的路。驾驶室和引擎是军车的残余部件，第二次世界大战的文物。车架取自一辆二十五年车龄的拖车架子。长长的平板拖车从后面伸出去，上方有吊臂和卷扬机。没有挡板。引擎盖大部分都没了，头灯明显往前突出，像昆虫的凸眼睛。尽管看起来虚弱不堪，但它有六轮驱动，能哐当哐当地上陡坡过砾石，在溪里游刃有余。

乔和他的同事韦恩·佩普勒一起用这辆卡车把用于水利采矿的钢管从一个开采地送到另一个开采地，他们带着我一起度过这漫长的工作日。乔的卡车没有消音系统，发动机和驾驶室之间大多数的隔离壁缺失，所以发动机的爆响声直接灌进耳朵，足以盖过任何轰鸣的溪流，抹去一切声响，除了乔提高的嗓门。正如有一天他慷慨激昂地大喊：“杰斐逊设法逃开了购买路易斯安那所招致的批评及后果。[1]苏厄德做了同样的事情。[2]购买阿拉斯加是违宪的，因为只有两个条款说国会可以购买土地——一是为政府所在地，二是为军事堡垒、码头、兵工厂、弹药库——除非为了共同的国防和大众福利，而这两个理由是《宪法》的垃圾桶。由于国会没有权力购买阿拉斯加，他们实际上是以信托的方式持有这块土地，以使第一个合法政府成立。因此联邦政府现在应该放弃它拥有的阿拉斯加的所有土地，把它们交给阿拉斯加州。”

由于美国看起来不大可能采取这个做法，沃格勒想通过起诉联邦政府违反《州地位法案》这项合同来推进自己的事业。一九五八年通过的《州地位法案》给了阿拉斯加二十五年的时间挑选一亿零三百万英亩土地。他指出，但是十三年后，为了输送石油，国会通过了《阿拉斯加原住民土地权利处理法案》，给土著四千万英亩土地，同时留用八千多万英亩土地作为拟议中的联邦野生动物和休闲保留地。到这个时候阿拉斯加仅选择了承诺给它的一小部分土地。现在突然地，选择的范围被大幅缩小，所以他打算起诉。他要请求

---

① “法属路易斯安那领地”包括从密西西比河口至加拿大边境约 828,000 平方英里的领土。1803 年，拿破仑决定将整个路易斯安那领地卖给美国，并开出了不可思议的低价格，这使得美国这个年轻共和国的规模翻了一番，史称“路易斯安那购地案”。这被认为是托马斯·杰斐逊担任总统期间最重要的成就之一。

② 1866 年，受两国政府委派，沙俄驻美公使爱德华·斯托克开始与美国国务卿威廉·苏厄德谈判购买阿拉斯加。当时俄英关系剑拔弩张，俄美关系前所未有地亲密，美国政府同样希望通过这笔交易向俄方展现诚意，以结盟对付英法。最终在次年 4 月以 720 万美元敲定了这笔交易——土地价格 700 万美元，外加 20 万美元手续费。合约生效日期为 1867 年 10 月 18 日。

法庭取消宣布《州地位法案》这项合同无效，因为它实质上违法。他说在这个案子判决后，他希望在下一次阿拉斯加的表决中看到以下几种选择：（一）回到领地状态；（二）重新确认州地位，给予适当的赔偿金；（三）英联邦身份；（四）独立。

生性慷慨的乔为我们三个带了午餐，午餐装在一个棕色纸袋里。当我们快乐地聚在一起时，他把午饭倒在卡车的平板拖车上：好时巧克力、花生巧克力糖、好时椰肉黑巧克力、杏仁太妃糖。这些糖块就是我们十七个小时的工作时间里吃的所有东西。他一边撕掉杏仁太妃糖的纸，把它扔到风中，一边说："我们完全被控制了。我们连自己的狼也不能杀。环境保护狗仔队叫得太响了。成为了一个州，我们本以为有权管理我们的猎物了，但现在他们竟然不让我们那样做。我们唯一的愿望是自己做主。"

当我觉得自己吃腻了花生巧克力糖，就吃了一块好时巧克力换换口味。乔还是继续吃他的杏仁太妃糖——明胶黏合在一起的、前寒武纪牌的玉米糖浆似乎特别适合采金这活儿。

"这儿不是美国的一部分。这儿是另一个国家。"韦恩·佩普勒说。

"正如三百年前摆脱殖民一样。"乔说。

"这里的人变得惊恐和迷茫，"佩普勒说，"他们害怕他们将不再自由了。"

佩普勒是个清瘦但肌肉强健的年轻人，黑色的背头，脸庞棱角分明。他差不多是从洛杉矶的一所高中直接来到了阿拉斯加，因为"小家伙在这里也许能成点气候"。他想起自己当时就是这样想象的。在阿拉斯加一九七四年的州长选举中，他是阿拉斯加独立党提名的助理州长的候选人，通过请愿方式获得提名。该党提名的州长候选人是乔·沃格勒，他的名字与现在执政的民主党的候选人威廉·伊根和共和党的候选人杰·哈蒙德一起出现在选票上。沃格勒的竞选活动所产生的影响和获得的结果比任何人之前猜测的都要大得多。所有投出的选票不到十万张。哈蒙德击败伊根的票数只是两百八十七票。近五千人把票投给了乔·沃格勒和他的“独立宣言”。

一天上午，沃格勒和我在离森特勒尔以北十五英里的路上顺道停了一下，跟弗雷德·威尔金森打个招呼。弗雷德是个说话温和、几近退休的单身汉，乔说他是个“只知道工作的傻子”。威尔金森的祖父一九〇三年获得了米勒溪上四英里长的河道的开采权。他的父亲和叔叔也在那里淘金。现在弗雷德在同一块开采地上一个人干，与世隔绝。他有五件重装备，包括两台 D8 和一台 D9 推土机，他用它们不仅移动了河床中的砾石，也移动了溪流在其地质历史变迁过程中所流经的任何地点的砾石。在一个与分离同位素类似的过程中，他一个季度就翻拣了大约四万立方码的值钱的脏东西，从中提取了一些漂亮的泪珠状金块和几品脱价值数万美元的金屑。

对一个在夏天的日头下干活的人而言，他今天看上去很苍白，穿着橡胶靴和撕破口的工装裤，他看起来像是从煤矿里而不是从采金的溪中出来的。他身板结实，粗犷，迷人，但首先给人的印象是冷峻。不久他告诉我们，他感到孤独和害怕。出于善良的天性，沃格勒带来了一些三明治和馅饼。威尔金森坐在桌前边吃边说，昨天一辆属于联邦政府的越野卡车出现在这里，车里有四个人，其中一个递给他一些文件。他这会儿把那些文件猛地推过来，文件碰到了馅饼。文件出自西雅图的美国国家环保署某分局总部，文件的标题是“关于阿拉斯加的弗雷德·威尔金森的事宜。违法行为认定及遵守法律的命令”。

“有人要走了，弗雷德。”乔说。

文件上说，虽然威尔金森在近一年前已被告知《联邦水污染控制法》的要求，但他并没申请“全国污染物排放消除系统”许可证。他需要马上申请一个，否则将招致每天高达一万元的罚金。他要为他矿上搅起的所有泥土挖沉淀池。如果下游五百英尺的水在任何时候的浑浊度超过正常水平二十五个单位，他也要每天被罚一万美元。如有疑问，他应拨打电话，区号206华盛顿州西，442-1275，与那儿的一位律师谈。离他最近的电话远在一百多英里以外，不是威尔金森一着急就能拎起来打的。

“可恶的政府，”乔说，“我真是恨死他们了，弗雷德。”

“其中三个人是州政府的，”弗雷德继续平静地说，“那个来自联邦政府的人的名字是拉莫罗。他告诉戴尔·阿凯尔，他在金尘溪上作业，他的推土机翻出来的硫化物正在污染溪水。”

“我想知道，如果我用我的点三五七猛戳他的肚子，拉莫罗会怎么样。”

“他不过是政府恰巧派来的人而已。”

“如果你踩上条响尾蛇，响尾蛇会攻击你还是那个派你来的人？”乔问，“我就是一条响尾蛇。谁过来我就用我的毒牙咬过去。他们正从我们手里把我们的荒野夺走，弗雷德。他们在夺走我们的荒野。他们想不经正当的法律程序抢走私有财产。”

几乎所有的开采地都在公共土地上，但是按照现在依然有效的一八七二年的《采矿法》，矿工不仅百分之百地拥有他们开采到的金子，而且在那块地上向来想做什么都行，好像他们是土地的主人，而非美国公民。在淘金时代，矿工用镐和锹创业时就是这么理解的。几十年来，水利采矿工、使用挖泥机和推土机的矿工也都有一种不受约束的特许权意识。而现在，一个多世纪以后，美国国家环保署的比尔·拉莫罗、阿拉斯加环保局的杰夫·马什和兰斯·埃尔菲克、阿拉斯加渔猎局的鲍勃·费德勒都说情况已经变了。费德勒担忧溪流里的河鳟。鱼不能在泥沙翻涌的地方产卵。威尔金森被命令做到"确保倾倒尾矿的溪流不堵住鱼的通道"，否则将面临大笔罚金的危险。

"每天一万美元，"沃格勒重复道，"你得为此杀人。"

（沃格勒一生中实际上只对一个人开过枪，但那是很久以前在得克萨斯州，还没打中。）

使威尔金森相当吃惊的是，外边有来人的响动，鲍勃·利特菲尔德出现在门口。矿工每周七天累断腰地干活，一个矿工，别说两个，在中午出现在另一个人的开采地上是非同寻常的。利特菲尔德是个小个子，圆脸，乐呵呵的，留着胡子，戴着一副龟壳一样厚的眼镜，脸上总是带着的微笑现在也没了。他从哈里森溪上自己的开采地上过来，离这儿八英里，因为他想知道是否有一些政府的人来看过弗雷德。

威尔金森原以为自己很孤独，以为就他一人被政府拎出来杀鸡儆猴。他说，此刻他感觉到些许宽慰。他脸上的苍白开始消退。"你对他们说了什么？"他问。

“我说：‘我应该把你们四个都毙了，用你们的车把你们埋了。’”利特菲尔德告诉他，“联邦政府的人拉莫罗吹嘘说，他要让所有不服从的矿工停工。”

沃格勒说：“我要开推土机从他身上碾过，让他死的时候任蚊子叮咬。”

“我们没造成污染呀，”利特菲尔德继续说，“我们正在用本来就存在的东西制造浑浊——用岩石、泥和尘土。我们做的就是大自然母亲在春天或雨后所做的事情。”

“这不成了黄金的国有化。”

“《采矿法》说，下游的人得承受上游下来的东西。沉淀池不会起作用。它们会在一周后淤积起来。野生动物会陷在里面。环保署说，我们必须把淤泥清除，但那是不合理的、昂贵的而且会损耗设备。在五英尺深的淤泥中，大多数推土机会陷入其中直到看不见。”

“我们必须按他们的法律生活，这是个悲剧。”

此刻另一个人出现在门口（乔·格林，从猛犸溪来），接着又来一个（鲍勃·舍伍德），还有一个。在“世纪”之交，矿工的会议就是荒野的法庭。他们听过各种“案子”，宣判“被告人”的命运。无论他们给一个违法者“蓝色的罚单”还是永远将他或她驱逐出境，或是仅仅课以罚款，那是一个正义的制度起了作用。现在，在弗雷德的地方，有一种老式方法正在重复，当矿工向其他人介绍自己的案子时，他们是在对一种缺乏权威的精神状态加以弥补。

“我们只想过上体面的生活，而政府不允许。”

“他们盯上我们的原因是，他们接到桦树溪上划划艇的人的投诉。那些人抱怨鱼看不见鱼钩。划划艇的人在这里待上一周对经济没有贡献。”

“他们带着一包东西来，把东西丢进溪里。他们今天来，明天走。而我们就住在这儿，这是我们的生活方式。”

“托马斯·杰斐逊说，每二十年就需要一次革命，使国家保持平衡。”

“这些政府的人跑来跑去构成了骚扰。”

“我对他们说：‘我要继续采矿，在这儿采矿。与此同时，请你们滚开！’”

“谋杀！杀戮！焚毁！折磨！”

“我在同一条溪上干了五十年。每天收工时，我总是抓河鳟做晚餐，游客开始来后，溪里的鱼被钓光了。”

“沉淀池必须能容纳一整天流过流矿槽的砾石，而这是不可能的。”

“他们说矿工抗拒变化。”

“迎头被击，谁都会起来抵抗。”

“他们没能真正正确地指出我们正在破坏什么。”

“我们什么也没破坏。”

“我们没有倾倒酸性物质——我们只是搅动了原本就在那儿的东西。适用于霍姆斯特克金矿和肯尼科特铜矿的法律也适用于我们。”

“这一切的幕后黑手是那些装腔作势的嗅探者。”

“当国会议员约翰·塞伯林来到荒野时，他看到了伍德乔珀溪和煤溪的尾矿。他说：‘真是乱七八糟。’他也是想那个禁止美国所有枪支的人。他的家在俄亥俄州阿克伦市，生产轮胎的。他的家族排放的污染物可能比全阿拉斯加排放的污染物还要多。”

“也许他为此感到内疚。”

“从猎物的角度看，我们是在改善溪流的状况。推土机清除覆盖着表面的那层垢，地上长出小糠草，老鼠和小啮齿类动物会栖息在这里。貂和狐狸进来吃啮齿动物。然后有了你喜欢的垂柳，垂柳又引来了你喜欢的驼鹿。之前有桤木，驼鹿不吃。所以我说我们是在改善溪流。”

“杀戮！”

“这是一种独立的生活。我们一直在支付账单，我们也挣了一点钱。我们没伤害任何人，除了那些不喜欢看见尾矿的过度敏感的人。”

“我们留下了可以通行的路，留下了一些东西，它们可以弥补对溪流造成的‘破坏’。”

“亨利·斯皮克在波特兰有一个律师。他年纪大了，但很健康。他的专长是《采矿法》，为小矿主辩护。”

“请个律师我愿出一千美元，”威尔金森主动说，“我愿和你们一起行动，照律师的话去做，希望他站在法律正确的一边。”

当其他人（包括沃格勒）准备离开时，威尔金森依然不放心，决定到哈里森溪的北福克去见亨利·斯皮克，他是这个地区最有钱、还在作业的年纪最大的矿工。我问能否和他一起去，威尔金森说他当然乐意有个伴。

以低至每小时五英里的速度，我们乘威尔金森的皮卡往南穿过山脉，在崎岖的苔原路上行驶着。先到了猛犸溪，再到独立溪和乳齿象溪，经过一个又一个巨大的尾矿砾石堆。在尾矿堆那儿，C. J.

贝里疏浚公司在二三十年代开过矿。在我们经过乳齿象溪溪口时，威尔金森指着它上游说，一八九三年这个矿区首先发现金子的地点就在上面，“过一个矿脉就是。”他还说，只要一条溪流淌入另一条溪，两者各自的名字都会改。早期，矿工在一条溪上只能申请一个开采权，所以他们利用名称上的中止来划分溪流。猛犸溪实际上就是乳齿象溪下游的独立溪。曲溪实际上就是波丘派恩溪下游的猛犸溪，它们整个流入桦树溪。我们沿着独立溪走，直至它成为涓涓细流。然后我们驶上高地，穿过一个高山苔原圆丘，看到一片全景式的更高的圆丘、更多的苔原，水杨梅和虎耳草的黄与紫映入眼帘。“一旦刮掉它们，那要千万年才能长回来。”威尔金森说。苔原一些地方自己会动。在陡峭的无树木的山坡，表面土壤在蠕动——夏天它们现在是湿的，厚厚地覆盖着永冻土层并在上面滑动，形成像彩旗装饰一样的半圆皱褶。这叫融冻泥流。我们穿过一个分水岭，陡峭地下到哈里森溪的北福克，这是另一条桦树溪的支流，弗雷德说有教授估价每英里有一百五十万美元的金子。亨利·斯皮克现在在这下面证明教授的话是对的。没有推土机要不断维修的牵绊，也没有储存许多桶燃油的拖累，每个季度移动的砾石和使用推土机的矿工一样多，但费用比他们低百分之九十七——他是个水利采矿者，也是在荒野使用这种方法采金最后的几个人之一。这种方法的缺点是需要充足的水，而水并不总是够用。斯皮克先在溪上游一点五英里处建了一个水库作为开始。接着，他用一个小型推土机挖了一条精心设计的斜沟，这条沟沿着溪流V形峡谷陡峭的一侧过来行进，它几乎与水库在同一等高线上，能把水输送到北福克溪段垂直上方约三百英尺的地点，他准备在那儿开采。然后，水就通过口径逐渐变小的钢管从水沟奔流而下，再从一个巨大的喷嘴猛力喷出。从一个位置固定的管子冲出的水力量如此之大，以至于它能够冲开十万平方英尺的土地，让下面的基岩露出来。这种喷嘴实际上被称为“巨人”，它的外观像海军的大炮，用一个球形接头体接在管子上，然后用一个放满小砾石的“杂物箱”作为平衡。这样做的结果是，尽管它冲力大，但还是能用一只手控制。斯皮克一手握着“巨人”，两腿几乎就是站着跨在溪上。他身后水库的方向，开阔的云杉林沿陡峭的坡往下延伸，穿过峡谷中的平地，几乎掩盖了尚未作业过的蜿蜒流淌的溪水。溪的两岸依然结着厚厚的蓝色冰架。在另外一个方向，在“巨人”的工作范围内，峡谷被完全撕碎了。之前那里的每个遗迹——森林、苔原、土壤、砾石——都被冲得七零八落，冲刷，翘起，堆起，地貌完全变了样。这是一片裸露的巨石场，所有的表土都被冲走了。管嘴的口径是五英寸，不到一手宽，但是在每平方英寸一百二十五磅的压力之下，射出的水柱坚硬密实如大理石，它像炮弹一样越过溪流时，那雷霆万钧的弧线似乎化作无数脉冲单位，催眠你的眼睛。当它抛物线的末端砸下时，听起来犹如暴风雨中海浪捶打着沙滩。

亨利·斯皮克五英尺高一点，目光炯炯，身板硬朗，七十来岁，身体显然不错，看起来像是深谙延长人生巅峰之法。他脸上的皮肤是山胡桃的棕色，面容如游隼，皮肤紧致，只有笑脸迎人时才看得见皱纹。他穿着高到臀部的防水靴、工装裤，戴着金色的露指手套。表带上镶有红宝石，嵌在卵形沙金底座上的。他的头上戴着一顶棕色的宽边帽，是我见过的唯一用硬塑料做的宽边帽。帽子上有条裂缝，用薄泥浆补过了。

他说，D9推土机的马力大约是他管子里喷出来的水的马力的一半——小心，碰到那水会弄伤你的手指。被水激一下似乎有不可抵挡的诱惑。我把我的手指放在离管嘴几英寸处结实冰冷的冷却筒上，迅速抽回，但还是被激到了。斯皮克建议我扔一块石头到喷射出的水上，看看会发生什么情况。我扔出去一大块石头。它在离喷嘴约一英尺处与水柱相切，像弹壳一样飞射出去，被击碎，落入几百英尺以外的尾矿砾石堆中。喷射出的水下总是有一道彩虹。水柱周围缭绕着雾气和水珠。斯皮克说，他已经操作“巨人”六十年了，来阿拉斯加之前他在俄勒冈州，他有一次看见一柱喷射的水（失控了）直接洞穿远处吃草的牛的身体。

离管嘴三百英尺处是一个流矿槽，流矿槽有两个宽宽的木制“翅膀”帮助把砾石装进漏斗。斯皮克说，“巨人”的作用是清除基岩上所有的砾石且不在基岩上面挖出洞来，因为洞会把金子埋了。稍有计算错误、计时错误或看错，水柱就能摧毁木制的四十八英尺长、五英尺宽的流矿槽。为增加冲洗流矿槽的水，他把砾石推到管子前面堆起来，给溪流筑了个坝。等二十分钟他把水塘填满，然后用“巨人”瞄准水坝，上下舞动水柱，在流矿槽前面冲出一个深深的洞。水和砾石咆哮着流进流矿槽，活像一个翻滚着的棕色的地狱。

斯皮克马上建了另一个坝，用水柱从一头到另一头小心地喷，堆起砾石和岩石。被水柱击中的某些小砾石会蹦起十英尺高。在等着水塘再次注满的时候，他沿着铁管走上去，检查他的水沟。整个山坡上的系统由四千英尺的钢管组成，最下端的口径是十一英寸。沿坡上去钢管的口径逐渐增大，到顶端那里口径达二十二英寸，那儿的水从沟里流过来。“你不知道靠近底下时在管子上走有多难。”他边说边轻盈地走上管子，声音自然，一点也不喘，仿佛坐在椅子上说话。我不得不跑过去，以便听清他说什么，同时还要小心别掉下管子。接近管子顶部时，他说：“这儿高的地方管子不太满，但是你可以感觉它在跳。”管子安装着压力阀，套着伸缩接头。他说，如果没有压力阀，压力的变化能“把管子吸扁”。如果没有伸缩节（用五十五加仑的桶做的套筒），管子可能会在太阳下膨胀、变形。他自学了焊接，独自建了这套系统，花了不到两万美元。在顶端，他检查了沟里的水位和流入管口的水流速度。“这条沟七千六百英尺长，我花了八天时间建好了它，”他说，“这推土的速度如何？我想这也算创了纪录，对不对？看看这儿的草，驼鹿和驯鹿到这个沟来吃草，整条沟。当鲜花盛开时，这条沟就是个大花园。”

之前，斯皮克和他的妻子洛拉开着一辆两万美元的温纳贝戈房车爬进了山里——它是他的小屋。他们在俄勒冈州过的冬天。重新与弗雷德·威尔金森会合之后，我们进入温纳贝戈喝杯咖啡。门上有张贴纸写着：“警长的武装战友团。”还有一张贴纸上有一幅点四五口径的柯尔特枪速写画，下面写着：“警告，擅入者小心。本宅由持枪的公民保护。”斯皮克让威尔金森坐下，告诉他不要担心闯入的政府人员，别怕他们的命令与罚款威胁，因为他们的所作所为是违宪的。“宪法保护你和我，”他说，“我们的先辈特意强调我们的政府，就像英国国王一样，不能骚扰公民。政府不能骚扰个人。我研究宪法至今已有两年了。人民是主人，弗雷德。政府认为他们是主人。他们把这颠倒了过来，而且让人民相信。土地管理局和环保署说这里与他们有关，可是政府的两个分支机构执行同一部法律是违宪的。实际上，政府机构是违宪的，因为他们侵犯了你的宪法权利。他们正试图扼杀私营企业，但是别担心，你的生计是由宪法保障的。”

威尔金森想知道，那四个政府人员出现在斯皮克的开采地上时，他说了什么。“我对他们说：‘你继续骚扰我，我要到法庭上告你，把你送进监狱。’”为了给他的威胁壮声势，他递给他们一份打印出来的文件，上面用大号的印刷体大写字母写着：“法律通告：致税务局，卫生、教育和福利部，住房与城市发展部，环境、健康和其他违宪的部门的联邦官员……警告！如果两个或更多的人合谋伤害、压迫、威胁或恐吓任何公民自由行使或享受宪法保障的任何权利和特权……他们将被处以一万美元以内的罚款或不超过十年的监禁。”

“看到这个，他们的脸色就变了，”斯皮克说，“我说，拉莫罗你应该为自己感到羞耻，因为你正在扼杀私人企业。当私人企业死了之后，人们就会接受共产主义。在你做任何事之前就说你有罪的法律都是不符合宪法的。在自己的财产上，人们有权做他们想做的事。现在政府人员跑过来告诉我们什么不能做，但别担心，他们所依据的法律是违宪的，因此它是种致命的病毒而不是法律。如今，那本该死的书上写的才是对的，那才是法律。”他拿起一本《美国宪法》，摊开给我和弗雷德看。“天啊，这读起来令人振奋，”他继续说，“我们自己的人想要出卖我们的国家，这太糟糕了。几乎每一部法律都是违宪的，因为它们与受保护的权利相冲突。恐怕我们现在得为我们的自由而斗争了。”

洛拉·斯皮克没有她丈夫那么瘦，温和地笑着，点头表示赞同。在斯皮克的示意下，她从壁橱里拿出一个原本装家庭装的吉芙奶油花生酱的玻璃罐，里面是价值两万五千美元的黄金。那罐子真重，我想可能会弄破玻璃。里面都是尘土和小金片，黑色和红宝石色的沙子（磁铁矿、赤铁矿、白钨矿、石榴石）已经用极大的耐心被分离了出去，主要是洛拉做的，它们足够重，与金子一起通过流矿槽的清洗并停留下来。一些矿工让混合物从风中落下，这样会把沙子吹向一边。一些人用电扇完成这一步骤。大多数人在淘金盘里用水洗的方式将它们分开。一些金子非常纯，以致在水的表面张力作用下会漂起来。威尔金森提到，他用威特斯玻璃清洁剂喷洒金子来让它沉底。

斯皮克说他在“藏匿”钱罐子。他不准备付给税务局黄金价值的一部分作为税款（在金子被售出之前，这是他的特权）。他像晃动着个十六磅的铅球一样晃动着钱罐子，说：“美国政府此刻有两艘船在海上寻找新的黄金来源。他们在这儿得到了黄金来源，但是想把它关了。这些该死的家伙还能有多疯狂？根据宪法，我们的钱本应是黄金和白银。那是我们的先辈定的。用纸支撑的钱不值一文。我们用加利福尼亚的金子还掉了欠英国的债——来自我们国土的金子。应该像这样。”

几天之后，我遇到了美国国家环保署的拉莫罗，我问他有关乘着越野卡车去看顽固的矿工的事。拉莫罗看上去随和稳重，淡黄色的头发，棕色的胡须，二十九岁，取得了圣荷西州立大学卫生工程的学位。他说，他发现矿工总体上是一群和蔼愉快的人，不像他以前想象的那么易怒和粗暴。在与他们的接触中，从未遇到过暴力威胁。他发现威尔金森很困惑，但显然渴望做正确的事。利特菲尔德说过他马上要建沉淀池。斯皮克友好而且有礼貌，甚至在向拉莫罗抱怨时也是这种态度。他说，“自一八七二年《采矿法》实施以来没有一件事不是违宪的”，还说他要打官司，亲自罚拉莫罗每天一万美元，因为拉莫罗试图执行违宪的法律。在荒野作业的大部分矿工都申请了许可证。“他们可以就许可证上诉至上级法院。他们可以在法律范围内活动。他们总体上态度很好。那个乔·沃格勒对于他在讨论的东西很执着。那儿有许多好人。我欣赏他们。他们是你能遇到的最直率的人，不会拐弯抹角。”

亨利·斯皮克出生前，厄尔·斯托特就已经十几岁了，现在他已经老得与沉淀池、实施令或浑浊度没任何关系了。他之前在斯莱溪、七月四日溪上干。一九五九年，他退休后回到森特勒尔的曲溪上的小屋。他吃土豆，土豆是他一日三餐的基本食物。“我不是那种吃很多肉的人，从来不是。我在秋天得到我全套的储备——土豆。”他红润健康，白发，中等个子，背有点驼——毕竟八十五岁了。他抽烟斗。他的屋里有三本日历和三座钟。他每天早晨五点半准时起床。晚上，就在九点上床睡觉之前，他走到日历前，划掉这一天。

这恰巧是冬天的一个星期五。这天早晨的某个时候，他给自己的汽灯加满油。这就是当天他完成的事情。“实际上自五九年退休后，我没做过什么事。”他说。在随后的沉默中，钟的滴答声听起来像火车头喷气。有一张铁床、几把椅子和一只装满了融化的河冰的镀锌大澡盆。当他需要更多冰的时候，他会从曲溪里切割，放在他奥利弗推土机后面的拖车上。他穿着宾恩牌的靴子、羊毛开衫和灰色的裤子，坐坐，睡睡，看看《新闻周刊》《大众科学》《国家地理》

《预防》杂志。他旁边的书架上是《上提塔巴瓦萨繁荣的镇》，他在其中几个镇中长大（密歇根州霍普镇和桑福德镇）。他五十年前来到上育空地区。

现在，每个星期五的四点，他沿路走去取他的邮件。他可以在任何一天的任何时候跑出去干这事。天气好的时候，邮政飞机每周来三次。但是厄尔·斯托特喜欢以周为单位去收邮件。“没有全到之前去收有什么用？”他解释道。星期六晚上，他以前常常在森特勒尔的商店打台球——手拿着台球杆，嘴里叼着雪茄，白兰地酒放在坐垫上。“就这样直到他开着老雪佛兰出去。现在我待在家里。所有这些年我都在育空地区，没地方可去。最近的人在五英里之外。你得习惯待在家里。”他非常想念鲍勃，它是一条黑色的短毛杂种狗。鲍勃许多年来是厄尔唯一的陪伴。不久以前，五只狼在溪上追上了鲍勃。它们留下了它的项圈和它的一点点尾巴。在发现血迹和残迹之后，厄尔喝了一整瓶朗姆酒。现在是下午三点四十五分，他站起来在他的裤子外套上牛仔工装裤。他绑紧脚踝，戴上连指手套和羊毛帽，然后说：“我不再像以前那样耐寒了。”外面的气温是零下二十三度。我起身准备走。“你不必离开，”他说，“还没到时间，还有十分钟。”他一直等到指针指向四点。“现在，”他说，“是出发的时候了。”

尽管育空河两岸的荒野中生活着矿工、捕兽人和以夫妻为单位的人，但这儿似乎有更高比例的人喜欢被荒野包围、但并非真的置身其中。比如，若要描述伊格尔，我曾经想到过的一个词现在出现在我的脑海中，伊格尔就其本身特点而言是一郊区。这个育空河畔遥远的聚居点离费尔班克斯飞行距离两百英里，是个避免过于孤独的好地方，假如你同时希望在自己周围画一个圈与你生活的其余部分远远地隔开的话。伊格尔的外围是数万平方英里计的纯粹的广袤荒野，这个镇上的大部分人，那些依靠来自城市的供应生活的人鲜少涉足荒野。

杰克·布恩一九七三年“走入荒野”。“总的来说我是个迟钝且与当前潮流脱节的人。”他说。在伊格尔，他建了一个八角形的木屋子。他毫不掩饰对自己的工作应有的自豪。屋子是个线条明晰、比例恰当的木结构建筑——看起来既结实耐用，又富于想象力。“我有能力完全靠自己的头脑谋生，但我不想这样。”布恩说，他让自己马上成了来访作家的朋友。

布恩坐在桌边吃晚餐，三个孩子围着他：玛格丽特、辛迪和丹尼尔·布恩。他的妻子吉恩这会儿在五百英里以外的安克雷奇，和他们的第四个孩子在一起，那孩子需要医疗照顾。没钱负担旅费，布恩就沿着河一直走到杰姆·斯科特的木屋，解释了自己的情况，卖给斯科特两个尚未锯好的层积柴堆。“我不相信福利制度，也不相信任何形式的帮助，”布恩说，“有时候经济情况迫使我接受一点帮助。这儿有些人把依赖福利制度当做一种生活方式。一个六口之家的贫困线是八千美元。我去年挣了四千美元。我并没有以穷人的生活方式践行我的生活。”

他是个高大的人，毛茸茸的胡子和毛茸茸的平头，一双淡蓝的犀利的眼睛，经常带着茫然的微笑。他的嗓音深沉、富于节奏，像是在驾驶一辆自己组装的车，像是在敲击缓慢的鼓点。“你可能注意到了我的演讲并不完美，”他说，“那是故意的。我的语言风格一度是个明显的缺陷。这么多年来我不得不做出改变，以便与共事的人处得好。”

我说，他的言谈中有一种抹不掉的文化和教育的光环，不管他是否喜欢这风格的存在。

“我是和你才这么说话，”布恩边说边打开一夸脱自己酿的啤酒，“十五年前，我说一口漂亮的英语。我故意毁坏了那种能力。城里每个喝啤酒的人都喝过这种产品，对它赞不绝口并试图复制，但没人成功。我仍然能写漂亮的英语，写起来毫不费力。”

“你为什么到了这里？”

“现代文明的好处并没有给我留下好印象。”

他在加利福尼亚北部的奥罗维尔长大，一段时间在加州理工学院学习电子学，但没有欲望融入周围的社会。“我不喜欢强迫个体过一种高消费的生活方式，”他解释道，“我不喜欢仅仅因为邻近几百万人就对一个人的生活加以限制。”他是丹尼尔·布恩的直系后代，他提起时称之为“被冒犯的那一边”。他先是移居到了朱诺，创立了一家海洋电子公司。但是，朱诺太小，对他来说还是太拘束了。所以他选了阿拉斯加育空河上的一个镇，那儿有比他想要探索的更多的空间，而不是一大堆就业机会。“那些试图在荒野过一种独立生活的人为此付出了很大代价，”他说，“除非一个人的名字叫约翰·鲍格，否则他很难在伊格尔找到什么工作——真的，任何工作都找不到。”布恩最后找到了一份季节性的工作——和当地的路政工作人员一起修路。他的邻居杰克·格林也是这样。整天在一起工作，两个人几乎不说话。这是一种根深蒂固的怨恨，显然是深仇大恨，与伊格尔永无止境的木屋与木屋的争斗没什么不同，在某种程度上这与为数极少的工作机会的激烈竞争有关，与他们造房子的竞争有关，但这种怨恨主要是这个地方的受害者——这个社区因其与世隔绝而被深深压缩，在这儿，一杯借的糖会像手榴弹一样爆炸。布恩家和格林家都住在第九大道——这是一种委婉的措词，说白了就是一台推土机穿过镇上高地的树林开出的通道，离育空河半英里。在布恩屋了的外面有 个牌子，上面写着："欢迎那些希望我们好的人，其余的可以下地狱！"他说的可是心里话。"任何走过这个牌子的人可能是心胸开阔的人，我可以和他们交往。"他解释说，"戴安娜·格林不愿走过那个牌子。"

戴安娜·格林是古典文学哲学博士，她丈夫是电子工程师。他们对布恩树的牌子的意识完全是潜意识的。两人一九七四年"走入荒野"，跑了一万英里寻找建立家园的地方，想创造一种与他们以前了解的迥然不同的生活，建一个能容纳这种生活的木屋。他来自纽约州的格林，而她来自长岛。他们在科罗拉多州博尔德遇见对方，她在那儿读研究生，他在国家标准局工作。他是她的第一任丈夫，而她是他的第二任妻子。在他们的寻找过程中，伊格尔似乎是唯一的选择。（"我们去的阿拉斯加的其他任何地方，人都粗暴无礼。"）通过从科罗拉多州寄出的邮件，他们后来在拍卖会上买了一块建房子的地，然后用一辆雪佛兰木平板大卡车，开始归集前往阿拉斯加的东西。他们买了两年的食物储备——五十磅大米、五十磅黑麦、两百磅小麦、一百磅盐等，还有十二磅杏仁、二十五磅黑眼豆。他们把自家酿的酒都打包了起来。他做了五扇小木屋用的窗户，每扇都装有三层玻璃，每层玻璃四分之一英寸厚，像桌面一样厚实，嵌在红木窗框里。第一层和第二层玻璃都是用人造橡胶密封的，中间的一层底部留了八分之一英寸的空隙，这样空气就能够两边循环。木屋将非常拥挤。他们堆上卡车的还有一张双人床、一张沙发、若干把椅子、一张拉盖书桌、两个炉子、几把链锯、一台发电机、一台洗衣机、一个瑞克朵丝梳妆台（上面的镜子以前可能映照过玛丽·安托瓦内特的容颜）。带着这么重的负荷，在一个春日，他们下山驶向伊格尔山时发生回火，在客栈那里才刹住了车。“说起来很尴尬，”格林对拉尔夫·赫尔默说，“我来这儿是要建一个木屋，但是我不知道我的地在哪里。”赫尔默往后指指山上。

格林的动手能力和布恩一样强。他们的木屋基本在同一时间开始建，时有对饮啤酒和葡萄酒。一场沉默的竞赛在进行——到上梁，到完工。格林赢了，三个月打败了七个月。他们两个家庭砍了三百多棵圆木，这些树死在了沿路下去四十英里一个燃烧过的地方，土地管理局准许人们砍伐。格林家的木屋十八乘二十四英尺，有附带的门厅，长长的屋檐，两边宽大的挑檐每一端都由三十八英尺长的栋梁支撑。格林的舅子那时和他在一起工作。两个人用绳子凭蛮力把大圆木从森林里拖出来。布恩断定他自己干不了这事。他认为，他的女儿们只搬得动十二英尺长的圆木，因此他决定建一个八角形的木屋。

至于天花板用的椽子，两家砍和削了统共五百棵直径三四英寸的绿云杉，将它们放在十个五十五加仑的桶内，再往里面填满砾石，底部挖孔，小心翼翼地把它们放入二十个分开挖好的坑。挖坑时他们很小心，以防融化或破坏永冻土。格林用他卡车上的搭叠木板以及两种密封材料做地板。布恩用他的孩子们收集的苔藓填补墙体，密封地板和天花板，计划稍后再用水泥和石灰填充；而格林则用玻璃纤维塞在圆木间。凭着取暖的炉子和烧饭的炉子，格林家有足够防御力来抵抗即将到来的严寒，几乎足以把寒冷赶到外边的雪地里。如果他们的木屋称得上漂亮，那么它有十倍的温暖舒适。点燃一根火柴就能使它温暖。格林家一个冬天烧四个层积柴堆。布恩家因为屋子更大，消耗十五个层积柴堆。

杰克·格林建了一个效能很高的蓄水池，由一个巧妙的水管装置系统服务于厨房水槽和太阳能加热淋浴器。他的房子内部虽然不像布恩的那么高而通风，但很宽敞，而且像格林家的人一样散发着优雅的气息。他金发，一张坚毅英俊的脸就是放在一枚古币上也不会不合适；她轻盈苗条，棕色的眸子，敏捷而带着笑意。他们的桌子上传递着气泡樱桃酒、单品种葡萄酿制的葡萄酒、他们用伊格尔的浆果做的酒、野蔓越橘酱、烤鲑鱼、用驼鹿肉做的肉酱。屋子一头的山形墙下面突出一对角距五十六英寸的驼鹿角，一副真正强有力的架子。格林有一天正开着他的橘黄色大众甲壳虫呜呜往前行驶，突然一只驼鹿从路边伸出了鼻子。他曾从他的大众车上射云杉松鸡，那时他打开门打了一颗点二二口径的子弹。以同样的方式，用一把点三〇步枪，他放倒了这只驼鹿。

“他们不会在这里长住，”布恩说起格林，“你去过那里，你怎么描述他的木屋?”

“非常好。”

“我会说很精致。他们提供了美食。在伊格尔没人会欣赏这个。我们这些懒汉都不会注意到。她是个博士，她与这个镇之间有一道社会和文化的鸿沟。”

布恩自己卷了一支烟，我去了趟他的户外厕所。在厕所的内墙上是一套展示美国国旗的规则。布恩的八角木屋从外面看线条优雅，看起来不会像军事碉堡。他在旁边建了一个同样结构的屋子做车库和工作间。主屋的天花板有十八英尺高，有两个阳台，两个孩子各占一个。一座人行桥搭在两个阳台之间。在窗子之间，外墙的圆木是水平排列的，而在窗子的上面和下面，圆木是垂直排列的，这创造出一种不同凡响的均衡感。“我是个反对金钱的人，”布恩说，“我几乎不相信那玩意儿。但是在靠近朱诺的奥克湾，我建了一所房子，等我四十三岁离开时，估价两千美元。我是个有成就的乞讨者。”他和他高个子、高智商的妻子也都是有成就的教师。他们的孩子是在家接受教育的。在国家考试中超过同龄人五年。

他又打开一夸脱啤酒，啤酒是在塑料的垃圾桶中酿制的。布恩在里面混合十二加仑的水、十磅的糖、一勺酵母、四十八盎司啤酒花调味的超浅色的大麦芽糖浆，其产出相当于每天六瓶的量，或者每三周五箱多一点，若按伊格尔私酒贩子每箱二十四美元的要价，他们每年给自己省了将近两千美元。而且，这是上好的啤酒。你要绕过密尔沃基和圣路易斯到欧洲才能找到和它一样好的。这酒可能会让我醉倒。布恩说别担心：“我已经喝了很多年，从来没有宿醉过。”他旁边是放着三把步枪的枪架。见我看着枪，他说它们已经上膛了。“狩猎季节是在秋天，对任何试图过任何一种自给自足的生活方式的人而言，秋天是一年中最忙碌的季节。”他说。并不多作解释，这让人感到意外，因为现在才春天。

“你经常打猎吗？”我问他。

“不经常，我不算是猎手。我来伊格尔以后的三年里什么也没打过。步枪的用处是自卫。”

“你捕鱼吗？”

“我们买鲑鱼。”

“你利用河吗？”

“我们有一条小船和一台小马力的舷外马达，但还没上过育空河。我们没有时间。”

“你有没有在荒野徒步旅行过一些地方？”

“自从到这里后，我就很少做没目的的事了。我不是很确信自己能毫无目的地走上十英里并乐在其中。我不会为此立场辩护，它可能是错的。不过这就是我，我知道自己是个怪人。这就是我搬到伊格尔的原因。”他又卷了一支烟，若有所思地点燃。他在八角木屋里吐出一道烟幕。“如果你在这片荒野住上一会儿，”他最后说，“你真的会开始喜欢一只炉子和四面墙。”

布恩那一分为二的信息（就是通往他木屋的小路上的牌子）既是警告又是欢迎，据他说几乎对每个伊格尔圣经教会的成员都是一种有效的阻吓。对门外汉而言，圣经教会被称作正统基督教团体。“他们来这儿是为了宗教气氛，”布恩说，“我不去教堂，我不是个信教的人。如果我信，我不去这儿的教堂。我们现在接近无政府状态，但是这个政治团体依然控制着除学校校长外每一个冬天有报酬的工作。顺便说一句，对于失业的人来说，伊格尔是最好的地方。如果你一年中部分时间工作，这里是个确信没有工作可提供的好地方。靠公共资助，人们在这里可以过得很好，连失业的时候也拿食品券以及各种组合的福利。他们都爱扎堆，一起吃饭，开祈祷会，男子《圣经》学习会和女子《圣经》学习会每周各开一次。他们有一个对印第安人开放的缝纫圈子，印第安人真的会来。这个团体和印第安人的社会关系是好的，却是居高临下的。就我所知，团体内没有人碰酒。在伊格尔，有一个醉汉。也有五六个人住在伊格尔是因为那里禁酒——当一瓶酒出现时，他们会变得愚蠢发疯。这样的人没一个在团体里。我们这些不在团体里的是桀骜不驯的个人主义者，我们与他们互相处不好。几年前，当我被选入市议会时，我有八个朋友，六个月后，我只有两个。这种事情在基督徒中不会发生。他们会坐下来为此而祈祷并断定这不值得。在伊格尔有许多争论、许多短期的敌人，但是很少有永久的敌人。团体会原谅、会忘记——就在他们整了你之后的第二天。”

伊格尔有五十多个注册选民，大约二十个在团体中。不久前，当人口变少，就比例而言团体变大了，市议会的成员大多是宗教团体的。伊格尔是他们的城市。风景是这里不变的东西。群集于此的人却无长久性，像狼一样没有根。这个宗教团体虽然已经失去其政治上的掌控力，却一直是不到十二年以来城里的一个影响因素。它的存在可上溯至二十世纪六十年代末期贝蒂和约翰·鲍格的到来。其他不久之后搬来这里的夫妇加入了他们，他们都与格伦纳伦的中部阿拉斯加传道会有联系，伊格尔团体与传道会的关系自此不那么紧密了。桀骜不驯的个人主义者继续桀骜不驯和独来独往，而团体的人在找工作和换工作上互相帮助，他们垄断了工作的市场：消防员、校车司机、学校管理员（小学在三英里以外，位于印第安村）、教师助手、学前班项目教师，还有约翰·鲍格市长都干过的许多职位——邮政局长、天气预报员、海关官员等。这个团体的牧师有一段时间是罗杰·惠特克，他辞职成了警察。“整个团体是一个共产主义前线，”一位常驻此地的观察者评论道，“首先，他们影响孩子。然后，当他们觉得时间合适时，就接管警察的权力。”

常驻此地的观察者对这个团体有很多话要说，因为它在伊格尔收获了霸权这枚永恒的果实，其中最为成熟的就是流言。

“他们每时每刻都感到受威胁。他们害怕了，恐惧了。”

“他们不是带着使命感来，而是寻找一块受保护的飞地。宗教上，他们保有自我的信仰；政治上，他们想要控制这个城市。他们希望这里每个人都相互认识，知道每个人都在干什么。每个人也让其他所有人知道他们在做什么。现在他们看到钻井设备从城里经过，他们不知道谁在其中。他们不喜欢那样。”

“他们在世界上挖了个洞，试图待在里面。”

“他们有一张伊格尔地图，‘罪人’的木屋上都标着一面旗帜。他们一个星期邀请一个有罪者吃饭，试图改变他们的信仰。”

“在校车上，他们的孩子唱着赞美诗，背诵《诗篇》，并且告诉其他‘未被拯救的’孩子，他们将永远被诅咒下地狱。”

（一九一七年十二月十二日，在伊格尔市议会，一位公民投诉教师欧文小姐强迫学生在学校里祈祷。）

“无论是信教的人还是河上的人对伊格尔经济发展都没有兴趣。在这个方面，我们看法一致。”

“他反对联邦资助的戒酒项目，因为他们从中得不到利益。那些钱买了一张台球桌、几张牌桌，这些是酒的替代品。”

“那些做法都是土著得益。酗酒在白人中也很普遍，但是白人在雪地里显不出来，你瞧，这些浑蛋肤色很深。”

一八九八年，伊格尔小块的建筑用地售价一千美元。一九四七年，三十美元能买整整一英亩，这个价格到一九六七年达到两百美元，一九七一年到两百五十美元。但是到那时，一些外来者开始不过多询问价格，而是更加关注土地售卖方式是否合法。

“如果你去他们的教堂而且是他们其中的一员，你就能买地。但是，如果你喝酒，也就是说不是他们的人，他们就不和你谈。你什么也买不到。”

“他们占市议会七席中的五席。市议会负责出售尚未开发的城市土地。如果你不被他们接纳，你就是被拒绝了。”

“一个名叫卡尔的人，他从安克雷奇来，在这儿拥有八或十块地，想把它们卖了。有一天，他带着伊格尔的买主寄给他的信到了这里。他进了客栈，一些基督徒在里面，还有沃勒中士，他问在哪儿可以找到乔和戴维·巴尼特。巴尼特一家住在帐篷里，希望买到一块建木屋的地。没人说话。卡尔又问了一遍。哪里可以找到巴尼特家？终于，中士说：‘哦，× 的，我知道他们在哪儿，如果别人不知道的话。’然后他离开了客栈，找到了巴尼特。”

一九七三年秋天，市议会的选举中，非教会的人（这个社区的惯用词汇）占了多数席位。一年之内，伊格尔举行了第一次现代的公共土地拍卖。现在这种拍卖的方式对格林家和布恩家，对范戴尔家和维西哥家也开放了。外来者当然必须付钱。在这绵延无边的荒野，为不到八分之一英亩的土地支付两千美元变成了现在通行的价格。

“那些打着行善的名义的人以前控制着这个城市，但是最终他们被淘汰了。”

“我拿到这块地的时候，他们真的失去了冷静。”

虽然有其他事情的干扰，约翰·鲍格依然是伊格尔的焦点。由于他的权力和地位，他也是闲谈的焦点。在一个有爱饶舌名声的社区里，没有人像鲍格这样被全面地议论。首先，就是那种常听到能猜到的套路：

“鲍格糊涂、保守。”

“他宣称是个基督徒，但是他的信仰是肤浅的。”

“他是个机会主义者。”

“他迄今没有一次打赌耍赖，为人基本是诚实的。”

“他用市里的钱给自己铺路。”

但是更多的谈到有关他的事几乎是用悄悄话说的：

“别说是我说的。你能保证不提我的名字吗？”

“可以，你想怎么说就怎么说。我不会说是你说的。”

“说话算数？”

“老天在上。”

“我觉得他是城里最好的人。他友善，乐于帮助任何人，而且不以自己的好恶强加于人。他的宗教是他个人关注的东西。但他不尝试将它施加于别人。他是伊格尔为数不多的肯做事的人之一。他使井房运转良好。他为别人的花园翻土。”

“他是他那个团体中能够容忍河上人的一位。”

“总的来说，他努力帮助我们，努力帮助印第安社区。”

“他精力充沛，却生活在一个没多少宣泄这种精力的地方。所以他才拥有这么多工作。”

“他是个领导，雷厉风行的实干家。在零下三十四度，他会出于某种原因骑上雪上摩托跑五十英里。在零下十七度，他会毫无来由地跑出去。在冬天，我们住在砾石峡谷，他是唯一一个来访的人。约翰能独自生活在荒野上。他可以不靠团体。大多数其他的人冬天从来不离开他们的炉子。”

“即使我不喜欢他们的做法，我依然和他交谈。他不错。”

鲍格坚持说他没有野心运作他正在运作的这个城市。他的意思是工作是自动掉在他头上的。“要是有人接管并真正完成其中的一些工作，我会高兴死的，”有一天，我帮他从邮政飞机上往下搬纸箱时，他告诉我，“我当然不是企图在我的周围建立一个王国。承担这些责任并不是因为我认为没人胜任。我做天气方面的工作，做美国地质调查局河流方面的工作，做美国海关的工作，因为它们让我感兴趣。人们说我试图在伊格尔建一个自己的帝国，但是我觉得如果我离开，他们不会破门而入要求去做这些工作。”

像芝加哥和波士顿一样，伊格尔似乎也培养了自己强有力的中心人物。鲍勃·斯蒂尔以前开了一家客栈并管理邮局，同时也是美国政府相关机构的特派员和副警长。埃丝特和安东·莫雷现在基本退休了，他们在鲍格之前做过各种各样的职位，包括气象、海关、客栈、邮局的工作。

“当莫雷夫妇把他们的工作交给约翰时，他们找的是某个他们能够控制的人。”

“若不询问莫雷夫妇，鲍格不会说是或否。”

“在这个城市，他们是操纵傀儡的人，鲍格就是那傀儡。”

“莫雷夫妇早在鲍格来到荒野之前就形成了‘合适的人’的想法。安东曾经对我说，过去多美好，这儿的人想的都一样。我对他说：‘那你生活有多枯燥呀！’”

安东·莫雷是个高个子，秃顶，最多不过七十岁。埃丝特有一副精明机警的神情。她严厉阴沉，难以让她热情一笑。尽管在部分白人社区招致流言蜚语，但值得注意的是他们在印第安人中间很受尊敬，因为他们有理解、同情之心。莫雷夫妇还是孩子时，都在北达科他州自家的宅地上长大，两人的家相距五英里。他们的父母之前坐着四轮马车到达那里。“我们记得北达科他州的冬天比我们知道的这里的任何冬天都糟糕得多。”埃丝特告诉我。安东解释说：“在北达科他州，几乎所有的时间都在刮风。而这里不刮风。在那里，零下三十四度的时候刮时速三十五英里的风。在这里，你出去的话看得见你要去的地方，没有危险。在那里，如果你出去时刮暴风雪，你就迷路了，除非有一溜篱笆或一匹好马带你回家。”

他们一九四九年到了阿拉斯加，一九五五年到了伊格尔。“我们在这儿可以看到前景，地这么便宜，付一百五十美元就能得到一个木屋连同它所在的地块。”他们一开始买了七块地和四间木屋。“你们疯了，”一位早年的矿工对他们说，“这个镇正在死去。”一九五九年州成立的那一年，伊格尔的人口是九人，几乎整个城的人都是市议会的成员。莫雷夫妇家轮流做市长。不可避免地，他们被逼着做了所有有报酬的工作，但他们说，等条件允许的时候，非常乐意把工作交给其他人，比如鲍格。

“鲍格现在可能已经独立于莫雷了。”

“不，莫雷夫妇是这里的大地主，幕后一切事务的操纵者。”

“我刚‘走入荒野’的时候，我问莫雷家是否知道有木屋出租。他们说没有。我们聊了一会儿，发现我们有一个在托克的共同的熟人。莫雷突然想起有一间木屋是空着的，但是在远离这里的城外，且没有门。我们又聊了更多，发现我认识他们的一个朋友，那人住在大三角洲附近的某个地方。安东这时想起靠近伊格尔的一间空木屋，有门，但没窗户。后来，我们终于聊到一个名字，这人是我们共同的很要好的朋友，就有了城中心的不错的木屋。”

“不会搞错，阿拉斯加伊格尔的政府所在地就是埃丝特·莫雷的厨房。”

那是个一尘不染的房间，一间中西部农场样式的厨房，有一个大的柴炉，还有一台白色的大冰箱。安东安装了伊格尔第一台发电机，后来把它卖给了鲍格。莫雷一家现在从他那儿买电。

鲍格没什么具体的手艺或行业。但是他觉得自己可以在任何地方养家糊口，因为“只要愿意做，工作总是有的”。他的选民中也许有人无所事事并反对这个观点，但是至少没人会说，给鲍格工作，他会不乐意做。鲍格早上六点起床，调弄短波收音机。有些日子他听 BBC 的新闻。他的木屋在第三大道，在树林深处。一张新鲜的黑熊皮钉在外墙上。鲍格不欢迎来到城里的熊。不久前他在杰斐逊街射杀了一只，在邮局附近打中的，在孩子们跑来告诉他熊在那儿之后。墙上的这只熊是在他自己的门口附近打的。他很少出城打猎，自称“对捕鱼兴趣不大”。他每年钓几条河鳟。虽然他本人干净整齐，但他的院子是个油桶和机器残件垃圾堆场——一个真正的阿拉斯加式装饰的花园。他有三辆雪地摩托、一辆皮卡、一辆奔驰。奔驰似乎是在魏玛共和国时期离开德国的，那时连路都没有就穿越了加拿大。他有一笼兔子（他称之为他的北极鸡）、两头胖雄鹿和一些雌鹿。“这种生活方式并不算严峻，”他说，“严峻的是一种心态。你有了基本的房屋，你需要水和木头。木头很容易得到。对某些人来说这就是他们所做的全部，他们靠在别处挣的钱生活。当我实在无事可做时，我会受不了的。如果早上没什么事让我起来，我会不知所措。所以我张开嘴，去承担另一份责任。”伊格尔有些人连木头都不拖，鲍格为他们拖，一小时二十美元或是拿百分之十五的木头。他开着他的推土机穿过冰河，两只长橇挂在车后面，行驶三英里通过云杉林，到达一个老的燃烧后的林地。

一条小路从他的木屋通向邮局，中途穿过一片山杨林。为了与他的家人和他的团体保持紧密的联系，他有一个电池驱动的野外电话系统，“二战”时对战斗部署很有用。作为美国海关的常驻官员，他几乎基本上让工作来找他。他负责所有从加拿大用水路或用飞机运进阿拉斯加的东西，但是问题几乎为零。上个世纪之交，过海关需要耍些伎俩。一条用加拿大的树在加拿大造的船是“英国船底”，而根据美国海关的规定，必须付相当大的一笔费用才能经过伊格尔继续往下游航行。而对加拿大锯木板的关税几乎可以忽略不计。所以到达伊格尔的加拿大船员会卸掉船，拆掉甲板，完全拆解船身，冒险按加拿大木材的税率支付关税。然后他们把它装配回去，驶入阿拉斯加。监督类似这样的事情让海关的人有事做，但是鲍格现在看到的主要是自制的木筏，许多只是勉强漂着，还在河里的时候就开始解体了。他检查他们的装备，查验身份，问他们从哪里来、往哪里去。“我并不坐在河岸上。人们到我这边来。我从来没有查获过一次。”偶尔，“头脑风暴”会来——那是一条拖着燃料和建筑材料的小驳船，它从加拿大育空地区的道森过来，沿育空河进入阿拉斯加，然后驶入波丘派恩河返回加拿大，抵达旧克罗，这趟旅程加起来总共五百英里。鲍格在海关的报告上记了一笔，说它装的量不少于“玛丽皇后”号。关于飞机，“大多数飞行员意识到这样的事实：如果他们不在途中某个地方向海关报告，他们就会有大麻烦”。所以他们也找到他。

（“我曾想伊格尔的海关税收现在能否养活自己，或者说，支付的薪水和其他征收花费是否超过了收入。”在一九一七年，育空地区的副主教哈德逊·斯塔克曾经这样写道。）

在狭小的有七十五年历史的木屋市政厅里，鲍格带着怀疑态度主持市议会的（他现在是来自团体的唯一议会成员），这种怀疑针对同事时有所收敛，而在针对州和联邦的法规条文时就不那么温和了。“政府的话很多都是大话。”他说。联邦资金资助修复靠近城中心的法庭。鲍格疲惫地解释说，必须用“魔杖和金属探测器”做仔细的考古发掘，否则联邦的资金不会来。他把这称为“联邦大失败”。他频频把伊格尔历史协会叫作“伊格尔疯子协会”。他看起来并不喜欢历史，但他是协会的会长。市议会议员霍勒斯·毕德曼迫切想要实现一个新的社区中心的梦想（也为提高联邦资金对本地的投入），他提到了“HUD”和“他们管那叫固定拨款”。

“谁是 HUD[①]？”鲍格边问边继续干新的活儿：倒垃圾。墙上的一个牌子上写着“进入美国”。

漫长而复杂的一天之后，在他的木屋中，市长有时候听自己收藏的盒式磁带来放松，磁带上录的是三四十年代的广播节目。他靠着椅背，按下开关，磁带开始转动，伴随着风的声音。一位播音

① 美国住房与城市发展部的英文缩写。

员急切而激动地说："现在，当嚎叫的风回荡于白雪覆盖的西北旷野时，桂格燕麦公司——桂格膨化小麦（步枪的响声）和桂格膨化米制造商——从枪中射出的美味麦片（步枪响声）与相互广播系统合作推出'育空河的普莱斯顿中士'（嚎叫的哈士奇的声音）。它是'育空国王'，西北最快、最强壮的领头犬，为西北骑警的普莱斯顿中士追捕违法者开出一条路。（普莱斯顿的声音：'上！国王，上！哈士奇！'）金子。金子，在育空河被发现，人们涌向克朗代克河追逐财富。让我们回到淘金热时期，跟随普莱斯顿中士和他那了不起的狗——育空国王，一起去冒险，迎接育空河的挑战。"

在邮局里有一台缝纫机。当约翰在外面拖运木头、给花园翻土时，贝蒂·鲍格在那儿工作。她黑头发，明亮的眼睛，娇小，像约翰一样干净利落。他们有一个孩子，名叫芭芭拉，她的高中教育使鲍格夫妇陷入了两难境地。他们觉得伊格尔所提供的要督学的功课比起别处的学业要求有过之而无不及，但是他们担心她被剥夺了社交的机会，担心她会因缺乏与他人一起参加课外活动而对她不利。但是离开荒野去寻找一所中学就等于放弃他们在此所拥有的。"我在伊格尔获得了最可靠的经济保障，"他说，"我在这儿肯定能成功。搬走意味着退出，意味着一切从头再来。"寄宿学校显然不考虑，但是安克雷奇或费尔班克斯的高中怎么样？在那儿她也许可以与朋友一起住？

"那儿的生活方式不可接受。"鲍格说。

"不可接受？"

"太多的垃圾。"他指的是安克雷奇中学的毒品问题，警方必须维持那儿的秩序，老师在教室里抽烟，小学老师用《花花公子》做教科书——全然一种“孩子的权益至上”的气氛。

“政治上，我们中的大多数都是保守的，”鲍格说到团体，“我们有共同的基础——教会。我们是伊格尔最大的相互赏识的团体。有些有关这个团体的议论不无道理，但是我们有交流的基础，对许多事情有共同的理念。其他人对喝酒感兴趣，我们不。他们肠绞痛、肚子痛。问题是，这儿有稳定工作的人太少。他们在市议会上诉苦，而当我指派他们组成一个委员会调查他们自己的意见时，他们反而忙不迭地退缩。如果你有一个坚定的组织，外人就削弱它。当人们说我们团体不需要他们，那是那些人的说辞，不是我们的。我们没有对任何人关上大门，也不准备关。”

当鲍格经营客栈的时候，他试图让市议会同意在电台上为伊格尔做广告。现在他几乎不会那样做。他来这里的第四个年头，在白种阿拉斯加人惯有的职业变化中，人口是三十六人，而且他和他的家人到那时是连续居住时间第五长的居民。河上人不久后就来了，还有沃勒一家，诸如此类的。几年之后，人口翻了一番还多。“我不是说他们要摆脱我——削尖我的脑袋把我犁进地里去，”鲍格说，“如果人太多，我就想离开。如果人口翻倍，你的问题就呈几何式增长。要是有一千人，伊格尔就不再是伊格尔。”

“那会像十九世纪九十年代。”

“只会更糟。你不需要离开伊格尔去度个假来使自己重新神清气爽地生活。人们不是分派到这里来的，他们是自己选择生活在这儿的。当秋天道路不通时，不是我们被雪封锁在了里面，而是其他人被雪挡在了外面。”

一九五〇年六月十二日，在阿拉斯加伊格尔的市议会提出了一项动议：要求获得“一台割草机”来“清扫街道”。动议获得了支持，得到了执行。正如阿拉斯加的其他丛林社区那样，伊格尔是个漂亮的城市，享有优雅和美丽的名声。在外人的眼睛里这并不明显，他们的眼光往往落在堆着各种东西的院子里：旧轮胎、围栏材料、驯鹿角、狗拉的雪橇、雪鞋、猞猁毛皮、圆杆材、五十五加仑的油桶、罐头、划艇架子、煤油取暖器、生铁磨粉机、沥青纸、燃料罐、六室电池、波状屋顶材料、露天坑里的烂鱼堆肥。居住者具有人类的审美缺陷。哪里有人存在，哪里的情况就变得糟糕。在新泽西州肖特山还有康狄涅格州的格林尼治，那些在整齐草坪上的可爱的人免除了他们自己的粗陋，因为他们花了钱让垃圾看不见。面对城市的垃圾场，他们并不惊慌。阿拉斯加也有社区垃圾场，但是大多数可以去那儿的东西都滞留在了院子里，因为有一天可能会被用到。如果在某种程度上，丛林的人处于脏乱之中，那绝对不会超过每个人制造出的、但大多数人看不见的脏乱。

事实上和功能上的市中心是井房，因为很少人有自己的水。它是一个有白色框架的暗黑色的建筑物，它的高度大过它的宽度及深度，有个宝塔形的屋顶，一个有火警铃的塔楼映衬着天空。立在井房旁边的风力水泵懈怠很久了。有一份每月的旋转记录。一九五一年三月二十六日：“水箱水位很低，但是今天有风过来可以额外收集半英尺深的水。”一九一七年十一月二十六日：“过去的这个月没有风，水箱干了。”现在，风车像阉人在唱歌，一台极可意牌潜水泵藏在井房里，给这两万加仑的长得像苹果酒发酵罐的水箱加满水。水从用于抽汽油的皮管和喷嘴中流出来。消防设备堆在井房里。为紧急救护准备的煤油罐也堆在那里（绕着机场有间隔地排列好，为紧急降落照明）。外门向外开着，关起来像一本书，有一扇内门从里面打开。两扇门之后是个小的前厅，然后是另一扇门通向水。所有这些一道道屏障是为了抵御寒冷。严寒是一波一波来的，轮替着来，突然地来，真正持续很长时间的严寒是很少的。从一九一七年十二月末直到一九一八年二月初，气温从来没有超过零下四十三度。如果你确信想遇到某人，那就了解他的习惯，在这个井房见他。伊格尔一个有名的人物最近就这么做了（这样的描述不会透露这个人是谁，因为伊格尔没别的类型的人），目的是要利用这些复杂的门；A 的老婆在 B 的木屋里；B 有一把十二毫米的霰弹枪，装上了岩盐，靠在门上；A 知道那把上了盐的枪，他研究 B 的习惯，等 B 去井房时，A 把他锁在了三道门内；然后 A 拿了 B 木屋的锁，重新夺回他的老婆：

她与他手拉手，
走在街上，
享受有趣的生活。

致命的霜会在一年之中任何时候到来。菜园四面要点上篝火。在育空河上游五英里的第一个弯后面，育空河的支流伊格尔溪在犬牙交错的山里划出一个开口很大的“V”字。一座远处的山峰（像其他山一样没有名字）恰恰坐落于 V 字形的谷底：一座类似瞄准器的山。甚至在冬至或夏至泛滥的光里，山峰也时而会变成纯白。如果伊格尔像人们说的那样是阿拉斯加最漂亮的城市，那它的背景不知好过它本身多少倍——山峰雄踞于映入眼帘的十英里长的河道两旁，山上有一片片略带紫色的棉白杨和沿溪延伸的白色云杉，在高处，生长着直径仅八英寸、但树龄已有两百五十年的黑云杉。在伊格尔崖崖顶，伊格尔市一千四百英尺之上，一年八千七百六十小时，高高飘扬着美国国旗。一个巨大的凹凸不平的十字架被拖到那儿竖立起来，但它没有国旗那么耐久，翻倒在下面的岩架上。

伊格尔城今年的预算是三千七百美元。那可以用来割许多条街的草。就像其他城市的人一样，许多人想知道这些钱可以花在哪儿。最大和最好的用途就是城市自我保护，因为法庭（建于一九〇一）、井房（建于一九〇三）、老的圆木教堂（建于一九〇〇）可以体面地用他们自己的基金会解决，与此同时州和联邦的钱可以用来帮助更多的地方，所有的木屋和建筑物的年龄都差不多。伊格尔是内陆地区第一个有政府、议会的城市。西奥多·罗斯福的像挂在法庭的墙上，因为他签署了造成这种结果的文件。在费尔班克斯还是一个帐篷时，伊格尔就是城市了，安克雷奇要在十三年后才出生。在伊格尔的法官席上，詹姆斯·威克沙姆，美国的地区法官，主持着三十万平方英里的地方。伊格尔可能有几个A形框架的木屋、两个加油泵、几个越过户外厕所可看到育空河的景观窗，但在很多根本的地方，它的外观长久以来没有变化过。它很像它（比如说）一九〇五年的样子。

那年头，传单用图钉钉得满城都是，上面是一个狠角色拿着一把手枪瞄准看传单的人。传单的标题是《西部哲学》，下面用吓人的黑体字说道："度过每一天，这样你就能直视每个家伙的眼睛并叫他们滚蛋。"其目的可能是支持矿工。他们有些人有金子般的心，但在其他方面却很怯懦。在如今是伊格尔客栈的地方，门上的大牌子上写着“奥托与席勒百货”，门前柱子的顶上放着一盏煤油灯。北美贸易和运输公司在一幢一八九九年建的波纹铁皮房子里做生意。其对手北方商业公司的商店（现在是空的）就在河滨旅馆所在的街上，那里还有咖啡屋、洗衣店、澡堂、奥林匹亚酒吧、亨利·雷蒙德联合酒馆和商会。一九〇五年五月二十二日，在市议会上提出一项动议要求禁止女人光顾酒馆。该动议得到附议并通过。女人穿着长衣长袖，把头发用发卡扎起来，有时候还带着太阳伞。只要稍讲究场合，男人就会系领带，穿深色西装和马甲。当时有许多草皮屋顶的圆木屋，有三百人住在城里。莫雷家的木屋那时就在这儿，还有艾维家、斯托特家的、乔治·贝克家的。红人兄弟会的大厅现在依然立于第三大道，它曾是聚会、跳舞的场所，是“原住民历史、风俗和美德的公认的保护者”举行各种活动的场所。红人兄弟会致力于“友谊、兄弟般的互助、父爱、伙伴关系”，而且只允许白人加入。它的宗旨是保存原始红人的记忆直到有记录的最近时刻。一九〇五年十一月二十七日，市议会通过了一条条令：“要在伊格尔城内限制和管理含酒精饮料。”大家都投了赞成票。社区有一份手写的报纸，叫《伊格尔城论坛报》，第一台打字机在那年到来。砍木材做涵洞。一条法令禁止从河岸扔垃圾（现在大体上依然有效）。荒野旅馆靠近格罗托饭馆，格罗托饭馆靠近美国海关的房子。海关人员的像保存在一张相片中，那人看起来很像鲍格。

紧靠河的圆木教堂，是牧师詹姆斯·伍拉斯顿·柯克及其夫人的势力范围，他们在一八九九年来到荒野。他们的第一次布道是在酒馆里举行的。第一个布道坛用狼皮覆盖。他们带来了一口在奥尔巴尼铸的钟（现在依然在）。他们不赞成“西部哲学”。他们来自费城，打算把里滕豪斯广场的一部分风格安置在育空河岸。柯克博士高个子，高高的眉骨下有一双炯炯发光的眼睛。柯克夫人衣着整洁，身材娇小，是一个历史悠久的唱诗班的前排人物。当这对夫妇到达伊格尔时，矿工们看了一眼，马上明白了情况，相互提醒说“牧师”和他的妻子显然是贪污分子。柯克夫人对此地的印象也正在形成。她写道：“当我看到那些大胆、堕落的人，我就感到郁闷。她们自称女人，却决意降低所有的道德标准。我以前从未见过罪恶发展到如此恬不知耻的可怕的程度，因为在大城市罪恶并不大胆招摇，法律保护公民的安全和道德准则。”（次年十二月，玛格丽特·约翰逊因“开妓院罪”被罚一百五十美元，而且被关进监狱直到所有罚款还清——“不超过八十五天”。）柯克夫人带来一台脚踏风琴。她会让整个屋子充满圣歌。她也有在内陆区见到的第一副簸箕和刷子。她有水晶、瓷器和餐巾扣环。当矿工们进入她的木屋，眼泪就在他们的眼中打转。矿工们想家了。冬天和夏天，金矿和营地的生活简陋，有时很苦。他们来到她这儿，向她吐露心声，请她演奏赞美诗。“以前我有三十万美元的财产，有漂亮的房子和高贵的妻子，”有个矿工告诉她，“一切都没了。我想在这儿挣足够的钱来教育我的两个女儿，但是如果整个营地要被迫为淘金弄出的渣付十美元否则枪毙的话，那我们都得死。”柯克夫人就为他祈祷、演奏。有一次，一个年轻人来到她这里，心情抑郁，想要自杀。她为他演奏《乡村骑士》中的插曲，过了一会儿，他站起来，心情感觉好了些，又回去工作。“尽管四十英里河和桦树溪地区是阿拉斯加出产沙金最久的地方，”阿尔弗雷德·布鲁克斯当时报告说，“调查表明金子并没有枯竭，而且，随着更先进的开采方法的引进，这些地方会继续产生良好的回报。”布鲁克斯是美国地质调查局负责阿拉斯加矿产资源部的地质学家，布鲁克斯山脉就是以他的名字命名的。当然他说得非常正确，但是并不是所有人都有好的回报。虽然布鲁克斯取得了新的成功，那些失败的人去了柯克夫人那里。

当矿工和探矿者在十九世纪九十年代开始大量拥入荒野时，在国界的美国一侧没什么秩序，法律就更少了。美国陆军部认为那里需要这两样东西，就派 P. H. 雷上尉于一八九七年开始了一次侦查之旅。雷乘一条货船沿育空河而上，船在到达瑟克尔的时候被劫持了。矿工们拿走了给养，因为不这样做他们就会挨饿，他们谨慎地以他们觉得公道的价格付了钱。（船一路上为在加拿大道森市的需要储存预留了物资，那里经济通胀明显。）雷继续往河上游前进。他写报告时说，该地区有一万八千人，“国界这一侧看不到什么法律秩序，不管是民事的还是军事的”。有必要驻军，他说。“正在进入荒野的动荡因素必须加以控制。”他建议说，除其他事项外，在梅森溪口要有守备部队。那是个好地点，靠近国界线，在育空河边高岸上，平坦，林木茂密。雷刚离开阿拉斯加，二十八个矿工就在他说的应建堡垒的河湾上规划一个城。如果他们不是阿拉斯加第一批的房地产投资者，那也是名列前茅的。他们本可能把这个地方叫作“乡村野地”，但他们恰巧抬头瞥见栖息于高踞全城的悬崖上的白头鸟，便以鸟的名字鹰（读作“伊格乐”）为这个地方命名。

因为一个死于菲律宾的英雄，驻军基地被叫作埃格伯特堡。警察工作成了当前任务中最次要的。美国陆军信号部队想拓展它的巨大网络以覆盖全美，包括上育空地区。伊格尔的信息没什么值得写下来往国内汇报的。自一八九九年伊格尔邮局建立后，华盛顿的邮政部决定开辟一条穿越阿拉斯加山脉的冬季邮政线路，从威廉王子湾旁的瓦尔迪兹到育空河边的伊格尔。一个邮递员、十一匹马和一袋邮件，在十月份向北出发。十一匹马死了继续走。当然邮递员继续往前走，在严寒的冬天里他最终步行走进了伊格尔。这一旅程花费了政府三千美元。邮袋里是三封信。信号部队打算用即时通讯的方式，铺设地面线路，将伊格尔与全世界连通。铺设通讯线路奇怪地与建设阿拉斯加输油管线相似，因为需要开辟出一条从瓦尔迪兹（现在是输油管线南边的终点）向北的曲折线路，沿线建立营地，工作人员同样需要超时和加倍工作。这些工作人员是士兵，一个月挣十三美元。他们的老板是威廉·米切尔中尉①，这年二十一岁。他还在自己人生道路的早期，正走向因空军而鹊起的名声，正走向军事法庭，正走向一枚沉甸甸的奖章。但现在比莱特兄弟1903年在美国小鹰镇的成功试飞还早了两年，他脑子里想的只是如何运送人和物资通过几百英里的荒野，在那里，驮着沉重货物的人和动物深深地陷入泥岩沼泽。米切尔的解决办法是冬天运输建筑材料，在夏天修建，这对部队来说是个新思路，这要求米切尔必须熟知一切，从

① 威廉·米切尔（1879—1936），被誉为“美国空军之父”。从18岁入伍到37岁进入飞机座舱，他用了19年的时间才实现从通信兵到飞行员的转变。“一战”席卷欧洲之时，他认为必须建立独立空军，并指出在未来战争中夺取制空权将是制胜的决定因素。1925年，因公开指责陆军部和海军部无能，他受到了军事法庭的审判，被判停职5年，军衔降为永久上校。1926年，米切尔被迫离开军队。米切尔去世不到5年，日本飞机成功偷袭珍珠港。1946年，美国国会追授给米切尔一枚特殊勋章，以表彰他“作为美国军事航空领域的杰出先驱者和远见卓识”。

北极的衣服和雪橇狗的效率。为保存士气，他禁止使用温度计。工作甚至在零下四五十度进行。米切尔不乏天分。他是穿雪鞋的克罗克特行家，没有胡子的布恩。在这条线路上一队队的工作人员之间旅行时，他穿着带珠子边饰的兽皮大衣，他的步枪放在一个饰有珠子的护套里。他设计了一种里面塞了床垫布的风雪大衣。他戴一顶海狸皮帽。

夏天，电线杆竖起来了，电线架上了。每隔一段距离建起了木屋修理站，有必要时还会建中继站。终于，一九〇三年六月，项目完成了。米切尔不久就离开了。他建的东西命中注定被短暂使用、长期不用。孤零零的一段段线依然在风中呜呜响。小木屋这里一座那里一座地原封不动。但在当时，在一九〇三年，一个不通电视电话、没有任何公共设施的小镇，一个要庆祝国家两百周年的小镇，有了电报线路，通过它，伟大时刻的消息瞬间就能传遍全球。

“查利·哈珀被拘留了。”

“从文员办公室取打字机，运到这个办公室。”

“兵吃兵。”

“后到象四。”

“马到王六。将军。”

“确定阿列克西娜·拜伦是否是管理一家酒吧的合适人选。法官不赞成给女性发放售酒执照。”

最后一条信息的日期是一九〇五年八月八日——在荒野的许多地方都是潮湿的夏天，对采矿很有利，但这一带降雨少，四十英里河矿区一片绝望。罗宾逊——阿拉斯加伊格尔美国联邦执法局的副局长——他的桌子里有一份来自加拿大育空地区道森市怀特-育空船务公司代理人的信，信上说：“亲爱的先生：我收到了您五月三十一日的信，信中通知我想让四个精神病人搭乘‘拉威尔·扬’号去外边。我不得不告诉您，我们没有普通的舱位安置精神病人；但是，我们经常为这里的加拿大西北骑警带出去一批批精神病人。如果他们有暴力行为或打扰到乘客，我们在甲板上为他们筑起笼子。”罗宾逊大概把他们运出去了。经过至少十几次的电报往来，拜伦拿到了她那营业酒吧的执照，尽管酒吧不接待女人。尤金·米勒那年秋天因不雅的露体被监禁；弗兰克·万·诺斯特兰因谩骂诅咒和故意制造噪声而蹲监狱。冬天来得特别凛冽。十二月一日后没几天，裁缝伯博冻死了。大约在同一天，一九〇五年十二月五日，一个陌生人在育空河上乘着雪橇出现。他上了岸，带着狗拉雪橇进了城。气温是零下五十一度。他中等个子，厚厚的皮衣遮不住他的精瘦。他的头发稀疏且发际线开始往后退。他目光淡然。他问哪里可以发电报。他口音很重，这倒并不引人注意，因为金矿区就是个混合各类口音的地方。在电报办公室，他坐下来写了一段时间。十个字的电码不需要这么长时间。之后两年半再没有他的音讯。他实际上写了一千字，收报人是挪威克里斯蒂安尼亚①的弗里乔夫·南森博士。他署名“阿蒙森”。他要说的要点是，他发现了西北航道。

他的单桅纵帆船“约阿”号冻在北面四百英里处的海冰里。从船里出来到伊格尔这一路，他走的路程远不止四百英里：翻越九千英尺的山的关隘，然后沿着封冻的河——考林河，波丘派恩溪，沿育空河上游往南走了两百英里。一个因纽特男人和女人和他一起走

① 奥斯陆的旧称。

到育空堡，一位捕鲸船长的船受损严重，他不得不去旧金山再弄一条来。阿蒙森在伊格尔待了两个月，像其他人一样每天去井房取水，等待从家乡来的邮件。他的人得到了所需的食品，安心扎营。对他来说，伊格尔比波弗特海的岸边舒服多了。无论是在《西北航道》还是《我的探险人生》中，他都没提到自己对伊格尔的食品储藏柜的看法，但他愿意享用他的阿拉斯加草莓、培根、甜面圈、炼乳、甜巧克力。一磅罐装黄油的价格达四美元，橘子每个五十五美分，一百磅糖三十美元，一百磅面粉十五美元。一顿有火腿、鸡蛋、面包、黄油和咖啡的早餐接近三美元。过了这么多年，在伊格尔客栈，同样的早餐上涨了五十五美分。阿拉斯加草莓就是干豆子。

埃格伯特堡的九名军官和一百三十八个士兵显然敬畏而又热烈地接待了他。他在伊格尔的第十天是十二月十四日。六年之后也是这个日子，他和他的同伴与狗史无前例地到达了南极。但是与此同时，他有足够的故事可讲，在这次航行中，他确定了北磁极的确切位置，这是他此行另一个更具科学意义的目的。他在冰中度过了两个冬天。他差点把"约阿"号烧成一块薯片。八月，也就是不到四个月前他尝试西行穿过以前从未航行过的浅水区，他感到非常焦虑，以致吃不下、睡不着。探索性的航行一次比一次更令人沮丧。水底是致命的迷宫，船体勉强从上面滑过，有一次只差了一英寸。"约阿"号就这样缓慢西行，有一天在西面的地平线上出现了帆。"帆！"

它意味着连年的希望和煎熬即将结束，因为那条船从旧金山出发，穿过白令海峡，沿阿拉斯加北部海岸开过来，这条船吃水很深，它能开，我们就能开，于是所有关于我们能否成功打通西北航道的疑虑都一扫而光……顷刻间，我过去三周的神经紧张消失了。随着紧张的消失，我的胃口也回来了。我觉得饿极了。挂在桅杆拉索上的是驯鹿肉，我冲上拉索，手里拿着刀，一片一片猛地砍下生肉，把大块的肉和筋塞入喉咙，像只饿极了的动物，吃到塞不下为止。还有想吃的欲望，但我的胃反抗了，真是顿野蛮的大餐。我得去“喂鱼”，吐了，但是我的食欲不乐意被拒绝，我又塞满了生的、半冻的肉。这次这些肉和我待在一起，很快我就恢复到了宁静、幸福的感觉。

那条船是艘捕鲸船，当捕鲸人与“约阿”号上的人见面时，他们猜测阿蒙森至少五十九岁，甚至可能有七十五岁。从十五岁起，他就有他称之为“奇怪的雄心”要在极高的纬度“忍受……艰难困苦”：“也许青年人的理想主义常转向殉道，但在我身上，它以北极探险的形式找到了长期的使命。”他三十三岁。

阿拉斯加和加拿大北极地区的树线不是严格地遵循纬度，而是呈锯齿状的图形，这个图形由一个个数字极值组成，因为北方针叶林抵达北极河谷的成功率各不相同。阿蒙森从他的“约阿”号到伊格尔的线路恰巧在后来被证明有最靠北的树的河谷。当他往南走（大部分时间在滑雪板上）时，他急于瞥见森林开始的地方，因为他已经两年半没看见过一棵树了。

我知道这一天我们应该抵达有树的地区，对我行程中的每一个转换，我都异常兴奋。当第一棵冷杉终于在山脊上映衬着天空出现时——一棵非常矮小的、破旧的圣诞树从岩石缝隙间出来，它产生了一种非常奇妙的感觉，提醒我，我们现在已出了北极地区，踏上了更像家的人类的土地。在那一刻，我可以扔掉我身上的一切，攀登上那块岩石，抓住那弯曲的树干，深吸一口冷杉和树林的芳香。

阿蒙森回忆他在伊格尔的两个月是“令人怀念的”和“愉快的”时光。他住的木屋属于弗兰克·史密斯，阿拉斯加商业公司商店的经理。小屋现在还在那里。屋子的主体仅十二英尺宽、十四英尺深，后面有扩出去的两间，使得屋子长而窄，像“约阿”号一样。只有木屋所在的街的名字改掉了。木屋就在第一大道旁边的阿蒙森街上。

阿蒙森有他敬仰的英雄，他自己也有令人敬畏的能力。他在回到自己船上的途中遇到了这样一个人。阿蒙森二月三日离开了伊格尔（留下了菲克斯，他的一只雪橇狗，因为它狼吞虎咽地吃伊格尔的干饲料，成了一个没用的脂肪满身的球）。他沿原来的路线折返，在育空堡和他的两个因纽特伙伴会合。沿波丘派恩溪走了大概一百英里后，他有一天在远方的雪地里看见一个黑乎乎、孤零零的小点。小点在向他移动。一小时以后，间距缩小了，他见到了一个名叫达雷尔的人。他手上拖着一只平底雪橇。达雷尔为哈德逊湾公司工作，正带着邮件。他从北冰洋来，独自穿越了山岭，因为北坡一场异乎寻常的大雪对狗来说太深了。“我不敢相信自己的眼睛，”阿蒙森在一本书里写道，“这儿有个男人，离最近的人类数百英里，如果病了或发生事故没一个人可以帮他。他快乐地在北极的冬天跋涉过人迹未至的荒野，对自己的探险功绩一无所知。我已经完全佩服得五体投地。”在另一本书里他说：“我站在他后面，看着他从视野中消失，我想，如果你能找齐几个他这样的人，你可以登上月球。”

停靠伊格尔码头的内河船是密西西比式的尾轮船，它有带窗帘的沙龙和供散步的甲板，木头高高地堆在船头。它们一小时烧掉一个层积柴堆。这条航线一直运营到五十年代。“停运这些船可耻至极！”巴尼·汉森说。他记得它们。“如果他们停止把那么多钱给外国，让蒸汽船为人们在河上行驶，那有多好，但是他们没有这样做。”“莎拉”号、“育空”号、“拉威尔·扬”号，总共有数十艘在伊格尔停泊。它们所属公司的旗帜和浓烟一起飘扬，北方商业公司与北美贸易和运输公司的竞争激烈。几英里之外就能听到船的声音，大活塞扑哧扑哧地响。厄尔·斯托特现在在美国溪的开采地上干活，他刚“走入荒野”时就在这样的船上工作，因此再也不想待在内河船上了。他的床铺在船尾，恰巧在活塞的上面。他工作六小时，休息六小时，停靠每个木材站和码头时还要管其他的事。没活的时候他就睡觉，不管船在哪里。他每天的报酬是两美元。他在伊格尔下船，离开船成了一名矿工，一个相对轻松的职业。

蒸汽船上的单程票是蓝色的。但票并不总是被坐船的人买去，有时是被社区买去。比如在一九〇九年十二月十三日举行的市议会会议上，“讨论了把这个镇上的居民从奥托·斯特罗姆的手里解救出来的事情，并安排他到下游去”。他的罪是袭击和殴打别人，这显然比卖淫罪重，因为当埃格伯特堡的外科医生那年早些时候发现格特鲁德·卡尔森患性病时，没有蓝票。埃格伯特堡的指挥官要求社区驱逐卡尔森女士，因为她对军队的健康和纪律是一种威胁。但是两个月之后，她又被允许重新开张，只要她保持“清醒和干净，在她的行业处于体面的位置”。她的小木屋在C街的十八地块西面中间位置，在一年前一次清理第一大道的行动中，所有妓女都被发落到了这里（现在所有那些木屋都没了，只有一小片山杨林在那里摇曳）。那时是伊格尔历史中里程碑似的时刻。风车被运了进来，花了几乎一千两百美元。一个包裹到了，它终止了埃格伯特堡的存在。包裹里是个无线发射器。米切尔中尉所有的工作，在完成五年之后立刻就被淘汰了。

到一九一〇年，电报线路上没传送出什么讯息。一九一一年，陆军部关闭了军事站。那时埃格伯特堡已有了四十五座建筑和一条从美国溪接过来的供水线。这条供水线隔段距离就穿过树林中的空地，在那里供水线下方燃起火，让水一天二十四小时不结冰地流淌，士兵们一年烧掉了三千个层积柴堆。当他们要永久地离开时，伊格尔比堪萨斯还光秃，尚有六千个层积柴堆留在他们身后腐烂。因为有规定禁止离开的士兵将带不走的物资赠送或出售给当地人，所以他们点燃了一大堆（二百件）浣熊皮外套，还把步枪扔到育空河里。

几年前，伊格尔的汤姆·斯科特在阿拉斯加参议员麦克·格拉夫的华盛顿办公室找了份工作。午饭时间，他偶然进了国会图书馆，无法相信他所看到的东西——“要用的材料应有尽有”。他查“埃格伯特堡”，马上就转到了国家档案馆，在那儿他发现地图照片和档案记录——伊格尔当地人不知道的宝库。埃格伯特堡的大部分建筑早已消失——带篮球场的体育馆；给养站和邮政交换处；有阳台的营房，奇特而富于西南部风情——但是士官住的部分依然在，还有很大的骡子圈、军需仓库、粮仓、水车棚，更别提各种轮廓完好的废墟。司各特给土地管理局一个叫杰拉德·蒂蒙斯的朋友打电话。在修复和保护方面可以做些什么？蒂蒙斯告诉他，在格拉夫的信笺上写上某些字母，然后请格拉夫签字。第一封信到了土地管理局。作为伊格尔的公民，而且不泄露他受雇于格拉夫，司各特去见了另一党派的参议员泰德·史蒂文斯。参议员问二十岁的司各特，十五万美元能做什么。“我们十分天真。有十五万美元，我们想这里马上就会有一个威廉斯堡。”埃格伯特堡的修复很快就出现在土管局的预算中，有七万美元，每年重复拨款。为保护城里的建筑，两万五千美元由州里提供，国家公园管理局提供等额资金——一桩由“格拉夫”促成的买卖。海军工兵被派过来维修骡子圈，他们由国民警卫队运送。伊格尔确实正在变成一个遥远北方的威廉斯堡。年轻的汤姆·司各特感到特别吃惊，他说：“这令人惊叹。难以相信有这么多可以使用的资源。”

当汤姆的父母杰姆和埃尔瓦·斯科特在二十世纪七十年代早期“走入荒野”时，他们暂住在伊格尔上面的山上。他们互相提醒，他们在阿拉斯加许多的丛林社区生活过的，有关这一个新的社区他们有一个共同、坚定的决心：不卷入政治。几年以后，他作为市长被弹劾了。街谈巷议说：“被弹劾了。”这个词有点重。不管怎么样，他辞职了，心情沮丧，而市议会中的大多数成员都热烈赞同。他采取的第一个行动就是取缔公开祈祷。正是他在议会中时，宗教团体在议会席位中的数量优势走向结束。当圣经教会的成员满怀希望地问他是否愿意来参加经文阅读时，他提到他是无神论者，说他可能“没什么可奉献的”。不过，他的主要罪责，如果算的话，似乎是他在保护恢复堡垒和城市的风貌的努力中，给予了他的儿子建议和支持。

“他和汤姆与联邦政府达成了协定，商定了历史遗迹的名单，这需要市议会的批准。可并没有一个市议员的成员曾经批准过。”

“伊格尔进入国家历史遗迹名录两年后，伊格尔才发现自己位列其中。”

“当伊格尔从一级市被调整成二级市时，他不通知市议会就执行了文件。他没有让人们熟悉上诉的程序。”

“最近，他说该市应该被废除，因为征税过多。他说公用井应该关闭和放弃。”

“他认为土地管理局能把伊格尔管得比市议会好。”

“我不喜欢他的作风。他想让这个城市的政府管不了这里，他是个共产主义者。”

“给我看你的名片。但是我相信他是个社会主义者，我认为我们伊格尔不需要这样的人。”

“他是个知识面很广的人。什么都知道得很多。但是，他有时不听其他人的意见。”

“印第安村的人尊敬他。我尊敬他。”

杰姆·斯科特是个高大的人，易怒而风趣，脸上表情丰富透着机智。他是个林务官，现在已从长期的联邦政府岗位上退休。他是阿拉斯加的盐和胡椒。我在这儿的时候，他是我的邻居，而且是我的房东。两座木屋背靠背。我们在同一根圆木桩上劈柴。我从窗户看出去，见到了他。他放下斧子，抬起一只靴子，望着育空河说："我刚来这里的时候，实际上是要在这伟大光荣的社区寻找开拓者的哲学观，你明白我的意思吧？"他拎起斧子。"这个城市被没用的人侵蚀了。"他边砍边说，"它已经变成了活人的森林坟墓。"他继续劈柴。

他的眼睛像猫头鹰一样，因为雪光曾使他失明，灼伤了他的角膜。他有一张没有胡子的阔脸，看起来诚实的样子——一只超重的鹰的脸。我记得我第一次看到他时觉得他看起来很像乔治·华盛顿——一个被精明的皮尔[①]捕捉到的华盛顿，举止中有种警觉，好像有人在问他有关他的公款开支账户的问题。作为一个"行政林务官"，他例行在阿拉斯加领地上来回跑数百英里，乘水上飞机，乘划船，穿雪鞋滑行。在他的"傻瓜袋子"里，他带着表格和申请书——宅地申请，木屋建址申请，设在丛林里的"总部地址"申请。他还努力教育人们生活在公共土地上的责任，这样他们就能守规矩，使他们对土地的占用得到法律的认可和证明。他变成了他们的朋友。当他们给他清单请他帮忙时，他乐意给他们带去给养——火腿、罗网、陷阱、弹药桶、糖、面粉、药。他在他们的屋里吃饭、睡觉，而且总是付他们钱。他付五六美元铺开他的睡袋，付两美元饭钱。没有例外。"我并不想要一块馅饼挂在我的头上面。"他继续劈柴。

有一段时间，他们一家人的木屋在卡彻马克湾上的荷马。他会

① 美国画家。

飞到基奈，然后走没有路的野地回家。七十英里乘飞机，超过一百英里靠脚走。一天夜里，在零下三十四度中踏着雪靴走了很长的距离之后，他在一个木屋前停了下来，他累了。他说他想睡在地板上，但是那家人坚持要他和他们的孩子睡在床上——一个小男孩和一个小女孩。男孩整夜尿床，他的姐姐不停警告他要被打屁股了。杰姆就那样躺在他们之间，背如漂在一湖尿中，什么也没说。用他现在的话来说是“难以描述”。“实际上，那足以让教皇脸色发白。”他用完全相同的说法总结他在更高级别的官僚机构里的经验。

当在这个世界上冉冉升起、升去整理文件、离开他从中得到乐趣的职位时——他成了地区经理，住在安克雷奇，负责半个阿拉斯加——除了其他事务外，还定期与石油行业的人打交道。他们邀请他喝鸡尾酒。“我从不上他们的门让他们不快。我避开他们像避开黑死病一样。这使得与这些混蛋打交道时容易多了。”以下这种情况可能发生：如果杰姆·斯科特砍了一棵樱桃树，他会去报告这件事情而且不会被调查。

他出生于明尼苏达州波姆德泰尔河畔的阿普尔顿，开始了一生对河流的痴情，至育空河达到高潮。这条河是他待在这里的原因。他有一艘二十英尺的栗木运货划艇。从非常年轻的时候他就是一个划划艇的人——波姆德泰尔河、北红河、明尼苏达河、奥特泰尔湖。“二战”前，他单身一人在阿拉斯加，埃尔瓦刚从加州大学伯克利分校毕业且是一名注册护士。当杰姆随军队经过加州前往英国和法国时，她遇到了他。自他回来后，他们一直生活在阿拉斯加州。

杰姆为土地管理局工作，但他并没有摆出一副土地管理局的态度对待河上人，他们总的来说是他的朋友。他像他们一样热情慷慨。他说，他对肯尼迪总统任期内土地管理局的工作和未来充满希望（土地管理局对大多数阿拉斯加的土地有看守责任），但是后来情况以一种腐蚀的方式发展，现在的土地管理局，用他的话说，“已经沦为被穿着鲨鱼皮西装的人围着的摸彩袋”。斯科特非常善于言词。他热爱词语，有时候造词。他将某些词含在舌头上品味，以致某些词（“体——操”“神——话”）似乎多了一个音节。他似乎对这些词喜欢得不得了，不发出多余的音节就不愿意让单词走，就不甘心。

他鄙视对阿拉斯加神话的利用。当他在夏天的北极看到因纽特人穿着风雪大衣和长筒靴匆忙赶去在游客面前敲鼓时，他希望自己有足够的钱付给他们所有人，好让他们待在家里。他喜欢外国，对生活在高纬度地区的人感兴趣。从一个国家到另一个国家，他已经走遍整个环北极地区。美国国务院把他派到国外，输出他对北方植被的知识。他赞扬瑞典拉普兰、冰岛、芬兰、苏联西伯利亚的事事有序和有组织，对俄罗斯的环保主义者尤其赞赏。“他们被认为是野蛮人，其实我们才是野蛮人。”

“他是个共产主义者。一个彻头彻尾的共产主义者。”

“给我看你的名片。”

他把建造阿拉斯加输油管线说成是“疯狂的实践、反动的性质”，并解释说，“世界人口的百分之十正在用世界资源的百分之六十。不可避免的结果就是冲突。每当一个社会把所有的筹码都压在不可再生的资源上，它就危险了。我们应该使基础的矿物和碳氢化合物社会化。这是公众利益能够真正地得到保障的唯一方法。”

“我相信他是个社会主义者。”

他说，促成输油管线建设的交易与立法“制造了一个超过茶壶山丑闻的丑闻——腐败和不道德到没法形容的地步”。被提议作为公园和保护区的八千万英亩土地成了石油工业利用土地的“折衷方案”，它不仅是“国家虚荣心”的例子，而且整个就是一个糟糕的例子，因为“阿拉斯加最好的部分”（从审美和经济的角度）没有被标出来保护。他心目中阿拉斯加的精华还有兰格尔山脉的一部分、布鲁克斯山脉的伍德河流域。“土地被卖光了。美国人民的土地被贬低价值卖给了商人。”

根据《州地位法案》的条款，斯科特记得，阿拉斯加州被普遍认为应在由波丘派恩河、育空河和卡斯科奎姆河构成的所谓“豪育卡线”以南选择属于州的那一份一亿零三百万英亩土地，那是条贯穿阿拉斯加内陆的阴险的曲线。阿拉斯加北部成了国防区。“急于迎合商人的利益，政府忽略了‘豪育卡线’北面是国防区，供商人开发，但是这条线并未被撤销，所以普拉德霍湾真的属于全体人民。商人们得到了输油管线，没兴起什么波澜，真的。他们也将得到他们想要的别的东西——通过政客间廉价的折衷平衡。所有高海拔地区都被看成有待开发的地方。这让我如坐针毡。”这应该足够（劈柴声）让教皇脸色发白。

有时人们得到这样的印象：斯科特生活在伊格尔，这样他就能思考加拿大了。他的大窗子朝东，视野越过育空河就是加拿大的育空地区。“那是上帝的国度。”他一边说，一边在他自己抓的、自家种的、自己做的美国晚餐上做了个挥手的姿势——他的鲑鱼、番茄沙拉、玉米糊、野生矮丛蔓越橘酱配酸奶、蔓越橘白兰地。在窗外风景中间偏右的地方是伊格尔溪，他和我有一次在那儿钓河鳟。那儿是美国的土地，如果那不是上帝的国度，上帝应该努力得到它。伊格尔溪是一个美得无法形容的地方，清澈快速流动的溪水，在那天溪两边还覆盖着两三英尺厚的白色和蓝色的冰，几乎覆盖到溪中央。上面陡峭的疙里疙瘩的山上新出的山杨树叶使山呈淡绿色。偶尔有白桦树，还有深色的云杉的锥形树尖点缀其间，时而出现一片片苔原。头顶上是灰色船身、白色风帆的云朵，它们像一个舰队。远处的高山上是新雪。斯科特家把这一切都镶在了他们的双层隔热玻璃窗里——可能是从新泽西州在帕拉默斯商店的墙上取下来的窗子，它被开车运到这里，运到北美公路的尽头。窗子是借代法中的借体，伊格尔也一样——它像一个单筒透镜，框住了荒野，建构了一幅景象，这景象吸引人们长途跋涉前来一看事物的边缘。

出去相反的方向，过了我的住处就是城市。斯科特是城市的良心，即使他不再是市长。他不会错过市议会的会议或是任何触发他点四五手枪的原则的机会。今晚也不例外。所有人都出席了：鲍格，带着他的牙签；沃勒中士，没戴帽子，板寸头；小毕德曼；戴夫·麦考尔；理查德，拿着卷烟纸和玉米芯烟斗；戴夫·罗伊；史蒂夫·卡斯托。阿拉斯加伊格市的市议会委员们。路易斯·沃勒作为市政府职员坐在那儿。十几个旁听者坐满了靠墙的椅子：戴安娜·格林，在用钩针织东西；埃尔瓦·斯科特，在做针绣；维奥拉·高甘，带着束发带和她的保温瓶。T. J. 福伊特霍费尔让大家注意市议会的银行账户，现在里面有一万五千美元以上。他说伊格尔已经变成了“一个贪婪征税的城市，像所有我们逃离的城市一样”。这个数字早就让司各特恼火，因为在最近的纳税评估中，斯科特自己的估算是整个城市预算的十二分之一。（“你可以想象这多么刺激了我凯尔特人的敏感性。”斯科特告诉我。他去参加纳收评估和均等会议，对他自己的情况没做评论，但是询问了评估员使用的标准。当他发现没有标准时——除了市里认为这个人付得出这笔税款外——他的凯尔特人的敏感性达到了临界点。他的税单也萎缩了。）福伊特霍费尔的抱怨被记下了。斯科特让它过去了。

沃勒站起来讲话。“在四月二十六日我没出席的会议的记录里……”他说。杰姆和埃尔瓦·斯科特说过他们想要记录下来，因为他们发现沃勒中士是市议会的委员，而路易斯·沃勒是市里的职员，这有利益冲突。而且沃勒中士作为市议会委员，又得到了一份修复法院的工作，而这工作是由市议会指派的。沃勒想知道有什么问题——斯科特想要证明什么？

“谁雇用整修法院的建筑工人？市里还是土地管理局？”斯科特问。

“市里。”

“除了已被雇用的人，还有多少人申请？”

“三个。”

“因此，中士投票给自己得到了这个工作，这就是利益冲突。州有利益冲突法。伊格尔足够大，可以不要一个妻子是市议会职员的议员，一个因为议会投票结果而受雇于一份工作的议员。我们希望把这一点记在会议记录里。以上这些没有人身攻击的意思。”

“我认为有人身攻击！”路易斯·沃勒喊道，她发表了一项沃勒夫妇忠于美国的声明，暗指斯科特夫妇是共产主义者。

中士在喊。斯科特在重复自己的话，也提高嗓门：“州有利益冲突法。”

中士这时怒吼道："你到这里来，说你退休了，只是要建自己的房子。而你什么也没做，只是一直捣乱。"

辩论从扯着喉咙叫喊到了怒目相对的程度。一位伊格尔市长曾死在市议会的会议上。整个过程中，埃尔瓦·斯科特冷静得像个木槌。当沃勒夫妇朝她大声质问时，他们得到的是礼貌沉静的回答，织绣动作都没有中断。她尖锐，擅长取证，聪明，很有政治才华。她是学医的，对创伤感兴趣，而不是打斗。渐渐地，随着几次提到斯科特令人难忘的市长任期，吼声退去。

斯科特家和沃勒家是邻居。走回家的时候，我问埃尔瓦这样愤怒的对质会如何影响杰姆与中士的关系。埃尔瓦的回答是："杰姆和中士没有关系，因此不可能受到影响。"

埃尔瓦长睫毛，灰蓝的眼睛，笑盈盈中透着机敏。她的远见似乎在许多人一筹莫展时才显现。几十年前，她被诊断患了霍奇金病。她的大儿子也有这个病，死了。她似乎不受这个世界的喧嚣的影响。她个子中等偏上，名声很响。她有张开阔漂亮的脸，沉静慈爱的表情让人联想到标准的斯堪的纳维亚女人。她原姓内尔森，生于圣费尔南多，拥有阿拉斯加大学教育硕士学位。许多年中，她主持安克雷奇学校系统的健康项目。在伊格尔，她实际上在她的厨房里开了一个诊所。她做预防工作，由州里付她报酬。但是大多数工作她都是无偿的。她在印第安村有一个健康助理，那人受过六周的训练。埃尔瓦拥有在伊格尔可以得到的所有医疗经验。费尔班克斯的医院从陆路过去有三百八十英里，飞机要飞一小时二十分钟。印第安村的查理·尤内比去年急症突发，要去西雅图做肾移植，红色信号通过医疗卫星系统从伊格尔发出，中断了从新西兰传出的一档农业节目。费尔班克斯没能捕捉到这个信号，但是夏威夷的某个人接到了，给阿拉斯加打电话。在漆黑的夜中，一架飞机从费尔班克斯飞来，伊格尔做好了准备，环飞机跑道全都放了应急灯，两头有照明灯。在发出信号九个小时后尤内比已在西雅图了。

人们喜欢坐着听卫星广播，听阿拉斯加所有的医疗问题。他们自己遇到问题则去找埃尔瓦。她的沙发和椅子上经常坐满了正统基督教派的人、河上人、酿私酒的人和印第安人。老萨拉·马尔科姆坐在那儿，腿上放着在缝的驼鹿皮，她理解的东西是比她假装能听懂的东西的十倍。路易斯·保罗矮小结实，不说话，据说是印第安村的女家长。阿奇·尤内比高挑英俊，梳着黑色的马尾辫，昨晚和他的哥们喝得太多，破坏了马克斯·贝克的船。他们来叫埃尔瓦，埃尔瓦去了他们那儿。她穿梭于村子和城市之间。精神健康和酗酒是主要问题。“在村子里，儿童的耳朵出水很多，曾被以为是正常现象，没健康问题。”她告诉我，“人们从河上带着败血病到我这里来，胳膊上都是血痕。他们因为饮水不足得了膀胱炎。他们患了性病从道森过来。我们没有实验室化验，我们按症状治疗。一台舷外马达绞到了一个人的腿，我们给他缝上。我告诉大家：‘我乐意帮你们的忙，只要别利用我。’我不想没什么事被叫醒，或某人只是醉了。枪伤、刺伤我当然会起来。哦，这种事够多了。是的，这还用问吗？我们正准备和同伴一起吃饭，他们进来，血流得水槽里到处都是。谁在伊格尔还需要电视？我们街上的动作片已经够多了。”

不久前，伊格尔枪声大作。Y 家发生争吵，手枪在夜间响起，没人伤亡。

G 的第一个妻子生 H 时死了。G 与 N 结婚，N 两年后死了。然后 G 又与小他一半年纪的 W 结婚。H 现在十四岁，怀孕了，没人知道孩子是谁的，她生下了 Z。Z 现在一岁了，他妈妈去了费尔班克斯，消失了。W 已经离开了 G，他快六十岁了。他一个人和婴儿 Z 在一起。

当 D 的木屋起火时，他不在荒野。半个城的人，无论是基督徒还是酒鬼，都来救火和劫掠屋子。他们各自一堆抢得的东西，也有为争一堆堆东西的打斗。“那一堆是我的。”“扯淡，那是我的。”

M 曾要求，如果他的屋子在他不在的时候着火，请大家远离，让它烧光。

A 的妻子与 X 一起去了米切尔建的电报线路上的一间小木屋，在四五十英里以外的山里。写好了一条虚假的但完全有效的信息后，A 包了一架飞机，把信息投到了小屋附近：“你兄弟死了。葬礼在星期五。过来吧。”

电视中的情节。

在靠近国境线——加拿大与美国南北走向的国境线——的营火旁，迈克尔·约翰·戴维给我和他的兄弟大声朗读《寻梦的瘸腿鹿》。这是他包里带的几本书之一。我们的周围都是高高的云杉树，迈克尔打算砍下它们，让它们沿育空河往下漂七八英里去做他新屋的墙。他是伊格尔印第安村的首领。“‘我觉得白人害怕他们创造的这个世界，以致不想去看、去感受、去闻或听这个世界。’”他读道。他不用找就翻到了显然是他最喜欢的一段。“‘雨和雪飘到你脸上，被冰冷的风吹得麻木，在烟火前消融，冒着汗从热水浴中出来跳入冷的溪流中，这些东西让你感觉自己活着，但是你不再想要它们了。’”他停下来咯咯地笑，“你喜欢这段吗？”

我告诉他，他给我读的段落还不够多。这本书是约翰·法尔/瘸腿鹿和理查德·厄尔多斯写的，献给弗兰克·傻子·乌鸦、皮特·卡奇斯、乔治·鹰·麋鹿、比尔·施维格曼、列奥纳多·乌鸦·狗、华莱士·黑麋鹿、约翰·好运、雷蒙·猎马、查尔斯·杀敌、歌德弗雷·凿。这些名字我和迈克尔一样不熟悉，因为它们属于印第安人的苏族米尼孔朱部落，他们生活在下四十八州，而他属于阿塔巴斯卡人中的洪维青人。他的家族在不知何年何月的远古时期就“走入了荒野”。早在他们的定居地叫伊格尔印第安村前，那里被称作“戴维营”。戴维、尤内比、马尔科姆和保罗是印第安村的四大家族。迈克尔朝火里扔了一截树枝，继续读：“‘住在挡住夏日炎热和冬季寒冷的盒子里，活在一个不再有气味的身体内，听着高保真的噪声而非倾听自然的声音，看着电视上某个演员表演虚构的经历因为你不再为自己经历任何事情，食之无味——那就是你们的生活方式。这不好。’”他大笑，一个长长的温和的笑。他的嗓音也是温和的，流畅而悦耳，像村庄里几乎所有人的声音。相比之下，我自己的声音显得尴尬。无论我如何调节，以他为榜样尝试，我与迈克尔的对话的嗓音在我听起来都是刺耳的、急躁的和毛糙的。他二十五岁，身体轻盈，窄脸，鹰钩鼻。他的头发黑而亮，在头的后方穿过一只环，垂落于两个肩胛骨之间。他穿着卡其布夹克和有补丁的粉红牛仔布裤子，脚蹬皮靴，配一把带护套的折叠刀。他也许是印第安人，但他看起来像一个突厥人。他的头上戴着一顶形状像倒置的花盆的皮帽——一顶长绒的非斯帽。他稀疏的八字胡尾端下垂，下巴上的胡须很少，只有四分之一英寸长，从下巴尖冒出一丛。他的弟弟小卡波十岁左右，穿着蓝色的牛仔裤，戴红色的扎头带。小卡波不声不响，但显然很感兴趣，甚至好奇，他的眼睛在迈克尔和我之间转来转去。他受洗的教名是爱德华·戴维，小卡波这个名字是几年前他自己取的。

我们快吃完晚饭了，一项共同的事业。在搭好营地之后，我们开始相互展示可供这餐饭吃的东西。迈克尔和小卡波摊开午餐肉、科瑞牌起酥油、无咖啡因咖啡、新鲜胡萝卜、洋葱和土豆。我摆出几罐炖牛肉、玉米、茶、糖、葡萄干、坚果、巧克力和奶酪。迈克尔边打开午餐肉边说："我记得这以前值一美元。"在我们之间，有一种超越考虑交往的方式与方法的特有感觉。我希望跟着迈克尔走，去看看他如何在丛林中生活。在某种程度上，他似乎也想和我一起做同样的事情。是他选择了宿营地——走几百码就可以进入森林，离开育空河右岸，在覆盖着深深的泥炭藓的平地上，靠近一条清澈小溪的边缘。可恨的刺从长长的玫瑰枝一样的枝干上穿过苔藓长出。我们用刀砍，直到清出一块足够大的区域放我那小小的尼龙质地的 A 形帐篷和兄弟俩的屋式帐篷——那是一顶橘黄色的加拿大产的帐篷，在村子里，迈克尔为了个人空间经常待在里面。在生火之前，他把苔藓弄掉，向下挖八英寸，弄出一个长宽各五英尺的正方形坑，即便如此，他也没有挖到苔藓的底部。我想也没想就自然地去河边取石头。我像抱面包一样抱了两三块石头回来，扔在苔藓上。我返回河边，兄弟们跟着。我们都去捡石头，把它们搬到树林里。连跑了好几趟，搬的石头做壁炉都绰绰有余。我打算动手垒一个，但是控制住自己放弃了冲动。为什么要砌这种我在缅因州砌的三面围合的营火？我想要看看他们怎么做。我摆弄着我的行囊，没去动石头。迈克尔和小卡波各自放石头，一块接一块，堆成一个近乎完美的圆圈，他们几乎没碰到过对方。我看不出这种圆圈的作用，它既不能防风，又不能支撑做饭的容具。可能目的是控制熏烧到苔藓的范围，但是这看起来也太大了。他们为什么要这样做？除非纯粹是一种返祖的象征，是他们的本能让他们这样做。

此刻迈克尔吃完了饭，问了我一个问题。“你为什么去拿石头？”他说。

我提到我在缅因州的湖边和河边搭过营火。

“缅因州？”他说。“缅因”这个词似乎让他兴奋。“你去过宾恩这个品牌的店里吗？我有时候从那儿邮购衬衫和裤子，还有类似你的这种靴子。”

晚上天也只是灰暗下来，我们在育空河边走了好几个小时，先是朝上游走，视野中有被剃了头的不协调的国境线，在河的远远的那一头，国境线从南面上来沿一个山脊下去到水边。我们基本上沿着河走，但是偶尔也深入难行的桤木林，评估一下树的大小。在许多地方，我们看见隆起的土，熊在那儿挖过植物的根。地面看起来像犁过一样。熊的足印往河上游一直下去，印在水边的沙子上。迈克尔讲起不久前几个游客快到伊格尔时，碰到一只灰熊追黑熊的故事。那头灰熊追上了黑熊，把它掀翻在地，咬断了黑熊的脖子，开始吃它热乎乎的肉。那些人拿着相机跑下车，向那顿美餐靠近。灰熊向他们冲来。幸运的是，他们逃回了汽车。

扛在迈克尔肩上的是他的点三〇步枪。过了一段时间，我们掉转身，走上来时的路，然后继续往河的下游走了几英里。我们经过一个白桦树的高高的树桩，直径有八英寸，里面空空的。木头经过这么多年已经完全解体消失了。树皮倒是坚韧不拔，结结实实，像火炉的烟筒，兀自站在那儿。迈克尔停下来，抬起步枪，好像要射击。他慢慢地移动瞄向一段河湾。他并不打算射击，而是把枪的六倍瞄准镜当成单筒望远镜。他经常抬起抢只是为了看看周围，看任何东西——透过瞄准镜能看得更清楚。当他恰好从瞄准镜后看到你时，你就会觉得有不只是一点点的不安。他放下枪，问了一句："鲁滨逊是虚构的小说吗？"

我告诉他，是的，并问他为什么想知道这个。

他耸耸肩，说他一直想知道。散落的一些羽毛引起了他的注意。他捡起一片说："一只鹰杀死了一只知更鸟。"他说他曾经爬上伊格尔崖捉到一只小游隼，训练它，而后让它飞走了。我们碰到一条似变形虫的痕迹（"豪猪。"）和沙地上一串串葡萄一样的带着星星尖的足迹（"狐狸。"）。灌木丛里的棕色东西是什么？"道森过来的垃圾袋。"

我问迈克尔，他哪儿挣的钱买了辆一九六七年版的奥兹莫比尔远景巡洋舰旅行车。

"在北坡挣的。"他说。作为一个重型装备操作员的学徒工，他有两千小时的经验。他开推土机，帮助建造了与阿拉斯加输油管线并行的运输线路。

"幸亏有你，大家可以从加勒比海开车到北冰洋。"我说。

"加勒比海？"他说，"它在哪儿，离纽约远吗？"

"就好比从这里到埃达克岛那么远。"

"相当远。"他说。过了一会儿，他提到一个他在伊格尔印第安村的童年伙伴。他被送到纽约抚养长大。男孩的父母和他的叔叔皮特把葡萄汁和从学校复印机上拿来的甲醇混在一起喝，结果父亲失明了。皮特叔叔和母亲死了。“孩子们自那以后就吃了上顿没下顿。他们的家天翻地覆。”也不知为什么，一个男孩被安排离开家住在纽约一户人家家里。“若干年后回来时，他什么都不懂。”迈克尔说，“他知道白人的事，却不懂印第安人的事。他往正烤着的肉的锡箔纸上打洞，烤土豆时也这么做。他看见一头豪猪，以为是浣熊。他一无所知。”迈克尔沉默地走了一会儿，末了，仿佛要在舌头上试着发出那个下词语，他重复道：“加勒比海。”

我们旁边是个泥沼。他把育空河的右岸与迈克尔称之为“老人克拉克”的岛隔开来。“我们在那儿赶兔子。从岛的一头赶到另一头，再把它们杀掉。但是现在没有了。它们经历了一个循环，现在没兔子了。”他偶尔到河的这边打羊。“当你几乎还看不到羊的时候，”他说，“羊能数得清你的指头。它们的眼睛很尖。”我们看到一棵被海狸咬过的棉白杨。过了没多久，我们看到了那只海狸。迈克尔举起步枪，通过瞄准镜跟踪它。海狸头仰着，在游泳，在沼泽几乎静止不动的水里划出一道尾波。迈克尔选择不打，饶它一命。他会在适当的时候打它。他从枪上抬起脸。“与城市相比，这地方可以说相当不错，”他说，“我们什么东西都有一点——野兽、鱼、山、森林。甚至育空河下游的人也嫉妒这里的荒野所拥有的东西。”随着水上哗的一声，海狸不见了。稀疏的冷雨开始下起来。我们朝着河上游的方向走，回到营地和帐篷。

几天前，当我听到迈克尔要到育空河上游去搞建房子的圆木时，我问他是否可以和他一起去。我驾着一条划艇，靠近了印第安村。村子坐落在河的左岸，高出水面二三十英尺。它是个排成一条直线的社区：一栋栋木屋互相隔开一段距离，沿河一字排开三分之一英里，面对着隔岸的一座六百英尺高的悬崖。在每一个木屋前，河岸陡峭的斜坡上闪着碎玻璃的光——云母片，印第安人的垃圾堆。我让划艇紧贴着河岸在村下划过。上面的年轻人喝酒时，他们喜欢朝河对面的悬崖射击——用点三〇口径的枪宣示他们的快乐。那就是他们那个时候做的事，所以待在子弹底下最好还是小心为妙。当然，没有故意的伤害。一八九八年，一个叫安格斯的住在印第安村的人组织了一场他希望的对伊格尔白人的大屠杀，但是像许多在村子里发起的项目一样，这事并没有落实，而仅仅是幻想。洪维青族表现出被动这一典型特征。如果他们走上迈克尔所谓的“征战之路”时，他们喜欢的武器是诉讼案情摘要和游说，由他们身后的土著区域公司提供。我上了岸，发现迈克尔独自在屋子里，神情严肃、闷闷不乐地坐在椅子上，呆呆地望着前面。他的脸看起来比铸的像还缺乏生气。木屋里非常干净，几乎是空的。墙上贴着引人遐想的海报。这房子是村里的单身汉共有的，他是其中之一。他急于到河上游去，在下一届村议会会议召开之前返回，他说。这对他来说非常重要，因为与控酒有关。当我离开他时，他还直直地望着前面，听着步枪的响声。

一两户人家以外是迈克尔长大的木屋。像村里的大多数木屋一样，那基本上只是一间屋子。二十英尺乘二十英尺，有个玄关，里面放满了狗套、枪、长筒靴、风雪大衣。在主屋里，所有的家具都靠墙放着，墙上衬着硬纸板起隔热作用（“汉堡王冰冻细薯条”）。有三张床、一条长凳、一张桌子、一个高的椭圆形的烤火炉、一个丙烷炉灶。劈好的木柴垒得齐腰高，也放在屋里。然而，木屋给人最初的两个印象是整齐和宽敞。迈克尔、他的三个兄弟、两个姊妹现在已经长大并离开了家，尽管不是彻底走了。所以他们的父母贝茜和哈利·戴维在家里，只有四个孩子和他们在一起。床一个挨着一个像多米诺骨牌。三个最小的睡一张，父母睡一张，小卡波睡一张。衣服放在床下的箱子里。一把扫帚挂在门上。冬天进来，你得趁融化前先掸掉腿上的雪。

似乎没人敲门。人们只管进来坐下，直到想起有什么话说才说话。哈利坐在桌边的长凳上，可能在慢慢地磨锯子，贝茜在沏茶。收音机里放着摇滚。查理·尤内比大得像只熊，拿着一个冻住的拖把进来，什么话也不说就坐下喝茶。过了一会儿，他的兄弟艾萨克也加入进来。在一个地方待得久了，几乎全村人都露了面，而后又走了。如果以消磨时间作为标准的话，串门就是洪维青人主要做的事。他们讲打猎的事。雅各布·马尔科姆生动地讲述了他穿着雪鞋追踪驼鹿的故事，他成功地追到打到了。在冬日特别寂静的空气中，他划亮一根火柴，看火苗会怎么弯曲，然后选择要去的方向。吉米·戴维进来了，把两只带血的白松鸡扔到地上，把它们给母亲看。一只新鲜的可做雪鞋的兔子已经挂在了墙的铁丝上。贝茜穿着罩衫，头发束在脑后，总是带着笑。她最大的孩子三十多岁，最小的十一岁。她比哈利小几岁。哈利小个子，灰头发，戴一副眼镜，整齐利落得像枚硬币。他热情，出名的肯干。“我努力干活，进屋来，吃饭前好好开一枪弄点什么。我也喜欢咖啡，一起床就来点。”哈利是那种会把塔巴斯科辣椒酱洒在豆子上的人。“在家里，我有点糊里糊涂，感觉不太好，对什么都不满意。我喜欢在外面，在育空河上，感觉好，感觉充满活力和生气，精力充沛。”二月的一天，他说罢便走出木屋，在雪里走了七英里。我在他的后面，跟着他的脚印。我们身材差不多，他走起路来摇摇摆摆，步伐比我的小一些，但是他走得比我轻松。他穿着橡胶靴、橡胶裤子和蓝色的羽绒夹克，戴着一顶深棕色的皮帽。他嘴里含着一撮哥本哈根鼻烟，站着说话的时候身子前倾。我们在育空河上走了一段，雪下面的育空河时而平平整整，时而参差不齐，那是大块浮冰在冰冻期拥塞到一块。一步一步地，我们穿过了育空河，然后沿着悬崖上的一条褶皱往上爬。哈利一点也不停歇，好像在上楼梯，而实际上陡峭的地面上覆盖着雪，而且雪下面有冰，滑一下可能意味着一路滚下去。他拄着一根棍子。“这是从育空河爬上来的好地方。”他边说边回头把棍子伸给我。过了山顶，他走数英里穿越燃烧后的林地中迷宫般的小径。他一周工作六到七天，砍木柴出售。他不用电锯。“约翰·鲍格有一次去弄木头时迷路了，他说，‘妈的，哈里，到这里的小径太多了’——但是他找到了一条通往这里的好路，那就别抱怨了。”我们走过一大堆完整的云杉树干，有三十英尺长，树皮变黑了，是迈克尔自己砍、自己垒的。“他是个年轻的男孩，上帝保佑，自己能行。”哈利说，“他是个招人喜欢的男孩，女孩们都为他疯狂。他是首领，为自己的土地做有益的事。通过交谈，你知道，使一切都顺顺利利的。我想他还算会学习，为他族群的人学习正确的方法，他喜欢看到人们共处，谁都不是敌人。”

十五年前，哈利是首领。“任何人干涉我们的地盘，我们都有权利介入并声讨。你们白人干涉，我们就拿出我们的陷阱、渔具，而这些是我们正在努力去停下不做的事。”

“你觉得阿拉斯加独立怎么样，哈利？”

“那是对待阿拉斯加的最好方式。”

在燃烧后的林地里绕了一圈，我们最终在悬崖的最高部分出来了，这里正对着村子：这那是个鸟瞰式的全景，在那么高那么远的地方把那么多河段和山地纳入视野，从而凸显了河边村庄的孤立和绵延的对称性，显现出贴近时不大显得出的美。对哈利来说，从空中看他的村子显然是在荒野最美妙的时刻。他说他一九一三年生于育空河下游很远的地方，在坎迪克河河口。“那些日子里他们不停地搬，不总是在一个地方待着。他们离开荒野生活。他们住帐篷，十乘十二，是他们用过的最大的。他们只是不停地移动，不像我们一直待在城里。”哈利的父亲老戴维在哈利六岁时死了。他由亚历克首领抚养了一段时间，在四十英里河，但是当“流感来到河上”时，亚历克首领死了。他的妻子玛丽·亚历克也死了。哈利被送回他母亲那儿，在伊格尔。他一直和她在一块生活，直到她去世。同年，他继父淹死了。哈利这会已长成了一个年轻小伙子。他为内河船拖运木头，也在他们的船上干活，直到这些船停运，“那时日本人试图攻占阿拉斯加”。一次，在道森附近的穆斯海德，他遇见了贝茜。“我想她就是被叫作‘克罗’的印第安人。有一天，我买了两瓶哈德逊湾朗姆酒——超烈的一百五十度，还有一小桶啤酒。我和她结了婚。”朝他们的小屋望过去，三分之一英里长的冒着烟的木屋的第三个，他说他建木屋的圆木是在伊格尔溪畔砍的，把它们沿育空河漂下来。一段时间里，他靠设陷阱捕兽为生，夏季在鹅岛上捕鱼。“那是鹅岛，在育空河里——那儿。”他指着说。他不久就去工作了，季节性的，到伍德乔珀溪、煤溪和鸡溪上的采金地干活。“好多年里，我的就业和失业正好密切相关。”他和贝茜的孩子都出生在木屋里。迈克尔生于一九五一年，“也很聪明，就像霍华德，敏捷”。哈利朝学校指了指，在村子上游的尽头。他说贝茜在那里教汗语。汗语是洪维青人的语言。世界上大概有三十个人说这种语言，其中有几个在河上游的道森地区，但实际上他们所有人都住在伊格尔印第安村。汗语是阿塔巴斯卡语族中的最小的分支之一。阿塔巴斯卡语族从西阿拉斯加的努拉托和科尤库克一直到阿尔伯塔南部，东到哈德逊湾，然后令人吃惊地跨过一千两百英里到阿帕契人和纳瓦霍人居住的西南飞地，阿帕契人和纳瓦霍人是阿塔巴斯卡人中人数最多的。在学校外面高高的杆子上，我们可以看到一个小小的黑影在晃动，那就是飘扬着的阿拉斯加旗帜。这旗子恰好是一个土著设计的。它直抒胸臆，简单明了，是所有美国的旗帜中最美的。深蓝的底色上，金色的五角星构成大熊座的形状，它的上方是北极星。正如设计者所言，不需要什么别的东西代表阿拉斯加。它作为阿拉斯加领地的旗帜已经超过三十年。阿拉斯加要求它成为这个新的州的州旗。它的设计者是个十三岁的阿留申男孩。

迈克尔去了托克读高中。“他做什么事都很聪明，”他父亲说，“毫不费力地，他参了军。有一天，他说：‘爸爸，我要和我的朋友去安克雷奇。’他就和他的朋友去了安克雷奇。他轻松通过了考试。他去了加利福尼亚。”迈克尔在旧金山的普雷西迪奥基地度过了几乎他整个两年兵役期。那儿从不下雪，而他想念冬天。他也想念苏菲·毕德曼。她高挑美丽，穿着鲜艳的带珠子的鹿皮鞋。她带着意味深长的微笑，黑发，表情轻松爽朗，尽管手里几乎总拿着一罐汽水，从不吃饭，似乎光靠可乐活着。哈利跟她说，她吸大麻吸得太多了（哈利自己连烟都不抽）。苏菲的童年就搅和在她父母酗酒的麻烦中。但是，她看起来生活得挺快乐，喜欢热闹，热爱游戏。她的生活和迈克尔的生活在他回来的那个夏天似乎节节向上。她会扑进他的怀里，不顾可乐溅出杯子。他们计划举行一个婚礼，他去北坡赚钱来开始他们的婚姻生活。就在他在北坡的时候，她死于枪伤，是明显的自杀。“迈克尔瘫倒在她身上。”

整个夜晚，雨下得越来越大——漫长、不停歇的春雨，到了早上又是倾盆大雨。迈克尔、我和小卡波起来并不费劲，就那么躺在高大的滴水的云杉下半醒着，仿佛今天没活要干。从一个重要的意义上讲的确没活要干，因为迈克尔沿河上来为造新屋砍树，却发现自己带了链锯却没带汽油。气温不到零下十二度，不算太冷。兄弟俩只有一个睡袋和一条薄毯子。迈克尔整晚睡在毯子里。中午时分，雨开始减小。迈克尔起来生了火。他白天的第一个动作就是弄一杯无咖啡因咖啡，拿给小卡波，他醒了，但还待在睡袋里。“睡在屋式帐篷外、零下五十一度，你早上只需起来，把东西都扔到雪橇里，然后启程。”迈克尔说，“两个小时后，你可能就暖和了。我布陷阱时依然用狗拉雪撬，而不是雪地摩托。你在荒野找不到加油站。我两年前在冠军溪和雅各布·马尔科姆设陷阱。有狼和狼獾，大多数是貂鼠，还有猞猁、水貂。我们捕获了七十只貂鼠。我们晒驼鹿和驯鹿皮。我们把驯鹿皮加工成皮条来做雪鞋。”在所有来到荒野的白人当中，他最喜欢生活在荒野中的河上的年轻人。“他们所信奉的更像印第安人所信奉的，”他说，“他们信奉像印第安人那样生活。他们有狗拉雪撬。他们捕鱼。他们打猎。他们住在森林里。他们晒兽皮、做狗套、兽夹，利用动物毛皮。他们了解森林。他们用桦木做雪橇。在森林里，他们不费什么东西就能在森林里生存。他们是好样的，回归大地母亲——只要他们不在洪维青人的土地上建设他们的生活。”

他手里拿着自己的一杯咖啡，坐在雨中，打开了笔记本。他告诉我他在学习法律，参加了一个由塔纳纳首领土地权利学院开设的课程。早几年，上大学对他来说不可能，因为他缺钱。但是现在，作为首领，他认为现在学习这些课程是必需的。“其他村子的公司已经破产了，”他解释说，“我不愿意看到这也发生在我们身上。学习法律对我来说很难。让印第安人理解合同和公司很难。”

我说是否可以看看他的笔记本。他把它递给我，我把它打开。“司法部。马布里对麦迪逊。法官评论，观念，”我看到的第一条笔记这样写道，“最高法庭不制定法律却修改法律，保护我们不受政府侵害。”

“政府想在河的下游设一个公园，”迈克尔说，“一些最好的猎场就在那边。这使我们土著对土地的选择非常窘迫。我不十分喜欢公园。我喜欢深入那些地方，而不是被告知该怎么做。但是有另外一个方面。如果政府不保留那片土地，有人会占据它。我反对在阿拉斯加搞开发。没有输油管线——没有《原住民土地权利处理》——我感觉更自由。阿拉斯加人口现在多了，因为输油管线。我不喜欢人多，我喜欢土地。如果没有《原住民土地权利处理法案》，你可以去任何地方建房子。如果在荒野发现了石油，我们会非常富有，因为那是在我们的地上。但是我不想那样。手里有了很多钱，人们就会有麻烦。有钱的地方，就会来更多的人。将有一条新的输油管线穿过这里。我不认为我想变富。”

在白人到来之前的时代，洪维青了的首领查利带领他的人从查利河沿的育空河而上到了梅森溪，在那会儿，他们住在皮屋里。人口微小的增长后，他们把主要定居点搬到了育空河的左岸。在十九世纪八十年代，他们的定居点离现在的地址有大约一英里，人们住在六个圆木屋里，相互交叉的屋顶杆子像锯木架一样翘起来刺向天空。迈克尔突发奇想，建议村庄再次迁移。“往河上游再迁移几英里，”他说，“进入加拿大，那儿的人很好。他们不一样，更敦厚。他们没有输油管线。”

住在他们十九世纪的圆木屋里，洪维青人出去打驼鹿和山羊，打兔子和驯鹿。女人坐在岸边，观察鲑鱼何时到来。当她们看到几乎难以察觉的涟漪时，她们就指给水边的男人看，然后男人就划着树皮独木舟出发，手里拿着粘网。他们把帝王鲑摔到岸上，把它们熏了。用陷阱捕狼獾做衣服上的飞边，用弓和箭打猎物。他们用羊角做汤勺，用桦树皮做罐，把炽热的岩石扔到装满水的云杉树根编织成的篮子里做饭。他们沿河一家一家建立了长期使用的捕鱼营地，招人嫉妒地划定了他们狩猎和设陷阱的地盘。当另外一个部落的人不巧进入他们的领地杀了猎物时，他们可以吃肉，但必须把皮交出来。

从那以后，这就是笼罩在“生存”这个词中的一般氛围。他们在这个荒野生存，几乎独立于其余的世界。即使在淘金热之前，他们与进来的有些许不同的东西也有接触。他们喜欢从白人交易商那儿得到的茶和烟，欣赏枪的新奇。当矿工大量进入时，白人的用品运入，印第安人的服装和饮食开始发生变化。靠荒野生存的方式衰落了。由于第二次世界大战而产生的就业经济使得这种生存方式更趋式微，石油的发现更加剧了这种趋势。阿拉斯加的快速发展改变了土著的心性。育空河边的捕鱼营地——曾经是印第安人家庭工作和谐的象征，也逐渐被抛弃。

与此同时，为帮助印第安人适应新的社会秩序，由印第安事务管理局主管的联邦项目长久以来提供了各种各样的支持，从食品、衣服补贴到社会服务。这一慷慨的传统在一九七一年的《阿拉斯加原住民土地权利处理法案》中得到了最高的体现。该法案被广泛描述为是一部对待原住民最慷慨、最开明的立法。该法案把十分之一的阿拉斯加给了他们，还给每个男女儿童一万七千美元，同时建立了十多个区域性的土著公司来持有和投资这些钱的一半，其余的将按照既定的时间表分配给个人和村庄的公司。道庸有限公司是这个地区最大的区域性公司，覆盖整个阿塔帕斯卡内地，三十四个土著村庄的约九千人（其中就有洪维青）每一个都是道庸的股东。道庸在费尔班克斯漂亮崭新的总部占地开阔，类似任何刚搬到康涅狄格州牧场的东部大公司的总部。正是道庸公司在上育空地区打油井——在伊格尔一百英里内。两口井打出来是空的，分别深九千和一万英尺，但是道庸公司不泄气。

按照《原住民土地权利处理法案》，对土地的处置从村庄开始，村庄按人口获得相应的土地，而且村庄必须从其周围的土地开始选择。迈克尔·戴维是洪维青人的土地选择代理人，因为某些缺席的股东虽属于这个社区，但住在别的地方。伊格尔印第安村有资格获得九万二千一百六十英亩土地。可供选择的土地从加拿大边界经过伊格尔，沿育空河下去约三十英里，止于一个广阔区域的边缘；而国家公园管理局希望把那一区域变成育空——查利国家河流（育空—查利国家河流也是该法案的产物)。伊格尔城一平方英里的土地上几乎全是白人，现在成了印第安海洋中的一个小岛。城里的人相信，法案中的一些条款让伊格尔城有权利在城的四周保留两英里宽的“缓冲区”。虽然印第安村在白人社区上游三英里处，但是它离城界不到两英里。因此，白人的“缓冲区”与印第安村的大部分重合。这种情况虽不是城市和印第安村之间最大的困难，也已触发了迈克尔·戴维所谓的“现代印第安人战争”的范例。村子想拥有直到城界的土地，并提供别的地方的土地给予补偿。内政部已推翻这个方案。在道庸公司律师的帮助下，洪维青公司已就此事上诉到“阿拉斯加土著土地权利上诉理事会”，而且可能上法庭。迈克尔称之为“一个相当错综复杂的问题”，并继续说：“有时候我希望土著土地权利和输油管线不存在。我可以做许多我想做的事。我甚至不知道为什么他们说‘拥有’土地。你使用土地，你不可能拥有土地。”由于《原住民土地权利处理法案》，他的土地意识——印第安人的自由使用土地的意识，在上万年之后变得陈旧过时。迈克尔现在是一个股东、一个土地拥有者、一个资本家、一个被纳入遥远的系统的组件。尽管好处明显、出手慷慨，但《阿拉斯加原居住土地权利处理法案》的直白要求就是让土著变成白人。

当伊格尔的白人说到印第安人时，他们几乎没什么好话——凭什么呢？因为正如迈克尔说的那样：“他们总是互相挤对。”在普遍瞧不起的态度中，有趣的是，他们反复暗示印第安人的麻烦和缺点就是因为他们思考能力不足或是表现的像白人一样。

“他们日复一日就那么过着，而白人的哲学是‘进步’。”

“时间对他们来说什么都不是。没有未来。今天要做的事就是度过。”

没人（至少我没听到）说，这样对待日子的态度很值得羡慕。无疑，这说明了洪维青人的怡然自得、幽默和友善，更不用说他们轻快、散漫的说话方式——一种原始的世界观，如此持久，以致存活至今，虽然美丽，但不幸的是，表面的事实都已改变。洪维青人把手表看成“太阳的心”，但是他们知道什么是时间，他们在输油管线上工作。他们似乎悬在迅速逝去的过去和格格不入的现在之间。与此同时，他们无法适应的景况都被白人注意到了。

“自从二十世纪三十年代他们就开始酗酒，把脑袋喝坏了。他们不在意。”

“他们都希望自己是另外的人，开始讨厌自己是印第安人这个事实。在所有的东西中，他们接受了牛仔靴，把它穿在了孩子们的脚上。”

“他们感到难以应对资本主义制度强加给他们的受到严格控制的生活方式。”

“男孩们没有抱负。他们不想结婚。”

“印第安人已被白人阉割了。印第安女人想和白种男人结婚。”

“这些人软弱，没有纪律。他们有一份工作，如果难做，他们就喊‘太苦了’。”

“村议会没做成什么事。”

“迈克尔是首领，什么也做不成。”

“定居点就应该是定居点。他们依然得到交通、医疗、牙科服务、免费雪地摩托、链锯及任何他们想要的东西。施舍物。如果要达成一个解决方案，就应该是那样。《原住民土地权利处理法案》应该使土著拥有的像所有其他人一样。”

“迄今通过道庸公司下来的进入个人腰包的钱一年不到八十美元。其他地方有许多资源给土著。他们做消防员。他们在输油管线上工作。他们回家就会得到失业补偿——两百多一个月。他们做当地养路工作和其他各种工作。他们加入地质学家的勘探团队。而且《原住民土地权利处理法案》并没有使阿拉斯加的印第安事务局没事可干，一个土著依然可以向它申请许多种拨款和救济。他们和塔纳纳河上游的其他印第安人一起属于联合克罗公司，这家公司与印第安事务局签了合同，帮他们分发所有的东西，从捕鱼靴到印第安人福利支票和救济支票。除了联邦机构，还可以从州里得到福利和救济款。按《有孩家庭资助办法》每个月可得到三百到六百美元。几乎所有健康开支都由阿拉斯加土著健康管理局支付。超过六十五岁的人不仅可以领取社保，还可以收到阿拉斯加长寿奖金——任何在阿拉斯加待了二十五年的人每个月都有一百二十五美元。难怪他们在那儿所做的一切就是串门。”

有一种观点——印第安社区的人可能为过去一个世纪发生的事情感到遗憾——此种看法不常出现在白人的谈话的表面，但时而会被提及。

“迈克尔·戴维是个不错的家伙，稍微有点糊涂。他是个完全在文化上适应的印第安人，如今正努力找寻回到茅草屋的路——一个在教育印第安人的过程中取得‘进步’的经典例子。对周围的世界他有自己的评估，他也不迷恋技术。所以他留着长发，戴着束发带。有机会的话，迈克尔将是一个真正的好印第安人。如他是个白人，他将是一个绝望的失败者。他直言不讳，不说相互矛盾的话以取悦两边的人。他非常诚实。”

我问迈克尔：“作为首领，你会做什么？”

他咧嘴笑着说：“作为首领我会做什么？哈！问问伊格尔的人我做什么吧。我被选为首领的时候，路易斯·沃勒说：‘现在迈克尔成了首领，什么事都干不成了。’他们是伊格尔的异类。他们不理解我们，我们不理解他们。城里是基督徒和酿私酒的人的天下。他们互相斗。以前那儿有二十个牧师。我的村民在这些人来之前更快乐。那时印第安人为自己做的事情比现在多。我想在村子里设个邮局，开一家我们自己的商店，由洪维青人经营。我正在做为过冬做准备项目，改进村子周围的路况。就道庸公司那一块的事情，我正在研究有关道庸公司土地地役权的提案。我努力为村民获得更多的工作。去年，土地管理局站长的工作给了一个刚到这里六个月的白人，村里的人连申请的机会都没有。村里的奥利弗·莱曼作为学校的管理员被解雇了。雇了查理·奥斯特兰德而没雇村里的人。”

“谁说了算？”

“我不知道是谁，但是城里的人有影响力。每一年城市都仿佛在向印第安村靠近而且，城里一半都是酿私酒的人。我讨厌酿私酒的人。警察一个月挣一千两百美元，而他们就在他的鼻子底下贩私酒。我想做的最重要的事就是解决村子里的饮酒问题。我们从阿拉斯加土著酗酒和药物滥用委员会获得一些帮助。饮酒是一种疾病。我很高兴城里禁酒。村议会的下一次会议将有关酒的问题作出重大决定。这就是为什么这个会议如此重要，我要及时赶回去的原因。”

他一度说起托尼·保罗，保罗不久前死于由肝硬化引起的肺炎。大家羡慕他的聪明、充沛的精力和所受的教育，他是村子最耀眼的光芒。已婚的他有个九岁的儿子，他经常带他去野营。托尼不到三十岁就死了。伊格尔的拉里·尤内比上周从费尔班克斯的酒吧出来，走进了切纳河。搜寻的人依然在打捞尸体。为了喝酒，迈克尔说，村民会卖掉他们的链锯、他们过冬木头——什么都卖。复活节时，在冰冻的河畔明亮的阳光下，他们举行锯木比赛、背袋子奔跑比赛、泡茶比赛（钻木生火、融雪、沏茶），但是这样有益健康的景象越来越少。以前为村里的井募集的钱却花在了酒上。在这些年各种各样的选举中，白人社区不仅投票禁酒，也投票解除禁酒。一九六七年以来村里就禁酒了。私酒贩子弄来混合威士忌，卖两百多美元一箱，合十八美元一夸脱。“其中一个贩子不喜欢在夜里被吵醒，”迈克尔告诉我，“所以他告诉人们什么时候去他那里。他真的那样做了。他在贩私酒，他有时间。”

我提到自己问过鲍格市长为什么城市不禁止贩运私酒，鲍格说：“因为冷漠。人们不想通过签名投诉而卷入此事。需要大量的证据才能逮捕人。与此同时，村子里很久没有道德上的引导了，人们很少有什么责任感。那里每个人都为自己活，酗酒很普遍。他们卖酒给小孩子，没人说他们不应该喝。一个强有力的村议会就能防止这些。”

迈克尔没作评论。他说在韦尼蒂、北极村和北面的阿塔帕斯卡人社区，邮政飞机上的乘客和行李、货物一到达就被搜查。瓶子被打碎。真正醉的人被送回费尔班克斯。“那些村子走上正轨，”他继续说，“他们鞣皮子、做皮条。”形成对照的是，伊格尔印第安村的人到达费尔班克斯就被拘留并送回伊格尔。

上周，迈克尔去和白人社区最活跃的私酒贩子会面。他请求他停止向村民出售酒，并说他要用首领的权限去州政府寻求帮助来执行当地的法律。私酒贩子竭力劝他别那么做，要他把此事提交他自己的村议会。“如果他们投票要我停止，”私酒贩子对首领说，“那我就停止。”

在伊格尔城第一大道，我的木屋窗外，下午的消遣是小霍勒斯·毕德曼，他手里拿着个啤酒瓶，轻松地走来走去，以引起伊格尔的注意。他嘴里嘟囔着。我可以透过开着的门听见他的声音。“我不知道这个城市是否想生活在过去，也不知道它想干什么。喝酒是人的权利，做任何事都是你的权利。我不在意手里拎着啤酒瓶在街上来回走，我他妈的才不在意谁看见我。”

霍勒斯（苏菲·毕德曼是他的表妹）是个四分之三的印第安人，而且似乎悬在印第安村和城市之间。他父亲经营者着他的祖父从北方商业公司那接手的商店，霍勒斯就在白人社区长大，他现在还住在那儿。白人把他当作印第安人，而印第安人把他当作白人。“小毕德曼从来拿不定主意他愿意成为哪种人，”杰克·布恩说，“他并不忠于哪个社区。他像一个印第安人一样生活在城里，生活在贫困中。他从不会囤超过两天的木柴，从不提前计划。印第安人就是这样的。”迈克尔·戴维对他的看法比布恩的还差。他把毕德曼称为“一个夹在中间的混血儿，一个私酒贩子，一个不提供木柴的丈夫和父亲”。毕德曼的妻子萨拉是尤内比家的人。他们的婚姻是当地具有戏剧性的事件，在伊格尔受人关注。据说他是个好猎手，很懂驼鹿和驯鹿；但是在伊格尔，对霍勒斯的最高赞誉就是“我们确实对小霍勒斯抱有很多期望”。

然而奇怪的是，他先后两次被选入伊格尔市的市议会。某种比流言蜚语更厉害的东西投了票。作为一个白人政治寡头，他体格魁梧，皮肤黝黑，留着黑色的鬈发。他也许是“小”霍勒斯，但他的外表没有一点孩子气。他看上去像是个政变十年后的墨西哥造反派。他时而到我木屋来一起坐坐聊聊，现在他拿着啤酒进来了。他的声音轻，听起来像落下的沙子。“我觉得这个城市的人抓不住正在发生的事。”他说。

“在发生什么事？”

“土著正在成为他们自己。”

和贝茜·戴维一样，他的母亲是来自加拿大育空地区的克罗印第安人。他祖父用狗拉雪橇在河上运邮件，来回三百多英里到瑟克尔，霜冻掉了他的脚趾，甚至脚的某些部分。他自己是个开推土机的，外出到输油管线上或道庸公司的钻井地点打工时，每小时挣十三点四三美元。在他年轻的时候，每当鲑鱼洄游，他家都占着一个捕鱼营地，现在营地被废弃了。

“我希望看到每个人都承认这是一个城镇并处得好。”他说，这是他的愿望——也许是孤独的、但绝对是诚恳的愿望。“我确实在乎我的城市。”他这样说时，专指整个伊格尔（只有他是这样的），包括村子和城市、白人和印第安人。他在市政府选修了一门课程。他是塔纳纳首领大会的副主席，大会关心道庸地区的社会福利。即使如此，他坦言自己感觉村里的人并不完全相信他。（“当小霍勒斯去塔纳纳首领大会时，他只是为了津贴和旅行。”迈克尔曾对我说。）“我想看到伊格尔变成一个稳定的城市，”小霍勒斯继续说，“不是一个有铺好的街道的现代城市，而是一个发展的城市。我希望能生活在这里，无需离开就能养家。如果两个社区合在一起，就有机会建一家公用事业公司。我希望有电灯。”

“还有自来水。”

“我真的不在意有没有自来水。但是我们需要一个社区中心、一个体育馆。输油管线的建设不会永远继续下去。没有了输油管线，人们需要工作。城市必须发展，人们才能够互相扶持。眼下，主要的工作来源就是为土地管理局做消防，因为没人想出办法如何阻止闪电。如果这个城市的大部分劳动力等着你的荒野烧光，那真是糟透了。一九〇五年，阿蒙森来到这里向世界发出了一份电报。如今你竟然不能打电话到托克，真出了问题。”

他陷入沉思，而后突然话锋一转：“听说我降生时，我父亲正在建教堂的尖塔。我父亲在那座教堂里结的婚。在他最后的旅程中，他穿过了那道门。现在圣经教会那个小团体想要教堂，教堂属于我们所有人。我不能看着它被一个不欢迎我的团体买走。这些人作为他们那种基督教的传教士来到这里，但是他们没什么好运气，特别在我身上。作为一个团体，他们没有帮助伊格尔。他们让城里禁酒。这不是处理酗酒问题的办法。唯一的办法是通过地区的校董事会，通过教育，在课堂上告诫学生酒会对他们产生什么影响。如果阿拉斯加一个城市投票禁酒，它适用于方圆五英里的地区，村庄离这儿三英里。村里的人住在城市界线以外，不能在城里投票。最后一轮投票后，酒徒——我们以为票数计算错了。虽然我们还是会输掉，但是结果会好看一些。我不相信从现在起每一个来这里的人都是宗教类型的。也许伊格尔马上会成为一个不禁酒的城市到那时候，我真的认为喝酒的人数可能会下降。你听说今天发生什么了吗？村议会上将关于酒的问题进行投票，但是会议不得不取消，因为除了迈克尔·戴维，几乎每一个人都是喝酒的。”

麦克·波茨，白人，来自艾奥瓦州，生活在伊格尔印第安村，与艾德琳·尤内比结婚。他一九七一年第一次来到荒野，那时他二十岁。他父亲开着他的“科曼奇 400”送他到这里。他们在初夏时节飞近伊格尔，往下查看四十英里河北福克水源的地形，波茨印象很深，请他的父亲低飞。他们穿越云杉树林，飞过清清的、呈树枝状分布的溪流——新年快乐溪、尤里卡溪、熊溪、彗星溪、冠军溪、石板溪，还有许许多多没有名字的。周围都是山峰。没有再飞一圈看看，波茨就认定他已找到了自己的“领地”，他梦寐以求的地方，在他的计划和想象中，他要拥有一百万英亩、两千平方英里的土地，从空中看这些土地上将看不到人烟。在随后的六年里，他仅在那里遇到过两个人，他们是探矿者，经过后便一去不复返。

波茨七岁的时候，在一本百科全书中看到一张照片，那上面是陷阱线上的一个捕兽人，于是他决定成为一名捕兽人，以荒野为生。他在西得梅因长大，住在一座舒服的大房子里，房子建在二十英亩精心维护的土地上。夏天他去奎蒂科和苏必利尔地区的朱砂湖。他成了一名猎人、一个划划艇的人。在十来岁的时候，他在卧室墙上贴了覆盖北美洲北部、从拉布拉多到阿拉斯加的区域航空图。“我一连几个小时坐在那儿做梦，考虑该去哪儿。”那时他眼中的英雄是十九世纪二三十年代的山里人。他开始收集一个关于他们的书库——《山里人比尔·萨布利特》《远西皮货寻猎者》，这些同类的书现在在他的木屋里。他已经把所有这些书读了四遍。高中毕业典礼后的第二天，他离开西得梅因前往阿拉斯加。他刚刚十七岁，有了一辆皮卡，那是他收到的毕业礼物。他获得驾照已经五年了。（“我是个容易胆怯的小孩。”）他有六百美元，其中五百美元来自他姐姐，她买下了属于他的赛马的四分之一。他有几把枪和有关山里人的书。（“我没在皮卡上装很多装备。”）他说他害怕了，就那么一整天。他在阿拉斯加东南部待了一年，在兰格尔山待了两年，设陷阱捕兽，照料马，为打大型猎物做向导。最后，他听到了吸引他到上育空地区荒野的事情。他的父亲，一个不动产评估师，恰好出差到安克雷奇，开飞机送他北上查看。

在伊格尔，波茨得知最后一个在他看中的乌托邦流域设陷阱捕兽的人十年前就把那里放弃了。他很快交到了伊格尔印第安村的朋友——对一个白人来说不是件容易的事，还找了一个他能待着的地方。尤内比一家喜欢他，在某种意义上“收养”了他。不久他去了山里，为设陷阱捕兽的生活作准备。他在离伊格尔四十英里处盖了间木屋。秋天，他杀了一头驼鹿并储藏起来过冬。这给了他一种富足的感觉。一头熊劫走了他的驼鹿。他打了一些兔子，但不够吃。随着寒冷天气的来临，他好几周都靠面粉、大米和豆子过活。他设了陷阱，但没什么猎物踩上。三百五十美元就是他冬天的收入。他的狗除了一只都死了。“我需要时间来理解荒野。学习总是困难的。我努力学习像一个印第安人那样生活，做事情做得比大多数人都好。我基本的山区教育是在那一年得到的。村里的老人鲍勃·斯泰西跟我去那里待了一段时间。我欠他很多。白人自认为在森林里很强，还带来了自己的雪地摩托。印第安人与森林和谐相处，而不是与它斗争。白人认为他必须带上一切必需品。印第安人带的东西很少，他利用森林。村里的老人说：‘漂木夜里睡觉。’他们把一切都看成是有生命的。”

波茨视自己在“上大学”。他在第一个冬天的一个夜里几乎参加了期末考试。在独自穿越一个高高的分水岭时，他高估了自己能够跋涉的距离，还没到原来他打算歇脚的小屋就停了下来。他之前射杀了一只狼，还给它剥了皮。考虑到自己不用匆忙，他用尽了白天的光亮。太阳四点落山，到分水岭的最佳路线是在二点五英里内爬两千英尺。慢慢地，他穿着雪鞋在黑暗中向陡峭的山坡发起攻击。他的狗没有多少“动力”，“半病半饥”。他也饿了。没带食物，整天都没吃饭。他还指望着小屋里的储藏。最后他决定待在那儿不动。他没帐篷，气温是零下二十八度。他看到一层厚厚的雪堆在一丛矮小的云杉上。他在雪里挖了一个墓穴一样的坑，几乎挖到了地面。他用云杉树枝垫底，再在上面放上狼皮。他把领头狗带进去，其他的拴在外面。在他挖的洞上面，他放上他的雪鞋，鞋超出洞的长度。在雪鞋上他铺上防水布。他有几支蜡烛，点亮了，融化了一些雪。水就是他的饭。

波茨现在成功、稳定，除了村子边上他的家外，还有他在各处设陷阱的地盘上的木屋。为回应一个问题，他给我讲了那个故事。我问他在荒野中度过的所有年份中他是否害怕过。“害怕过，有一次。”他说。并且在故事的结尾补充道：“有一点七上八下，但是我没有吓到惊慌失措的地步。”

波茨是个高大的男人，有魅力，不是结实，而是有力。他二十五岁，头顶的头发正在消失，但一缕缕长长地挂在两边。他的眼睛深蓝明亮，机警异常，睁得很大，表明了担忧，直到你听到他的声音沉静、自信地跟着他凝视的目光。他的外套是带着流苏、装饰着珠子的驼鹿皮。他的皮肤露出的地方晒得像他妻子的一样黑。他妻子体型矮小、丰满。他的嗓音轻柔、缓慢。

波茨感觉他和河上的白人之间有很大区别。虽然他们是好朋友，但他毫不掩饰对他们的轻视。他会吃他们煮的狼肉，听他们的故事，但是他是山里人，他们是河上人，他们"想把东西弄到木屋，只需让它们漂下去"。他继续说："如今很少人会费劲去我去的地方，去北福克。那是山间的荒野，不是育空地区，在育空地区你有雪地摩托，许多人走那条线路。山间的荒野艰难得多，只有我自己开路。很久以前，当更多的人在山里时，那是些不同类型的人，那时没有福利和社保。如今，甚至河上人也有放弃的。他们饿了一天就离开了。如果一件事看起来太难，他们会放弃而去尝试别的，做一个流浪者，像伊格尔的许多这类人那样。"

被公认是河上人的偶像的迪克·库克不赞同波茨的观点。"他觉得自己生活在丛林里，"库克说，"但是实际上他生活在城里。他在山里全部的东西就是几个陷阱以及空投的给养。"库克在吃早饭，先吃用熊肠衣裹着的驼鹿香肠片，放在炒米饭上，由唐娜·尼兰做好并端给他。他坐在他屋里两把椅子中较大的那把上。屋子位于荒野中，离伊格尔约五十英里。他点出，如果木屋在波茨的陷阱线上的话，我们一样荒僻。我们离育空河近六英里。

椅子像宝座一样，一个挨着一个靠着没有窗户的墙摆着。我有一次坐在迪克的椅子上，唐娜警告我离开那椅子。现在我坐在另一把椅子上。唐娜把盘子放在腿上，坐在我们前面的地板上。屋外，在唐娜锯木头的地方，是个九磅重的大木槌，那是她为她的牧羊人炉子劈开青云杉木的。她用她的小炉子烤面包和馅饼。

“在这荒野上，两个人都需要彼此。”她说，“我在这里做的事都有作用。当迪克回家时，我已经做好了他的饭。”

“在这儿，唐娜是被需要的。城里的女人毫无用处。”库克说。

“妇女解放，那不是我要的。妇女解放就是女人像男人。她们有劲使错了地方。我是在帮助迪克，不是要为了像男人而做这些事情。我不能像个男人。我不能从河里拖出一张湿透的驼鹿皮，那太重了。但是我能拖鱼。我会裁剪和缝制驯鹿皮袜子。我会训练小狗拉雪橇。我们今天开始在园子里种点什么吗？”

“今天下午我再决定。”

夹在架子上的是个带手摇曲柄碾谷物的碾子，从拉美进口的，上面用凸出的字母表明其身份：“Molino Corona-Landers Mora & Cia.，Ltda”。荒野的许多人有这种碾子。伊格尔的一个年轻女人对我说，因为她的碾子来自拉美，她发现“CIA”这几个字母“不可思议”①。用石头磨面粉，胳膊很受苦，是职业拳击手的练习，唐娜的工作。我从她手里接过碾子时，她似乎很开心。

炉子上是一个煨着茶的锡罐，铁皮盖子是从燃料罐上裁下来的，上面焊着烧焦的衣夹做的手柄。蒸汽升腾过一个矮而宽的像条槽一样的窗口窗上覆盖着透明的软塑料。望出去看到的是树干的局部。木屋在一个水流湍急的溪中小岛上，坐落在一片算是荒野云杉标本的树林里。有些树有将近六英尺的胸径。取圆木和木料，库克

---

① CIA 也是美国中情局的英文缩写。

在挑选圆木和木料造木屋时也保护林子的美观。木屋的圆木不去树皮，一种他视为抵抗郊区风格的做法。

迪克和唐娜在伊格尔逗留用的简陋棚屋只比肮脏好一点点。旧床垫遮盖在屋顶上，旧的狼软骨放在乱糟糟的地板上，成吨的废物堆在地上。他们在育空河的捕鱼营地也令人沮丧——肮脏、恶臭、昏暗的小屋散发着熟化的鲑鱼的臭味。那些更为明显的居住点很久以前就为库克赢得了邋遢的名声，但那些人没来过这里。这个与世隔绝的小屋（他的家中之家）整齐干净，实际上很有格调。好些年里，现在面积的一半他就够用了，十乘十英尺。现在和唐娜住一起，他增加了第二间，低两个台阶，错层的。下面那间是床，用粗木板做成，上面盖着驼鹿皮。他们坐在床上吃他们的感恩节大餐——用他打的驼鹿做的烤肉，配着她摘的蔓越橘做的酱，他们自己种的土豆和甘蓝，油醋拌苜蓿芽，笋瓜做的“南瓜”饼。客人睡在地板上。狗拴在铁链上，在云杉树中，与小屋隔开。它们一般很安静，但是我们时不时听到它们发出吠叫、嚎叫或低吼的声音。头上方靠近栋梁的地方弯曲的东西是一双正在固化的雪橇鞋，用桦树皮做的。在严寒中，钢制雪橇会粘上雪，就像它们像在沙子中一样。屋门裹着驼鹿皮。木屋外面的屋檐和窗子下是一个工作台，配备着各种高质量的木工工具和建筑工具，一律整整齐齐地而不是一丝不苟地摆放着。屋子周围是瑞典锯子、粗木锯、钢桶、雪鞋、雪橇、锹、耙子、镐、楔子、铁撬棍、椅式雪橇、斧子、兽夹、“阿拉斯加美泰克”（基本就是一个澡盆和塞子）、一顶屋式帐篷、一个充气轮胎的建筑用独轮手推车，还有许许多多其他东西。我们在育空河远离伊格尔的下游，正如纽约城在哈得孙河远离西点的下游一样；朔这条育空河的支流而上六英里，运东西的最大工具就是划艇。迪克打算不久后带一个大号的烧饭炉子进来，还有一台属于俄亥俄州他祖母的胜家牌缝纫机。他说这些年里他做的一半工作就是“把东西拖进来”。

木屋架子上放着令人惊奇的比例的物品。到处都是书，有关木工、锻造、金属工艺、枪、皮革、动物标本制作、设陷阱、森林生活技巧等。《美国印第安人医药》《神圣的蘑菇和十字架》《一个人自己的屋子》《动物足迹田野指南》《哈佛音乐简明词典》《沙漠纸牌》。

我告诉他，我非常喜欢那一本。

“你有权利表达自己的观点。作者的错误是他试图表达自然的意义。当你在写自然的时候，你是在写上帝，那是无法用语言表达的。”

《射手的圣经》《圣经》。

“满月后前三天杀的肉据说易保存。”墙上的日历上工整地记着这样一笔，“第三季度到第四季度收获根部和果实。蘑菇在满月时最好。”

迪克和唐娜不在时，木屋的门总是敞开的。毯子用平头钉钉在窗子上。易碎的东西放在地板下面，在一个小窖里。大约一半的时间他们不在这里，而回来时会看到熊来过的迹象。唐娜捡起一罐熊在最近一次造访时查看过的科瑞牌起酥油。当熊拿着罐头看标签时，一只爪子在罐上穿了个孔，有点四五口径的子弹孔那么大。“当你与自然相处，你必须与自然分享，不管你喜不喜欢，”库克说，“木屋是熊的诱饵。熊知道我们不在家，因为狗不见了。熊搞的破坏是在这里生活的一部分。”因为破屋而入是熊代价最大的习惯，所以通过掩盖窗户和打开门可以降低损失，向熊指明最佳的进出路线，这样熊就不会毁坏屋子。

今天熊成了我的心病，因为明天我必须独自走出来，希望路上不会遇到它们。我与沃勒中士商定乘他的船沿育空河而下，他会在库克的捕鱼营地和我碰头。从这里到那里的六英里已经被走得够多了，形成了一条断断续续的小道——一段段被反复踩踏过的路，时而消失于莎草丛，时而消失于没膝深的泥炭沼泽，时而进入灌木丛。正如内斯穆克所说："小路……往左右分岔，变得越来越不清楚、越来越细，降为一条鹿道，逐渐消失于一条松鼠足迹，上了树，结束于一个树洞。"但是迷路是不可能的，因为右边是一堵墙一样的山，左边是溪流，中间的土地不足一英里宽。我的担心完全集中在熊上，比有一次遇见熊时更小心。不久以前，我以一种一般的方式向杰姆·斯科特吐露了这种恐惧。我告诉他，我听到约翰·奥斯特兰德说熊这些天就要从窝里出来了，会凶蛮地在周围走动。"不要听那些吓坏了的人，"斯科特说，"别让他们毁了你的乐趣，明白我的意思吗？当你从库克的木屋走出去，你遇到熊的几率实际上与你遇到耶稣基督的几率差不多。"

杰克·格林强烈建议我不带枪不要进森林，他还提出把它的一把枪给我。我婉言谢绝。我从未打过猎，对枪一无所知。我是跟迪克和唐娜从捕鱼营地过来的，背着双肩包，雪橇狗在林子里绕着我们转圈——一个闹哄哄的、武装的游猎队。史努比——领头狗奇波的兄弟，背上也驮着四十磅的包裹。当迪克把包裹放在史努比背上时，它马上走进了育空。我们走了大概四分之三英里后经过一大堆粪便。"或许我们能搞到一只熊！"唐娜说，"任何时间都能发生。"

这个念头仿佛促进了他们的食欲。像一个旅行者检查自己的钱包一样，库克本能地去摸他的枪。他把它留在了捕鱼营地。他扔下包跑回去取枪。唐娜和我在动物的脚印边坐下。“在这里，女人对和她住一起的男人要有很多的信心。”她说，“我对迪克有十足的信心。当我想和一个男人出去住在丛林里，我不会与一个从大学里出来的人一起去。和这样的人一起住在这儿最大麻烦就是谁都懂得不多。”迪克回来后，我们继续走，马上又经过了一堆熊粪，很新鲜。又走了一英里，又是一堆更新鲜的。此刻，在我即将离开的早晨，每一个我知道的熊的故事不断地在我的脑海里闪现，每一个报纸的头条在我的脑海里闪现——《徒步旅行者赶走先前怀疑已经死了的熊》《步枪保护你不受熊的伤害》，还有每一则《阿拉斯加》杂志的熊吃人的报道在我的脑海里闪现，上面有安克雷奇医院出院日的彩色照片，人们的眼睛扭曲，脸像用了五年的棒球。我告诉汤姆·斯科特，我在布鲁克斯山脉旅行时没带枪，但同行的有野外经验丰富的伙伴（塞拉俱乐部、户外娱乐局、国家公园管理局的那些人）；他说：“原谅我这样说，但是那些先生都是傻瓜。人们认为阿拉斯加人会毫不犹豫地射击，也许他们就是这样，但是几乎每个人去森林里都带枪。”——包括他父亲，他继续说，不管他可能在那儿遇到什么。我准备穿越树林，距离不及从时代广场到拉瓜迪亚机场那么远，而且我有一种很强的预感——灾难的预感。我可能永远也解决不了自己关于熊的问题——我在多大程度上夸大了危险、在多大程度上我夸大了不带枪的愚蠢。此刻，全部的后果就是我内心情感虽则轻微但可察觉的改变：从运动鞋转向反坦克火箭筒，从全国野生动物协会转向全国步枪协会——在炽热、明亮的一天，一次恼人的惊慌发作。

我由衷地希望现在是冬天。那时荒野看起来对我更友好，所有的熊都看着它们熊窝的顶。风景变得柔和，梦幻般地少了粗糙和严酷感——曾经波涛翻滚的激流冰冻了，平坦而宁静。迪克出去走到平坦的溪上，把狗套放在雪上。东西都装到了雪橇上，装备被捆绑在皮子底下。一切都为狗准备好了。它们吼叫着，不耐烦地尖叫着，等着跑。唐娜一一解开它们的链子。它们从树林里冲向雪橇。奇波冲在最前头，站在最前头，挽具拉得紧紧的。阿比、小妞、老奶奶、尤基很快各就各位。它们在套具里跳，迫不及待地要跑。如果它们跳得太厉害，就拍它们一把。多等一分钟，它们就会把一切都扭在一起，那就要等一个小时了。出发！整个队伍马上上路，刚才还一动不动的雪橇快速地移动起来。目的地：伊格尔。旅行时间：两天。

溪上方的悬崖呈深褐色，天空湛蓝。“好天气！”

“雪可以再干一些！”库克大声说，“在这该死的荒野上，无论你希望有什么，都会得到别的东西！”

时间还来得及，狗稳定下来。渐渐地，小妞的尾巴翘起来，开始摇。它在偷懒。理查德·欧凯·库克让狗队停下来。他在狗旁边来回走。“好，你们都知道是怎么回事。你们知道我在说谁。你们都明白我的意思。不是你，老奶奶，你没问题，姑娘，你挺尽职，还没开始作假。不是你，奇波。也不是你，尤基。”他来到小妞跟前。“你知道我说的是谁，你知道是怎么回事。”说着，他重重地朝它屁股的两边抽。迪克打狗的时候从不退缩，他是真抽它们。但是他从不残酷，从不会平白无故打它们。它们都是活力充沛的动物，没有一个胆小鬼。他与它们之间那种温暖的关系赏心悦目。雪橇又开始动了。小妞的尾巴低垂不动，胸部贴在皮带上。

“母狗喜怒无常，不像公狗那么稳定，”他说，“我有两条母狗，要不是需要它们生崽，我不会让一条在我的狗队中。”

迪克有时候把雪橇交给我，一次两三英里，他和唐娜远远地在后面走。在森林中的小径上，由于地面不平，猜测的复杂性超乎想象。比如，我们来到一个稍微上坡的斜度。我一直在雪橇上，站在雪橇的后面。狗更卖力地跑，开始往后面瞟我。我跳下来跑，给它们减掉了一百五十磅作为奖励，雪橇即刻以提速回应。或早或迟，它们不由自主地停下休息。如果让它们休息得过长，它们就会在雪上打洞并躺下来。我学会了等大约四十五秒，然后把雪橇摇得叮当响，它们就又出发了。我不敢跟它们说话，因为我的嗓音不是库克的。如果我说话，它们根本不会动。我有三个主要的选择：站在雪橇上；在后面跑；或是一只脚踏在上面，另一只脚在下面蹬，就像小孩蹬滑板车。必须考虑坡度，还有雪橇的重量、路的坚硬度、狗表现出的精力、它们上次休息过后的时间、自己的疲劳程度。上坡下坡，穿过冰冻的湖，时而乘着雪橇，时而半乘着，奔跑。零下二十三度似乎是正好是用力也能保持凉爽的临界点。你累了，乘上雪橇，跟狗周旋，一只脚帮忙蹬。在它们要停下来时就下来跑。待情况看起来乐观一些，就再上去。歇口气，环顾一下辽阔的、白茫茫的原野，看看森林小径旁披雪的云杉，看看朝天大路，看看静默的育空河。当月亮和天狼星映照出有极光的寒冷的夜晚，雪橇在干雪上的声音就像火车头驶过后长长的隆隆作响的货车车厢。按照哈利·戴维的说法，狗在月光下跑得更快，因为它们想要脱离自己的影子。

现在，在库克和尼兰的木屋这儿，地上雪没了熊来了，我羞于承认我的害怕，尽管我已注意到库克非常罕见地没有带枪。唐娜在弄麝鼠皮。库克在他的工作台上装配蜜蜂箱的框。他的蜂箱看起来像橱柜，是用头顶上面的树做的。我检查了一下他的点二二：“装子弹了吗？”

他说：“每把枪都装子弹了。一支球棒也要比一把没装子弹的枪好。”

唐娜说：“不作好准备你是搞不到肉的。”

库克的蜜蜂上周狠狠地蜇了他一口，当时他已经在忍受牙周脓肿的痛苦。所以，十二年里他首次给自己开了青霉素。他的急救供应还包括氨气吸入器、体温表、胶布、纱布、手术刀、止血剂、缝线、含四号可待因的安匹林复合物、达尔丰镇痛药、止痛剂、地卡因和吗啡。

他的一条裤腿的膝盖部分破了，也许是第一百次了。他的长内衣裤露出来。“我们最好学会印第安人的鞣皮法，否则我们就没衣服穿了。”

“我到这里来的时候，连劈柴都不会，”唐娜说，“在这里，你无法奢侈地闲坐着等男人给你劈柴，自己不会劈是不行的。有时候可能他到家晚。”

“有时候他可能回不来。”迪克提醒她。

“我知道，每次你出去我都想到这一点。”

唐娜挂起一些皮子晾晒——驼鹿的、驯鹿的、两张熊皮。一只熊在附近的溪流边被射杀了，另一只是在下面的捕鱼营地那边射到的。她挂起狼獾的皮。“狼獾是在荒野被骂得最厉害的动物。”迪克边弄他的蜂箱的边框边说，“这不公平。它们是这儿最好的动物之一。人们说狼獾‘脾气坏’‘卑劣’‘邪恶’‘没价值’，不能和另一只狼獾共处。没什么动物被认为比它们更低级。我的经验却完全不同。狼獾是强大的，它们与伴侣一起狩猎。如果一个受伤了，另一个会守着它。狼獾也是有感情的。它们确实是漂亮的动物。我开始了解它们，爱它们。今年，我在陷阱线上抓到一对在交配的狼獾。两年前，我抓到一群。那些不产仔的狼獾会躲开，这样它们就不会妨碍别人的性游戏。三月一日前后，有二十五只狼獾经过这里的木屋。狼獾在交配季节很容易打，它们在恋爱，我猜想。它们成双成对地跑，不注意它们自己在做什么。印第安人把动物叫作他们的兄弟。在这里，你很快意识到你的生命并不比动物的生命更重要。动物放弃它们的生命，你也会。没有死亡，就没有生命。”

透过高高的云杉树的间隙，我可以看到溪流的走向，甚至望得到育空河对面低矮的山，山因为距离远而呈蓝色。要是我能跨越那距离该多好！那比从这里走出去的距离还要再远一点。山似乎在墨西哥城外。

快下午六点时，唐娜端上来“奶油印第安女人糖”（熏鲑鱼）配全麦饼。迪克在重新开始干他的活时很快发现自己把蜡底用完了——蜜蜂在上面筑蜂巢的那层蜡。他必须有更多的蜡底，他说。而最近的有供应的地方就是伊格尔。

“明天跟我和中士一起走！”我告诉他。这想法就像一束阳光一样射来。我仿佛已经看见他在路上，走在我的前面，他的步枪轻轻地在吊带上摆动。库克开始一边思考一边自言自语。他必须有蜡底。他也必须在园子中种下东西。他不能去伊格尔而留下一个什么都没种的园子。这儿靠近北极圈，萌芽、生长和收获的时间窗口很窄。哪怕差几天都会有重大的差别。他和唐娜在很大程度上靠作物生活。另一方面，蜜蜂一路从得克萨斯州过来，要替换不容易。他需要蜂蜜。可能可以在今晚甚至明天一早就把足够多的、关键的种子和植物种到地里，这样他就能腾出空来与我和中士一起走。“如果我可能做到的话，我想那样做，”他说，我的心像鹰一样高飞，“但是我们今晚不得不像牛马一样在园子里劳作。”

库克对高纬度农业的实践是周详而科学的。他的园子有两千五百平方英尺，他的规划详细到半英寸之内。他拿着一个厚厚的笔记本，上面记录了对数百种浆果、蔬菜和花卉的生长时机和特点的研究成果。就是诺曼教士也不会作出比这更细致的安排。紫苑、三色紫罗兰、水芹、旱金莲花、牛蒡、莳萝、鼠尾草、甘蓝、香薄荷。一些是今年的试验品，一些是试过并确定的。土壤是黑淤泥。鬼罂粟、甜菜、万寿菊、龙须菜、花椰菜、菊苣、无头甘蓝、草莓、四种豌豆、土豆、莴苣。库克就是一个人的试验站。联邦政府不应该抓他并把他踢出这个地方，而是应该过来培养他的天才。给他补贴——这个就算了，他不会接受。防风草、甘蓝、西芹、豆子、洋葱、山葵、耶路撒冷蓟、玉米、三叶草、玉米、苜蓿、大黄。夜晚是极其忙乱的。园子靠近湍急的溪流，在陡峭泥泞的河岸上面。我爬上爬下往桶里装水。一千加仑可能够了。向日葵、金盏花、小萝卜、芜菁甘蓝、葱、萝卜、番茄。在用水桶取水的间隙，我铲堆肥，它们大部分都是雪橇犬—西伯利亚犬的杂交犬的粪。黄瓜。有一个盖着塑料薄膜的小温室，唐娜建的，靠近屋子。黄瓜、番茄、辣椒在阿拉斯加是温室作物，古巴南瓜也是。最近离开了几天，唐娜在地窖里藏着一些已发芽的绿苗，这样熊就不能乱翻了。老鼠会吃刚长出来的蕃茄嫩株和大部分的古巴南瓜，它们是来年的南瓜派的主材。貂会像老鼠一样住在木屋里。库克曾经有一只名叫哈里特的宠物黄鼠狼，它常常在他的桌子上跑，碰翻碟子，用黄鼠狼的微笑看着他。哈里特意外死于库克的一只陷阱里。

唐娜和我一起种，从相反的方向顺着一排排土种。我们必须放慢速度并细心，否则库克会拿着他的笔记本找我们的毛病。唐娜似乎敏感地感受到我把种子植入土壤的愿望，就如她感受到库克的愿望一样。萝卜形成一个四英寸的方格。接着是小萝卜。甜菜。在盒子里搜寻正确的胡萝卜种子耽误了点时间。库克推进到了新的草莓地，在花园远远的另一头。唐娜和我交谈，她提到了她的蜜月。当她嫁给费尔班克斯的建筑师比尔·尼兰的时候，他们去莱文古德附近丛林中的一间小木屋，那是作为礼物送给她的。她的雇主很快飞来找他们。雇主说他很困难，她不得不离开去上班。他在费尔班克斯经营飞机包租服务，需要她做空乘，有一项大型的重要的工作。她能怎么办呢？她耸了耸肩，把胡萝卜种子扔进了土里。她把尼兰留在小屋里，和老板飞走了。

蜜月结束后，她和建筑师搬进了费尔班克斯的一所大房子，她在那儿“应该看着漂亮”。她没别的事可做。如果说她外表天生符合当花瓶的条件，她性情上却不肯就范。“那种生活不是我的风格。我更喜欢这里，这里更值得。不同于挣钱和购买自己的生活，在这里我满足于创造自己的生活——给园子全种上东西，把一年的鲑鱼挂在架子上。弄出一张好皮子，我也得到了很多的乐趣。当我把它鞣得好，我心里感觉很好。在周围跌跌撞撞地走，我确实学了很多东西。我第一年里打破了两个碟子和几只杯子。现在我不会那样了。但是我还有很长的路要走。我乘船依然感觉不舒服。”

到了以后，为了穿过小溪抵达他们位于岛上的木屋，我们用了迪克放在岸边林子里的划艇。首先我们把划艇在冰架上摆好，让它正对着岛的某一个点，努力调整角度沿激流而下，然后把划艇紧紧地固定在岛的一边。与此同时，狗群跳下去游。其中一只是七个月大的小狗，它有生以来第一次在水流里游。波浪起伏的急流闪烁着阳光，小狗的头难以跟上波浪的起伏。它努力逆流而上，而刚过零度的河水不停地把它往后拉，它顶多只能挺住不往下沉。我觉得它要死了。最后，一次一点，它借着水流，移到岸边。经过长时间洗礼式的游泳，它摇摇晃晃地上了岸。此刻在划艇里，我们人类被推进了激流。迪克有根杆子，不需要帮助。我们跳入干草堆。“那只小狗真努力。”我对唐娜说。“安静！”她回应道。她的双手紧握着中心横梁，指关节发白。

“我确实很担心。”唐娜承认说，“我担心迪克。我为他和河担忧。他出去几个星期我担心得要死。我努力学习新技能。我学习做木活。我花了两个月的时间为我儿子做了一辆木制小汽车。”轮轴是桦木的，轮子是红桤木的，绑在有生皮的底盘上。轮子有云杉辐条，车身是棉白杨木。保险杠是驼鹿骨做的，车表面打了蜂蜡。唐娜的儿子爱德华两岁。他生活在俄克拉何马，他的继母忍受不了阿拉斯加。唐娜异常小心地把做好的车包好，从伊格尔寄给爱德华，心想儿子在多大程度上会意识到这车不是从商店买的。

晚上十一点，我们已经种完了一个区，大约还有半打的区要种。草莓的地正在种，我在那儿帮迪克。他发现，种在中间凹陷的地块的草莓能够在北极的整个冬天存活。所以这块苗床得有六英寸深。但是需要挖起来运走的土大大超过六英寸深，因为他要给这块地施数吨的堆肥。

到了半夜，挖土工作的一半完成了。迪克直起身子说，他准备走了。他怀疑到早上也完不成，所以为什么不现在停下？他自言自语地和自己辩论。蔬菜对蜜蜂。没有邀请其他人参加。他把赞成的理由像双向飞碟一样抛入空中，用反对的理由一个个击碎它们。最终他宣布早上不走了。

他至少让我的想象放了一晚上假。我们进屋吃迟到的甜点——蔓越橘脆饼配牛奶和糖。我小口吃着，听他数落自然的严酷。“在纽约，”他说，“人们把生和死的概念分开。在这荒野上，他们的整个生死观都会改变。森林是由谁杀掉谁构成的。生命永远构建在死亡之上。生和死不是二元性的。”

“这些观念不是什么石破天惊的高论，”唐娜说，“这只是你在这儿所能看到的东西。”

“你看着荒野，它会击中你。”迪克继续说。

“什么会击中你？”

“生和死不是二元性的。它们就在这儿——生命，死亡——在无所不在的将事物联系在一起的网栏中。在一只狼停止追逐一只驼鹿不到五分钟后，驼鹿就去吃草了。狼再次追击，停下吃草。五分钟后，驼鹿又在吃草了。驼鹿不再继续想（担心）狼。死像呼吸一样，是生命的一部分。城里的人似乎想让生和死保持静止不动。大多数反对杀戮的人非常怕死。他们似乎认为你可以没有死亡而有存活下来。如果这样的话，他们已经从生命中退出了。他们似乎认为这里的动物在嗅鲜花。他们不管什么都用‘生态’一词，除了它本身的意思。‘生态’意味着谁吃谁，什么时间吃。”

我问他什么让他害怕，如果有的话。

“无法控制的恐惧和深深的敬畏是两种不同的东西。”他回答，“在某种意义上，这里没什么让我害怕的东西。有一天我会死，我将是别人的食物。这里有很多东西能杀死你。你要对荒野怀有合理的尊敬。”

我要在下午两点与中士碰头。早上十点半，我请迪克带我乘划艇离岛。我们花了四个半小时上来，但是我相信三个小时足够下去。我想留些余地以防我走岔路。他撑船把我送到岸边。我跳上岸，谢了他，走上去。我继续往高处爬，抄近道绕过一个沼泽，在靠近溪流的棉白杨林子里坐下。我把进来的路线记了笔记。“穿过岩石后面泥炭藓沼泽的开阔区域，左边是山；然后进入森林走半英里，过四分之一英里的草丛；随后沿溪边走半英里，越过铺着砾石的干泥沼，然后上岸进入柳树林。”我尝试照此逆向走回，但没看到笔记里提到的东西。我径直往前走，时不时发现一点走过的路，时不时可以看见溪。动物同样用人走过的路，尤其在路狭窄的时候。有时路异常狭窄，柳树干会同时蹭到我背包上面卷着的垫子的两头。

一只松鸡在两英尺之外窜起，呼呼地飞去，就像眼前发生了一起爆炸。我从泥岩沼泽中出来，回到密密的树林中。我有一只金属杯，我用汤匙轻敲着杯子。经过熊粪，不新鲜，眼熟。啪，我用汤匙敲了一下。又是一堆，以前没见过的。啪啪，我敲了两下。换句话说，千万不要惊动熊。有一只或两只熊准在这儿某个地方。为了让它们知道，我以一种旨在让大厅里的人安静下来的声音向它们发布声明。“无法控制的恐惧和深深的敬畏是两种不同的东西，”我向它们解释，“你必须对经过荒野的东西保有合理的尊敬。”

一个小时过去了，更多的时间过去了，时间过得很快。我在浓密的桤木林中迷路了。刚才还有清晰的小道，现在突然没了。在杯子上敲了几下，我站在那儿想着下一步该干什么。我往回走，或者说想往回走，但是已经不知道自己在哪儿。灌木丛十分密，我看不到山。我尝试从侧面走，朝山的方向走，离开我猜想是溪流的方向。现在我在几分钟内走在一个长方形里，折树枝做记号，再用树枝摆一个更大的长方形，在摆第三个的时候，我来到了一条踩踏过的小道。里面有大量足迹，我像见到朋友一样认出了它。这是离育空河最近的排泄物。啪。

树终于没了。我很高兴看到大河。我用漂木做了一个长凳，吃着腰果和杏，等着中士。这段路走了两个小时不到一点。我并不为这趟旅程感到兴奋，也不羞于描述它——只是高兴完成了。我一点也不觉得我是疯了才这么做，也不觉得我是疯了才惧怕。风险不大，但有某种让我惧怕的东西。我依然不知所措。我拥抱这片荒野，但是我怎么能成为它的一部分，怎么在里面走动？我不再能接受少数人不带枪的那套理论，但是我同样不愿意用枪。如果荒野中不再有熊，我就不会来。我之所以在这里，在某种意义上是因为它们的存在。所以，很抱歉——真是又残酷又困惑——没有击毙它们的工具，我就觉得惴惴不安。一个小点出现在河上，是已从美国海军陆战队退休的詹姆斯·沃勒中士，我这个小队的成员。啪。

我曾被雇用为麦克·波茨的书记员。我在苏格兰的祖先也是像波茨这样的人的书记员，所以我在接受这个职位时感受到了隔代遗传的正确性。我不拿工资，他供我吃。这里一顿那里一顿，一点面包和驼鹿肉。我喜欢波茨。像迪克·库克一样，他对自己有一定程度的了解，生活对于他就像在画自画像一样，他每天画一点——再涂一笔，另一种技法，变得越来越接近他曾经梦想的样子。他和约翰·高迪奥现在希望提供一种服务——两周的狗拉雪撬旅行给任何愿意跑这么远的人，而且得给他足够的报酬。他实际上需要编一本小册子。他是个熟练的编辑。“口述”不是波茨首先想到的词汇，但是他意识到可以通过删减语言来符合他的意思。他拿起原稿，大改特写。“第十天：穿过分水岭进入四十英里河流域，在蒙古溪源头扎营（帐篷）。”

今晚，波茨桌子上的犒劳也许比我想要的还多。我们吃的主要是灰熊新鲜的肩部——这使得我对熊的态度发生了转变，一种新的、出乎意料的且颇含讽刺意味的转变。波茨和高迪奥几天前乘划艇沿四十英里河下来。四十英里河在伊格尔上游三十英里处进入育空河，加拿大的地方。从那里回来时，他们在划艇里钻进睡袋，整夜漂流。有人看到熊时就叫醒另一个。熊在河右岸，靠近水。划艇静静地在水上漂。熊在迎风走，沿河而下，看着另一边，就在国界的加拿大一侧。两个人举起枪，射击，将它赶进美国一侧。它被拦腰劈成两半，悬挂在波茨的屠宰房里，那离他的木屋几步远。屠宰房仅仅是个靠杆子支撑的顶棚，也是他放鱼和狗盆的地方。半只五十五加仑的桶像个大锅一样架在火上，是因纽特人给狗吃的乱炖。鱼的各个部分、熊肚、驼鹿丰盈的乳房——进到那里的是“你弄到的任何东西”，还要加灰条菜（粗纤维来源）。我有一两次帮他喂狗，提着桶到屋子后面拴它们的地方。它们尖叫着乱跳着把鼻子伸进桶里，大口吞着内脏的凝块，然后坐下来，在铁链的一头无聊地消磨时光。勃艮第深红是灰熊的肉色。外皮剥去后，灰熊的身体是肌肉解剖的绝妙展示。它的上身挂起来像艾森豪威尔夹克，中间短，胳膊长，肌肉摞在一起，胀鼓鼓的。熊爪和手腕还在那儿。大量的脂肪在背上。腿依然连着，让人想起中后卫球员，尽管这个想法是对足球的恭维。这只熊两岁。

艾德琳·波茨说：“Shar-cho。”直译过来的意思是“大熊”。在她的语言里这个词特指棕熊，也就是灰熊。“你为什么不烧一点饭？”她丈夫说，“我肚子饿了。”顺着肌理，他切出一堆排骨，接着她用熊的脂肪烹调。波茨的木屋不过十四平方英尺，但是“够大了，加热不太难”。一张双人木板床放在角落，床的上层是艾德琳三岁的儿子睡觉的地方。屋里有一个带抽屉的小柜子、一个小的烧饭炉子、半只桶做的烤火炉、两条长凳，角落里有一张桌子。四把步枪放在栋梁上。圆木是从上游森林里砍的，由“怪仔”和“补丁”这两条哈士奇犬拉到育空河，印第安人把这种狗当马使用。“怪仔”是波茨的领头犬，像雪球一样白。波茨少年时住的房子在西得梅因，坐在宽大的瑙加海得革面料椅子上，透过观景窗可俯瞰美妙的景色。墙上是一幅山顶积雪的画，在画上一头斯大枝驼鹿①位于显著位置，头高昂着。波茨的木屋的墙上是首领的海报。“塔米拉帕史米，

① 一种已灭绝的驼鹿。

老刀，夏安族，一八二八——八七九。”“欧村嘎彻，小狼，夏安族，一八二〇——九〇四。”艾德琳不吃熊肉。她烧了一盘驼鹿肉来弥补。她吃猞猁肉，说“就像火鸡肉”；还吃狼肉，让她想起罐头牛肉。但是不碰这个，从来不吃熊肉。也许味道还可以，但是熊让人恐惧。麦克则开心大嚼，无论肥瘦。“这是个匮乏脂肪的荒野，”他说，“下四十八州的人得吃松软干酪、脱脂牛奶，等等，因为他们有太多的脂肪。那儿的人肥胖。而这里是缺少脂肪的地方，你能得到脂肪的时候就别客气。我从这只熊身上获得了五磅油。”驼鹿肉硬，我吃得少。灰熊则因年轻且从冬季的窝里出来而肉质细嫩。它比我吃过的任何野生动物的肉都好吃，它扩展了我的生存清单——麝鼠、黄鼠狼、鹿、驼鹿、麝牛、白大角羊、鲸、狮子、鞭蛇、响尾蛇……灰熊。有关熊，一种异样的东西攫住了我。在这奇怪的圣餐仪式中，我嚼到了尾巴，吃掉了这个纯粹野性的象征物，自那顿饭以后，如果某只熊想讨还血债，那我也是活该。

波茨一个冬天设陷阱挣了两千美元。他在输油管线上工作三周能赚同样多的钱。他更喜欢设陷阱捕兽。为了每小时十一点二七美元，他曾经操作链锯帮助清理输油管线的通道。外出进山的时候，迈克尔·戴维经常陪伴他，现在迈克尔在邻近的地带布陷阱。在村里的一些人看来，包括一些老人，这些在荒野中的努力是倒退。艾德琳的父亲威利·尤内比只是觉得好玩。“我爸觉得我们有时候疯了。”洪维青人历史上一直对这个地区的某块高地很紧张，而波茨就在那里设陷阱。他们把那个地方叫作“魔鬼的椅子”，而且如果艾德琳去那儿的话，他们就害怕她。九月份，波茨张开网捕洄游的秋鲑。他把它们晾干打包，最后租了一架飞机在山里空投了数百磅的鱼，他抓鱼是为了狗过冬的食物。飞机从托克出来，飞一趟八十美元，还扔下面粉、盐、糖、火柴、蜡烛、茶叶、咖啡、烟、牛奶、发酵粉、大米、枫糖、装在厚厚的双层袋中的罐装货品。波茨不以别的方式寻求协助。他拉着雪橇和装备，翻山越岭，在零下五十一度中踏着深深的积雪开路十九个小时。

春天，在育空河上游一个鱼群聚集的漩涡处，他张网捕梭鱼和河鳟。他的家人都上了他的划艇——一条十八英尺长的柴斯特纳特，去找每天的渔获。“怪仔”拉划艇。它套着挽具在河边站着，一条长长的绳子从它的背中间拉过河面连接划艇船头部分的横梁。波茨发话，“怪仔”前进。这装着五百磅东西的划艇开始往上游滑行。波茨用一只浆掌舵，使船头偏离水流的强力，保持绳子拉紧的状态。强大的育空河往一个方向走，而强大的“怪仔”往相反的方向拽。“怪仔”轻松地战胜了河流。它越过圆木，绕着飞石行进，听波茨的命令。行进得不算慢，划艇一路穿透水流。鱼鳃被挂住，梭鱼和鳟鱼等在那里。(“靠近波茨，”杰姆·斯科特之前劝我，“哪怕只是为了北方的梭鱼。”)

一天夜晚，在北边橘黄色天空的一轮彩虹下，我们收拾鱼。索尼·波茨是半个因纽特人，温柔的大眼睛深不可测。他看着养父在刮一条鱼，就问：“是母的吗？有鱼子吗？”

“我们会知道的。”波茨说，他的微笑使他的胡须两翼颤动。他从鱼的肛门处往前划开，鱼子流出来。

索尼的父亲是雷·福斯特，一个诺尔维克的因纽特人。他离开妻子和多个孩子，与艾德琳结了婚。现在，他和托尼·保罗的遗孀住在一起。作为一个临时保安，波茨在费尔班克斯的一家酒吧检查身份证和制止寻衅滋事的时候，艾德琳偶然走进来。她那时已离婚，郁郁寡欢。麦克的劝慰让她忘却了烦恼、离开了酒吧，回到了伊格尔的印第安村。可以说他让她的生活稳定了下来。他在村里的时候，她感到宽慰和轻松。他让她有了家的感觉。她一点都不刻薄。对伊格尔的白人，她没什么好话可说。“他们只是想让我们一蹶不振。他们在我们的背后嚼舌头。他们有优越感。他们假笑。”她是第一个在伊格尔村议会供职的女人。她用平头钉把“感恩祈祷”的牌子钉在她的木屋的椽子上。“亲爱的主，我们感谢您，为了贫困、饥饿、婴儿死亡、四十四岁的寿命，还为诸如天花、肺结核、白喉和艾滋病感谢您。我们感谢您，为了酗酒和自杀……”她和波茨跟迈克尔·戴维一样对伊格尔的私酒贩子感到愤懑。他们曾经试图“把他们交给警察”。伊格尔的反应是马上就流传出一个故事，说麦克·波茨是最凶的毒品的习惯使用者。“实际上，我连一盖子的大麻都从未买过。”他说。

像其他三四个住在村里娶了印第安人的白人一样，他承受了比这更糟糕的流言蜚语。流言的本质是他们联姻印第安人部落的目的很明确，那就是特许权。由于土地管理局把人们赶出了联邦管辖的土地，对到来的定居者和准现代拓荒者而言，他们的选择就是：对抗政府擅自非法居住，或是与印第安人达成某种协议，或是卷起自己的帐篷尝试在伊格尔租个地方。洪维青人不愿接受白人提出的这种协议，与印第安人结婚的白人是他们必须接受的。

“你知道，你娶了爱斯基摩黝黑的土著姑娘，就连带着享有了土著土地权利的好处——村里土地的挑选、公司的利润分成，直接来自阿拉斯加土著基金的钱。”

“我们把他们称作土地权利新郎。”

“记住，他们也是浪漫的人，回归印第安母亲的怀抱。他们喜欢睡在干的驯鹿皮上，吃肉干。”

麦克·波茨对这些似乎只有轻微的厌恶。他“走入荒野”是为这个地方有的东西而来，而另外一些人则是为这儿没有的东西而来。虽然他已经成为一个老练的有成就的人——在自己选择的生活中感到轻松愉快——而另外的人却变成了责问者。他对他们不以为然，自管自上路了。他教他的小舅子班尼·尤内比森林生活技巧，包括如何对付狗。（村里有六支狗队，其中三支属于白人。）他与村民分享他的猎物。他经常打一只驼鹿，自己留下的肉是最少的。他擅长获得肉。有一次在山里，他一天打了三只驼鹿。两只狼咬住了第一只驼鹿，准备将它拖下去。他抬眼四顾看到的都是狼，它们像影子一样在林间晃动。他一开枪，狼都消失了。那只驼鹿跌跌撞撞进入了四十英里河的北福克。波茨顺流而下，用水流运送肉。在同样的区域，一只灰熊不久前追“怪仔”，差十英尺就要了它的命，波茨开枪终止了这场追逐。有时，猎物很靠近村子，育空河对面绵延高耸的悬崖是一个天然的屏障，而走在它旁边的动物很不幸，无处可逃。一只黑熊曾从波茨的木屋和村里学校之间的树林中走出来，走下河后游过去。迈克尔·戴维、波茨、托尼·保罗带着一把点四四手枪和一把点三〇步枪乘着托尼的船过了河。他们在悬崖下面的河岸上等，熊从水里出来了。灰熊也是同样的死法，还有驼鹿和驯鹿。驯鹿在阿拉斯加数量很少，近几年几乎消失了，波茨迫切想找到它们。他越来越多地谈到波丘派恩河流域，那在往北一百英里，那儿山里的牛群像河一样移动，有三十英里长。

“波茨唯一的问题就在于他是个白人。他难以应付这个问题。他想象自己是个男版的萨卡加维亚①。他不是为了钱。”

“他给村子带来了好多肉，远超过他自己吃的。”

“他从艾奥瓦州的得梅因来，他让村庄保持了印第安人村的本色。”

此刻我独自在伊格尔以西一百公里，离最近的人类至少三十英里。我对一天中的时刻感到困惑，不知道现在是什么时候。没有黑夜，也没有看得见的太阳，我没戴表。我就像那个身处深处洞穴的法国人一样，没有一点时间的概念，只是根据需要睡和吃。我想知道：我会不会在两小时里吃了三顿饭？在十二个小时之中？在十五个小时之中？就算我会看太阳，太阳也帮不了我的忙。我没有地图或指南针来估算位置，此刻是夏至，太阳低低地骑在山脊之上，略微地沉于山后，以致早上四点看起来很像九点和中午。一切都是空谈。天空呈铅灰色，阴沉沉的，风吹着冷雨，到处是足印：狼、灰熊、驯鹿。周边景致中的山——十六座在光秃秃的苔原上隆起的圆顶，绿色和白色相间，把冬天和夏天放在披着雪被的原野中。这个偏远的地方，和荒野中的其他任何地方一样野性十足，我唯一的陪伴是反铲挖土机和推土机，五十万英亩的土地上连一间小木屋都没有。

最近的树在一英里之外。实际上，在这原本无树的高地上只有一小片云杉。山围成的盆地像是弧线形的草坪围住的世界。在十五

① 萨卡加维亚（1788—1812），美国西部拓荒时期的传奇印第安女性。

或二十平方英里中，我能看见——至少是想象中能看见——几乎任何移动的东西。用我的单筒望远镜，我环顾四周，扫视中部的地域，瞭望山丘。“精神分裂”这个词能够用来描述现在的状况。我按部就班地查看风景，希望看到我安慰自己别担心的东西不在那儿。我从一个地方移动到另一个地方，停下来使用单筒望远镜，像一个巡夜人，拿着一把迪泰克斯钥匙。为看到驯鹿，我愿意付出很多；为看见狼，我愿意付出更多。看到了熊我很满足，希望它们保持距离——尽管我肩上有这杆大家伙，一把温切斯特点三〇八口径的步枪。

应我的要求，爱德华和斯坦利·盖尔文飞走了，傍晚时分他们把我留在这儿，靠近他们开采地所在的山谷中两条溪水交汇之处。他们家里有事。他们说过今天早上八点以后就会返回。（我以为这就是早晨。）我做早餐的时候开始留意听他们来了没有。我上一顿吃的是午饭。由于斯坦利和他的父亲既勤劳又准时——从不忽视金矿的高投资和短暂的开采时间，我大致可以判断出我是在夜间吃了早饭，因为以为那会儿是早晨；而那以后，把吃的早饭当成了午饭。他们应该随时都会到这儿。

他们一天工作十二个小时。在他们选择机场跑道的地点时，最长的和最平的地方就得穿越曲折的溪流。斯坦利开着 D9，把溪流往一边推，给它开出一个新的河床，然后在旁边平整好砾石做跑道。自那以后，我在这个新版的溪流里抓了很多河鳟，有了很好的池子，水清澈地流淌。斯坦利从宽阔的古老水道上挖走冻土，推了更多的砾石填上，然后把它压实，跑道有一千七百英尺长。用十二英尺的工字钢和角铁焊接钢，爱德华做了个重达几吨、类似木工平台的东西。他用反铲挖土机来回拖拉，使跑道平整。我没有很多的事可以做，就把地上小的卵石扔出去。完工后，他们的单引擎载重飞机“赛斯纳 206”就能够着陆了。除其他东西外，它还可以运送三四个装满柴油的五十五加仑的油桶。因为跑道由河床砾石构成，它很可能含有黄金。长远的计划包括另一条跑道，用尾矿铺成。这样，这第一条跑道的砾石就可以从流矿槽里过一遍，并被存入银行。一个府绸风向袋迎着东风飘扬，那是爱德华在家里缝的，颜色是迷彩绿。

披屋实际上是个胶合板搭的棚子，散落在它周围的是工具、“布拉佐”油罐、丙烷罐、焊接设备、发电机，反正是些并不比反铲挖土机和 D9 更与荒野和谐的东西。爱德华和斯坦利拆开了斯坦利四月份跨越高山冰雪运来的机械设备。他拉来的雪橇已经成了光滑的板材——几张一百平方英尺、半英寸厚的钢板。在钢板的一端，爱德华制作和焊接了一个钢套口来导引砾石进入流矿槽。为把水输送至钢板和流矿槽，他焊接了九个五十五加仑的桶，组成一根三十英尺长的管子。他使用的是从阿拉斯加输油管线那儿获得的焊条。他用圆桶的顶盖为管子做了一个阀门，在上面装了一个柄，能控制水流。在装配了长三十六英尺、宽四英尺的钢制流矿槽后，他开始把格条放进去。格条种类繁多，是采矿者的识别标志。其总的目的是在槽里制造一个封闭的湍流模拟，侵扰水流，造成水流腾起、下潜、在浸泡孔内翻滚、在激流中段折返、向前猛冲、叠加、后退、旋转退出——就像上帝在焊一条河。淘金的人会尝试在湍流幽深平静的凹槽处探寻。以同样的方式，金子会在流矿槽平静的凹陷处聚集。大多数格条是钢条，与水流垂直，它们只隔开几英寸，像梯子一样。它们依照采矿机械原理被设置成各种角度和间隔。一些采矿机用木档、木块、砾石做格条，甚至用切成条的橡皮轮胎。在爱德华和斯坦利把他们的七十个计算好的格条（大多数是十六分之三英寸的角铁，每四英尺一根槽铁）放好后，他们最终准备完毕，可以开采了。

他们已决定在飞机跑道下边半英里处做第一次开挖，整个铲到峡谷的左边。“过去的老矿工，他们覆盖荒野之广远超你的想象。”爱德华解释道，“这里，他们只挖到左边到底。”从溪流往后退一百五十英尺（开挖的基本宽度），斯坦利刮掉这块区域的一条带状冻土，这条带子延伸到“出钱”的宽度——山边隆起的斜坡边缘，那儿一盘砾石不再显现有金子的颜色。他的父亲用淘金盘，是那种叫“灰熊”的类型，它装着几层不同网眼的筛子，从而简化了劳动。他蹲在池子里，摇晃着沙子和砾石，直到盘子绽放出笑脸。在有的地方它苍白地笑，有的地方则完全不笑。他说他发现了几个粗糙的金块。金块没被磨平，它们没走远路。举出这样的证据，他希望采到粗金。

开挖出的地方异常大，但是D9的尺寸也大，它有着十四英尺长的铲刀。为了洗矿作业，需要一个水库。斯坦利建了一个，筑坝拦住溪流，这样水库就处于开挖点边。他把水管埋入水库内壁，水管穿透水库至开挖点低处，这样做是为了把钢板放置在管子下水处（钢板连流矿槽），然后把一堆堆的矿砂推到钢板上，打开水。但这首先要解决排水的问题。峡谷的自然坡度小，河床本身面积不够大，于是斯坦利挖了一条深沟通到溪下游大约四百英尺。当他返回开挖点时，发生了一个小小的事故，他把他父亲的“格栅”灰熊压坏了。

流矿槽应该有整整十度的坡度。D9 比大多数木屋都大，在一堆堆它自己铲出的碎石上颠簸着行进，看起来不大可能是用来做这么精确作业的工具。斯坦利坐在高高的座位上，手脚在多个控制杆间快速地移动，表现得更像一个管风琴演奏大师，而不是一个开推土机的。渐渐地，一个平缓的土坡出现了。他把木匠的水平仪用线固定在推土机前盖上，一头垫了垫片，这样当它在十度的坡上时，水泡就会在中间。这番处理之后，他开着他五十五吨的黄铁疙瘩上了斜坡，从底部爬到顶部，水泡一动不动。他哐当哐当地开到流矿槽，用钩子把流矿槽与这巨大的推土机连在一起，沿着狭窄的堤坝顶部把它往后推。那流矿槽重好几吨，他轻轻地将它挪下斜坡。然后他去拿光滑的钢板，也把它从堤坝的顶端推下来。他火气很大，一整天都恼火得不行，因为他没有烟末吃。他在努力戒烟，已经有六天没有吸一点哥本哈根鼻烟。他非常气馁，反复地摇着头，对事情的状况做出绝望的评论，轰鸣的推土机是他的主要听众。平滑的铁板上的套口几乎有四英尺宽，可以严丝合缝地套进流矿槽。斯坦利把平滑的钢板推下坡，它重达三吨。他坚定而毫不犹豫地移动着它，也不暂停一下做调整（只是往后把它弄下山），直到套口套进流矿槽。套口没有擦到哪边，一侧的缝隙有五分之一英寸，另一侧的有八分之三英寸。一天的工作完成了，父子飞回家。

依然没有他们的影子。小雨早停了，云也开了。即便如此，没有从远方传来的声音。也许我根本没睡，也许只是躺下产生了一分钟的幻觉，然后起来在铁盘上撒上盐烤东西。捡起仅有的柴火——矮柳的死根，比稻草还细，我点了一小堆火取暖。气温在四度以下，我又一次扫视了山峦，除时光流逝外什么也没有。

我钓完鱼，做完饭，扔掉飞机跑道上的石头。此刻我在写家信。“盖尔文一家离开时，我正在收拾河鳟，总共五条。一条是我用钓鱼竿钓的，其余的是用‘猫’抓的。当斯坦利给河筑坝，将河水引入管道时，他把河水调离河床几百码。水池还在那儿，像低位潮水。当水池慢慢干涸时，就会露出河鳟的背鳍。我从一个池子走到另一个池子，用手抓鱼。这条美丽的小溪正以金子的名义被肢解。移动四万立方码的矿料通过流矿槽，让二十万平方英尺的岩床裸露出来，刮掉冻土把它填到山上，把现在长满风铃草、羽扇豆、雏菊、北极勿忘我、黄罂粟花和虎耳草的溪边草地弄成乱糟糟的烂泥和砾石，夏季的战果就是一个装满片状金子的花生酱罐。或许没人会真的用这些金子。投资者会把它们带进他们的世界，锁在装了铁甲的地窖里。与此同时，在人迹罕至的群山里，机械打造的月球般的地表诉说着故事。我感到恶心吗？显然没有。不在这个地方，不在这个时间，也不从这个视角。我太热切、太主观地沉浸于盖尔文一家所做的事。在生态民兵的队伍里，把我降级为列兵吧。这个矿是海上的软木塞。与此同时（可能更严重），这对父子的关系像我在阿拉斯加看到的一切一样令人着迷。两人都超乎寻常地自立，这是荒野磨砺出来的特点。无论他们做什么，不管是采矿还是别的什么，他们都亲自做没人替他们做的事。他们这类人逐年濒危，这与他们在这片土地上制造出的伤痕相平衡。只有一个随和的极端保护主义者才会保护荒野的一草一木，而且只有极端保护主义者才会利用一切手段。所有其他的人必须透彻地思考这个问题——选择一个容忍的点，尽管这个点可能会偏向某一方。就我而言，我更靠近保护的一方，也就是保护盖尔文一家的那一方。当然，我也会保护大量的土地。我容忍的界限不包括某家对十万股东“负责”的不要脸的公司，他们正在弄出一个在月球上都看得见的大坑；也不包括跑过来的开发商，他们七十年代来，八十年代去，留下一些管子和一些高层建筑。但是我，正如前面提到的，连时间都搞乱了。现在是午夜、早晨，还是傍晚？盖尔文一家到底在哪儿？”

斯坦利的“冠军”的隆隆声最终出现在天空。他在天空中随着风飞，转弯，着陆。当他熄灭发动机时，我来到机翼下面。“我一直想知道现在几点了。”我跟他说。

“你觉得现在几点了？”

“你说你早晨八点后马上来，我想该是八点十五分。”

斯坦利微笑着掏出怀表：“飞机检查员今天早上来了。我们不知道他要来。现在是下午三点。今天剩下的时间不多了。”

在开挖点旁，斯坦利对流经管子、落到钢板、冲入流矿槽的水流的速度很不满意。达不到移动矿料应有的速度。如果谁能扩大水库管道的入水口，管道就能输送更多的水。“没有漏斗效应，能够进来的水就这么多。如果谁能做个漏斗样的东西……”在阿拉斯加，所需要的万金油一样的东西，经常就是五十五加仑的桶。披屋附近有几个，爱德华去搬了一个，斯坦利开着“猫”推开水坝，把水位降低到能露出管道。爱德华拿着焊枪把桶顶和桶底切除，竖着把桶身切到底，在切口一边，他把桶壁撬开，做了一个V形缺口。他把钢铁废料填进去，把这新的喇叭形开口焊接到管子上，水量翻倍。漏斗效应。

五十五加仑的铁桶高三十四点七五英寸，直径二十三英寸，有时被叫作“阿拉斯加州花”。有人住的地方，周围就会有数百只。我曾经觉得它们丑陋不堪，看起来令人沮丧，希望它们滚得远远的。有一种变化能够影响一个人在这里看到的。正如在原野上旅行，过一段时间后进入另一个世界，你的内心会产生变化一样，这些桶也会产生变化。渐渐地，它们变得可以被容忍，随后还变得越来越吸引人。最后，它们“开花”了。五十五加仑的桶被用作雨桶、临时千斤顶、澡盆、熏鱼的东西、狗盆、狗窝。它们也是舷外马达的实验池。它们是厕所的粪桶、筏子的浮筒，曾经有人发出威胁要用它做炸弹。迪克·库克蔑视所有型号的飞机，他对一个飞行员说，如果他再飞近他的家，他就会用枪射击。飞行员警告他，如果他胆敢举枪对准他的飞机，他就把装满五十五加仑水的桶扔到库克的屋顶上。五十五加仑的桶可以做烤火炉、烧饭炉子、花架、防熊储藏库、木箱、井套管、饮水槽、管路、跑道标志、水箱、太阳能淋浴罐。它们被用作移动木屋的滚子，压平雪或土的碾子。沿对角线劈开，它们就成了独轮车的斗。到处都是拾荒者，它们被当成宝贝。

在水坝重新封住、水库再次蓄满水时，斯坦利开着 D9，放低铲刀到开挖点里，把一堆黑乎乎的砾石和沙子挪到钢板上。爱德华打开阀门，水从管子轰然而出，飞奔上钢板，似乎要融化砂石，把它们驱赶过流矿槽。轻一些的碎石轰隆隆前行，卵石则像球一样腾跃。有一些非常大，会停下来，在它们后面吸引成堆的砾石，溅起道道水幕到半空中。爱德华用一个石头耙子推它们向前滚。为了做这个耙子，他把一个弯曲的铁杆焊到从他报废的飞机上拆下的支架上。斯坦利来回穿梭地开他的大“猫”，从坡顶到流矿槽底部，时而加砂石料到钢板上，时而哐当哐当地开到更下面的一端，把不断增加的尾矿推到一边。经过一年的准备后，他们终于要采金了。考虑到“猫”的花费，斯坦利很悲观。“运转费用是预估的五倍。”他边走边大声说道。他似乎不太喜欢岩床附近（“那个浅浅的地方毫无价值”），他对水量很不满（“再过两周我们就没有充足的水了”）。

另一方面，爱德华显然很高兴。他一边摆弄他的耙子， 边笑。“这是个奇怪的谋生方式，”他评论道，“正如早年的矿工一样。冬天，他们会到下到水里在黑暗中铲砾石。夏天，他们会冲洗砂石，然后带着他们放金沙的小袋进城。一些精明的家伙闻风而至，把金沙带走。对那些离开北坡的人来说，同样的事情现在也在发生。”

一天结束的时候，斯坦利从流矿槽里舀起一团黑乎乎的浓缩物。他把它放进金盘，部分用水淹没，晃掉沙子。渐渐地，盘底在闪着光，就像河流在阳光闪光一样——闪光的小点，金子的标志。数一数有三十八、三十九、四十个金子微粒。

“采金就好比种地，”爱德华说，“某年你的水不够，另一年你的‘猫’出故障。你撒到地里的钱比你收获的多。但是我喜欢溪流。我喜欢待在外面的荒野中。”

斯坦利从金盘上抬起头来。他说：“到达这个阶段花了五万美元。我当然很高兴看到那些金子。”

上次我穿过荒野是在一九七七年冬天，一个地下酒吧出现在伊格尔。按地区标准，那是个大建筑，三面是空白的墙，背面是一扇手镜大小的窗子。一只灯泡就在窗户外边。旁边是个有点乱的门厅，到达的人们列队穿过一道厚厚的双重门进去。里面有凳子和长凳，粗云杉地板。装饰酒吧花了一百美元。伊格尔历史上第一所高中也建立起来，但是两个被派来工作的教师发现了一个不同寻常的家长教师联谊会，他们已经宣布辞职，私下解释说“找茬儿”似乎是伊格尔的“冬季娱乐项目”。我看见一架雪橇被一只爱尔兰赛特狗拉着，一架被一只杂种狗拉着，另一架被一只有血统来历的苏格兰狗拉着。丹尼尔·布恩的后代杰克·布恩最后一次踏上荒野，夏季他带着一个女儿沿河而下，然后徒步到尼兰和库克的家。大概在那个时候，一位地质学家被一只黑熊吃了，就在伊格尔和查利河之间波茨布陷阱的区域。他用磁力计，可能因此没带其他的铁器。一个伙伴听到远处的尖叫声就赶过去救他，但是发现他死了，部分身体被吃了。皮货的价格上涨，比如说顶级的猞猁皮涨到一张四百五十美元。沃勒中士出门弄了一张顶级的猞猁皮。一张上好的貂皮能带来一百一十美元。那差不多是捕兽界的横财。当吉米·卡特当选总统时，小霍勒斯·毕德曼走出木屋，进入雪地。他带着他的雷明顿十二毫米霰弹枪，朝空中打了三枪。他一直在听费尔班克斯的 KFAR 电台。他希望有什么办法让新总统知道伊格尔的印第安人支持他——所有的洪维青人，整个村子，全体人员。而那个白人城市，除少数例外，恰恰相反。几个月前，在一次社区盛会上，小霍勒斯用一支球棒攻击了麦克·波茨。他被警察惠特克制服，后者带着装了铅粒的手套。现在小霍勒斯已发出呼吁，大意是伊格尔不需要、因此也不能负担一个警察。惠特克将离开。波茨后来因为没有跑一百五十英里依法上缴灰熊皮而被逮捕。那只灰熊差点咬死“怪仔”。没人确切地知道谁告发了波茨。维奥拉·高甘走了。吉姆·邓根做了腿上最后一次手术后走了，又为地球物理服务公司工作了。迈克尔·戴维在北坡。

洪维青人给阿拉斯加主教教区写信要求派一个牧师，教会派来了约翰·福白和他的妻子桑迪。他是个粗犷英俊的男人，体格魁梧，只有二十八岁。村子里的小教堂四面透风，摆着木制长凳和生锈的桶炉，他在里面做主持，并把它变成了一个大教堂。丹尼·戴维、爱德华·戴维、艾萨克·尤内比、阿奇·尤内比、班尼·尤内比、艾德琳·波茨、索尼·波茨、萨拉·毕德曼一起读《圣公会祈祷书》。火光在炉子的一个孔洞闪耀。一个三十人的聚会，也许三分之一是白人——一个新的、可与伊格尔圣经教会抗衡的教会。约翰·福白为阿拉斯加的印第安人感到遗憾。他希望历史上印第安人选择抵抗入侵者，他希望他们对自己的文化有更强烈的爱，而不是被白人收买。约翰是个纯血统的苏族洪克帕帕人，来自南达科他州的斯坦丁罗克。据说在村子里有人说他，“他是伊格尔最聪明的印第安人，他必须是个苏族人”。

“我不像白人传教士那样到这里来是为了把异教徒从魔掌中救出来，”他告诉我，“我到这里来是要传上帝的话，如果他们不想听，那是他们的事。这需要一点时间，但是村民最后认可了我。他们说：‘这是我们的牧师。’当他们第三次说这句话时，我知道他们是真心的。我觉得我在城里能帮他们一些忙。至少，我能够以自己的意愿和白人打交道，这在伊格尔不难。”

在七十英里河的小木屋里，我与布拉德·斯诺进行了一次长谈——因为没什么事，手上有大把的时间，但这次谈话勾勒出了阿拉斯加州的未来。他也认为按照下四十八州那一套对待阿拉斯加完全是愚蠢的。他认为，这个基本理念——阿拉斯加应被视为一个完全不同的荒野——应该是起点，应该是联邦政府为阿拉斯加制定的任何计划的出发点。目前情况不是这样的地方，就应该敦促政府回到起点。在作为一个整体的社会中，有一个开拓者能去的边疆、有个出口是个基本的需求，甚至对那些不去的人也是重要的。就这一方面而言，人们提到外太空，是我们剩下的全部。我们仅留下了阿拉斯加，就个人层面而言，还由于气候因素，阿拉斯加总是会自然排除许多人进入，不会人满为患。如果让我来决定，我会说任何人都可以自由地在美国联邦的土地上建木屋，但那离最近的人口一万的城市至少一百英里，唯一的限制就是你不能运进做墙或地板的材料。布拉德说他欣赏这个想法，但是明文限制具体的数字是可恶的，无论它可能多么少或初衷多么好。

麦克和艾德琳·波茨的孩子快要降生了。杰克·布恩的邻居杰克·格林担心经济的崩塌，正把积蓄都投到黄金上。盖尔文家的D9推土机此时正在山里铲雪，他们计划把它调出来。它已经开挖了两处地点。当数百吨砾石通过流矿槽后，两次冲洗的结果都令人失望。他们曾希望得到粗金，但是只得到细小的。采金的钱，他们没挣到多少。他们不打算放弃开采地。他们要保留它们，等待机会，观察金价。与此同时，考虑到目前的价格、设备和燃油的花费、水的用量、待移动的土方，他们收拾起了在山中的表演。一架直升机从瑟克尔起飞，疯狂地斜着侧飞，碰上了弗兰克·沃伦的“贝兰卡”。盖尔文瞅准机会，从保险公司花七千美元把它买了下来。他们把它修好，想卖一万四千美元。在一次冰面捕鱼时，爱德华和基妮驾着他们修好的“贝兰卡”因天气原因迫降，而后又因一阵“莫名其妙的风”撞向一片树林。他们在家以北一百多英里的地方宿营了三天三夜，周围都是飞机的残骸。由于他们没有按时返回，弗兰克·沃伦出去找，发现了他们。他们也打算拯救那架飞机。

在我看到的“走入荒野”的人当中，尤其是夏季过来探山寻河的年轻人之中，我记得最清楚的是个了不起的年轻人，他穿着蓝色的风雪大衣、蓝色雨裤，戴一顶黑色宽檐帽。他朝我走来，说他听说我有地图。我告诉他当然有，带他进屋看我的一摞地形图。他的胡子有一英尺长，钻石蓝的眼睛。他说他从南加州来，在阿拉斯加东南部“过了冬”——一个初步的适应性的经历。现在他准备前往育空河。那个冬天没人记得他。连约翰·鲍格也不知道他可能在哪儿。他只是每年数十个来到城里准备尝试一下荒野的人之一。他去过伊格尔杂货店，买了一个标准的淘金盘，一段金尼龙绳，绕在他的肩膀上。他告诉我，他和名叫库克的人聊过天，发现他是个刺儿头。他仔细地长时间地看着地图。他看上去果断坚定，也和蔼可亲，举手投足表现出一种气势，似乎告诉人们这是他的时间、他的地方。从道庸公司到联邦政府，谁不喜欢就可以走开。塞进他的宽黑帽边带的是一支长长的鹰羽和鲑鱼的狗牙颌。我问他打算去哪里。

“往河下游去，”他说，“我要在育空河上生活，获得我的技能。”

我衷心祝他好运，也真心觉得他需要运气。我告诉他我的名字，和他握手，然后他报了他的名字。说：“我叫里夫·文德①。”

---

① 里夫·文德（River Wind）：直译为河上的风。